Gerettete Geisel
Chris T. Delarmy

Gerettete Geisel

Chris T. Delarmy

Chris T. Delarmy
Gerettete Geisel. Ein Camsted Abenteuer

Creative-Story
Safferlingstr. 5 / 134
D-80634 München
Tel.: +49 (0)89 / 12 11 14 66
Fax: +49 (0)89 / 12 11 14 68
info@creative-story.de
www.creative-story.de

Cover-Design & Layout:
Creative-Web-Projects, München

ISBN: 978-3-95964-200-2

Weitere Ausgaben und E-Book-Versionen erhältlich.
Mehr Informationen unter: www.creative-story.de

– 1 –
Universität Camsted,
Büro von Prof. Benning

Zu warten war normalerweise etwas, das Sophia recht gut konnte, ihre Gedanken wandern zu lassen und sich selbst mit erfundenen Geschichten zu unterhalten. Aber heute saß sie nervös auf ihrem Stuhl, jedes Geräusch ließ sie erschreckt auffahren. Warten war dieses Mal eine Tortur, besonders weil so viel vom Ausgang dieses Gesprächs mit ihrem Professor abhing.

Prof. Benning war ein äußerst anspruchsvoller Lehrer, hatte aber bisher seine Unterstützung für die Fortsetzung ihrer Studien in Aussicht gestellt. Jedoch stand die Rückmeldung des Zweitkorrektors, eines unabhängigen weiteren Professors, der ebenfalls ein Urteil über ihre Arbeit abgeben musste damit sie ihren Abschluss machen konnte, noch aus.

Sophia wusste, dass es schwierig war ein Forschungsthema vorzuschlagen, das beide der weltweit führenden Professoren auf dem Gebiet, Prof. Benning und Prof. Lynford, unterstützen würden und bei dem sie sich einig waren. Da sie Konkurrenten, wenn nicht gar Gegner waren, war es schwer beiden gleichzeitig mit ihrem Themenvorschlag zu gefallen.

Und der sich überall einmischende neue Assistent von Prof. Benning, Dr. Stewart, den sie nicht ausstehen konnte, machte die Sache nicht gerade leichter.

In einer Zwickmühle zwischen den drei Männern und knapp bei Kasse, war Sophia am Ende ihrer Weisheit wie sie weiter vorgehen sollte, um doch noch ihren Herzenswunsch zu erreichen einmal für ihr Idol, den schwer erreichbaren Prof.

Lynford, zu arbeiten.

Erschöpft, nachdem sie gerade ihr Abschlussexamen absolviert und parallel bereits versucht hatte in ein Aufbauprogramm zu kommen, war sie drauf und dran die Hoffnung zu verlieren jemals mit ihrer Doktorarbeit beginnen zu können, die Voraussetzung für ihren Traumberuf war.

Aber sie hatte die starke Befürchtung, dass ihr letzter Themenvorschlag erneut abgelehnt worden war. Es war das erste Thema, das Prof. Benning für würdig erachtet hatte Prof. Lynford für seine Zustimmung vorzulegen und das nur, weil Dr. Stewart ihr ursprüngliches Forschungsthema bis zur Unkenntlichkeit umformuliert und umgewandelt hatte.

Sophia selbst fand dieses Thema völlig unsinnig und ihrer Meinung nach war es unwahrscheinlich, dass damit sinnvolle Forschungsergebnisse erreicht werden konnten. Aber was konnte eine arme Studentin schon machen, wenn sie überhaupt schon froh war die Unterstützung von Prof. Benning für sich gewonnen zu haben. Sie war nur verwundert, warum sich Prof. Benning in letzter Zeit so stark von diesem unmöglichen Dr. Stewart bevormunden ließ, wenn dieser Mann ihrer Einschätzung nach weder Kenntnisse noch die geringste Inspiration besaß.

Zitternd wartete Sophia darauf, von ihrem Professor in sein Büro gerufen zu werden. Seine Sekretärin, Mrs. Farndale, hatte sie wie ein aufsässiges Kind abblitzen lassen, war zurück an ihren Schreibtisch gegangen und nahm keine weitere Notiz von ihrer Anwesenheit, sondern schrieb mit zorniger Bestimmtheit auf ihrer Computer-Tastatur.

Als die Tür zu Prof. Bennings Büro aufging, atmete Sophia erleichtert auf. Endlich war das Warten vorbei und sie würde das Ergebnis erfahren, das ihr letzter eingereichter Vorschlag erhalten hatte.

Das ernste Gesicht ihres Professors ließ auf nichts Gutes schließen und tatsächlich bestätigten seine Worte sofort ihre Befürchtungen.

„Prof. Lynford hat Ihren letzten Themenvorschlag abgelehnt." Kein Herumreden um den heißen Brei oder Verzärteln. Prof. Benning war kein Mann schöner Worte. Das war einer der Gründe, warum sie ihn als ihren betreuenden Professor für ihre Prüfungen gewählt hatte. Daher war jetzt nicht die Zeit darüber zu lamentieren.

Sie wollte genau wissen wie ihre Ergebnisse standen und die Tatsachen schönzureden war ihrer Meinung nach ihrem akademischen Fortschritt nicht hilfreich. Sie hatte sich daher bewusst für den Professor entschieden, der im Ruf stand kompromisslos aber fair zu sein.

Bisher war sie damit gut zurechtgekommen. Mit harter Arbeit hatte sie ihre Ziele erreicht und zusätzliche Recherchen für ihren Professor hatten ihr extra Punkte eingebracht, damit er sie als Doktorandin berücksichtigte.

Aber nun erwies sich das Finden eines Forschungsthemas als schwieriger als erwartet. Es war bereits ihr zehnter Themenvorschlag gewesen und der erste, bei dem ihr Professor bereit gewesen war ihn dem möglichen Zweitkorrektor Prof. Lynford zu unterbreiten, der Einzige, der diesem Themenbereich über Bio-Photonen überhaupt gewachsenen war.

Die beiden Professoren waren nicht immer einer Meinung und der finanzielle Erfolg, den Prof. Lynford mit seinen Forschungsergebnissen hatte, brachte ihm keine Lorbeeren bei dem akademisch asketischen Prof. Benning ein, der die moralisch heruntergekommene Welt der Wirtschaft außerhalb seines Elfenbeinturms der Wissenschaft verabscheute.

„Warum?" Sophia konnte ihre Frage nicht zurückhalten. „Hat er etwas darüber gesagt was ich verbessern kann, um seine Zustimmung zu erhalten?"

„Nein. Er ist in letzter Zeit nicht in guter Verfassung und es ist eher ein Wunder, dass er überhaupt Rückmeldung gegeben hat. Er hat sich auf die früheren Vorschläge nicht bei mir zurückgemeldet."

Das war neu für Sophia und in ihrer Überraschung konnte sie einen Laut des Erstaunens nicht zurückhalten. Sie hatte, wie ihr Dr. Stewart gesagt hatte, angenommen, dass Prof. Benning ihre früheren Vorschläge gar nicht erst weitergeleitet hatte.

„Vielleicht können Sie sich in ihrer Forschung zur Suche nach einem angemessenen Thema auf ihre früheren Ansätze beziehen. Wir können es erneut am Ende der Semesterferien versuchen, Sie dann für das nächste Semester anzumelden."

„Aber das würde zwei Monate Untätigkeit bedeuten und keinen Fortschritt für die Doktorarbeit."

Sophia hatte nicht viel Hoffnung, dass Prof. Benning ihre Einwände verstehen würde. Er kam aus reichen Verhältnissen, bei denen Geld keine Rolle spielte, wohingegen sie Schwierigkeiten hatte ihre nötigsten Ausgaben zu begleichen. Zwei Monate ohne eine Chance sich für ein Stipendium anmelden zu können und ohne Zeit für einen Nebenjob, der die Kosten für Ihre Wohnung decken könnte, jedoch weitere unbezahlte Forschungsarbeit für ihren Professor, um eine neue Herangehensweise an ihr Forschungsthema zu finden? Das würde sie an die absoluten Grenzen ihrer Möglichkeiten bringen. Sie hatte bereits ihre Teilzeitstelle während ihrer Examenszeit aufgeben müssen. Wenn sie nicht bald ein gut bezahltes Stipendium erhielt, für das sie sich aber ohne Forschungsthema nicht bewerben konnte, würde sie ihr weiteres Studium ganz aufgeben und zurück zu ihren Eltern ziehen müssen. Dann würde sie die Wohnung, die sie mit dem dafür von ihrer Großmutter erhaltenen Geld gekauft hatte, vermieten müssen. Ohne die Wohnung könnte sie sich ohnehin keine regulären Mietpreise in der Stadt leisten.

Tatsächlich bestätigten die weiteren Argumente des Professors, dass er sich ihrer finanziellen Probleme gar nicht bewusst war.

„Prof. Lynford hat momentan keine Zeit sich um Ihr Thema zu kümmern. Seine Frau nimmt sich gerade diesen mörderischen Bastard vor."

„Was?" platzte Sophia unkontrolliert heraus. Dass ihr Held, Prof. Lynford, der Mann der überhaupt den Grundstein für ihr Interesse an diesem Forschungsbereich gelegt hatte, so ungerecht in den Schmutz gezogen wurde, insbesondere von dem ansonsten so höflichen und sich gepflegt ausdrückenden Professor, ließ sie ihre Zurückhaltung in Gegenwart ihres strengen und anspruchsvollen Lehrers vergessen.

„Oh, nichts", lenkte Prof. Benning ein. „Es kann nur einige Zeit dauern, bis er zurückkommt zu ..., nun ja, überhaupt etwas."

„Aber das ist nicht fair. Er ist kein ..." Aber der stechende Blick ihres Professors ließ ihr die Worte im Hals gefrieren. Nochmals überlegend, änderte Sophia das, was sie hatte sagen wollen: „Ich kann es mir nicht leisten zu warten. Ich muss Geld verdienen, damit ich meinen Lebensunterhalt bestreiten kann. Wenn ich mich nicht um ein Stipendium bewerbe, kann ich unmöglich für weitere Forschungsarbeiten an der Universität bleiben."

„Oh!" Prof. Benning war wirklich erstaunt über ihren

Einwand und schien, als hätten ihre Worte ihn gerade unsanft aus seinem Zustand der Zufriedenheit gerissen.

„Das wäre schade, wirklich schade. Wir können das nicht zulassen. Nein! – Ich werde mich darum kümmern. Ich denke, ich habe sogar gerade eine Arbeit für Sie. Ich werde Ihnen die Details per Mail schicken und Sie können gleich morgen anfangen. Ja, das müsste passen. Morgen."

Erstaunt über diese überraschende Wendung, brauchte Sophia einen Moment sich zu fassen, bevor sie ihren Dank in Worte fassen konnte.

Abgelenkt wischte Prof. Benning ihre Dankbarkeit mit einer Handbewegung beiseite und schickte sie weg. Sophia hatte den Eindruck, dass er gedanklich bereits weit entfernt war, obwohl er ihr noch ein Blatt mit Vorschlägen mit anderen Herangehensweisen zu ihren früheren Forschungsthemen in die Hand drückte, bevor er ihr, immer der höfliche Professor, die Tür öffnete.

Sogar seine geistige Abwesenheit machte ihn zum wahren Prototyp eines Universitätsprofessors, obwohl er mit knapp 35 Jahren noch erstaunlich jung war, bereits diese weitreichende Reputation auf seinem Gebiet erreicht zu haben. Zugegebenermaßen, sein trockenes und steifes Verhalten ließ ihn älter als Mitte dreißig wirken.

Sophia lächelte, als sie den Korridor entlangging, unfähig ihre Freude zu verbergen. Sie hatten sich nicht über ihr Gehalt unterhalten, aber jeder hereinkommende Betrag war eine Erleichterung für sie, nachdem sie über Monate ihre Rücklagen geplündert hatte.

Voll überbrodelnder Freude holte sie ihr Handy heraus und rief ihre Eltern an, um ihnen, ihren treuesten Unterstützern bei ihrem Studium, die gute Nachricht weiterzugeben. Sie würden im Gegenzug gleich ihren älteren Bruder und ihre Schwester anrufen, so dass die ganze Familie in kürzester Zeit über diese glückliche Fügung informiert sein würde.

– 2 –
6 Monate später –
Ein Apartmenthaus in Camsted

Sophia schaute am frühen Nachmittag nachdenklich von der Arbeit in ihrem kleinen Apartment auf und durch die großen Fenster vor ihrem Schreibtisch. Der Blick war nicht besonders ansprechend, sie sah lediglich das Apartmenthaus auf der gegenüberliegenden Straßenseite, aber zumindest war es eine Abwechslung zu ihren Computer-Monitoren, sowohl im Forschungslabor als auch zu Hause.

Tief Atem holend, wünschte sie sich ein wenig mehr Freiheit in ihrem Leben, das zu tun und zu erforschen was sie wollte, frische Luft zu atmen und den Wind auf ihrer Haut zu fühlen. Sie träumte von salzig kühler Luft und dem Rauschen von Wellen, die an die Felsen einer zerklüfteten Küste brandeten.

Aber das mussten Träume bleiben, dachte Sophia ein wenig traurig. Sie war nur froh, dass sie in ihrer Wohnung keine Miete zahlen musste, sondern nur die laufenden Kosten. Das war momentan Belastung genug.

Sie hatte die versprochene Arbeitsstelle in Prof. Bennings Forschungslabor wie geplant erhalten, ihr Dissertationsthema hingegen stand immer noch nicht fest.

Keiner ihrer eingereichten Themenvorschläge war akzeptiert worden und dabei hatten die fehlenden Rückmeldungen von Prof. Lynford, ihrem vorgesehenen Zweitkorrektor, nicht einmal eine Rolle gespielt, obwohl seine kontinuierliche ‚Nicht-Erreichbarkeit' in letzter Zeit ein zusätzliches Problem für ihre Zukunftspläne darstellte.

Jedoch war das weitaus schwerwiegendere Hindernis auf dem

Weg zu ihrer Dissertation und ihrem Traumjob ihr angespanntes Verhältnis zu Prof. Bennings neu berufenem Laborvorsteher, Dr. Stewart. Dieser Mann machte im Universitäts-Labor jegliche Arbeit an ihren eigenen Forschungsthemen fast unmöglich.

Wenn sie versuchte Testkonstellationen aufzubauen, um ihren eigenen Ideen und Vorstellungen zu folgen, schaute ihr Dr. Stewart unentwegt über die Schulter und wollte ständig von ihr wissen, welchen Zweck und welche Resultate ihre Experimente genau hatten. Als ob sie die Ergebnisse schon wissen konnte, bevor sie den Test überhaupt durchgeführt hatte. Warum überhaupt Tests abhalten, wenn das Ergebnis ohnehin vorher schon feststand?

Sophia versuchte nun das Labor zu Zeiten aufzusuchen in denen Dr. Stewart nicht dort sein würde, wie etwa früh am Morgen oder spät am Abend.

Zumindest konnte sie durch ihre nicht ständige Anwesenheit im Labor etwas Zeit zu Hause mit bezahlten Auftragsarbeiten verbringen, die sie online erhalten hatte.

Nun, um zwei Uhr nachmittags, saß sie daher an ihrem Schreibtisch, um zusätzlich etwas Geld zu verdienen, das sie gut gebrauchen konnte, da die Bezahlung im Labor zwar gut war, aber nur für ein paar Wochenstunden, wohingegen sie wesentlich mehr Zeit als bezahlt benötigte, die von ihr erwarteten Testkonstellationen tatsächlich zu erstellen. Aber Überstunden waren nicht Teil der Vereinbarung, auch wenn die Anforderungen von Tag zu Tag wuchsen.

Zumindest musste sich Sophia keine Sorgen darüber machen, dass noch jemand von ihr abhängig war. Da sie alleine lebte, hatte sie die Freiheit immer dann zu arbeiten wenn es nötig war, ohne dass jemand Ansprüche an ihre Zeit stellte. Ja, sie wusste, dass sie das wie einen Einsiedler erscheinen ließ, aber sie genoss den ihr dadurch möglichen Freiraum.

Ihr Einzimmerapartment war groß genug für sie allein, aber sie würde hier nicht mit jemandem zusammenleben wollen wie viele ihrer Nachbarn. Sogar Familien mit Kindern lebten hier in Apartments ihrer Größe und mussten mit dem verfügbaren Raum zurechtkommen.

Das Gebäude auf der anderen Straßenseite, auf dem ihr Blick ruhte, hatte hingegen viel größere Apartments. Es war das glänzende, neu renovierte Projekt einer Immobilienfirma der Stadt, mit großen und teuren Mietwohnungen.

Lächelnd dachte Sophia an den Hausmeister des gegenüberliegenden Gebäudes, Mr. Arnestone, der sich so sehr über die technischen Neuerungen aufregen konnte, die in das Gebäude eingebaut worden waren. Der ganze technische Schnickschnack war in Ordnung so lange er funktionierte, aber wirklich lästig, wenn er dies nicht tat. Und die Technik hatte an dem Tag nicht funktioniert als sie Mr. Arnestone zum ersten Mal begegnet war.

Der ältere Mann, nicht mehr zu weit von seiner Pensionierung entfernt, hatte ärgerlich vor sich hin murmelnd und brummend vor dem Haus gestanden und hilflos am Gebäude hochgeblickt, wo die Sonne gnadenlos auf die großen Glasfenster der Fassade niederbrannte. Aber keine der neu installierten Sonnenschutz-Planen war ausgefahren, was sie eigentlich automatisch hätten tun sollen.

Sophia hatte nicht an ihm vorbeigehen und ihn in seiner Hilflosigkeit allein lassen können. Vielmehr hatte sie ihn gefragt, ob sie ihm helfen könne.

Die Firma, die für das Klima-System zuständig war, hatte per Fernkontrolle bereits Check-ups durchgeführt und dem

Hausmeister überheblich mitgeteilt, dass alles richtig funktioniere. Aber es war offensichtlich, dass dies nicht der Fall war. Sophia konnte nach einer ausgiebigen Suche mit Mr. Arnestone schließlich den Schuldigen finden. Ein nicht eingestecktes Kabel an der Zentral-Steuerung. Ihrer Meinung nach hätte dieser Fehler leicht durch deren Check-up zu ermitteln sein müssen. Aber wer war sie sich darüber zu beschweren, wenn ihr dieser Fehler einen so lieben Menschen als Freund eingebracht hatte. Nun hielt sie jeden Tag, wenn sie ins Forschungslabor ging, für ein kurzes Gespräch bei Mr. Arnestone an, der einer ihrer treusten Kunden ihres Software Reparatur- & Hilfe-Services war, den sie nun als Folge aus diesem unerwarteten Erfolg anbot.

Software und technische Geräte waren Sophias bevorzugte Beschäftigung. Auf dem Gymnasium hatte sie lange gedacht später in die Software-Entwicklung zu gehen, aber von Prof. Lynford veröffentlichte Forschungsergebnisse hatten sie bewogen die Richtung zu wechseln. Sie hatte lieber Photonen untersucht, das ‚System hinter dem System‘, wie der euphorische junge Professor es in dem ersten Artikel, den Sophia von ihm gelesen hatte, bezeichnete. Jede Strömung, jegliche Energie, beruhte auf den Regeln, die die Photonen bestimmten. Aber was bestimmte den Weg der Photonen? Was konnte sie beeinflussen?

Sophia war davon sogleich fasziniert gewesen und sie hatte versucht, an jeden Artikel heranzukommen, den der Professor veröffentlicht hatte. Jedoch war dies an ihrer Schul- und Stadtbibliothek gar nicht so leicht gewesen.

Dass sie später nicht an der Universität studierte an der Prof. Lynford unterrichtete, lag allein daran, dass er sich zu diesem Zeitpunkt bereits weitgehend von seinen Universitäts-

Verpflichtungen zurückgezogen und ein eigenes, privates Forschungslabor gegründet hatte, wo er die meisten seiner Versuchsansätze betrieb. Er hatte noch vereinzelt Kurse an der renommierten Universität MIT abgehalten, aber Sophia hatte nie genug Geld gehabt, um an einem davon teilzunehmen, da die Gebühren dafür exorbitant waren.

Ihre Wahl war daher auf die staatliche Universität am anderen Ende des Landes gefallen, an der Prof. Benning das gleiche Thema unterrichtete. Aber das hielt sie nicht davon ab zu hoffen, dass sie später einmal für Prof. Lynford arbeiten und Teil seiner genialen Ideen und Innovationen sein könnte.

Noch immer sinnierend auf das gegenüberliegende Nachbarhaus blickend, beneidete sie die Bewohner um die Möglichkeit, die Sonnenblenden herablassen und mehr als ein Fenster für einen frischen Luftzug öffnen zu können, anstatt wie sie in der schrecklichen Hitze ihres kleinen Apartments brüten zu müssen, wo die großen Fenster zwar die Sonne, nicht aber die dringend benötigte kühlere Luft hereinließen.

Sie hätte nie gedacht, dass in diesen nördlichen Breiten je eine Klimaanlage nötig sein könnte und war von der schrecklichen Hitzewelle, die der Sommer dieses Jahr über die Universitätsstadt gebracht hatte, überrascht.

Schicksalsergeben nahm Sophia ihr nasses Handtuch, das sie auf der Armlehne ihres Bürostuhls bereithielt, und wischte sich den Schweiß vom Gesicht.

Zumindest war am Nachmittag die Sonne bereits weitergezogen und brannte nun auf die Rückseite des Gebäudes, nicht mehr mit voller Kraft auf ihre Fensterfront.

Die Sonne traf hingegen voll auf das gegenüberliegende Gebäude und Sophia wechselte ihre Position am Schreibtisch, um den vom Fenster am Nachbarhaus ein Stockwerk unter ihr zurückgeworfenen Strahlen zu entgehen. Die Fenster dieses Apartments waren weder geöffnet, noch der Sonnenschutz heruntergelassen. Wie Sophia wusste, hatten sie in dem Gebäude Ventilatoren in jedem Apartment, manche sogar in jedem Raum, jedoch keine Klimaanlage. Sie war sich sicher, dass es in diesem Apartment nun ebenfalls erstickend heiß sein musste, wenn sie keine dieser Möglichkeiten nutzten.

Sie hatte vor ein paar Tagen Männer in der Wohnung herumgehen sehen, so dass sie derzeit bewohnt sein musste. Aber während alle anderen Fenster des Gebäudes zu dieser Tageszeit geschützt waren, ließ dieses Apartment die Sonne bei der größten Hitze des Tages gnadenlos eindringen.

Sophia dachte im Moment nicht weiter darüber nach, lediglich, dass die Bewohner wohl außer Haus sein mussten und vergessen hatten den Sonnenschutz zu aktivieren, den sie selbst repariert hatte.

Am Abend war der Sonnenschutz noch immer nicht ausgefahren, so dass Sophia eine gute Sicht in den Raum auf der gegenüberliegenden Straßenseite hatte. Zuerst wandte sie zurückhaltend ihren Blick ab, als sie dort einen Mann ausgestreckt auf einem Bett liegen sah. Aber zögerlich, ihre Augen hatten ihren eigenen Sinn, kam sie immer wieder auf ihn zurück.

Der Mann schien sich nicht zu bewegen und Sophia wunderte sich, wie er es schaffte unbewegt liegen zu bleiben. Es musste ziemlich unbequem sein, diese unnatürliche Position so lange zu halten.

Als es bereits dämmerte, lag der Mann immer noch da, scheinbar ohne sich bewegt zu haben. Besorgt, dass der Mann tot sein könnte, beobachtete Sophia den Mann nun genauer und konnte sich nicht mehr auf ihre eigene Arbeit konzentrieren.

Später ging für einen kurzen Moment das Licht im Raum an und sie sah einen Mann mit dem Rücken zu ihr am Fenster stehen. Aber nur Sekunden später wurde das Licht bereits wieder ausgeschaltet. Wenn sie nicht so genau darauf aufgepasst hätte, wäre ihr das Licht komplett entgangen.

Zumindest war Sophia nun beruhigt, dass der Mann auf dem Bett nicht tot sein konnte, wie sie zuerst befürchtet hatte. Der Mann am Fenster, wenn er es nicht selbst war, hätte das auf jeden Fall festgestellt und, falls nötig, dem Mann auf dem Bett geholfen. So ging Sophia mit diesem hoffnungsvollen Gedanken beruhigt schlafen.

Am nächsten Tag, als sie am Morgen ihren Computer einschaltete, sah sie unweigerlich erneut nach dem Mann auf dem Bett.

Wie am Tag zuvor lag er auf dem Bett, ohne jegliche Bewegung, soweit sie es von ihrer Position aus sehen konnte.

Als die Sonne am Nachmittag drehte, dass sie direkt auf die Fenster des Apartments schien, fuhr der Sonnenschutz erneut nicht aus und die Hitze brannte ungehindert in den Raum.

Sophia wunderte sich, warum niemand den Mechanismus für den Sonnenschutz aktivierte. Es wäre zum Einschalten nur ein einziger Knopfdruck auf dem elektronischen Schaltboard des Apartments nötig.

Soweit sie durch die grellen Strahlen der Sonne im gegenüberliegenden Fenster sehen konnte, war der Mann noch immer auf dem Bett. Es musste eine Tortur für ihn sein, denn er war der Hitze ausgesetzt und hatte keine Möglichkeit sich Kühlung zu verschaffen.

Genau wie am Tag zuvor wurde das Licht am Abend nur für ein paar Sekunden eingeschaltet, ansonsten blieb es dunkel im

Zimmer und Sophia konnte nicht feststellen, ob der Mann noch auf dem Bett war.

Sie wunderte sich, warum sie dort drüben überhaupt das Licht einschalteten, wenn der Mann vor dem Fenster nichts Feststellbares in dem Raum tat, sondern nur mit seinem Rücken zu ihr dastand.

Aber diese Nacht, die Prozedur genau verfolgend, klebte Sophia fast an ihrem Fenster und stellte dabei fest, dass das Licht eine halbe Stunde später nochmals für einen kurzen Augenblick eingeschaltet wurde.

Sie war sich nun sicher, dass der Mann vor dem Fenster nicht der Mann vom Bett sein konnte. Seine Kleidung war anders. Aber Sophia wunderte sich auch darüber, wie er das Licht ein- und ausschalten konnte, während er vor dem Fenster stand. Da sie beim zweiten Mal glaubte, einen Fuß auf dem Bett erkennen zu können, nahm sie an, dass zumindest zwei weitere Männer mit ihm im Raum sein mussten.

Neugierig geworden wegen dem sonderbaren Verhalten der Männer im Apartment ihr gegenüber, erinnerte sie sich an ihre Video-Kamera, ein Weihnachtsgeschenk ihrer Eltern vor zwei Jahren, die sie in letzter Zeit nicht benutzt hatte. Aber die Kamera hatte einen Nachtsicht-Modus. Die Entfernung zum anderen Apartment abschätzend, hoffte sie, dass der Nachtsicht-Sensor selbst über die große Distanz der dazwischenliegenden Straße noch funktionieren würde und die Dunkelheit in dem anderen Apartment durchdringen konnte. Der einzige Nachteil war, dass beim Nacht-Modus ihrer Kamera kein Vorschaubild im Display erzeugt wurde und sie das Resultat erst nach der Aufnahme würde sehen können.

Bei dem verdächtigen Verhalten der Männer auf der anderen Straßenseite, hatte Sophia nicht einmal für einen Moment lang ein schlechtes Gewissen, dass sie in deren Privatsphäre eindrang. Ihre Neugier und ihr Mitleid mit dem Mann auf dem Bett gewannen sofort die Oberhand und löschten alle anderen potentiellen Bedenken aus.

Sie packte ihre Kamera aus, stellte sie auf ein kleines Stativ und richtete sie auf das Fenster des gegenüberliegenden Apartments aus, bevor sie die Aufnahme startete. Sogleich aber stoppte sie die Aufnahme wieder, um das Resultat zu kontrollieren. Das Bild war zwar unscharf, sie konnte jedoch sogleich den Mann wieder in seiner üblichen Position auf dem Bett sehen. Seine Form war auf dem Bett klar erkennbar.

Das kann nicht natürlich oder gesund sein, dachte Sophia. Kein Mensch kann so lange in der gleichen Position verharren, ohne dabei steif zu werden oder sogar die Muskeln zu schwächen. Sich über die Beweggründe des Mannes wundernd, stellte sie sogleich ihre Kamera erneut auf, um aufzunehmen was im anderen Apartment weiter passierte.

Am Ende der Aufnahme-Disk, nach etwa zwanzig Minuten, nahm Sophia die Kamera herunter und sah sich die Aufnahme an. Im Schnelldurchlauf sah sie, dass der Mann sich wirklich nicht bewegte. Lediglich fast am Ende der Aufnahme kam ein anderer Mann ins dunkle Zimmer. Die Beine des Mannes wurden vom Bett gezogen und der Mann umgedreht und in eine kniende Position vor dem Bett niedergedrückt. Dabei blieb sein Oberkörper auf dem Bett und seine Arme, wie Sophia vermutete, scheinbar noch irgendwie ans Bett gebunden, waren sonderbar über seinem Kopf verdreht, was sicher schmerzhaft sein musste, zumindest aber sehr unbequem.

Da Sophia ihre Entdeckung nicht mit einer neuen Aufnahme überschreiben wollte, fischte sie eine neue formatierte Disk aus ihrem Schreibtisch und begann sofort mit der weiteren

Aufnahme.

Aber die nächsten zwanzig Minuten schockierten sie.

Der Mann, den sie zuvor hatte in den Raum kommen sehen, hatte seinen Gürtel aus seinen Hosenschlaufen gezogen, ihn in der Hand gefaltet und damit den vor ihm knienden Mann immer und immer wieder geschlagen. Der Mann, der noch immer halb auf dem Bett lag, hatte sich zunächst gewunden, war aber dann nur auf dem Bett zusammengesunken und hatte die weitere Bestrafung ohne äußerliche Anzeichen seiner Schmerzen über sich ergehen lassen.

Aber das war nicht das Ende seiner Bestrafung. Der Mann, der über ihm stand, hatte endlich den Gürtel neben dem gefesselten Mann auf das Bett geworfen, dann seine Hose geöffnet und sie zu den Knöcheln hinunterrutschen lassen.

Sich hinter den Mann auf dem Bett kniend, stießen seine Hüften vorwärts und Sophia konnte sich gut vorstellen, was dort gegenüber nur wenige Minuten zuvor passiert war.

Völlig schockiert über diese Handlungen, griff sie zum Telefon und wählte die Nummer der Polizei, denen sie berichtete was sie gerade gesehen hatte. Sie gab ihnen ihre Daten und die Adresse des anderen Gebäudes und die Nummer des Apartments.

Es dauerte nicht lang, bis sie ein Polizeifahrzeug vor dem gegenüberliegenden Haus halten sah. Als die beiden Polizisten das andere Gebäude betraten, atmete Sophia erleichtert auf, wobei sie die Fenster des anderen Apartments im Auge behielt. Aber nur wenige Minuten später verließen die beiden Polizisten das Gebäude bereits wieder und fuhren davon, ohne jemanden aus dem Apartment festgenommen oder, soweit sie gesehen hatte, überhaupt das Apartment betreten zu haben.

Stattdessen erhielt Sophia eine Viertelstunde später einen

Anruf der Polizei, die sie für ihren falschen Alarm wegen einer Film-Crew rügte, die dort ,Adult-Material' aufnahm. Sie solle sofort mit dem Stalken aufhören oder die Crew würde rechtliche Maßnahmen gegen sie ergreifen.

Vor Überraschung unfähig zu antworten, konnte sie nur schwache Proteste murmeln und bot an, dass sie der Polizei ihr aufgenommenes Material zeigen könne. Aber ihr Vorschlag wurde vehement abgelehnt. Der Polizist am Telefon wies sie an, ihre Aufnahmen sofort zu löschen oder er würde ihr ein Team vorbeischicken, das die Arbeit für sie erledigen würde.

„Nein, nein. Ich mach es – sofort", murmelte Sophia beschwichtigend, obwohl sie nicht einmal einen Moment lang die Absicht hatte, das Material wirklich zu löschen. Dennoch, im Versuch den Beamten am anderen Ende der Leitung zu überzeugen, klickte sie einige Tasten auf ihrem Computer-Keyboard, um es so erscheinen zu lassen als würde sie eifrig seinen Anweisungen folgen.

„So, fertig. Sehen Sie – alles erledigt. Alle Dateien sind nun weg. Sie brauchen niemanden mehr zu schicken. Alle Aufnahmen sind nun gelöscht."

„Gut. Und bleiben Sie vom Fenster weg. Hören Sie mich? Es passiert nicht während meiner Wache, dass Menschen in ihrem eigenen Heim beobachtet werden. Es gibt schwere Strafen für Stalker. Nur weil es Ihr erstes Mal ist, geht dies noch einmal so glimpflich ab. In Zukunft wird dies nicht mehr so sein. Hören Sie mich?"

„Hm, ja. Ich werde vom Fenster wegbleiben. Ich habe ohnehin genug Arbeit. Vielen Dank. Bitte entschuldigen Sie, dass ich den falschen Alarm ausgelöst habe."

Sophia legte erleichtert den Telefonhörer auf, aber schüttelte zugleich ungläubig den Kopf. War das wirklich gerade passiert, fragte sie sich verwundert. Konnte es sein, dass die Polizei mit dem Vergewaltiger in dem anderen Apartment unter einer Decke steckte? Die Beamten waren nur wenige Minuten dort gewesen. Sie hatten nicht einmal den Raum betreten, von dem sie ihnen berichtet hatte. Welche Geschichte hatten die Männer, die den Mann auf dem Bett festhielten, dort drüben zusammengesponnen, um die Polizei so schnell loszuwerden? War es möglich, dass es sich tatsächlich um ein Film-Team handelte? Aber ein Film-Team, das in völliger Dunkelheit filmte? Wer hatte je solchen Unsinn gehört? Nein, Sophia verwarf diesen Gedanken sofort.

Was auch immer dort drüben vor sich ging, nun ganz offensichtlich mit der Unterstützung der Polizei, bedeutete nichts Gutes für den Mann auf dem Bett.

Unfähig die Sache auf sich beruhen zu lassen, stellte Sophia die Kamera mit einer neuen Disk erneut auf, nun ganz sorgfältig, damit nicht das Straßenlicht in der Kameralinse reflektierte und ihre Position als Beobachter erkennen ließ.

Nach zwanzig weiteren Minuten spielte sie die neue Aufnahme ab. Der Mann war zurück auf dem Bett, unbeweglich wie zuvor. Diese Aufnahme überschrieb sie mit den nächsten zwanzig Minuten und beobachtete auf diese Weise die ganze Nacht hindurch den unbeweglichen Mann.

Erst in den frühen Morgenstunden, als sie bereits wieder ohne den Nachtmodus der Kamera sehen konnte, obwohl die Spiegelung in der Fensterscheibe die Sicht erschwerte, schien jemand in das Zimmer gegenüber zu kommen und dem Mann vom Bett aufzuhelfen. Der Mann mit dem Rücken zum Fenster nahm wieder seine übliche Position ein. Sie konnte nicht viel erkennen, jedoch der Teil des Bettes den sie sehen konnte war leer, also musste dem Mann vom Bett erlaubt worden sein es zu verlassen.

Dieses Mal drehte der Mann, den sie nur von seinem Rücken zum Fenster her kannte, einen Stuhl zum Fenster und stellte sich darauf. Er stieß die Fensterflügel auf und stieg hinaus auf das Fensterbrett. Er versuchte den Sonnenschutz nach unten zu ziehen, aber Sophia wusste wie nutzlos das war. Die Sonnenbahnen ließen sich nicht händisch steuern. Sie funktionierten nur, wenn sie an das zentrale Temperatur-Regulierungs-System des Hauses angeschlossen waren, das sie dann automatisch aus- und wieder zurückfahren ließ, wenn es der angeschlossene Computer für richtig befand.

Sie wusste das nicht von ihren Bemühungen für Mr. Arnestone, dem Hausmeister, sondern von einigen Bewohnern des Hauses, die sich in der nahegelegenen Bäckerei lautstark über diese nutzerunfreundliche Technologie beschwert hatten, die keinerlei individuelle Regulierung zuließ.

Wenn die Männer in diesem Apartment davon nichts wussten, musste ihr Vermieter vergessen haben ihnen die Beschreibung für die Wohnung und die Zugangsdaten für die Aktivierung des Systems auszuhändigen. Sophia rätselte darüber, ob dies bedeuten konnte, dass sie illegal in der Wohnung waren oder nur, dass sie einen nachlässigen Vermieter hatten.

Was auch immer der Grund war, Sophia fühlte sich unwohl dabei den Mann, der so offensichtlich als ihr Gefangener litt, seinem Schicksal zu überlassen.

Wenn die Polizei nicht bereit war zu helfen, musste sie andere Mittel und Wege finden den Mann zu befreien. Sophia konnte nicht guten Gewissens zusehen und einen Mann in dieser Situation allein lassen, geschlagen und vergewaltigt. Dies war der schrecklichste Albtraum für sie. Sie musste diesem Mann irgendwie helfen.

Sophia verpasste bewusst ihre nächste übliche Laborzeit und verbrachte den Vormittag damit, verschiedene Möglichkeiten abzuwägen. Sie ging alle Freunde durch, die ihr eventuell Hilfe oder zumindest einen Ratschlag geben konnten. Aber da das Semester gerade geendet hatte, waren die meisten ihrer Freunde nach den Abschlussarbeiten bereits nicht mehr in der Stadt, um über die Semesterferien Arbeit zu finden. Auch die, die sonst noch vor Ort wären, hatten die heißesten Tage des Jahres genutzt, um Urlaub zu machen und der brütenden Hitze zu entkommen. Nicht einer ihrer Freunde, die ihr sonst bereitwillig helfen würden, war noch in der Stadt.

Sophia war dennoch nicht bereit aufzugeben. Sie kam nur zu dem Entschluss, dass sie diese Rettungsaktion allein bewerkstelligen musste. Das bedeutete sorgfältiges Beobachten und Planen und natürlich sehr vorsichtiges und vor allem leises Auftreten.

‚Leises Auftreten! – Das war es‘, dachte sich Sophia. Das andere Gebäude hatte neue Feuerleitern installiert. Zumindest während eines Feueralarms müssten sie frei zugänglich sein.

‚Nein‘, plante Sophia in Gedanken weiter, ‚das würde so nicht funktionieren.‘ Sie befürchtete, dass die Männer möglicherweise ihre Geisel lieber umbrachten, als zu riskieren entdeckt zu werden oder mit ihren Verbrechen und Absichten aufzufliegen, wenn sie ihre Schritte auf der metallenen Feuerleiter näherkommen hörten. Sie würde den Mann auf eine andere Weise befreien müssen, aber wie?

Die Feuerleitern waren zudem auf der anderen Seite des Apartments und wären für sie ohnehin schwer erreichbar, ohne dabei unnötige Aufmerksamkeit zu erregen.

‚Aber – ja! Das war es.' Sophia strahlte vor Freude über ihre neue Idee.

Sie wollten ihren Sonnenschutz herunterfahren und sie wusste wie er in Betrieb genommen werden konnte. Das würde ihr ausreichend Grund geben, das Zimmer des gefangengehaltenen Mannes zu betreten. Aber wie würden sie darauf reagieren? Was würden sie mit dem Mann machen und wie konnte sie ihn befreien und ungehindert die Wohnung mit ihm verlassen?

Zumindest hatte sie vorerst die Frage gelöst, wie sie sich Zugang verschaffen konnte, aber sie würde sich beeilen müssen, damit Mr. Arnestone als Hausmeister ihr bei der Lösung der Aufgabe nicht zuvorkam. Er war ohnehin über-arbeitet und würde sicherlich nichts gegen ihre Hilfe einzuwenden haben.

Sie würde ihm auch das Video zeigen. Sophia wollte ihn hingegen nicht direkt mit in die Sache hineinziehen und riskieren, dass ihr guter Freund verletzt wurde, aber vielleicht konnte er dabei helfen einen Feueralarm auszulösen, damit die Wachen des Mannes zur rechten Zeit abgelenkt wurden während sie im Apartment war.

Sie packte ihre Kamera ein und ging entschlossen auf die Eingangshalle des anderen Gebäudes zu, wo sie sich sicher war Mr. Arnestone um diese Zeit vorzufinden. Er hatte eine Hausmeister-Kabine im Eingangsbereich mit den Monitoren der Überwachungskameras, auf denen er die ganze Anlage im Auge behalten konnte.

– 3 –
Luxuriös renoviertes
Apartmenthaus in Camsted

Mr. Arnestone grüßte Sophia bereits vom Eingang seines Gebäudes aus, als sie noch nicht einmal ganz die Straße überquert hatte.

„Ich warte schon seit dem Morgen darauf, dass Sie heute vorbeikommen. Ich habe ein neues Computer-Problem, bei dem Sie mir sicher helfen können." Seine Stimme gab zu erkennen, dass er genau wusste wie gerne Sophia solche Rätsel löste, die der Computer für ihn darstellte.

Sophia war in der Lage, die Ursache seines Problems rasch zu ermitteln und konnte es in wenigen Minuten beseitigen.

„Ich komme heute mit meinen eigenen Problemen", begann Sophia. „Ich habe einen Verdacht gegen Bewohner im achten Stockwerk Ihres Gebäudes."

„Dann waren Sie es also, die die Polizei geschickt hat?"

„Ja, das war ich. Aber die Polizisten haben gar nichts unternommen."

„Da das gesamte Stockwerk derzeit unbewohnt ist."

„Nein, ist es nicht. Männer, zumindest drei, halten sich im Apartment auf der linken Seite auf."

„Ah, ja. Die Polizei hat dort eine Film-Crew vorgefunden. Sie haben eine Szene für eine Billig-Produktion vorbereitet. – Sex, wenn Sie verstehen was ich meine."

„Oh, das war es auch was die Polizei mir erzählt hat. Aber sie halten dort einen Mann gegen seinen Willen gefangen. Ich bin mir da ganz sicher. Und wenn die Polizei nicht bereit ist einzugreifen, muss ich etwas dagegen tun."

„Nun, seinen Sie kein solcher Heißsporn. Was können ein junges Mädchen und ein alter Mann schon ausrichten?"

Sophia war froh darüber, dass Mr. Arnestone sofort für sie Partei ergriff und sich in ihre Rettungsaktion mit einbezog.

„Aber wir müssen irgendetwas tun. Wir müssen", flehte Sophia. Sie zog ihre Videokamera heraus und zeigte, was sie über den Gefangenen aufgenommen hatte, stoppte jedoch die Aufnahme bevor die Vergewaltigungsszene begann.

Es widerstrebte Sophia irgendwie, den ihr unbekannten Mann in einem derartigen Zustand zu zeigen, wo er der Gewalt des anderen, klobigen Mannes so hilflos ausgeliefert war. Sie musste ihm helfen und ihn aus den Fängen dieser brutalen Männer befreien.

Der Hausmeister saß wie unter Schock schweigend da, nachdem er ihre Aufnahmen gesehen hatte und dabei hatte sie den schlimmsten Teil ausgelassen.

„Und die Polizei wollte Ihnen nicht helfen?"

„Nein. Ich musste ihnen sogar schwören die Aufnahmen zu vernichten. Obwohl ich sie angefleht hatte einen Blick in diesen Raum zu werfen."

„Dann müssen wir selbst einen näheren Blick hineinwerfen. Sie sagen, der Sonnenschutz in diesem Apartment funktioniert nicht richtig?"

„Ja, er fährt nicht aus. Die Verbindung mit der zentralen Schalttafel muss ausgeschaltet sein, denn die anderen Apartments auf dem gleichen Stockwerk funktionieren alle einwandfrei."

„Das muss daran liegen, dass das Apartment im System als ‚leerstehend' erscheint. Ich hatte mich schon gewundert wo die Polizei die Film-Crew angetroffen hat. Das Apartment ist nicht freigeschaltet und in das Zentralsystem eingeloggt. Das wird manchmal so gemacht, wenn Apartments keinen Mieter haben und gegenwärtig niemand für die Unkosten aufkommt."

„Das ist die Gelegenheit für mich hineinzukommen, aber wie kann ich die Männer ablenken, damit ich ihre Geisel sicher herausbekomme? Sie werden mich nicht einmal hineinlassen und ich kann mir nicht denken, wie ich den Mann unbeobachtet von ihnen wegholen soll."

„Ein Gas-Leck! Das ist es. Das Alarmsystem in der Küche wird darauf anschlagen. Ich werde gleich meinen Freund Tom bei der nächsten Feuerwehr-Einheit anrufen, damit er vorbeikommt und für uns das Stockwerk evakuiert. Da die anderen Apartments im achten Stock wirklich leer stehen, werden sie nicht merken, dass sie die einzigen sind die evakuiert werden. Das wird uns genug Zeit zum Handeln geben."

Als Mr. Arnestones Freund Tom kurze Zeit später in voller Feuerwehr-Montur eintraf, wollte er die Videoaufnahmen sehen und verzog unangenehm berührt sein Gesicht, als er sah wie sich der muskulöse Mann hinunterbeugte und für die Vergewaltigung des anderen Mannes vorbereitete, so als wüsste er bereits was nun folgen würde. Auch dieses Mal stoppte Sophia hier die Wiedergabe.

„Wir müssen hier eingreifen. Lasst uns damit gleich anfangen." Tom schloss sich sogleich ihrem Bund an, diesem unbekannten Mann zu helfen. Sie gingen den Plan im Detail durch und richteten eine Verbindung zwischen ihren Mobiltelefonen ein.

Sophia schaltete ihr Handy ein und richtete eine Konferenzschaltung ein, die sie aktiv ließ, damit die beiden Männer mitverfolgen konnten, wie ihre Bemühungen in die Wohnung zu kommen vorankamen und rechtzeitig eingreifen konnten.

Sie fuhr mit dem Lift nach oben und klingelte wiederholt an der Türglocke. Jedoch brachte dies keinerlei Reaktion, so dass sie dann beharrlich an die Tür klopfte. Endlich wurde ihr die Tür von einem kräftigen Mann Anfang vierzig mit angehender Glatze und hellblonden Haaren geöffnet. Er hatte ihr nur aufgemacht, nachdem sie laut gerufen hatte, dass sie vom Hausmeister gesandt worden war, um den Sonnenschutz zu reparieren.

Der Mann sah mit leerem Blick aus hellblauen, fast durchscheinenden Augen auf sie herab und nahm sie von Kopf bis Fuß genau in Augenschein, bevor er sie eintreten ließ. Und das nur, da sie ihm erklärte, dass sie Zugang zur Schalttafel im Inneren des Apartments benötigte.

Von seiner Größe her war sich Sophia nicht sicher, ob er der Mann war, der ihre Geisel bestraft hatte. Er war bullig genug, obwohl er zu untersetzt wirkte, als dass er der Mann sein konnte, den sie auf dem kleinen Monitor der Videokamera gesehen hatte.

Dennoch zitterte Sophia und sie musste mit tiefen Atemzügen ihre Nerven beruhigen, um äußerlich ruhig zu erscheinen und nicht ihre Furcht vor dem Kriminellen, der mehr wie ein Auftragskiller denn ein Wächter oder Mitglied einer Film-Crew aussah, erkennen zu lassen.

Von der Schalttafel im Flur des Apartments aus hatte sie einen ungehinderten Blick in die leere Küche.

„Riechen Sie das?" fragte sie den Mann, der sie nicht einmal für einen kurzen Moment aus den Augen ließ.

„Nein, was?"

„Das Gas. Es riecht nach Gas." Sophia betrat nun die Küche und schaute unter den Herd, wo sie mit einem raschen Griff den Gashahn weit aufdrehte, der zuvor fest zugedreht gewesen war.

„Ich kann hier kein Problem erkennen. Es muss von irgendwo anders herkommen", begann sie zu erklären, um den Mann an ihrer Seite abzulenken. „Wir müssen die Sonnenschilde überprüfen."

Aus der Küche tretend, ging sie auf die Tür zu, hinter der sie wusste, dass die gefesselte Geisel gefangen gehalten wurde. Der Mann hielt sie jedoch sofort mit einem festen Griff am Oberarm zurück.

„Hier entlang." Der Mann ging voraus und öffnete die Tür zu einem der rückwärtigen Zimmer des Apartments, das sie von ihrer Wohnung aus nicht sehen konnte. Ohne Widerstand zu leisten, ließ sie sich von ihm in den hinteren Teil des Hauses führen.

Der Sonnenschutz war hier hochgefahren. Aber das war auch nicht wirklich verwunderlich, da die Sonne am frühen Nachmittag auf die andere Seite des Gebäudes herabbrannte.

„Wir müssen uns die andere Seite des Hauses ansehen, damit wir feststellen können, ob der Sonnenschutz funktioniert. Hier, mit der Sonne auf der anderen Seite, können wir gar nichts sehen."

„Nein", antwortete ihr der Mann ruppig.

„Nein? Funktioniert der Sonnenschutz oder nicht?" Sophia ließ nicht locker.

„Ich gehe. Bleibe."

Das schien ein Mann von wenig Worten zu sein.

Aber zumindest hatte es den Anschein, dass der andere Mann, den sie retten wollte, noch immer in dem Raum war, da sein klobiger Wächter sie so nachdrücklich von dem Zimmer hatte fernhalten wollen.

Als sie zurück in den Flur kam, war der Gasgeruch bereits

deutlich wahrnehmbar. Sie war erst ein paar Schritte gekommen, als der Mann bereits wieder aus dem Zimmer des Mannes trat und ärgerlich feststellte:

„Funktioniert nicht. Los, an die Arbeit."

„Ich muss einen Blick auf die Sonnenblenden werfen. Sie könnten eventuell blockiert sein."

„Los."

Überrascht, dass er nicht länger versuchte sie vom Betreten des Raums abzuhalten, musste sie sich nicht lange wundern. Der Mann auf dem Bett lag bewegungslos, jedoch in einer natürlicheren Schlafposition als sie ihn von ihrem Fenster aus gesehen hatte. Unter den aufgeschichteten Kissen konnte sie nicht viel erkennen, vermutete aber, dass der brutale Kerl ihn k.o. geschlagen hatte.

Sophia nahm den einzigen Stuhl im Raum, stieg darauf und warf einen übertrieben ausgiebigen Blick auf die hochgerollten Markisen und rüttelte geschäftig daran herum, um beschäftigt zu wirken, während sie auf das Auftauchen von Mr. Arnestones Feuerwehrmann Tom wartete.

Sie musste nicht lange warten bevor laute Signaltöne zu hören waren, die Alarmanlage hatte also endlich auf das austretende Gas angeschlagen.

Mit großem Effekt kam der Feuerwehrmann zur Apartment-Tür und rief mit lauter Stimme: „Gas-Leck! Evakuierung. Verlassen Sie sofort ihre Apartments. Es ist dringend. Gas-Leck!"

Sophia trat an den Mann auf dem Bett heran. „Wir müssen ihn aufwecken. Er schläft so fest, dass er scheinbar den Alarm nicht hört."

Aber der Mann, der sie die ganze Zeit nicht aus den Augen gelassen hatte, trat zu ihrem Schrecken an den Mann heran und warf ihn sich über die Schulter, als ob er gar kein Gewicht hätte.

„Nahm Schlafmittel." Er wuchtete den Mann mit einer Bewegung der Schulter etwas in die Höhe, um dessen Position anzupassen und trat dann selbstbewusst aus dem Zimmer in den Gang hinaus, wo der Feuerwehrmann Tom auf sie wartete.

Die Türen zu den anderen Apartments auf dem Stockwerk standen weit offen, als hätten deren Bewohner ihr Heim für die Evakuierung bereits verlassen.

Tom trat rasch in das Apartment und außer Sichtweite des Wächters schloss er das Gasventil in der Küche wieder. Für den besseren Effekt rumorte er noch ein bisschen herum, bevor er aus der Wohnung trat und erklärte: „Alles gefunden und behoben. Sie können nun zurückkommen."

Der Mann, der den anderen noch immer über der Schulter trug, drehte sich sofort vom Lift weg, den Mr. Arnestone laut ihrem Plan im Erdgeschoß festhielt, und kam mit seiner Last zurück in die Wohnung. Dort schlug ihn jedoch der wartende Feuerwehrmann mit einem gut platzierten Kinnhaken nieder. Tom versuchte nicht, den zu Boden gehenden Mann aufzufangen, sondern griff nach der bewusstlosen Geisel, ging jedoch unter deren Gewicht ebenfalls zu Boden.

Sich aufrappelnd, richtete er den niedergeschlagenen Entführer auf und gab ihm zur besseren Wirkung noch einen rechten Haken. Anschließend nahm auch er die Geisel über seine Schulter und trat aus dem Apartment heraus, wo er auf Sophia wartete, die nervös die ganze Szene beobachtet hatte und nun über den am Boden liegenden Mann zum Schaltkasten trat und den einen Knopf drückte, der allein für die Behebung aller Probleme und die Aktivierung des Sonnenschutzes nötig war. Als sie das Apartment verließ, schloss Sophia es mit dem

Zentralschlüssel von Mr. Arnestone ab, bevor sie rasch in den Lift sprang, den der Hausmeister nun für sie heraufgeschickt hatte.

„Wir haben ihn", sprach sie freudig in ihr Handy.

„Beeilt Euch und verlasst den Lift im ersten Stock. Sie kommen zurück", konnten sie Mr. Arnestone mit aufgeregtem Wispern über den Lautsprecher des Telefons hören.

„Zurück? Wer?" wunderte sich Sophia laut.

„Die Anderen. Verlasst den Lift so schnell wie möglich."

Mr. Arnestone beendete das Gespräch und ließ sie in ihrer misslichen Lage allein, ohne ihnen mehr Informationen zu geben. Aber da sie bereits im Lift nach unten fuhren, presste Sophia hektisch alle Knöpfe für jedes Stockwerk bis hinunter zum Erdgeschoß. Der Lift hatte zu ihrem Leidwesen die ungünstige Einstellung nach dem Prinzip ‚Wer zuerst kommt mahlt zuerst'. Sie hoffte, dass sie das mit all den Knöpfen noch irgendwie überlagern und den Lift stoppen konnte, bevor er sie im Erdgeschoß direkt den Entführern des Mannes, den sie bei sich hatten, auslieferte.

Sie fuhren ohne Pause abwärts und Sophia hatte schon fast die Hoffnung aufgegeben, als der Lift endlich im zweiten Stock anhielt. Nicht wegen ihrer Klicks, sondern weil eine ältere Dame hier gedrückt hatte und vor dem Lift wartete und damit ihre Befreiungsaktion und möglicherweise ihr Leben gerettet hatte.

Sophia war darüber so erfreut, dass sie die alte Damen vor Freude hätte umarmen können, sie begnügte sich jedoch mit einem strahlenden Lächeln und einem freundlichen Gruß, der mit einem griesgrämigen und missbilligenden Blick von der Frau erwidert wurde, die missmutig über ihre Gehilfe gebeugt war.

Aus dem Lift tretend, überquerten Sophia und Tom den Flur vor den Apartments und nahmen die Treppen nach unten, wobei sie sich bewusst Zeit ließen und genau prüften, ob ihr Weg frei war. Erst als sie den Lift wieder nach oben fahren hörten, wagten sie sich hinaus in die offene Eingangshalle.

Da die Polizei keine Hilfe gewesen und der Mann in ihrer Mitte noch immer bewusstlos war, stimmten Tom und Mr. Arnestone zu, dass es das Beste sein würde, den Mann rasch in Sophias Wohnung zu bringen, um ihn außer Sichtweite seiner Entführer zu verstecken.

Tom, praktisch und effektiv in seiner Hilfe, hüllte den Mann in eine große Feuerwehr-Decke und verbarg so seine schwere Last, als er ihn wieder über der Schulter in ihr Apartment trug. In ihrer Wohnung zog er sich im Badezimmer rasch um und schlüpfte in seine Zivilkleidung, damit er ungehindert und unerkannt das Gebäude verlassen konnte, sollten die Entführer bereits nach dem beteiligten Feuerwehrmann und ihrem Gefangenen Ausschau halten.

Tom zögerte jedoch, sie mit dem unbekannten Mann in ihrem Apartment allein zu lassen. Er wandte ein: „Wir wissen nichts über ihn oder die Gründe, warum er gefangen gehalten wurde. Er könnte Sie verletzen wollen, wenn er aufwacht. Es wäre am besten ihn irgendwie zu fesseln."

Aber Sophia weigerte sich, den Mann, den sie gerade erst befreit hatte, wieder zu fesseln. Sie konnte unmöglich das Gleiche mit ihm machen wie seine Geiselnehmer.

Sophia ließ Tom den Mann auf ihr Bett legen, bevor er sie verließ. Sie würde die Couch nehmen, aber dieser Mann benötigte nach seiner Leidensgeschichte jeden Komfort, den er bekommen konnte. Und das Bett war nur ein kleiner Preis dafür, dass er sich ungestört erholen konnte.

– 4 –
Sophias Apartment

Sie war besorgt, dass ihr unfreiwilliger Gast möglicherweise eine schwere Gehirnerschütterung hatte, da er schon so lange bewusstlos war. Sorgfältig suchte sie seinen Kopf ab, wobei sie mit ihren Fingern vorsichtig durch sein weiches Haar fuhr, aber sie konnte keine Wunden oder Beulen entdecken.

Erst jetzt wurde sie sich darüber bewusst, dass sie einen ziemlich gutaussehenden Mann berührte. Er hatte ausgeprägte Gesichtszüge, die im Schlaf zwar entspannt waren, aber durch seine dunklen Bartstoppeln noch betont wurden. Sein dunkelbraunes, fast schwarzes Haar war kurz und gerade, aber mit einer leichten, verführerischen Wellung.

Irgendwie hatte sie das Gefühl, den Mann bereits einmal irgendwo gesehen zu haben. Vielleicht war er ein Filmstar oder ein Model, überlegte Sophia. Auf jeden Fall hatte er das Aussehen dafür. Sein ausgeprägtes Kinn und seine Backenknochen waren beherrschend und sogar in seiner entspannten Haltung im Schlaf verringerte das nicht seine männliche Attraktivität.

Da sie keinen Grund für seine lange Bewusstlosigkeit finden konnte, schloss Sophia, dass der andere Mann ihm ein starkes Betäubungsmittel gespritzt haben musste.

Es beruhigte sie zumindest, dass er ganz normal atmete und daher nicht vergiftet sein konnte, sondern nur die Wirkung des Mittels ausschlief. Seine lange Bewusstlosigkeit von einem Schlag her hätte sie hingegen beunruhigt und sie hätte einen Doktor oder einen Krankenwagen rufen müssen und damit zugleich sein Versteck preisgegeben.

So hingegen rollte sie ihn in eine bequemere Position und deckte ihn mit einer leichten Decke zu. Sie glaubte ihn erleichtert seufzen zu hören, war sich aber nicht sicher, dass sie richtig gehört hatte.

Sich von ihm abwendend, nahm sie vor ihren Computern Platz, in einer Position, von der aus sie ein Auge auf ihn haben konnte, denn das Bett war, wie auch ihre Couch, gegenüber ihrem Schreibtisch platziert. Dieser teilte ihr kleines Apartment in einen Wohn- und einen Arbeitsbereich. Aber obwohl sie nun wieder vor ihrer Arbeit saß, konnte sie sich nicht darauf konzentrieren. Sie durchsuchte sogar die ,Vermisste Personen'-Liste im Internet, aber sie fand niemanden, der ihrem Mann ähnlich sah. Sie war erstaunt über die enorme Länge dieser Vermissten-Liste allein in ihrer Stadt. Aber sie enthielt fast ausschließlich Frauen. Der einzige Mann, der derzeit vermisst wurde, hatte sein Altenheim verlassen und vermutlich den Rückweg nicht gefunden.

Sophia hatte noch immer keine Ahnung, um wen es sich auf ihrem Bett handeln konnte. War er von einer anderen Stadt oder sogar einem anderen Land? Aber für Sophia war das alles nicht wirklich wichtig. Was hingegen wichtig war, war die Verbundenheit, die sie für diesen Mann empfand. Dieses Band hatte ihr nicht erlaubt, in die andere Richtung zu sehen, als sie ihn in Gefahr glaubte, sogar als die Polizei von ihr verlangte diese Angelegenheit nicht weiter zu verfolgen.

Sie fühlte sich sonderbarerweise nicht einmal eingeschüchtert von der Anwesenheit einer Person in ihrem Apartment, obwohl sie nicht gewohnt war, jemanden, vor allem einen Mann, so nahe in ihren eigen vier Wänden um sich zu haben. Ihre Gefühle für ihn waren vielmehr Neugierde und Freude, für jemanden sorgen und ihm helfen zu können.

Dieser Gedanke riss sie abrupt aus ihren Überlegungen und erinnerte sie daran, dass sie fast keine Lebensmittel mehr ihm Haus hatte. Mit all ihrer Arbeit und ihren Bemühungen Dr. Stewart zu umgehen, hatte sie völlig ihre Einkäufe übersehen. Sie würde zum Laden gehen müssen, aber sie wollte den Mann nicht allein zurücklasse. Daher öffnete sie die Website ihrer Lebensmittelkette, zu der sie normalerweise ging und gab ihre Bestellung online ab. Zum Glück hatten sie einen günstigen Lieferservice, der ihr bereits früher wiederholt geholfen hatte, besonders wenn sie krank war oder sich unwohl fühlte.

Allein zu leben, weit weg von ihrer sich sorgenden Familie, hatte seine Nachteile, und sie hatte ihre Freunde in der Stadt nicht behelligen wollen und da war der Service dieser Kette sehr hilfreich gewesen.

Als die Türglocke wenige Stunden später klingelte, stand der Auslieferungsfahrer vor ihr und händigte ihr die bestellten Waren in Schachteln und Tüten aus. Sie bezahlte ihn und er machte sich rasch auf den Weg für seine weitere Auslieferungs-Tour.

Aber aus dem Inneren der Wohnung vernahm Sophia raschelnde Geräusche, als würde sich jemand darin bewegen. Sie war wegen dem kleinsten Geräusch nervös, denn sie befürchtete, dass die Gangster von gegenüber den Aufenthaltsort ihres Gefangenen gefunden haben könnten und nun in ihre Wohnung eindringen wollten. Rasch eilte sie zurück in den Hauptraum des Apartments. ‚Ihr Mann‘, wie sie ihn in Gedanken nannte, hatte es geschafft sich im Bett aufzusetzen und blickte zu ihr auf als sie eintrat.

„Wo bin ich? Wer sind Sie?“

Freundlich lächelnd stellte sie die schwere Tüte ab, die sie in ihrer Eile nicht mehr losgelassen hatte, sondern im Gegenteil zur Verteidigung gegen mögliche Eindringlinge hatte benutzen wollen, denn sie enthielt die Dosen und Glas-Konserven aus ihrem Einkauf.

„Kann ich Ihnen helfen?" bot er höflich an, aber die junge Frau sprang von ihrer gebückten Haltung auf, um ihn davon abzuhalten sich nach seiner Tortur zu überanstrengen.

„Nein, vielen Dank. Bitte legen Sie sich nur wieder hin. Sie brauchen die Ruhe. Nach all dem was Sie durchgemacht haben."

„Was wissen Sie darüber? Wie bin ich überhaupt hierher gekommen?" Seine Stimme war rau und Müdigkeit war ihr deutlich anzumerken.

„Machen Sie sich keine Sorgen. Sie sind hier sicher. Die wissen nicht wo Sie sind."

„Arbeiten Sie für die Polizei?"

„Nein. Sie wollten mir nicht helfen."

„Dann für die CIA." Auf ihr verneinendes Kopfschütteln fuhr er fort, als sie dies nicht klarstellte. „FBI, NSA, MI5, BND, FSB, ...?"

„Nein. Sie können aufhören weiter zu raten. Ich bin nur ein ganz normaler Nachbar. Ich habe zu Hause gearbeitet und dabei in ihr Zimmer auf der gegenüberliegenden Straßenseite gesehen."

„Sie haben mich beobachtet? Und was haben Sie gesehen, das sie veranlasst hat einzuspringen und mich zu retten, sogar als die Polizei Ihnen befahl damit aufzuhören?"

Enttäuscht über seine kalte Zusammenfassung der Situation und dass er ihre Bemühungen und Risiken, die sie und ihre Freunde für ihn auf sich genommen hatten ihn von seinen Peinigern zu befreien, eindeutig nicht schätzte, fuhr sie ihn ungehalten an: „Ich hätte Sie besser dort lassen sollen wo Sie waren."

„Ach, kommen Sie schon. Ich möchte nicht undankbar erscheinen, aber was in meiner unbeweglichen Form hat Sie dazu veranlasst, allein ein Apartment voller Krimineller zu stürmen?"

„Es war nicht nur Ihre bewegungslose Körperhaltung. Ich habe gesehen ..., ich habe ..." Ihre Stimme wurde immer leiser. Die schrecklichen Bilder von seiner Bestrafung und Vergewaltigung kamen ihr ungebeten wieder lebhaft vor Augen und sie konnte nicht weiterreden. Beschämt darüber, was sie mitangesehen hatte, versuchte sie seinem Blick auszuweichen.

„Was haben Sie gesehen? Sagen Sie es mir", verlangte er mit der Autorität eines Mannes, der gewohnt war Befehle zu geben und der erwartete, dass sie umgehend befolgt wurden. Als sie zögerte ihm zu antworten, machte er Anstalten sich vom Bett zu erheben.

„Nicht. Sie brauchen Ruhe. Und ... – Ich kann Ihnen zeigen was ich gesehen habe ... – Ich kann es nicht sagen ... – Ich kann nicht."

Sie drehte sich um und kramte, wo sie sonst ihre Kamera aufbewahrte, konnte sie aber nicht finden. Und erst jetzt fiel ihr ein, dass sie die Kamera mitgenommen hatte, um die Aufnahmen Mr. Arnestone und Tom zu zeigen und sie daher noch in ihrer Handtasche war.

Sie ging daher hinaus in den Flur, nur um stattdessen rasch nach einer der noch wartenden Einkaufstüten zu greifen und damit zum Kühlschrank zu rennen.

„Was ist das? Bewahren Sie Ihre Kamera etwa im Kühlschrank auf?"

„Nein, natürlich nicht. Ich dachte nur, Sie würden vielleicht etwas Eiscreme mögen und daher habe ich welche bestellt."

„Welche Art?"

„Welche Art von Material ich habe? Ein Video."

„Nein, welche Eiscreme."

„Oh, Schokolade und Vanille und Stracciatella und Mango Sorbet. Sie sehen, ich wusste nicht was Sie mögen und habe daher eine Auswahl bestellt."

„Wie lange wollen Sie mich hier festhalten?"

„Ich? Sie festhalten? Überhaupt nicht. Sie sind frei jederzeit zu gehen, wann auch immer Sie möchten."

„Aber Sie haben Essen bestellt als würden Sie eine Armee von Besuchern erwarten."

„Oh, das war nur für den Fall. Und ich habe gehört, dass Männer mehr essen als Frauen."

„Sie haben das gehört? Sie haben also keine Erfahrungen aus erster Hand? Leben Sie allein?"

„Nicht im Moment", antwortete Sophia vage auf seine Ansammlung an Fragen, sich bewusst werdend, dass sie mit ihrer unbedarften Antwort einen strategischen Fehler gemacht hatte, allein mit einem fremden Mann in ihrem eigenen Heim. „Abgesehen davon, ..."

„Abgesehen von mir? Irgendjemand über den Sie mich vorwarnen sollten, bevor zum Beispiel ein eifersüchtiger Freund oder Liebhaber in der Tür erscheint?"

„Nein."

„Was nun? Kein Freund oder Liebhaber, oder nein, kein Grund oder keine Absicht mich vorzuwarnen?"

„Sie sind unmöglich. – Ich habe einen fürsorglichen Freund, der sehr um mich besorgt ist."

Erneut ging Sophia zu ihrer Handtasche hinaus und suchte nach der Kamera, nicht mehr länger so bemüht darum den

Mann mit den bloßstellenden Videos nicht in Verlegenheit zu bringen, wenn er so ruppig ihre Motive in Frage stellte.

Die Kamera war in ihrer Handtasche ganz nach unten gerutscht und so musste sie in ihrer großen Tasche erst danach wühlen.

Sie wunderte sich, wo ihre sonst so ruhige und reservierte Art geblieben war. Wie leicht war sie mit diesem völlig fremden Mann in Streit geraten und kabbelte mit ihm, als seien sie alte Freunde. Mit nur einem Wort konnte er sie auf die Palme bringen. Seine Meinung bedeutete ihr sonderbarerweise sehr viel, obwohl sie nichts über ihn wusste. Dennoch wollte sie ihn beschützen. Sonderbar, absolut sonderbar, dachte sie sich.

Sie fischte ihre Kamera heraus und schaltete sie an. Auf ihrem Rückweg zu ihm war sie so abgelenkt, dass sie einen überraschten Laut von sich gab, als sie mit dem Fremden im Türrahmen zum Hauptraum zusammenstieß.

Schweigend reichte sie ihm die Kamera.

„Löschen Sie es. Alles", sagte er nach nur wenigen Sekunden des Videos, als er sich bewusst wurde was die Aufnahme enthielt.

Seinen Ausruf ignorierend, versuchte sie sich zu verteidigen: „Sie sehen nun, warum ich handeln musste?"

„Aber warum hat Ihnen die Polizei nicht geholfen? Haben Sie ihnen das Videomaterial gezeigt?"

„Sie haben sich geweigert es anzusehen und mir befohlen, nicht mehr weiter zu beobachten oder ich würde eine einstweilige Anordnung erhalten."

„Wer war im Dienst?"

„Wer? Auf der Polizeistation? Ich habe keine Ahnung. Die zwei Männer, die vorbeigekommen sind, haben sich als Officer Charlie und Leonard vorgestellt. Keine Nachnamen."

Sophia hatte diese Information von Mr. Arnestone erhalten, der die beiden Polizisten ins Gebäude gelassen hatte.

„Ah, ich verstehe."

„Sie kennen die beiden?"

„Ich kennen sie nicht, aber ich weiß von ihnen. Das ist mir bei den beiden nahe genug für meinen Geschmack."

„Sie meinen, Teile der Polizei sind nicht bereit Ihnen zu helfen? Warum?"

„Weil sie größere Ziele verfolgen als meine Freiheit."

„Was könnte das sein? Sie haben ein Recht auf Freiheit wie jeder andere auch."

„Nicht, wenn ich ohnehin in einem ihrer Gefängnisse eingesperrt sein sollte."

„Ohnehin? Warum? – Sie sind ein Häftling? Ein entflohener Straftäter? Ein Verbrecher?" Sophia hatte Schwierigkeiten diesen Gedanken zu akzeptieren und sonderbarerweise fühle sie sich immer noch nicht durch seine Anwesenheit bedroht, sondern neugierig geworden mehr über ihn zu erfahren.

„Was geht es Sie an? Halten Sie ihre Nase aus meinen Angelegenheiten heraus."

Sophia hatte keine Ahnung woher sie ihre widerspenstige Einstellung oder ihren Mut hernahm, aber sie konnte sich einfach nicht zurückhalten zu antworten: „Oh, Sie sind mir vielleicht ein undankbarer Kerl. Wer hat jemals von einem befreiten Mann gehört, der die Hand beißt, die ihn befreit hat?"

„Die ganze Sache geht Sie nichts an. Seien Sie froh darüber, dass ich Sie da nicht mit hineinziehen möchte."

„Ich bin bereits darin verwickelt. Ich habe einen befreiten und wieder eingesperrten Strafgefangenen befreit. – Was, so ganz nebenbei, haben Sie denn verbrochen? Mord?"

„Das geht Sie nun wirklich nichts an, Sie neugieriges Mädchen."

„Oh, auch gut. Dann geht es mich auch nichts an, ob Sie hungrig sind oder nirgendwo hinkönnen, jetzt, da sowohl die Polizei als auch die Kriminellen nach Ihnen suchen."

Sein Blick war nach ihrem hitzigen Schlagabtausch intensiv auf sie gerichtet und er betrachtete sie von Kopf bis Fuß. Zum ersten Mal inspizierte er die junge Frau näher, die ihn alleine befreit hatte. Ihr störrisch nach oben gerichtetes Kinn betrachtend, wusste er, dass sie Schwierigkeiten bedeutete.

Das Mädchen war schlank und wirkte zerbrechlich, aber von dem was sie getan hatte wusste er, dass sie entschlossen war und nicht aufgab, nicht einmal gegenüber der stärksten Opposition. Ihre kleinen Brüste waren von einem zerknautschten T-Shirt von einer Software-Tagung bedeckt und sie atmete schwer, voller Empörung und Zorn.

Trotz ihres fast knabenhaften Aussehens fühlte er eindeutig Interesse in seinen tieferen Regionen aufsteigen. War es wegen seinem langen, aufgezwungenen Zölibat aufgrund seines Strafprozesses und seines Gefängnisaufenthalts, dass er sich zu diesem neugierigen und selbstgerechten Mädchen hingezogen fühlte? Was auch immer es war, er war entschlossen jegliche aufkommenden Gefühle für sie im Keim zu ersticken. Er hatte nicht die Zeit oder auch nur genug Energie für eine Romanze übrig, wenn all seine Bestrebungen allein darauf gerichtet sein mussten zu überleben und seine Unschuld zu beweisen.

Ein naives und unerfahrenes Mädchen würde ihn nur auf seinem Weg in die Freiheit behindern und wäre ihm mit ihrer Emotionalität und Anhänglichkeit eine zusätzliche Last.

Von seiner Ex-Frau wusste er, dass man nie einem schönen Gesicht trauen konnte oder den Beteuerungen von Liebe, die nur ein einziges Ziel verfolgten, seinen Geldbeutel und Besitz zu kontrollieren, nichts sonst.

Da er auf ihre indirekte Frage so lange nicht antwortete, kommentierte sie schnippisch: „Wenn Sie nicht hungrig sind, das ist Ihre Entscheidung. Ich bin es und werde mir nun etwas herrichten. Viel billiger für mich, wenn ich Sie nicht durchfüttern und beherbergen muss."

Sie drehte sich um und ließ ihn im Eingang zum Hauptraum stehen.

Sie hob eine Tasche mit Gemüse und eine andere mit weiteren Lebensmitteln auf und versuchte, sich durch den Türrahmen, den er noch immer blockierte, an ihm vorbeizuschieben, um zur Küche zu gelangen, einem minimalistisch kleinen Raum, der den Namen fast nicht verdiente.

Ihr Arm, der die Tasche hielt, schob sich entlang seiner festen Brust und seines Bauches und elektrische Statik knisterte zwischen ihnen. Er richtete sich rasch weiter auf und sprang von ihrer Berührung zurück.

Nachdem was sie von ihm im Video gesehen hatte, bezweifelte er ohnehin, dass sie ihn attraktiv finden konnte. Welche Frau würde schon an einem männlichen Fuck-Spielzeug und einem unter Sex-Entzug leidenden Kriminellen interessiert sein. Er wunderte sich, warum sie sich überhaupt die Mühe gemacht hatte ihn zu befreien und nicht einfach nur mit Abscheu über das was sie gesehen hatte weggesehen hatte, wie es wohl die meisten Menschen getan hätten.

Sie war sicherlich eine ungewöhnliche junge Frau.

Delikat riechendes Essen brutzelte nach nur wenigen Minuten in der kleinen Küche. Er ging in den Hauptraum des Apartments zurück und setzte sich auf das Bett, auf dem er aufgewacht war. Schwindel plagte ihn noch, die Folgeerscheinungen der Droge, die ihm einer seiner Wächter, Andrew aus dem irischen Mob, gespritzt hatte. Das war das Letzte gewesen, an das er sich erinnern konnte, bevor er hier in dem Raum dieses Mädchens aufgewacht war.

Das Essen war noch nicht fertig, als ein Telefon auf ihrem Schreibtisch klingelte. Das Telefon abnehmend lächelte sie in den Hörer, als könnten die Person am anderen Ende der Leitung sie sehen. Erstaunt über das Mädchen schüttelte er nur den Kopf in Verwunderung.

„Nein. Alles ging gut. Nein. – Ich habe nicht früher angerufen, weil sie ihm etwas verabreicht haben und er auf meinem Bett geschlafen hat. Keine Veränderungen zum Beginn, keine Neuigkeiten. Ich wollte ihn nicht aufwecken ... Nein. Alles ging gut. Sie haben keine Ahnung wer ihn geholt hat oder wo er nun ist. – Nein! Ihr braucht nicht den ganzen Weg herzukommen. Nein. Ich versichere Euch, ich bin wirklich sicher mit ihm. Er würde nie etwas tun um mir zu schaden. – Natürlich bin ich mir sicher. – Ja, er ist nun wach. Hm, wenn Ihr darauf besteht."

Das kabellose Telefon mitnehmend, drückte sie es ihm in die Hand.

„Meine Eltern", stellte sie fest und kehrte in ihre Miniatur-Küche zurück.

Der erste Moment am Telefon war angespannt.

„Hallo", sprach er, sich vorsichtig herantastend, in den Hörer.

„Wenn Sie meiner Tochter etwas tun, haben Sie sich vor mir zu verantworten. Hören Sie mich?" Eine verärgerte männliche Stimme sprach am anderen Ende, während eine weibliche Stimme im Hintergrund zu vernehmen war, die den Mann aufforderte, erst einmal zu fragen wer er war.

Lächelnd antwortete er: „Ich habe keinerlei Absicht Ihrer

Tochter etwas zu tun. Sie können versichert sein, dass ich nichts tun werde, um ihr Schaden zuzufügen."

Seine Worte stellten den Mann am anderen Ende nicht im Geringsten zufrieden.

„Aber Sie bringen sie in Gefahr, ich bin mir dessen ganz sicher. Ich habe ihr gesagt sie soll die Finger davon lassen und der Polizei alles überlassen, aber sie wollte nicht auf mich hören. Als die Polizei den Fall nicht anfassen wollte, hätte sie das Gleiche tun sollen. Aber nein, sie musste sich vergewissern, dass Sie in Ordnung sind. Und wer sind Sie, um ihre Mühen überhaupt wert zu sein? Ihr Leben für einen Fremden zu riskieren, einem kriminellen Abschaum?"

„Sie war also wirklich allein in ihrer Entscheidung mir zu helfen?"

„Zum Glück nicht. Sie hatte den Hausmeister von gegenüber, der ihr half. Denken Sie nicht, dass sie hilflos oder ohne Schutz ist. Ich werde Himmel und Hölle in Bewegung setzen, wenn Sie ihr auch nur zu nahe kommen, meinem kleinen Mädchen. Sie ist viel zu gut für Sie und jemanden Ihrer Sorte."

„Und welche Sorte bin ich?" konnte er sich nicht helfen den Mann am anderen Ende aufzuziehen.

„Das ist unwichtig. Sie ist zu gut für jeden. Hilfsbereit und liebenswürdig. Trauen Sie sich ja nicht, ihr Mitgefühl auszunutzen oder Sie haben es mit mir zu tun."

„Abendessen ist fertig. Oh, ich habe vergessen, Sie sind ja nicht hungrig", kam der Ruf aus der Küche.

„Sie sehen, sie ist bei weitem nicht so gut wie Sie denken. Sie möchte mich verhungern lassen, während sie sich selbst etwas Leckeres herrichtet."

„Geschieht Ihnen ganz recht dafür, dass Sie so herumspielen und mir keine klare Antwort geben. So, wer sind Sie? Sophia hat es nicht erwähnt."

„Merton C. Lynford. Professor der Neuro-Technologien und optischen Halbleiter-Übertragung."

„Was? Habe noch nie von solch einem Thema gehört. Professor, sagen Sie? Wo?"

„Am MIT, zuletzt."

„Nicht gegenwärtig? Wo sind Sie jetzt angestellt?"

„Nicht im Moment, zumindest soweit ich in den letzten Nachrichten, die mich erreicht haben, gehört habe. Sie haben meine Firma übernommen."

„Oh, eine Firma? Dann finanziell abgesichert?"

„Wenn nicht alles konfisziert wurde, möglicherweise. Vielleicht."

„Was nun?"

Das Mädchen unterbrach nun und nahm ihm den Telefonhörer weg.

„Papa, bitte mach Dir keine Sorgen. Alles ist in Ordnung hier. Du musst Dir wegen ihm keine Sorgen machen. Er ist harmlos. Er ist gerade erst von dem schweren Betäubungsmittel aufgewacht. Er braucht nun erst einmal Ruhe und keine Befragung von Dir und Mama. Bitte mach Dir keine Sorgen, er wird mir wirklich nichts tun. Im Moment zweifle ich sogar daran, dass er es könnte, so schwach wie er ist." Sie konnte nicht sagen, woher ihre Überzeugung kam, aber sie sagte diese Worte nicht nur, um ihre Eltern zu beruhigen, sondern auch weil sie selbst fest daran glaubt, dass der Mann ihr nicht wirklich schaden wollte.

„Ich werde Euch auf dem Laufenden halten und Euch wissen lassen sobald ich mehr erfahre. Wir hatten noch keine Zeit zu sprechen oder zu planen, was wir nun tun müssen. – Gute Nacht, Mama, Papa. Ich verspreche, ich melde mich sobald wie möglich."

Als sie den Hörer auflegte, sprach er vom Bett aus, auf dem er noch immer ruhig abwartend saß.

„Sie belügen so mutwillig Ihre Eltern?"

„Ich belüge sie nie. Wovon reden Sie?"

„Dass ich ‚harmlos' bin."

„Sie sind ... Sie waren. Oh, hören Sie auf. Sie haben selbst gesagt, dass Sie mir nichts tun werden. Ich wollte meine Eltern nur beruhigen. Sonst steigen sie sofort ins Auto und fahren die 800 Kilometer hierher in einer Tour durch. Ich möchte nicht, dass sie das machen. Die Fahrt ist in ihrem Alter normalerweise schon sehr anstrengend, aber ganz besonders, wenn sie vor Sorge um mich die ganze Nacht durchfahren."

„Sie sind also die gute Tochter. Der gute Samariter, der verirrte Kriminelle aufnimmt und sich um seine Familie sorgt."

„Und was ist falsch daran? Sie selbst sind Nutznießer meiner Hilfe und darüber hinaus ein ziemlich undankbarer, soweit ich das bisher feststellen kann. Und ich kenne noch nicht einmal Ihren Namen."

„Natürlich kennen sie ihn. Ich habe ihn gerade Ihren Eltern genannt."

„Was? Der Unsinn mit Prof. Lynford? Das Märchen konnten Sie nur meinen Eltern auftischen, da sie keine Möglichkeit haben den Wahrheitsgehalt zu überprüfen. Aber ich kann das tun. Prof. Lynford ist ein großartiger Mann, dessen Größe Sie nie erreichen können. Nun sagen Sie schon, wer sind Sie wirklich?"

Die junge Frau, die ihr Vater Sophia genannt hatte, marschierte aufgeregt zum kleinen Kaffeetisch vor der Couch und deckte ihn mit zwei Sets, völlig ungeachtet ihrer früheren

Drohung ihren lästigen Gast hungern zu lassen.

Er beobachtete jede ihrer Bewegungen und antwortete mit überlegener Gelassenheit: „Für mich ist es unwichtig, ob Sie mir glauben oder nicht, aber üblicherweise muss ich mich nicht zwei Mal vorstellen."

„So arrogant wie Sie sind, könnten Sie wirklich Prof. Lynford sein. Man sagt von ihm, dass es schwer ist mit ihm zurecht zu kommen. Mein Professor hat mich vor ihm gewarnt, als ich gefragt habe ob ich ihn als Zweitkorrektor für meine Dissertation bekommen kann. Also, falls Sie wirklich Prof. Lynford sind, was hat Sie in solch riesige Schwierigkeiten gebracht?"

„Nun geben Sie vor mich zu kennen. Was erwarten Sie dafür als Wiedergutmachung? Eine gute Note? Eine heiße Affäre?"

„Sie sind unmöglich. Ich sollte Sie wirklich verhungern lassen. Aber von Ihrem Aussehen her brauchen Sie dringend etwas Essbares. Greifen Sie zu, auch wenn Sie meine Hilfe nicht verdienen."

„Vielen Dank, meine unbekannte, ach so liebenswerte Gastgeberin."

„Oh, Entschuldigung." Sophia wurde durch seine Worte plötzlich daran erinnert, dass sie sich ihm nie vorgestellt hatte. Er hatte sich so unmöglich aufgeführt, dass er sie sofort in ein Streitgespräch verwickelt und sie dabei völlig vergessen hatte, dass er ein völlig Fremder war.

„Ich bin Sophia, Sophia Warren. Entschuldigung. Ich wollte Sie nicht im Ungewissen lassen." Nachdem ihr die Vorstellung entschlüpft war, bereute sie es sofort. Sie hätte ihn besser von ihrem Dissertationsthema selbst auf ihren Namen kommen lassen sollen. Aber welcher Professor achtete schon auf die Namen von Studenten, deren Arbeiten er lediglich nachkorrigierte. Das wäre ihrer Meinung nach also ohnehin kein wirklicher Beweis gewesen. Aber seine nächsten Worte überraschten sie.

„Oh, Prof. Bennings Kandidatin. Die eine, die nachdrücklich genug war, dass er mich mit ihrem Thema behelligt hat."

„Sie kennen Prof. Benning? Dann müssen Sie der sein, für den Sie sich ausgeben."

„Ich dachte, meine Arroganz hätte dies bereits ausreichend belegt."

„Nein. Arroganz ist leider keine so seltene Eigenschaft. Aber je mehr ich über Sie erfahre, desto besser verstehe ich, warum Sie in dem Ruf stehen so unerträglich zu sein."

Dieses Mal schienen ihre Worte einen wunden Punkt getroffen zu haben. Schweigend setzte er sich auf die Couch vor den kleinen Tisch, nahm eine Serviette und platzierte sie in seinem Schoß, bevor er sich ohne weitere Umstände von ihrem Essen auf seinen Teller lud.

Lange Zeit während des Essens behielt er sein Schweigen bei und Sophia begann, ihre heftigen Worte zu bereuen.

„Es tut mir leid. Ich hätte nicht so verletzend zu Ihnen sein sollen. Sie haben eine schwere Zeit durchgemacht und brauchen Ruhe. Sie sind sicherlich viel umgänglicher, wenn Sie sich wieder besser fühlen. Es tut mir wirklich leid."

„Warum tut es Ihnen leid, wenn es, wie Sie sagen, meine eigene Schuld ist? Sie können mich nicht verändern."

„Aber ich hätte Sie nicht so hart beurteilen sollen."

„Sie haben nur wiederholt was Sie über mich gehört haben."

„Nun ja, aber ... Sie sind sicherlich ..."

„Ich bin sicherlich nicht. Hat Ihr Professor Ihnen nicht ausgerichtet, was ich über seine letzte Anfrage für Ihr Forschungsthema gesagt habe?"

„Sie mochten meine Themenwahl nicht." Sophia hatte dies nicht wirklich etwas ausgemacht, da die Formulierung ihr von Dr. Stewart aufgezwungen worden war.

„Aber hat er Ihnen meine genauen Worte ausgerichtet?"

„Nein. Ich denke nicht, dass sie wichtig waren. Sie haben meinen letzten Themenvorschlag abgelehnt und alle vorherigen ignoriert. Das ist alles was ich weiß."

„Meine Worte, meine exakten Worte waren: ‚Unbrauchbare Idee eines verträumten Mädchens, das ihren Kopf in den Wolken hat.' – Wollen Sie mich noch immer bewirten und mir helfen?"

„Sie hatten sicherlich Ihre Gründe dafür das Thema abzulehnen. Prof. Benning sagte mir, dass es damals gerade eine sehr ungünstige Zeit für Sie war, als meine Anfrage bei Ihnen eintraf", entgegnete Sophia steif.

„Sagte er das? – Wie sonderbar. Zu dem Zeitpunkt war es noch nicht öffentlich bekannt."

Er verfiel erneut in nachdenkliches Schweigen, seine Stirn war in Konzentration gerunzelt. Sophia ließ ihn in Frieden und bereitete mehr von ihrem gemischten Fruchtsaft für ihn zu. Er nahm ihn, ohne auf ihre Bemühungen zu reagieren, aber Sophia hatte den Eindruck, dass die Information, die sie ihm gerade gegeben hatte, ihn dazu veranlasste die Ereignisse der Vergangenheit neu zu überdenken und sie wollte ihm hierfür die Zeit lassen.

Zumal sie ihm keine Schuld geben konnte, dass er die schwachsinnige Idee von Dr. Stewart nicht gut gefunden hatte, obwohl er glaubte, dass der Vorschlag zu diesem unsinnigen Thema von ihr selbst gekommen war. Zumindest aber hatte dieser Vorschlag damals, im Gegensatz zu ihren eigenen Ideen, wenigstens eine Reaktion von ihm ausgelöst.

Sie selbst hatte wesentlich deftigere Worte für den von Dr. Stewart aufgezwungenen Themenvorschlag gehabt, obwohl sie nicht gewagt hatte, diese gegenüber dem Doktor oder Prof. Benning offen auszusprechen.

Sie war sich sicher Prof. Lynford würde wieder mit ihr sprechen sobald er etwas hatte das sie erfahren sollte. Sie wollte ihn nicht ausfragen und in seinen Gedankengängen unterbrechen. Nach all dem was er durchgemacht hatte, verdiente er Zeit, um damit fertig zu werden.

Sie richtete zwei Eisbecher mit Stracciatella her und platzierte einen Becher vor ihn. Er nahm den Löffel auf und kostete etwas und ein zufriedener Laut entfuhr seiner Kehle.

„Gut, nicht wahr? Es ist meine absolute Lieblings-Sorte."

„Danke."

„Keine Ursache." Sophia widerstrebte es, seine Dankbarkeit anzunehmen.

„Es gibt ‚Ursache'. Danke für das Essen und danke für die Rettung. Es ist bemerkenswert, was Sie erreicht haben."

„Es ist in Ordnung. – Wirklich. Sie brauchen sich nicht zu bedanken. Es ist nicht warum ich es getan habe. Ich wollte Ihnen nur helfen und hoffe, dass ich Sie dadurch nicht in noch mehr Schwierigkeiten gebracht habe. – Was sind nun Ihre weiteren Pläne? Vielleicht kann ich Ihnen dabei helfen?"

„Nein! Das ist absolut ausgeschlossen. Sie haben bereits mehr als genug getan." Er sprach abrupt, dass Sophia sich nicht sicher war, ob seine Worte Dankbarkeit oder eine Kritik an ihrer Handlungsweise waren.

„Aber Sie sind draußen in Gefahr, oder etwa nicht?"

„Sie selbst auch. Sie sind dort hineingegangen und müssen zumindest einem der Wachen begegnet sein."

„Ja, aber der eine den ich getroffen habe, kräftig, mit blondem

Haar und sehr hellen blauen Augen, denkt, dass ich vom technischen Reparaturservice war. Er kann nicht wissen was nachher aus mir geworden ist."

Sophia erzählte ihm die Ereignisse seiner Rettung, keine Details auslassend, um ihn über den Hergang seiner Befreiung zu informieren.

„Sie mögen Recht haben, könnten aber dennoch in Gefahr sein, wenn die Männer entdecken, dass Sie dies alles mit dem Feuerwehrmann und dem Hausmeister zusammen ausgeheckt haben", folgerte Prof. Lynford.

„Das mag gut sein, aber von dem was Sie gesagt haben, sind sowohl die Polizei als auch die Kriminellen hinter Ihnen her. Wie kommt es, dass die Polizei sie zwar jagt, aber nicht aufgegriffen hat, als sie die Gelegenheit dazu hatte, und Sie lieber im sicheren Gewahrsam der Kriminellen zurückließ? Welches Interesse können sie haben, das Gesetz dermaßen außer Acht zu lassen?"

„Finanzieller Vorteil. – Immer die Motivation aller schlechten Dinge. Ob dies nun Frauen sind, Kriminelle oder korrupte Polizisten."

Sophia konnte seine Anspielungen nicht nachvollziehen, erkannte aber, dass diese Auflistung eine tiefere Bedeutung für ihn hatte.

„Warum sagen Sie ‚Frauen'? Sie wissen, dass ich Sie nicht für finanziellen Vorteil gerettet habe."

„Und was haben Sie erwartet, wenn nicht eine Belohnung?"

„Nichts, nehme ich an. Vielleicht ein wenig Dankbarkeit dafür, dass ich Sie befreit habe, aber ich sehe mittlerweile, dass dies Ihre Fähigkeiten übersteigt."

„Vielleicht haben Sie das Video gesehen und gedacht, sie bekämen ein Sexspielzeug für Ihre unterdrückte Sexualität."

Er wusste, dass er absichtlich grausam zu ihr war, aber er wollte nicht, dass sie sich weiter als bisher in seine Angelegenheiten einmischte und seine Pläne möglicherweise vereitelte oder sich damit selbst in Gefahr brachte. Und sie vor den Kopf zu stoßen schien ihm im Moment die einfachste Lösung, sie nachhaltig davon abzuhalten.

„Sie sind grausam. Ich bin nicht sexuell unterdrückt. Ich habe einen Freund, wie ich bereits gesagt habe. Und abgesehen davon geht Sie das überhaupt nichts an. Und der Sex-Partner den ich wähle, ist ein netter Kerl, jemand der mich schätzt und nicht jemand wie Sie, der jeden um sich herum vergrault und der denkt, er wäre der einzige der urteilen dürfe. Ich würde mich nie so weit herablassen mit Ihnen zu schlafen."

„Wir werden sehen wie lange Sie Ihre unterdrückten sexuellen Gelüste in Zaum halten können, bevor Sie feststellen was Sie wirklich wollen."

Sich mit ihr ein Wortgefecht zu liefern war überraschend belebend und er fand zu seinem Erstaunen, dass er die Auseinandersetzungen mit ihr genoss. Ihre vor Ärger roten Wangen machten sie noch attraktiver. Wie war das möglich? Das zornsprühende kleine Kätzchen vor ihm war niemand mit dem er sich erlauben durfte zu spielen, obwohl sie zu ärgern ihm erstaunlich viel Spaß machte. Das hätte er niemals erwartet, nicht nach den Erfahrungen mit seiner Ex-Frau.

„Gewiss nicht Sie", gab Sophia widerspenstig zurück, die sich der Richtung seiner Gedanken nicht bewusst war.

Sophia drehte sich um und nahm die leeren Teller mit zurück in die Küche, wo sie sie ärgerlich murmelnd abwusch.

Als sie zurück in den Hauptraum der Wohnung kam, fand sie den Mann ausgestreckt auf dem Bett schlafend vor. Sie nahm eine leichte Decke und breitete sie vorsichtig über ihn. Er sah so friedvoll und hilflos wie ein kleiner Junge aus, wenn er schlief. Nichts erinnerte an den intelligenten, zynischen Blick, der ihr durch und durch ging wann immer er auf sie gerichtet war. Ihre Brust zog sich schmerzhaft zusammen wenn sie nur daran dachte und sie befürchtete, dass er mit seiner Vermutung Recht hatte. Sie war in Gefahr tiefere Gefühle für diesen Mann zu entwickeln, besonders da sie ihn und seine außerordentlichen Forschungen schon so lange aus der Ferne bewunderte. Aber sie durfte ihm nicht verfallen, unter keinen Umständen.

Er wollte sie ohnehin nicht, wie er klar zum Ausdruck gebracht hatte. Und außerdem, welche Zukunft würden ihre Gefühle für ihn haben, verliebt in einen Mann auf der Flucht, sowohl vor den Kriminellen als auch dem Gesetz. Nicht einmal sein Ruf als Professor und genialer Erfinder konnte ihn nun noch vor der Strafverfolgung retten.

War seine schroffe Zurückweisung lediglich sein Versuch, sie sich vom Leib zu halten und sie damit vor möglichen Gefahren zu schützen, denen er sich selbst ausgesetzt sah? Sie hatte sich nie so ungezwungen in Gegenwart eines Mannes gefühlt, frei von ihrer sonst so überwältigenden Schüchternheit, so dass sie sich ohne zu zögern in ein Wortgefecht mit ihm gestürzt hatte und ihr seine Meinung so viel bedeutete, dass sie sogar die Mühe aufwandte, ihn und seine Ansichten über sie zu korrigieren. Aber von diesem Mann bedeutete ihr sonderbarerweise jedes Wort etwas. Sie wollte ihm helfen, obwohl seine Worte versuchten sie von sich zu stoßen und er sie bei jeder Gelegenheit aufzogen.

Für den Augenblick ließ sie ihn schlafen, da es das Beste für ihn war, um wieder zu Kräften zu kommen. Die Kriminellen schienen ihm kaum Essen gegeben zu haben, obwohl sie ihn offensichtlich für Sex benutzen wollten. Auch mussten sie ein höheres Ziel verfolgt haben, wenn sie ihn dafür extra aus dem Gefängnis befreit hatten. Aber ihn am Leben zu erhalten hatte für sie nicht notwendigerweise bedeutet, auch auf seine Gesundheit zu achten.

Recherche und Information –
Sophias Apartment

Da Sophia nun den Namen ihres Gastes kannte, setzte sie sich an ihren Computer und suchte im Internet nach Projekten, an denen er zuletzt gearbeitet hatte. Vor dem Hintergrund, dass sie nun über seinen Gefängnisaufenthalt Bescheid wusste, stellte sie endlich auch die Verbindung zwischen Prof. Lynford und dem mysteriösen Prof. L. her, der vor einigen Monaten durch die Presse gegangen war. Sobald sie daher seinen Namen eingab, erschien eine fast endlose Liste von Suchergebnissen und Zeitungsartikeln über Prof. L.

Sophia fand Beiträge über seine Gerichtsverhandlung und seine Scheidung. Prof. Benning hatte also Recht gehabt mit seiner Bemerkung über die Ehekrise, Prof. Lynford war verheiratet gewesen. Sie war so ausschließlich an seinen Forschungen interessiert gewesen, dass sie sich nie nach seinem Privatleben erkundigt hatte. War seine Ex-Frau der Grund dafür, dass der Mann auf ihrem Bett ganz allgemein so schlecht über Frauen dachte?

Zumindest schien er kaum Zeit im Gefängnis zugebracht zu haben. Nach den belastenden Zeugenaussagen seiner Frau und zwei von ihren Ärzten, war er ziemlich rasch wegen versuchten Mordes ins Gefängnis gesteckt worden. Seine Firma war unter Staatsaufsicht gekommen, während deren Name wegen ihrer militärischen Bedeutung gewissenhaft aus der Berichterstattung der Presse herausgehalten worden war.

Zu ihrer großen Überraschung wurde ihr bewusst, dass Prof. Benning der Einzige war der Sinn machte, die Leitung des freigewordenen Tech-Labors zu übernehmen. War die Forschung, an der sie im letzten halben Jahr gearbeitet hatte, ursprünglich Prof. Lynfords und nicht, wie sie angenommen hatte, ein neues Projekt von Prof. Benning gewesen?

Prof. Benning hatte ihr gegenüber nie auch nur ein Wort darüber verloren.

All die extra Aufgaben, die er ihr gegeben hatte, und zusätzlich ihre eigenen Auftragsarbeiten, die sie angenommen hatte um zusätzlich Geld zu verdienen, da sie sich ohne eigenes Forschungsprojekt noch immer nicht für ein Stipendium bewerben konnte, hatten sie diese Nachrichten über den mysteriösen Prof. L. und seine Inhaftierung komplett übersehen lassen, vor allem aber deren Bedeutsamkeit für sie selbst.

Zu ihrer wenn auch nur schwachen Verteidigung musste Sophia anführen, dass die Artikel grundsätzlich den vollen Namen des Professors vermieden und ihn immer nur ‚Prof. L.' genannt hatten. In ihrer Eile an ihre Arbeit zurückzukehren, hatte sie nie die Verbindung hergestellt oder auch nur das leiseste Gerücht über Prof. Lynford und sein Schicksal in der Universität gehört. Das Einzige was man ihr über ihn im Universitäts-Labor gesagt hatte war, dass er momentan keine Zeit hatte eine Entscheidung über ihr Forschungsprojekt zu treffen.

Da Dr. Stewart die Arbeit an ihrem eigenen Thema wiederholt erschwert und blockiert hatte, war es in letzter Zeit ohnehin nicht dazu gekommen, dass sie Prof. Lynford ein neues Thema zur Prüfung hätte vorlegen können. Sie hatte ihre eigenen Ideen nicht ausreichend nachverfolgen und mit ersten Versuchen untermauern können. So hatte sie nie davon erfahren, dass Prof. Lynford nicht, wie üblich, unerreichbar, sondern in der Zwischenzeit ins Gefängnis gesteckt worden war. Jetzt, da die zahlreichen Berichte sie überschwemmten, wunderte sie sich darüber, wie sie diesen ganzen Presserummel hatte übersehen können, den sein Prozess und seine Inhaftierung ausgelöst hatten.

Darüber nachdenkend, konnte sie sich daran erinnern, dass ihre Eltern einmal etwas von diesem Möchtegern-Emporkömmling ‚L.‘ gesprochen hatten, der sich für klug genug gehalten hatte das perfekte Verbrechen zu begehen und versucht hatte seine Frau zu ermorden. Aber sie hatte dem damals nicht viel Aufmerksamkeit geschenkt, da sie gedacht hatte, das alles hätte nicht viel mit ihren Problemen zu tun ihr Dissertationsthema genehmigt zu bekommen und sich um ein Stipendium bewerben zu können und dann nicht mehr rund um die Uhr arbeiten zu müssen, damit sie ihre Zeit an der Universität finanzieren konnte.

Sophia war froh, dass zum Glück ihre Eltern noch nicht die Verbindung zwischen dem Mann, mit dem sie gesprochen hatten, und dem entflohenen Mörder Prof. L. hergestellt hatten. Sie wären sicherlich bereits im Auto, wenn sie davon wüssten. Aber sie wollte kein Risiko eingehen und da sie ihren ‚Gast‘ nicht aufwecken wollte, schickte sie ihnen sogleich eine E-Mail anstatt eines Anrufs, um sie zu versichern, dass bei ihr alles in Ordnung war.

Die Reaktion von Prof. Lynford, als sie den Kommentar Prof. Bennings bei ihrer Besprechung zum Dissertationsthema vor einem halben Jahr erwähnt hatte, war ihr sonderbar vorgekommen und hatte ihre Neugierde geweckt. Sie notierte sich daher auf einer Zeitachse die Ereignisse und Daten der Zeitungsmeldungen. Und tatsächlich, ihr Professor hatte den mörderischen Prof. Lynford eine geraume Zeit vor seiner ersten Gerichtsanhörung und sogar den ersten Berichten in den Medien erwähnt.

Sie hatte Prof. Benning damals nicht geglaubt und seinen Kommentar nur als Abneigung und Eifersucht gegenüber dem überwältigenden Erfolg von Prof. Lynford abgetan. Aber jetzt im Nachhinein erschien es ihr merkwürdig, dass Prof. Benning bereits zu einem Zeitpunkt, an dem die Öffentlichkeit noch nicht informiert gewesen war, über die Vorwürfe, die Prof. Lynfords Frau gegen ihren Mann erhoben hatte, Bescheid gewusst hatte. Ein weiterer Punkt, der Sophia in dieser Angelegenheit erstaunte, war die Eile, mit der der Gerichtsprozess und die Inhaftierung von Prof. Lynford abgewickelt worden war. Normalerweise konnten derartige Fälle Jahre dauern. Sie wunderte sich also darüber, wer ein Interesse daran gehabt haben konnte den Fall so rasch abzuurteilen. Aber ihr eigener Professor, der am weitreichendsten von der Absetzung von Prof. Lynford profitierte, erregte ihren Verdacht dabei am meisten. Wie konnte er davon gewusst haben, was zwischen Prof. Lynford und seiner Frau vorging, wenn er nicht selbst in die Intrige verstrickt war, wunderte sich Sophia.

Ihre weitere Recherche richtete sich daher nicht mehr auf Prof. Lynford, sondern auf Prof. Benning und seine Kontakte. Von seinen Forschungsarbeiten erkannte sie bald seine Verbindungen zu großen Firmen und staatlichen Organisationen. Sophia vermutete, dass er seine eigenen Pläne gehabt haben musste, warum er seinen erfolgreichen Kollegen hatte aus dem Weg räumen wollen. Aber was war sein Motiv?

Sophia druckte sich einige der Berichte über Prof. Benning und seine Verbindungen zu einzelnen Firmen aus. Zum Glück wollten große Firmen durch ihre Zusammenarbeit mit bekannten Forschern die Aufmerksamkeit der Presse auf sich lenken und deren Presseberichte gaben ihr daher ein klares Bild über seine diversen Beteiligungen. Er hatte an der Sicherung der staatlichen Zentralbank und deren Geldressourcen gearbeitet.

Prof. Lynford hatte in einem ganz ähnlichen Themenfeld geforscht, worin möglicherweise auch der Zusammenhang bestand. Nämlich in seinem Versuch des Nachweises, dass biometrische Sicherungssysteme nicht so zuverlässig waren wie bisher angenommen.

War das der Grund, dass sein Ruf geschädigt werden musste? War das vielleicht auch der Grund, warum die Kriminellen so hinter ihm her waren, damit sie die Sicherheitssysteme überlisten und in die bestgesichertsten Anlagen, wie etwa der Nationalbank, eindringen und alle Geldreserven stehlen konnten?

Sophia vermutete, dass sein Wert für die Kriminellen, die ihn gefangen gehalten hatten, irgendwie in diesem Bereich angesiedelt sein musste. Obwohl sie sich nicht vorstellen konnte, wie die Verbrecher einen so unerhörten Plan durchführen wollten. Die Banken waren nicht nur mit biometrischer Identifizierung, sondern mit mehreren Sicherheitssystemen gleichzeitig gesichert und hatten auch ohne diese Erkennungsmethode ein fast undurchdringbares Netz aus Sicherheitskräften und Überwachungsanlagen. Welches Ziel konnten die Kriminellen also wirklich verfolgen?

„Streber", murmelte eine Stimme direkt hinter Sophia, die vor Schreck fast vom Stuhl fiel.

Prof. Lynford stand hinter ihr, noch in die Decke eingewickelt.

„Müssen Sie mich so erschrecken? Ich bin nicht daran gewöhnt jemanden hier zu haben. Also machen Sie das nie wieder oder ich übernehme keine Verantwortung für die

Konsequenzen."

„Was würden Sie tun? Mich umbringen?"

„Vielleicht", gab sie verärgert zurück, während sie ihren Brief-
öffner in Form des Schwertes Excalibur vom Schreibtisch in
die Hand nahm, der zwei scharfe Klingen besaß.

„Oh, dann lieber Frieden. Ich werde es nie wieder tun. Aber
es scheint, Sie haben in der Zwischenzeit über mich
recherchiert. Wie kommt es, dass Sie meinen Gerichtsprozess
nicht verfolgt haben? Er hat groß Schlagzeilen gemacht,
ebenso wie meine Scheidung."

„Zuerst hatte ich meine Abschlussprüfungen und dann, habe
ich an Projekten für Prof. Benning gearbeitet, um seine
Unterstützung für meine Dissertation bei ihm aufrechtzuerhalten. Ich musste auch noch andere Auftragsarbeiten
annehmen, da ich mich ohne mein angenommenes
Forschungsthema nicht für Stipendien bewerben kann und in
der Zwischenzeit Geld verdienen muss. Und außerdem, habe
ich nie auch nur den geringsten Verdacht geschöpft, dass Sie
der ‚mörderische Prof. L.' sein könnten. Auch wurde Ihr Fall
im Uni-Labor nie auch nur erwähnt."

„Warum auch immer, Benning und seine Verbündeten müsse
gewollt haben, dass Sie in Unkenntnis über die aktuellen
Ereignisse gehalten wurden. – Vielleicht sollte ich mir Ihre
anfänglichen Themeneinreichungen noch einmal genauer
ansehen."

„Warum wollte Prof. Benning Kontrolle über Ihre Firma
erhalten?"

„Wollte er das?" Diese Information schien Prof. Lynford zu
überraschen.

„Wussten Sie das nicht? Er ist der neue Leiter Ihres nun unter
Staatsaufsicht befindlichen Unternehmens. Er kontrolliert, in

welche Richtung die Forschungen in Ihrem Labor gehen."

„Wann hat er diese Position erhalten?"

„An dem Tag, an dem Sie ins Gefängnis gekommen sind. Also vor drei Monaten."

„Gut."

„Warum ‚gut'? Er hatte drei ganze Monate Zeit, um mit ihrem gesamten Forschungsteam weiter zu forschen."

„Aber er kennt nur das offizielle Team und das wird ihm nicht viel nützen."

„Wie wollen Sie das wissen? Er hat nun Zugang zu all Ihren Firmendateien und all ihren bisherigen Forschungen. Sie arbeiten sicherlich auch mit Ihrer Ex-Frau. Sie muss ihnen alles gezeigt haben was Sie wissen."

„Sie weiß nichts", war daraufhin sein trockener Kommentar.

„Sie hatten Geheimnisse vor Ihrer Frau, sogar in Zeiten, als Sie noch glauben mussten, dass sie vertrauenswürdig ist?"

„Das waren Sachen, die sie nicht wissen musste. Ihr Interesse an mir lag ohnehin woanders."

„Wie das?"

„Haben Sie keine Bilder von ihr gesehen? Dann würden Sie es wissen."

„Nein, ich wollte nicht …"

„Sie wollten nicht was?" hakte er nach.

„Ich wollte nicht in Ihre Privatsphäre eindringen. Sie scheint immer noch ein wunder Punkt für Sie zu sein."

„Nur weil ich so dumm sein konnte ihr zu verfallen. Nicht dass ich noch irgendwelche Gefühle für sie hegen würde. Diese intrigante Schlampe hat mich für Geld betrogen, das einzige, woran sie jemals an mir interessiert war."

Auf ihrem Computer klickend, suchte Sophia nach Bildern seiner Frau, nicht weil sie ihn verletzen wollte, sondern weil sie neugierig war, welche Frau das Interesse dieses mürrischen, gutaussehenden Professors hatte gewinnen können. Die Suchergebnisse nahmen ihr den Atem, und nicht in einer guten Weise. Die Frau war wunderschön, mehr als das. Sie war bildhübsch und würde beim Überqueren einer Straße mit Sicherheit einen Verkehrsstau auslösen, so unglaublich umwerfend war sie. Aber was Sophia wirklich überraschte, war etwas anderes.

„Ich kenne sie."

„Was? Wie? – Sie war noch nie in Camsted, soweit ich weiß."

„Sie ist die Freundin von Prof. Benning. Sie hat ihn wiederholt in seinem Labor an der Uni besucht. Das erste Mal habe ich sie vor fast einem Jahr gesehen und seither noch mehrere Male."

„Vor einem Jahr ... – Das war ..." Prof. Lynford verstummte.

Auf der Zeitachse, die Sophia erstellt hatte, war das die Zeit gewesen, als erste Vorwürfe gegen Prof. Lynford bekannt geworden waren, dass er gegen den Staat intrigiere. Die Verdachtsmomente waren damals bald wieder entkräftet worden, hatten aber später mit eine Rolle gespielt warum er so rasch verurteilt worden war, als neuerliche Vorwürfe gegen ihn geschickt platziert in den Medien aufgetaucht waren, dass er versucht hätte seine Frau zu ermorden. Das Gericht, voreingenommen durch die Aussagen von zwei Ärzten seiner Ex-Frau, hatten den Show-Prozess rasch vorangetrieben. Sie hatten überraschenderweise jegliche Bilder von ihm oder auch nur die Nennung seines vollen Namens vollständig unterdrückt, aber ihn rasch in Gewahrsam nehmen lassen. Mit unerhörter Eile war er dann abgeurteilt und vor etwas über drei Monaten ins Gefängnis gesteckt worden, woraus er vor nur wenigen Tagen entkommen war.

Die Berichte über seinen Gefängnisausbruch waren einhellig der Meinung, dass die Flucht der Häftlinge einem Schuldeingeständnis gleichkam und somit all die früheren Vorwürfe gegen sie bestätigte.

Obwohl Sophia diese Überzeugung nicht teilte. Wenn jemand, der so genial war wie der Professor, einen Menschen umbringen wollte, wäre diese Person ihrer Meinung nach nun mit großer Sicherheit tot. Seine Frau hingegen konnte noch ihre Beschuldigungen vorbringen, dass er sie geschlagen und versucht hatte zu erwürgen. Dies klang so gar nicht nach einem Mann, der ganz andere Möglichkeiten zur Verfügung hatte zu erreichen was auch immer er wollte. Dass seine Frau noch am Leben war, war nach Sophias Überzeugung der beste Beweis dafür, dass Prof. Lynford unschuldig war.

Sie glaubte hingegen, dass etwas vollständig Anderes und Mysteriöses vor sich ging, bei dem Prof. Lynford bequem zum Schuldigen abgestempelt worden war, um seine im Fokus der allgemeinen Aufmerksamkeit stehenden Forschungen zurücklassen zu müssen. Aber was ging hier vor sich und wer hatte etwas davon, dass seine Bemühungen und weiteren Forschungen verhindert wurden?

Prof. Lynford war zurück zum Bett gewandert und setzte sich ganz in Gedanken.

Sophia wollte ihn zunächst nicht stören, aber nachdem er über eine Stunde in dieser Position ausharrte und sich nicht bewegte, hielt sie sein Schweigen nicht mehr länger aus.

„Was ist los?"

„Was?" Er war noch ganz abgelenkt und aus seinen Gedanken gerissen.

„Was glauben Sie geht hier vor?"

„Nichts was Sie betrifft."

Verärgert drehte Sophia ihre Augen zur Decke. „Sind wir wieder zurück in dem Stadium? Ich dachte wir hätten mittlerweile festgestellt, dass wir hier zusammen in einem Boot sitzen."

„Wir haben nichts dergleichen festgestellt."

„Oh, nun kommen Sie schon. Sie können diesen Raum nicht verlassen ohne wieder eingesperrt zu werden. Ich habe zumindest die Möglichkeit dies zu tun. Sie brauchen mich, ob Sie dies nun eingestehen wollen oder nicht. Sie sind zum Sündenbock gemacht worden und wir müssen herausfinden, wer hinter all dem steckt."

„Warum glauben Sie nicht, dass ich hinter all dem stecke, wie es das Gericht und die Medien tun?"

„Ist das nicht offensichtlich? Kein schuldiger Dummkopf wäre so leichtgläubig in diese Falle getappt wie Sie. Nur wenn Sie in allen Anklagepunkten unschuldig sind, macht ihre unvorbereitete Passivität überhaupt einen Sinn."

„Und wenn hier ein wesentlich größeres Spiel gespielt wird?"

„Was glauben Sie? Bitte erzählen Sie mir mehr darüber was Sie vermuten."

„Nein!"

„Sie können es nicht rückgängig machen, dass ich in Ihren Fall involviert bin. Sie sagen mir besser was vor sich geht, oder ich finde es selbst heraus. Die Wahrscheinlichkeit, dass ich versehentlich auf die Falschen stoße, ist dann allerdings ziemlich hoch. Aber Sie können die Vorstellung vergessen, dass ich noch nicht mitten drinstecke. Entweder Sie sagen mir was vor sich geht oder ich mache mich selbst auf die Suche. Ihre Wahl."

„Ich nehme eine Dusche, wenn Sie mich lassen."

„Ist das alles was Sie dazu zu sagen haben?" Sophia war über seinen abrupten Themenwechsel viel zu empört, um ihrem Ärger angemessen Luft zu machen. Aber als er auf die Tür zu ihrem kleinen Badezimmer zuging, sprang sie rasch auf und erreichte es noch vor ihm.

„Warten Sie einen Moment. Ich werde Ihnen Handtücher und Sachen bereitlegen."

Zu seiner Überraschung hinderte sie ihn nicht daran zu duschen. Sie hatte ihm sogar weiche Handtücher, Duschgel und zu seinem großen Erstaunen auch eine Ansammlung von verschiedenen Heilsalben und Cremes gegen Prellungen und Verletzungen und einen großen Bademantel bereitgelegt. Er hätte nie erwartet, dass diese neugierige und direkte junge Frau so fürsorglich und besorgt um seine Bedürfnisse sein konnte.

Sie hatte nicht über seine erlebte Tortur gesprochen, bei der sie ihn beobachtet hatte, aber sie versuchte, ihm nach besten Möglichkeiten zu helfen. Ihr Vater hatte Recht. Sie verdiente einen viel besseren Mann als er es war. Seine rüden Versuche sie von sich zu stoßen, waren von ihr komplett unbeachtet geblieben, da sie annahm, dass er ihre Hilfe benötigte. Es war als würde sie annehmen, dass er zum Abreagieren einen Sandsack für seine Boxhiebe benötigte, nach dem was er im Gefängnis und danach durchgemacht hatte. Er verdiente den Vertrauensvorschuss nicht, den sie ihm gab. Er hatte bewusst versucht sie dazu zu bringen ihn hinauszuwerfen, damit sie sich nicht in seine Angelegenheiten einmischte, womit sie sich nur unnötig selbst in Gefahr brachte. Aber so wie die Dinge standen, fiel es ihm schwer seinen ursprünglichen Plan aufrechtzuerhalten und sie dazu zu bringen ihn zu hassen und allein zu lassen.

Regung in tiefergelegenen Regionen seines Körpers zeigten

ihm deutlich, dass sein Körper etwas wollte wogegen sein Kopf heftig Widerstand leistete. Sophia war ein lebenssprühendes, begehrenswertes Bündel, das er gerne näher erkunden würde. Mit ihrer kurvigen Figur vor Augen, versuchte er, etwas gegen sein Verlangen für die fragil wirkende Brünette mit den sanften braunen Augen zu unternehmen. Aber seine Erleichterung war nur von kurzer Dauer. Bereits beim Abtrocknen brachte die Behandlung seiner schmerzenden Körperstellen mit den bereitgelegten Cremes sein Verlangen mit voller Kraft zurück.

Er schalt sich selbst dafür. Er konnte seine gute Samariterin nicht derart missbrauchen, aber sein Körper hatte hier klar eine andere Vorstellung und folgte nicht seinem Verstand.

Mit einer Beule vorne im Bademantel verließ er das kleine Badezimmer und wunderte sich darüber, dass seine Erlebnisse im Gefängnis ihn nicht komplett vom Sex abgebracht hatten.

– 6 –
Familie & Stammbaum –
Sophias Apartment

„Prof. Lynford, ich glaube ich habe etwas gefunden", wurde er begrüßt, als er aus dem Badezimmer trat.

„Sie können mich Merton nennen."

Ihre blassen Wangen nahmen einen deutlichen Rotton an und zeigten ihm, wie nervös und unsicher die junge Frau über diese von ihm angebotene formlose Anrede war.

„Sind Sie sicher?" piepste sie in ihrer Überraschung.

„Dass mein Name Merton ist? Ziemlich sicher, ja."

„Oh, nein. Dass ich Sie so nennen soll. Ich meine ..." Abrupt brach sie in ihrem Gestammel ab. Er hatte sie wirkungsvoll von ihrer eigenen Entdeckung abgelenkt.

„Was haben Sie gefunden?" musste er sie erst wieder daran erinnern.

„Ich habe eine Verbindung zwischen Ihrer Frau ..."

„Ex-Frau!" unterbrach er.

„... und Prof. Benning gefunden."

„Und die ist?" fragte er ungeduldig, ungehalten darüber, dass sie wieder von seiner Ex-Frau anfing, die er lieber so schnell wie möglich vergessen hätte.

„Sie ist seine Cousine."

„Und wie haben Sie diesen Unsinn herausgefunden? Vanessa ist nicht mit Prof. Benning verwandt. Sie hat es mir selbst gesagt."

„Oh, aber sie ist es. Ein Zeitungsartikel hatte ihr Alter und ihren Geburtsort erwähnt. Da habe ich die Informationen miteinander kombiniert und anstatt nach ‚Frau von Prof. L.'

habe ich dann mit ihrem vollen Namen vor Ort nach ihrer Familie gesucht. Einer ihrer Verwandten ist ein leidenschaftlicher Familienforscher und mit dem Account meines Vaters habe ich in den Online-Archiven ihres Familienstammbaums nachgesehen. Sie sind Cousin und Cousine ersten Grades. Ihre Väter waren Brüder. Obwohl das einzig Sonderbare daran ist, dass im Stammbaum eine frühe Schwangerschaft bei ihr vermerkt ist, als sie erst 18 Jahre alt war. Aber ich dachte, Sie hätten keine Kinder."

„Sie müssen falsch liegen. Meine Ex-Frau hat keine Kinder."

„Es war keine Heirat erwähnt, aber der eingetragene Vater des Kindes ist Bernard Benning, also Prof. Benning."

„Was? Prof. Benning hat tatsächlich ein Kind, zumindest so viel ist richtig. Eine Tochter, etwa dreizehn Jahre alt. Er ist alleinerziehend. Obwohl, nach dem was er mir erzählt hat, ist seine Frau bei einem Autounfall ums Leben gekommen, noch bevor er sein Studium abgeschlossen hatte, als das Mädchen noch ein kleines Baby war."

„Nach dem Familienstammbaum, den ein Großonkel von ihm zusammengetragen hat, ein Mann, der eine Tante seines Vaters geheiratet hat und es daher wissen sollte, war er nie verheiratet. Wenn das Kind von seiner Cousine ersten Grades ist, würde dies erklären warum sie nie geheiratet haben, nachdem sie beide katholisch sind, obwohl sie in manchen Staaten hätten heiraten können."

Er fühlte Zorn in sich hochsteigen. Er hatte geglaubt, seinen Ärger über den Betrug seiner früheren Frau überwunden zu haben, aber hatte er diese Frau jemals wirklich gekannt? Im Nachhinein nahm er an, dass sie ihn komplett zum Narren gehalten hatte. Nichts von alledem, was sie ihn hatte glauben machen, entsprach der Wahrheit.

Er zweifelte sogar an den Ergebnissen von Prof. Bennings Untersuchungen der letzten Jahre. Sie waren sich ein paar Mal in die Quere gekommen, aber im Zweifelsfall hatte er großzügig seinem Konkurrenten den Vorzug gegeben, wenn ihre Recherchen scheinbar in die gleiche Richtung gingen und sie zufällig absolut zeitgleich zu übereinstimmenden Ergebnissen kamen. Aber nun erschien es ihm, als wäre Prof. Benning nicht aus eigener Kraft zu denselben Ergebnissen wie er gekommen, sondern hatte sogar Zugang zu seinen eigenen Unterlagen. Was auch immer die Diebe gedacht hatten in seinen Forschungsnotizen gefunden zu haben, musste sie davon überzeugt haben, dass er, Prof. Lynford, nun entbehrlich für sie war.

Sophia hatten den Professor genau beobachtet. Sie konnte sich nicht dazu überwinden von ihm als ‚Merton' zu denken.

„Was gibt es?" brachte sie ihn endlich wieder mit seinen Gedanken in die Gegenwart zurück. „Sie glauben mir nun, nicht wahr?"

„Ja. Das würde so einiges erklären."

„Zum Beispiel?"

„Seine Forschungsergebnisse ohne angemessene Versuchs-Voraussetzungen in seinem Forschungslabor. Er schien in den letzten drei Jahren immer einen Schritt voraus zu sein, obwohl ich sein tatsächliches Labor weder für beeindruckend noch ausreichend ausgestattet hielt."

„Ausgestattet wofür?"

„Für biometrische Nano-Übertragung."

„Aber das funktioniert doch nicht. Es ist bisher noch reine Spekulation, eine Utopie."

„Und das von der Studentin, die die Verwendbarkeit der Retina-Scans dadurch beweisen wollte, indem sie die unterschiedlichen Bildeindrücke nachträglich auf der Retina selbst analysieren wollte."

„Nicht wirklich. Ich wollte beweisen, dass ein Zusammenhang zwischen den aufgenommenen Bildinformationen und der Weitergabe über das menschliche Nervensystem bestand und dies Auswirkungen auf die Gesundheit hat. Die Reaktion der Retina eines Menschen auf Bildeindrücke und der im menschlichen Körper auf elektronischem Weg weitergegebene Datenstrom, der die Bilder im Körper weiterleitet, war es was mich wirklich interessieren würde. Dies waren meine früheren Vorschläge, auf die ich nie eine Rückmeldung von Ihnen erhalten habe. Aber für den letzten Vorschlag hat Prof. Bennings neuer Assistent Dr. Stewart meinen Themenvorschlag abgewandelt. Er ließ mich zahlreiche Tests dafür durchführen und machte es für mich zur Voraussetzung, dass ich im offiziellen Projekt von Prof. Benning bleiben durfte."

„Und wissen Sie, wer dieses neue Projekt finanziert?"

„Nein, nicht wirklich. Ich bin nicht in die Finanzierung des Projekts mit einbezogen, lediglich in die Recherche dafür. Ich wusste nicht einmal, dass es ursprünglich Ihr Forschungsprojekt war und Prof. Benning es übernommen hat nachdem ... – warten Sie! Er gab mir die Position, als Sie vor einem halben Jahr mein Forschungsthema abgelehnt haben. Das war sogar noch bevor Sie verurteilt wurden und ins Gefängnis kamen. Wie konnte er zu dem Zeitpunkt bereits die Informationen über Ihr Projekt haben?"

Prof. Lynford gab ihr darauf keine Antwort, sah sie aber durchdringend an, als ob er abwägen würde, was er ihr gegenüber enthüllen konnte. Das machte Sophia in seiner Gegenwart erneut äußerst unsicher, obwohl sich ihre

Schüchternheit vor ihrem seit langer Zeit bewunderten Idol zuvor etwas gelegt hatte, da das Gespräch über ihr Forschungsthema eine Atmosphäre des gegenseitigen Verständnisses zwischen ihnen hatte aufkommen lassen.

„Sind sie derzeit bei Prof. Benning im Labor tätig?" Er schien zu einem Entschluss gekommen zu sein was er ihr gegenüber äußern konnte und seine Worte waren knapp und entschlossen.

Unsicher über die Rolle, die er ihr nun zudachte, antwortete Sophia mit einer von ihren Zweifeln gezeichneten Stimme: „Ja. Er möchte, dass ich meine gegenwärtigen Ergebnisse zusammenfasse und für ihn als Präsentation aufbereite."

„Würde Ihnen Ihre Arbeit erlauben, z.B. morgen erneut ins Labor zu gehen, um eventuell noch ein paar Fakten nachzu-recherchieren und sich im Labor umzusehen?"

„Ich weiß nicht. Meine Zugangscodes sollten noch funktio-nieren, obwohl sie regelmäßig gewechselt werden. Ich war heute nicht im Labor, so dass ich es nicht sagen kann. Vielleicht sollte ich, was immer Sie im Labor für nötig halten, rasch erledigen, am besten noch heute, bevor sie die Zugangscodes wieder ändern, jetzt da Sie entkommen sind."

„Also haben die Sie doch gesehen und können Sie als meine Komplizin identifizieren?"

„Nein. Ich bin mir ziemlich sicher, dass sie das nicht können. Aber sie könnten erstens versteckte Kameras gehabt haben, die ich nicht gesehen habe. Oder zweitens könnten sie wirklich für Prof. Benning arbeiten, wie Sie scheinbar annehmen, was ich aber nicht glauben kann. Drittens könnten sie auch die Verbindung zum Polizeireport herstellen und meine Daten von den beiden korrupten Polizisten erhalten. Besser Vorsicht als Nachsicht. Es ist nicht so als hätten Sie viele Alternativen zu mir."

„Was sind Sie nun, mein Rettungsdienst?"

„So etwas in der Art." Sophia betrachtete Prof. Lynford streng und ein wenig störrisch, da sie verärgert darüber war wie leichtfertig er ihre Hilfe abtat, als würde sie ihm gegen seinen Willen aufgezwungen. Mit einem erzürnten Schnaufen drehte Sophia sich um und begann ihren Rucksack einzupacken, den sie normalerweise mit zur Universität nahm.

„Was machen Sie da? Planen Sie etwa in der Nacht ins Universitäts-Labor einzubrechen? Das wird sicherlich ihre volle Aufmerksamkeit wecken."

„Nein. Das Labor hat bis 11 Uhr abends geöffnet. Und da meine normalen Recherche-Zeiten spät abends sind, wird niemand Verdacht schöpfen, wenn ich jetzt erst auftauche."

Es war fast schon 8 Uhr abends. Das würde ihr fast drei Stunden Zeit lassen sich im Labor umzusehen.

„Sie können nicht einfach so gehen. Sie wissen ja nicht einmal, nach was Sie Ausschau halten sollen. Ich muss mit Ihnen kommen."

„Sind Sie wahnsinnig? Das Sicherheitsteam um das Labor herum wird Sie sofort melden."

„Ein Sicherheitsteam speziell für das Labor? Wie ungewöhnlich. Oder sind es lediglich die üblichen Campus Sicherheitskräfte? Sie könnten denen sagen, dass ich Ihr Bruder bin."

„Nein. Sie sind eigens da, um das Labor abzusichern. Sie registrieren jeden, der es betritt und verlässt. Wenn Sie ihnen unbekannt sind, werden sie Ihre Fingerabdrücke aufnehmen und Papiere und Identität überprüfen und mit der Datenbank abgleichen. Sie haben keine Chance auch nur in die Nähe des Labors zu gelangen."

„Haben Sie sich nie über dieses hohe Maß an Sicherheitsvorkehrungen für ein normales Universitäts-Forschungslabor gewundert?"

„Prof. Benning hat es mit seiner Arbeit für die Staatssicherheit erklärt."

„Ah, und das hat Sie sich wichtig fühlen lassen, dass Sie Zugang zu einem derart sicheren Bereich erhalten und haben dann ganz einfach aufgehört weiter Fragen zu stellen."

„Wollen Sie nun meine Hilfe oder nicht? Wenn Sie mich weiter so ärgern, lasse ich Sie gerne allein mit all ihren Feinden fertig werden."

„Also habe ich einen Nerv getroffen."

„Nein, nun ja. Aber ich habe mich weiter erkundigt. Meine Versuche mehr herauszufinden wurden nur immer abgeblockt. Schließlich hat mir Prof. Benning erklärt, dass ich mehr erfahren würde, wenn ich nächstes Semester ein Vollmitglied des Forschungsteams werde, sobald mein Stipendium genehmigt ist."

Prof. Lynford setzte sich an ihren Schreibtisch und murmelte abgelenkt vor sich hin: „Warum warten. Warum hat er eine fähige Mitarbeiterin nicht sofort entsprechend ihrer Fähigkeiten voll eingesetzt, wenn sie ohnehin bereits dort gearbeitet hat?"

Obwohl seine Worte mehr an sich selbst gerichtet als eine Frage zu sein schienen, antwortete Sophia: „Prof. Benning ist die meiste Zeit nicht hier. Er hätte meine Arbeit nicht beaufsichtigen können, wenn ich in der Zwischenzeit allein weitergemacht hätte."

„Aber wo ist er und was befürchtet er, dass Sie ohne ihn herausfinden könnten, wenn er sie nicht unbeaufsichtigt im Labor arbeiten lassen kann? Sie müssen nahe an etwas dran sein. – Wo sind Ihre Unterlagen für Ihren Forschungsbericht?

Zeigen Sie sie mir." Er kommandierte sie herum und erwartete, dass sie seinen Anweisungen prompt Folge leistete, aber sie blieb unbewegt wo sie war, neben der Eingangstür.

„Worauf warten Sie noch?" knurrte er ungeduldig.

„Auf eine höfliche Frage vielleicht? Nicht, dass das Teil Ihres Vokabulars zu sein scheint."

„Was? Verschwenden Sie nicht meine Zeit."

Sophia hob störrisch ihre Nase und blickte von ihm weg, als hätte sie ihn nicht gehört.

„Bitte, Fräulein Sophia. Bitte zeigen Sie mir die fertiggestellten Teile Ihrer Forschungsergebnisse."

„War gar nicht so schwer, oder?" Sophia ging sofort zu ihrem Schreibtisch und zog einen sauber und ordentlich gebundenen, fertiggestellten Forschungsbericht aus einer der Schubladen.

„Ich dachte, Sie hätten ihn noch nicht abgeschlossen."

„Ich habe ihn noch nicht eingereicht, aber ich habe ihn vorletzte Nacht fertiggestellt, bevor ich Sie versehentlich beobachtet habe."

„Da habe ich also meine Befreiung einem Forschungsbericht zu verdanken, den Sie für Prof. Benning über eines meiner eigenen Projekte angefertigt haben? Wie sonderbar die Dinge doch werden können."

Er öffnete den Bericht irgendwo in der Mitte und schien ihre Gegenwart sofort zu vergessen. Sophia ging daher wieder zu ihrem Rucksack, nahm ihn und eine Jacke auf und schlüpfte in ihre Straßenschuhe, um das Apartment zu verlassen.

„Seien Sie vorsichtig", rief er ihr nach, als sie die Tür öffnete, obwohl sie gedacht hatte er wäre bereits völlig abgelenkt.

„Werde ich tun. Seien Sie ebenfalls vorsichtig und gehen Sie nicht nahe ans Fenster. Mit Licht im Zimmer sind Sie von der gegenüberliegenden Seite gut zu sehen. Obwohl Sie nur mit dem Schreibtischlicht sicher sein sollten."

Nur ein geistesabwesendes Brummen war seine Antwort darauf.

Sophia schlüpfte aus der Tür und wunderte sich über ihren sonderbaren Hausgast. Sein letzter Kommentar hatte sie überrascht. Er hatte fast so geklungen, als würde er sich wirklich Sorgen um sie machen. Aber sie schüttelte ihren Kopf. Nein. Sie war nur seine letzte Möglichkeit, die ihm noch verblieben war um Hilfe zu erhalten. Er war gewiss nicht an ihr persönlich interessiert. Welche Art Frau machte das aus ihr, dass sie so schnell seinem schönen Gesicht und seiner oft verletzenden Arroganz verfiel? Obwohl ‚schönes Gesicht' wohl nicht ganz richtig war. Er war mehr als nur schön anzusehen. Seine Gesichtszüge waren hart und sehr maskulin, mehr faszinierend als wirklich schön, und zogen sie irgendwie magisch an. Aber sein athletischer Körper, seine Kraft und körperliche Präsenz faszinierten sie ebenso stark wie es die ungewöhnlichen Gedankengänge seines Gehirns getan hatten, noch bevor sie ihn überhaupt getroffen hatte.

Ihre störrischen und abweisenden Kommentare, wurde sie sich bewusst, waren mehr ein Versuch ihrerseits, ihn von sich fernzuhalten. Sophia war ehrlich genug mit sich selbst, um zuzugeben, dass dieser Mann ihrem Seelenfrieden sehr gefährlich werden konnte und sie hatte die volle Absicht, alles dafür zu tun ihn nicht wissen zu lassen, dass sie ihn attraktiv fand. Seine Arroganz würde sicherlich keine Grenzen kennen, wenn er ihre Schwäche für ihn herausfand und sie zweifelte nicht daran, dass er sie wie ein gut dressiertes Haustier für seine Vorteile benutzen würde, sobald er die Wirkung erkannte, die er auf sie hatte. Sie würde das auf keinen Fall zulassen und der Spaziergang durch die kühlere Sommerluft auf ihrem Weg zur Universität half ihr dabei, ihren Kopf wieder frei zu bekommen.

Obwohl sie auf ihrem Weg zum Uni-Labor unfreiwillig davon träumte, wie es wohl wäre in seinen kräftigen Armen gehalten zu werden. Würde ihn das vergessen lassen, was er mit dem Kriminellen, der ihn vergewaltigt hatte, durchmachen musste? Dieser Gedanke aber riss sie nun endgültig und nachhaltig aus ihrer komfortablen und rosigen Traumwelt.

Sie musste mehr Acht geben, falls die Kriminellen sie suchten, nicht Träumen über ihren attraktiven Professor nachhängen, der ohnehin viel zu snobistisch war, um sie überhaupt anzusehen, viel mehr sie seiner Aufmerksamkeit wert zu finden. Er war frisch geschieden, sogar die Trennung von seiner Frau hatte große Schlagzeilen gemacht, nicht nur seine Verurteilung und sicherlich nun seine Flucht ...

‚Warte mal‘, dachte Sophia und stoppte abrupt mitten im Schritt auf dem Weg im Park, der das Campusgelände umgab. Berichte über ‚Prof. L.‘ und seine Flucht aus dem Gefängnis waren nicht bei den Artikeln gewesen, die sie über ihn angesammelt hatte. Sie hatte nur einen Artikel über einen Gefängnisausbruch vor vier Tagen gefunden, bei dem ein paar ungenannte Häftlinge entkommen waren und angenommen, dass es sich dabei um seine Flucht handelte.

Warum hatte sein Ausbruch nicht Top-Schlagzeilen gemacht, wenn er tatsächlich der gefährliche und staatsfeindliche Forscher war, als den ihn die früheren Berichte dargestellt hatten? Wollten sie eine Massenpanik vermeiden, oder bestanden hier andere Gründe hinter dieser scheinbar von Experten still und leise durchgeführten Befreiung aus dem Gefängnis, die nichts mit seiner vorherigen Verurteilung zu tun hatten?

Hatte sie ihn möglicherweise aus den Händen einer Geheimdienst-Einheit befreit, die ihn für ihre eigenen Zwecke nutzen wollte? ‚Nein‘, beantwortete Sophia ihre eigene Frage in Gedanken sogleich selbst. Welcher Agent würde seinen Gefangen missbrauchen, wenn er Informationen von ihm wollte. ‚Nun gut‘, musste Sophia sich gegenüber zugeben. Das war nun wirklich nicht das beste Argument, um dies zu widerlegen. Ihr Kopf brummte nur so von unterschiedlichen Argumenten und Möglichkeiten. Mit all den Berichten über ‚Waterboarding‘ erleichterte der Gedanke sie nicht wirklich.

Wer auch immer seine Wächter gewesen waren und sie bezahlt und beauftragt hatte ihn gefangen zu halten, er war sicher ohne sie viel besser dran. Wie hätte sie ihn in einer solchen Situation zurücklassen sollen, in der sie ihn vorgefunden hatte? Nein, kein Mann verdiente so behandelt zu werden, nicht einmal ihr so verehrter und zugleich so konfliktbehafteter Prof. Lynford. Nun, sie würde wohl ihre Verehrung für ihn irgendwie in Zaum halten müssen.

– 7 –
Campus der Universität Camsted

Ihr Kopf war voll der widersprüchlichsten Gedanken, so dass sie fast beim Eingang des Labors war, bevor sie die sich bewegenden Schatten im Inneren bemerkte. Sie hatte angenommen, dass das Labor im Erdgeschoß um diese späte Stunde wie üblich bereits leer sein würde.

Sich im Schatten der umstehenden Büsche versteckend, war sie froh, dass es bereits Spätsommer war und es mit Einbruch der Dämmerung um diese Zeit schon ziemlich dunkel war, so dass ihr verdächtiges Verhalten vor möglichen Passanten verborgen bleiben würde. Sich rückwärts bewegend, versuchte sie einen Blick in die hoch gelegenen Fenster des Labors zu werfen, um zu sehen wer sich darin befand.

Aber ihre Hoffnung, leicht Zugang ins Labor zu bekommen und es in Ruhe durchsuchen zu können, wurde sofort im Keim erstickt. Die Person, die sich darin befand, suchte ganz offensichtlich nach etwas. Sie konnte von ihrem Standort aus hören, dass Schubladen achtlos aufgerissen und durchwühlt wurden, sogar Möbelstücke wurden hin und her geschoben und der Suchende legte eindeutig keinen Wert darauf unentdeckt zu bleiben.

Das Gesicht, das für einen Moment am Fenster erschien, gehörte zu einem der Männer, die Prof. Lynford gefangen gehalten hatten. Nicht der Vergewaltiger, den sie auf Video hatte, sondern der Mann, der die meiste Zeit mit dem Rücken zum Fenster gestanden hatte.

Sophia hatte nun keine Wahl. Sie hatte ohnehin Zweifel, dass sie nach so einer gründlichen Durchsuchung des Labors überhaupt noch etwas finden würde. Aber was bedeutete es, dass einer der Kriminellen sich im Labor aufhielt, ohne die geringste Furcht entdeckt zu werden? Steckte er etwa mit Prof. Benning unter einer Decke, wie Prof. Lynford vermutete?

‚Nein‘, Sophia schüttelte ihren Kopf, obwohl niemand ihre Reaktion sehen konnte. Sie konnte dies einfach nicht von ihrem ruhigen und forschungsorientierten Professor glauben. Er war dafür viel zu idealistisch und lebte in seinem perfekten Elfenbeinturm, als dass sie ihm etwas Derartiges zutrauen würde.

Sophia zog sich vom Fenster zurück und suchte nach einem sichereren Versteck, das ihr zugleich mehrere alternative Fluchtmöglichkeiten bieten konnte und ging daher weiter in den Park vor dem Labor hinein, bevor sie ihr Handy aus der Tasche zog. Sie wählte die eingespeicherte Nummer und ließ es klingeln. Nach dem sechsten Läuten nahm Prof. Benning ab. Er schien zu Hause zu sein, ein Fernseher lief im Hintergrund und sie konnte eine weibliche Stimme hören, die fragte ob der Anruf für sie war.

Entweder fabrizierte er sich hier absichtlich ein Alibi für die Zeit der Durchsuchung des Labors durch seine Handlanger, oder aber er war unschuldig und hatte keinerlei Verbindung mit den Kriminellen. Sophia wusste nicht was sie denken sollte, nachdem Prof. Lynford ihren Verdacht gegen alle Seiten geweckt und alles was sie bisher geglaubt hatte in Frage gestellt hatte.

„Hier Prof. Benning. Wer ist da?“

„Guten Abend, Prof. Benning.“ Sophia ließ ihre Stimme aufgeregter klingen als sie sich wirklich fühlte. „Ich wusste nicht wen ich anrufen sollte, so spät am Abend, aber – es ist jemand im Labor.“

„Ja, es ist ein Labor, das von allen Professoren der Universität genutzt wird. Was ist daran so ungewöhnlich?"

„Jemand durchsucht das Labor und schmeißt Sachen darin umher. Sicher nicht ein Forscher. Ich wollte nur noch einmal ein paar Fakten abklären, bevor ich meinen Bericht für Sie abschließe, als ich die sonderbaren Geräusche aus dem Inneren des Labors gehört habe."

„Bleiben Sie dort. Ich rufe die Polizei."

„Sind Sie sicher, dass das sicher ist?" Sophia wollte sich versichern, dass sie ihren Professor richtig verstanden hatte.

„Ja, bleiben Sie dort. Wir benötigen Sie als Augenzeugin."

„O.k.", murmelte sie zögerlich.

„Ich werde in zehn Minuten da sein. Bleiben Sie."

Er unterbrach die Verbindung.

Sophia konnte nicht glauben was ihr Professor gerade zu ihr gesagt hatte. Er und ein bedrohliches ‚wir' wollten, dass sie einen potentiell gefährlichen Mann beobachtete, wie er gerade in das Labor einbrach, so ganz allein und ohne eine Waffe, um sich zu verteidigen? War das wirklich ihr sonst so umsichtiger Professor gewesen?

Aber nur wenige Augenblicke später sah sie durch das Fenster, wie der Mann im Labor sein Handy aufnahm. Er hatte einen Anruf bekommen und sah instinktiv aus dem Fenster, als er dem Anrufer antwortete. War es ihr Professor gewesen, der ihm gerade von ihrer Anwesenheit vor dem Labor berichtet hatte?

Bedeutete das etwa, dass er ebenfalls über ihre Rettung von Prof. Lynford Bescheid wusste, oder wollte er sie loswerden, da sie, wie sein Rivale Prof. Lynford, mit ihrer Forschung irgendetwas zu nahe gekommen war das er geheim halten wollte?

Da sie keine Chance sah das Labor doch noch zu durchsuchen und ihr Vertrauen in Prof. Benning rapide dahinschwand, nahm Sophia leise den nur schwach beleuchteten Weg durch die Grünanlagen auf dem Campus und wartete nicht erst ab bis der Kriminelle sie finden würde, obwohl sie ihn bereits aus dem Gebäude kommen hörte. Als sie ein Burschenschafts-Gebäude auf dem Campusgelände umrundete, verfiel sie in schnelle Laufschritte und vermied soweit wie möglich das Licht der Straßenlaternen.

Als sie näher an ihr eigenes Apartmentgebäude herankam, suchte sie aufmerksam nach ungewöhnlichen Anzeichen. Ein Blick hoch zu ihren Apartmentfenstern bestätigte, dass darin alles dunkel war und nur das normale Licht von ihren Computer-Bildschirmen leuchtete. Dennoch war sie nervös und wollte vom gegenüberliegenden Gebäude aus nicht gesehen werden, daher betrat sie das Gebäude wie sie es auch verlassen hatte, über den Innenhof und die Tiefgarage.

– 8 –
Sophias Apartment

Da sie nicht darauf vertraute, dass ihr Apartment noch sicher war, wenn man in ihren Arbeitsbereich im Labor bereits eingedrungen war, nahm Sophia den Lift nach oben, stoppte aber ein Stockwerk vor ihrem eigenen. Sie nahm die Treppe hoch und lauschte nach ungewöhnlichen Geräuschen oder der Anwesenheit von anderen Personen in dem kaum benutzten Treppenhaus. Aber alles schien in Ordnung zu sein, obwohl der grässliche Gestank darauf hinwies, dass in letzter Zeit einige der Mitbewohner es als Raucherbereich genutzt hatten.

Der Gang auf ihrem Stockwerk sah verlassen aus und vorsichtig, um auf dem grauen Linoleumboden kein Geräusch zu machen, schlich sie sich an ihre Tür heran. Jedoch als sie diese fast erreicht hatte, bemerkte sie, dass sie offen war, die Tür nur leicht angelehnt.

Sie war so erstaunt darüber, dass sie einen hörbaren Laut ihres Atems nicht ganz unterdrücken konnte.

"Kommen Sie herein. Fangen Sie keine Fliegen", erklang die Stimme ihres ‚Gastes' direkt hinter der Tür.

Sophie warf ihre schockierte Starre ab und rannte fast in ihr Apartment, wobei sie aber vorsichtig die Tür hinter sich schloss, während sie noch immer den Gang draußen nach etwas Verdächtigem absuchte.

Sich herumdrehend, blicket sie Prof. Lynford zornig an. „Warum haben Sie das getan? Sie haben mich so erschreckt, dass ich beinahe davongelaufen wäre. Die Tür offen stehen zu lassen ist reiner Wahnsinn."

„Das wäre wirklich schade gewesen und zudem völlig unnötig, wenn Sie weggerannt wären. Ihre Freunde sind gerade zu einem Besuch herübergekommen."

„Was? Welche Freunde?"

„Ihre Freunde, meine Wächter."

„Das kann nicht Ihr Ernst sein. Und Sie haben sie hereingelassen? Haben ihnen Ihren Aufenthaltsort so einfach bekannt gegeben? Sind Sie jetzt in meiner Abwesenheit komplett verrückt geworden? – Oder vielleicht waren Sie das ja schon die ganze Zeit und ich hätte Sie gar nicht erst befreien sollen ..." Sie fügte die letzten Worte nachdenklich, mehr an sich selbst gewandt als für ihn, hinzu.

„Ja, die die Sie mit ihrer Videokamera beobachtet haben. Sie haben Ihre Nachbarn wegen der Wartungsfrau befragt. Ihr Hausmeister muss ihnen einen Tipp gegeben haben."

„Warum sind Sie dann noch hier?"

„Sie sind gegangen, als sie die Stimmen aus dem Inneren Ihres Apartments gehört haben. Die Ausflucht hat hervorragend funktioniert. Nun, sind Sie noch immer verärgert?"

„Welche Stimmen?" War dieser Mann irgendwie schwer von Begriff oder spielte er absichtlich mit ihr?

„Die Stimme, mit der sie so schön darum bitten, nicht erschossen zu werden."

„Was soll das? Ich war doch gar nicht hier. Wie hätte ich ... – Oh!" Langsames Verstehen breitete sich in Sophia aus.

„Ja, genau diese Aufnahme." Der schelmische Ausdruck in seinen Augen zeigte, dass er weit mehr von ihrer Audio-Aufnahme auf ihrem Computer gehört hatte, als nur den Anfang. Eine Aufnahme eines Sex-Romans, den sie als Auftragsarbeit für eine befreundete Autorin vertont hatte, die ziemlich heiße erotische Romane schrieb.

Beschämt über die Aufnahme, hörte Sophia auf ihn weiter zu befragen, denn sie verstand allmählich, was er den Männern vorgespielt haben musste und warum sie so ohne Weiteres abgezogen waren.

Sie hatte die Aufnahmen für die Freundin erstellt, die sie zunächst für einen Kreativ-Schreibkurs benötigt hatte, aber die Autorin selbst war wegen den technischen Anforderungen fast verrückt geworden, ganz zu schweigen von der Stimm-Modellierung, um ihren eigenen Roman zu präsentieren. Sophia war sich ganz sicher gewesen, dass Verlegenheit Teil ihres Problems gewesen war, warum sie ihre eigenen Werke nicht laut vorlesen konnte. Aber Sophia, die ihre Bekannte dazu gebracht hatte ihr zu schwören, niemandem zu verraten wer die Audio-Aufnahmen für sie gesprochen hatte, hatte die Texte freiwillig eingelesen, besonders da ihre Freundin, die aus einer reichen Familie stammte, gut für die Aufnahmen ihrer extremen Erotika-Geschichten bezahlt hatte. Sie hatten nun eine Vereinbarung, dass Sophia all ihre Geschichten lesen würde und zu ihrer Überraschung machten sich die Audiobücher recht gut bei den Verkäufen.

Herauszufinden zu müssen, dass ihr Gast nach nur wenigen Stunden der Anwesenheit bereits ihre geheime Beschäftigung herausgefunden hatte, ließ Sophia keine Ruhe. Wie hatte er überhaupt die Datei rechtzeitig finden können, damit er sie so passend hatte einsetzen können, wunderte sie sich und sie konnte sich nicht zurückhalten die Frage laut zu stellen.

„Warum wohl. Es war die erste Datei, die ich geöffnet habe, da sie unter einem so sonderbaren Namen abgespeichert war. Und während ich hineinhörte, hat ihr freundlicher Hausmeister von gegenüber angerufen und auf ihren Anrufbeantworter gesprochen, um Sie zu warnen, dass die Männer auf dem Weg waren hier nach Ihnen zu suchen. Sie hatten die Servicefirma angerufen, um Ihre Adresse herauszufinden, die wiederum den Hausmeister kontaktiert hat."

„Mr. Arnestone, ja."

„Die Idee mit der geöffneten Tür, als ob einer der Männer bereits hereingekommen wäre, kam dabei ganz gelegen."

„Aber werden sie es nicht herausfinden, wenn keiner von ihnen ...?"

„Nein."

„Wie das?"

„Einer von ihnen kam tatsächlich herein. Michael, mein Freund aus dem Gefängnis."

„Sie haben ihn hereingelassen? Und Sie vertrauen ihm genug, dass er stillhält? Einer von ihnen hat bereits das Labor durchsucht, während die anderen hier waren. Und Sie haben nichts Besseres zu tun als sie mit solch schlechten Taschen-spielertricks an der Nase herumführen zu wollen? Währenddessen wollte Prof. Benning, dass ich beim Labor warte, vielleicht damit ich von ihnen gefangengenommen und umgebracht werde."

„Seien Sie nicht so melodramatisch. Sie sind Kriminelle, aber keine Auftragskiller."

„Woher wissen Sie das? Nach all dem was sie mit Ihnen gemacht haben, sollten Sie es besser wissen als sie zu unterschätzen."

„Ich bin weit davon entfernt sie zu unterschätzen, wenn ich Ihnen sage, dass sie mich für ihre Pläne lebend benötigen."

„Die brauchen Sie vielleicht, aber das garantiert mir nicht meine eigene Sicherheit. Moment mal – ich möchte auch nicht, dass sie das mit mir tun was sie mit Ihnen gemacht haben!" Ihre Gedanken waren zurück bei den erschreckenden

Bildern seiner Tortur, die sie mit ihrer Kamera eingefangen hatte. Sie hatte nie gehört, dass Männer das anderen Männern antaten. Gut, natürlich, sie war nicht so naiv, dass sie nicht von den Vorkommnissen in Männergefängnissen gehört hätte. Aber außerhalb von Gefängnissen waren die Berichte immer über Gewalt zwischen Männern und Frauen, nicht über Männer, die Männer vergewaltigten.

„Sie werden Ihnen das nicht antun. Die Männer sind durch und durch schwul. Sie würden Sie eher zusammenschlagen als anfassen."

„Nun, das ist wirkliche eine große Erleichterung", gab Sophia voll Ironie zurück. „Vielen Dank, dass Sie mir wieder all die Bilder lebhaft in Erinnerung gerufen haben. Wie konnten Sie die Männer nur so unbedarft an der Nase herumführen? Die sind gefährlich."

„Bevor Sie hier noch komplett ausrasten, obwohl ihre Verlegenheit ja ganz anziehend ist, ich habe über Ihre Aufnahme nur Scherze gemacht. Ihre Reaktion zu beobachten war einfach unbezahlbar."

„Danke, dass Sie mich für Ihre Unterhaltung verwenden." Sophia wollte sich verärgert von ihm abwenden, aber er fuhr fort:

„Sie sind wegen der Stimmen von der Nachbarwohnung abgezogen. Die offene Tür sollte ihnen nur vermitteln, dass Sie an dem Streit dort drüben beteiligt sind. Und da die Männer gegangen sind, ist der Plan wunderbar aufgegangen."

„Aha, nun verstehe ich. Sicherlich war Mrs. Grantham wieder am Telefon mit ihrem Sohn. Sie kommen nie auch nur eine einzige Minute miteinander aus. – Warum haben Sie mir das nicht gleich gesagt? Sie sind so gemein, mich derart aufzuziehen. Es ist nicht so als ob ich gewohnt wäre, entflohene

Sträflinge zu befreien und dann auch noch von Kriminellen verfolgt zu werden. Es ist also überhaupt nicht nötig, dass Sie mich auch noch anlügen."

„Was, Sie sehen mich immer noch als Kriminellen? Ich dachte wir hätten bereits festgestellt, dass ich zum Sündenbock gemacht worden bin. Sind Sie nun bereit mir zu helfen oder nicht?"

„Oh, nun wollen Sie also meine Hilfe? Ich dachte, Sie wollten gehen und mich nicht mit hineinziehen und wollten mir daher auch nichts über die Hintergründe erzählen. Sicher wäre es ohnehin nur für Sie Belastendes."

Sophia wusste nicht, warum sie nun so sehr mit dem Mann argumentierte, besonders jetzt da er bereit schien sie endlich mit einzubeziehen. Normalerweise war sie bekannt dafür, dass sie immer einen klaren Kopf behielt und Wellen in Konflikt-situationen gut glätten konnte. Aber mit ihm geriet sie innerhalb von Sekunden in Rage.

Ihre weitere Auseinandersetzung wurde jedoch unterbrochen. Prof. Bennings Nummer erschien auf ihrem Mobiltelefon. Sie ging sofort, um den Anruf anzunehmen und hielt ihre Hand hoch, damit Prof. Lynford schwieg.

„Guten Abend, Prof. Benning ...", begann sie, aber wurde sofort von einem eindringlichen Flüstern unterbrochen.

„Wo sind Sie? Ich muss Sie sehen. Ich muss Ihnen einige Materialien geben. – Es ist dringend. Warum sind Sie gegangen?"

„Ich dachte es wäre nicht sicher. Der Mann kam kurz nach unserem Gespräch aus dem Labor und sah sich um als wüsste er, dass ich da war. Ich musste mich verstecken, um nicht von ihm gefunden zu werden."

„Gut", stimmte er zu. „Aber es ist dringend, dass ich Ihnen

diese Dokumente übergebe. Ich bin ... – später. Können Sie zu Ihrem Lieblingsplatz abseits des Campus kommen? Ich werde Sie dort so schnell wie möglich treffen. Beeilen Sie sich."

Die Verbindung wurde unterbrochen.

Sophia hatte ihrem Professor immer vertraut, aber seine Forderung, dass sie direkt bei dem Kriminellen im Labor bleiben sollte, nur um dann feststellen zu müssen, dass dieser Mann Ausschau nach ihr hielt, hatte ihr Vertrauen schwer erschüttert.

Aber seine Stimme gerade eben hatte so verzweifelt gewirkt, so dringlich, dass sie nicht wusste was sie nun tun sollte. Nach dem was sie über Prof. Lynford erfahren hatte, wusste sie nicht ob es klug war zu Prof. Benning in ihr Lieblings-Café zu gehen, denn das musste es gewesen sein was er, ohne den Namen zu nennen, gemeint hatte.

Sie waren sich dort mehrfach begegnet, wenn sie dort den ausgezeichneten Kaffee oder Eis kauften, daher wusste er, dass sie dieses Café mochte. Sie hatte öfter einmal das Mensa-Essen gemieden und stattdessen dort köstliches Eis genossen.

Ihre Tasche aufnehmend, ging Sophia zur Tür.

„Lassen Sie die Tür dieses Mal abgesperrt. Sie können in der Zwischenzeit auch den Rest des Erotika-Hörbuchs genießen."

„Wohin gehen Sie? – Treffen Sie sich mit Ihrem Freund?"

„Nein."

„Ihrem Liebhaber?"

„Das geht Sie nichts an."

„Es geht mich etwas an, wenn Sie meine Entführer hierher zu mir führen. – Und Sie haben mit Prof. Benning gesprochen, ohne mir etwas darüber zu sagen."

„Ich kann sprechen mit wem ich will. Ich schulde Ihnen nichts."

„Das stimmt nicht, wenn meine Sicherheit betroffen ist. Sie haben keinerlei Ahnung um was es hier überhaupt geht. Ihm Informationen über meinen Aufenthaltsort zu geben, wird nur die Verbrecher zu Ihrer eigenen Tür bringen. Denken Sie darüber nach, Sie riskieren nicht nur meine Sicherheit, sondern auch Ihre eigene. Vertrauen Sie Prof. Benning so sehr, dass Sie das riskieren wollen?"

„Ich habe keine andere Wahl. Wenn ich nicht gehe, wird er Verdacht schöpfen. Soweit wir wissen, hat er keine Ahnung, dass Sie hier bei mir sind."

„Dann belassen Sie es dabei."

„Ich habe nichts anderes vor. Aber ich werde ihn treffen, Sie können mich nicht davon abhalten. Er hat gesagt es sei sehr dringend. Und ja, ich vertraue ihm." Sophia äußerte die letzte Feststellung eigensinnig, wie im Gegensatz zu Prof. Lynford. Vertraute Sie dem Mann, der ihr so verärgert gegenüberstand und so einfach mit ihren Gefühlen spielen konnte? Sophia wusste keine Antwort auf diese Frage, aber sie hatte keine Wahl. Sie konnte ihn einfach nicht hinausschmeißen, nachdem sie ihn zuvor gerettet hatte. Irgendwie glaubte sie immer noch daran, dass er unschuldig war und die Verbrechen, die ihm angelastet wurden, nicht begangen hatte. Trotz ihrer nur kurzen Bekanntschaft und obwohl er sie gnadenlos aufzog und ärgerte, ohne auch nur das geringste Anzeichen von Reue zu zeigen, glaubte sie nicht, dass er fähig war seine Frau ermorden zu wollen. Es mussten andere Gründe gewesen sein, warum man ihn so schnell ins Gefängnis verfrachtet hatte.

Sie wusste, dass er ein kluger Mann war, der zu hoch komplizierten Täuschungsmanövern fähig war, aber absichtlichen Betrug und Unterschlagung öffentlicher Gelder, die

Gründe, die seine Frau für den versuchten Mord an ihr angeführt hatte, waren zu plumpe Verbrechen für einen derart intelligenten Mann. Er würde sicher andere Möglichkeiten zur Verfügung haben, das zu bekommen was er wollte. Er würde seinen Diebstahl nicht so offensichtlich machen müssen, dass seine Frau diesen versehentlich herausfinden konnte.

Sophia war sich sicher, dass er sogar im Moment seine eigenen Absichten verfolgte und so wie er sie geschickt und ohne Mühen im Unklaren ließ, würde er auch seine Diebstähle leicht verbergen können. Mit seiner Vorgehensweise würde niemand auch nur herausfinden, was überhaupt wirklich geschehen war. Dessen war sie sich ganz sicher.

So schätzte sie ihn ein, aber nicht als einen Kleinkriminellen, der dem leichten Geld nachrannte. Das klang einfach so gar nicht nach ihm, wenn all seine Recherchen und Forschungsergebnisse ihm bereits ein Vermögen einbringen mussten.

Prof. Lynford sah die sich widerstreitenden Gedankengänge auf ihren Gesichtszügen, aber versuchte nicht länger sie zurückzuhalten oder von seiner Vertrauenswürdigkeit überzeugen zu wollen. Er wartete geduldig auf ihr Urteil, mit unerschütterlicher Arroganz, als ob es ihm gar nichts ausmachen würde, wenn sie ihn vor die Tür setzte.

Aber Sophia überlegte weiter. ‚Vielleicht hatte ihre Meinung deshalb keine Bedeutung für ihn, da er sie einfach überwältigen konnte und ...'

Er musste die wachsende Furcht auf ihrem Gesicht gelesen haben, denn er wandte sofort ein: „Ich werde hier auf Sie warten, bis Sie zurückkommen. Wenn Sie eine Sicherheit für Ihr Treffen benötigen, rufen Sie einfach auf Ihrem Festnetz an und ich werde Ihnen zu Hilfe eilen, vorausgesetzt Sie sagen mir wohin Sie überhaupt gehen."

„Dieses ganze großzügige Angebot, nur um herauszufinden wohin ich gehe?" Sophia versuchte, die gerade aufgestiegene Furcht abzuschütteln und antwortete ihm daher ruppiger als sie selbst angebracht fand.

„Nein, um Sie zu schützen. Ich kann das nicht tun, wenn ich nicht weiß wo Sie sind. Wir können nicht davon ausgehen, dass das Apartment gegenüber ihr einziger Schlupfwinkel ist oder dass sie die Einzigen sind. Ich werde Sie nicht unbedingt finden und die Möglichkeit haben die Gefälligkeit Ihrer Befreiung zu erwidern, falls jemand Sie entführt."

„Nun denn, ich gehe zu Marty's Café an der Ecke vor dem Haupteingang zum Campus-Gelände. Wenn ich in einer Stunde nicht zurück bin ... – Oh, ich habe keine Ahnung, was Sie dann tun können. Die Polizei rufen?" Sie bezweifelte sehr, dass ihr das helfen würde. „Mein Apartment für Ihre eigenen Zwecke übernehmen? – Das werden Sie ohnehin tun, auch wenn ich es Ihnen nicht erlaube. Also bleiben Sie einfach in Sicherheit und wenn ich in einer Stunde noch nicht zurück bin, können Sie anfangen sich Sorgen um mich zu machen."

Sie sah seinen entschlossenen Blick nicht mehr, sondern eilte zur Tür hinaus und zum Treffpunkt mit ihrem Professor, wobei sie wieder ihren Schleichweg aus dem Haus benutzte.

– 9 –
Marty's Café

Sophia war sehr beunruhigt darüber, dass ihr Professor den Treffpunkt nur verschlüsselt erwähnt hatte, so dass nur sie beide es verstehen konnten. Das machte sie sicher, dass ihr Professor geglaubt hatte von Dritten belauscht zu werden. War es die Telefonverbindung, der er misstraute oder war er während des Gesprächs nicht allein gewesen?

Sophia erreichte das Café in Rekordzeit und fand Prof. Benning in einer der versteckten Sitzecken im hinteren Teil des kleinen Cafés. Sie wollte keine Aufmerksamkeit auf sich ziehen und schlüpfte daher auf die Sitzbank ihm gegenüber und flüsterte ihre Begrüßung. Zu ihm aufblickend, sah sie ihn mit besorgtem Blick die Umgebung absuchen, ob sie verfolgt worden war.

„Ich bin allein gekommen. Niemand ist mir gefolgt."

„Es ist nur ... – Ich bin besorgt. – Was ich von Ihnen erbitten werde, ist nicht etwas, das auf die leichte Schulter genommen werden kann. Ich würde es niemand anderem anvertrauen."

„Hat es etwas mit meiner Dissertation und Prof. Lynford zu tun?"

Sophia war mit ihrer Frage frei herausgeplatzt, da sie den Effekt, den die Erwähnung des anderen Mannes auf Prof. Benning hatte, sehen wollte, aber seine Reaktion überraschte sie. Zusammenzuckend und sich fast auf seinem Sitz windend, schüttelte Prof. Benning irritiert den Kopf.

„Mehr als das. Wir müssen herausfinden, woran er zuletzt gearbeitet hat, bevor er verschwunden ist. Sein Durchbruch muss so unmittelbar bevorgestanden haben, dass diverse interessierte Parteien bereits ihre Abgesandten ausgeschickt haben, um es zu erlangen und ihre Gegenspieler und eventuell auch ihn loszuwerden. Es wäre katastrophal, wenn seine Erfindung in die falschen Hände fallen würde."

„Aber woher wissen Sie das alles? Warum kann Prof. Lynford Ihnen nicht helfen?" Sophia schützte Unwissenheit über die Inhaftierung und Flucht des Mannes vor.

„Ich vergesse immer, dass Sie es ja nicht wissen." Er erläuterte nicht näher, was er glaubte dass sie nicht wusste, aber sie vermutete, dass er den Prozess meinte und den Umstand, dass Prof. Lynfords Name so gewissenhaft aus der Presse und besonders aus seinem Forschungslabor herausgehalten worden war.

„Sie haben mich als Aufsicht über sein Forschungslabor eingesetzt, nachdem Prof. Lynford verhaftet worden ist."

Sophia stieß einen obligatorischen Laut des Erstaunens aus, um ihre Überraschung über diese Neuigkeit hochzuspielen. Aber zum Glück war Prof. Benning so sehr auf seine eigene Mitteilung konzentriert, dass er ihrer Reaktion nur wenig Aufmerksamkeit schenkte. Sophia war sich nur zu sehr bewusst darüber, dass Schauspielerei nicht zu ihren Talenten gehörte.

„Und nun umkreisen sie mich wie Hyänen", fuhr der Professor unbeirrt fort. „Ich muss die Informationen aus meinen Händen bekommen, an einen sicheren Ort, wo niemand sie vermuten würde. Und das ist, wo Sie ins Spiel kommen."

„Aber was kann ich tun, um Ihnen dabei zu helfen?" Alle von Sophias früheren Bedenken über die Vertrauenswürdigkeit des Professors hatten sich bei seinen Worten in Luft aufgelöst. Sie konnte es einfach nicht glauben, dass ihr förmlicher und überkorrekter Lehrer freiwillig etwas Falsches tun würde.

Prof. Benning zog einen Rucksack unter dem Tisch hervor, unauffällig in seinem Aussehen, da er Teil der Grundausstattung war, die bei Studienbeginn an alle Studenten ausgehändigt wurde. Aber er versteckte ihn sogleich wieder und schob ihn unter dem Tisch mit seinem Fuß zu ihrer Seite herüber.

„Nehmen Sie ihn und sehen Sie welchen Sinn Sie aus seinem Inhalt machen können."

„Materialien von Prof. Lynford? Aber er tat meine Themenvorschläge als absurd ab und fand es nicht einmal der Mühe wert auf die meisten zu antworten. Und nun soll ausgerechnet ich in der Lage sein, Sinn aus seinen Unterlagen zu ziehen?"

„Ich denke, dass Sie in Ihrer Themenwahl seinem Lösungsweg irgendwie nahegekommen sein müssen und er Sie mit seiner Reaktion nur davon ablenken wollte oder er hatte irgendeinen anderen Grund, warum er sein Interesse an Ihrer Forschungsrichtung geheim halten wollte. – Es muss irgendetwas derartiges sein." Der Professor sagte das zunehmend in seine eigenen Gedanken vertieft.

„Aber wäre es nicht besser, wenn Sie die Unterlagen durchsehen würden?" wandte Sophia ein. „Sie haben viel mehr Erfahrung und Ressourcen. Da bisher noch nicht einmal mein Dissertationsthema angenommen wurde, habe ich nur begrenzten Zugang zum Labor der Uni."

„Sie können dort nicht hin!" Prof. Benning war äußerst beunruhigt über ihre Erwähnung des Labors. „Sie können das Gelände nicht betreten. Es wird überwacht. Es ist wichtig, dass Sie die Unterlagen nicht aus den Händen geben und bringen Sie es nicht mit auf das Campusgelände. Sie überwachen jeden meiner Schritte. – Auch jetzt bin ich mir nicht sicher, dass wir nicht beobachtet werden. – Leeren Sie Ihren Rucksack aus und tauschen Sie ihn mit meinem. Ich möchte nicht, dass sie denken, dass ich irgendwo etwas deponiert habe."

Sophia zog ihren fast leeren Rucksack unter dem Tisch hervor und nahm ihren Geldbeutel und notwendigen Krimskrams heraus und platzierte ihn neben sich auf der Sitzbank. Dann nahm sie den gleich aussehenden Rucksack des Professors und verstaute ihre Sachen darin, wobei ihr das große Bündel an Dokumenten kaum Platz ließ. Anschließend stopfte sie ihre Jacke in den nun leeren Rucksack, um ihn voll aussehen zu lassen und den Austausch zu vertuschen und schob ihn unter dem Tisch hinüber zu ihrem Professor.

„Und was, wenn ich etwas finde? Wie kann ich Sie erreichen, ohne die Hyänen, wie Sie sie nennen, aufmerksam zu machen?"

Ihr Professor gab ihr einen kleinen Zettel mit einer handschriftlich notierten Webadresse.

„Schreiben Sie es hier auf dieser Website. Die Seite ist sicher, so dass nur ich es sehe und ich werde jeden Tag nachsehen. Veröffentlichen Sie nicht was Sie schreiben, sondern lassen Sie es lediglich im Entwurf im Backend stehen. – Aber nun sollten wir gehen. Es ist bereits spät und ich habe morgen früh ein Ferienseminar. Die kennen meine Routine und wissen, dass ich an solchen Tagen früh zu Hause bin."

„Ja, Professor. Gute Nacht."

„Gute Nacht, Ms. Warren. Und viel Glück. Wir werden es beide brauchen."

„Ist es wirklich so gefährlich?"

„Sie machen sich keine Vorstellung. Seine Sie vorsichtig. Trauen Sie niemandem und zeigen Sie niemandem die Dokumente."

„Aber könnte nicht Prof. Lynford mit ihrer Bedeutung weiter-helfen?"

„Wenn ich nur wüsste wo er ist. Aber da kann man nichts machen. Er musste selbst schauen wo er bleibt, um zu überleben."

Das machte ganz und gar nicht den Eindruck, als würde Prof. Benning versuchen Prof. Lynford zu übervorteilen oder seine Position einnehmen zu wollen. Ihr Professor wirkte eher ängstlich. Er sah vorsichtig über seine Schulter und kontrollierte auch die Fenster zur Straße, bevor er hinzufügte: „Es ist besser, wenn wir das Café nicht gleichzeitig verlassen. Bleiben Sie noch eine Weile hier und nehmen Sie dann den Hinterausgang."

„Ja, Professor. Gute Nacht und viel Glück."

Sophia wartete noch geraume Zeit. Sie war sehr nervös während der erzwungenen Wartezeit, denn wenn sie sich auf dem Heimweg verstecken musste und die gut beleuchteten Straßen entlang des Campus vermied, würde sie nicht recht-zeitig zu Hause sein. Sie hoffte, dass Prof. Lynford nicht sofort die Polizei anrufen oder etwas unternehmen würde sie zu finden, wie er erwähnt hatte.

Aber als sie vorsichtig aus dem Hinterausgang schlüpfte, merkte sie rasch, dass Prof. Benning Recht gehabt hatte. Vor dem Café warteten Männer auf dem Fahrersitz ihrer Autos, nur schwach beleuchtet von den Straßenlaternen, und beobachteten das Restaurant. Zum Glück konnte sie unbe-merkt zwischen den Müllcontainern hinter der Küche hindurchschlüpfen und sich im Gestrüpp verbergen, das zum Fußweg durch den Park führte, der von großen Eichen überwachsen war.

Stolpernd machte sich Sophia über die unwegsamen

Baumwurzeln auf ihren lagen Heimweg, auf dem sie keinen weiteren, verdächtig aussehenden Gangstern in Anzügen begegnete, die nach Informationen jagten, die sie selbst erst noch herausfinden musste.

– 10 –
Zurück in Sophias Apartment

Sophia stahl sich wieder über die Tiefgarage zurück in ihren Wohnblock und nahm die Treppe, obwohl sie wusste, dass sie bereits später als angekündigt zurückkam. Aber nach der knappen Flucht bei der Rettung von Prof. Lynford fühlte sie sich in der engen Liftkabine nicht wohl.

Sie betrat das Apartment, das sie dunkel und wie verlassen vorfand.

„Was zum ..." konnte sie nicht unterdrücken. Aber dann ging die Tür zum kleinen Balkon auf und gebückt und außer Sicht kam Prof. Lynford zurück in die Wohnung, wobei er ihre Videokamera in einer Hand hielt.

„Sie sind also zurück von Ihrem kleinen Rendezvous mit Ihrem Liebhaber", kommentierte er gelassen, wobei er kein Anzeichen der von ihr erwarteten Sorge um sie erkennen ließ, nachdem sie mehr als eine Stunde später als erwartet zurückkam.

Sonderbarerweise ließ dies Ärger über ihn in ihr aufsteigen und ohne nachzudenken fuhr sie ihn an: „Vermissen Sie Ihren eigenen Liebhaber so sehr, dass Sie ihn aus der Ferne beobachten müssen?"

Prof. Lynford betrachtete sie hochnäsig von oben bis unten, legte ihre Kamera auf ihren Schreibtisch und ging dann ohne ein Wort zu verlieren in ihr kleines Badezimmer.

Als er wieder herauskam, hörte sie die Toilettenspülung noch weiterlaufen und sie betrat das Badezimmer nach ihm. Der Mechanismus hatte einen Defekt, aber sie wusste wie sie damit umgehen musste.

Prof. Lynford trug noch immer den großen weißen Bademantel, den ihre Schwester ihr letztes Jahr zu Weihnachten geschenkt hatte, den sie aber noch nie getragen hatte, da er für den täglichen Gebrauch viel zu wertvoll war.

Er hatte ihn vorne lässig geschlossen und er drohte jeden Moment auseinanderzuklaffen, wobei das Häuflein seiner Kleidung neben der Dusche deutlich machte, dass er nichts darunter trug.

„Haben Sie etwas für mich zum Anziehen, von Ihrem abwesenden Freund?"

„Er lässt seine Sachen nicht bei mir liegen." Sophia wollte seine korrekte Vermutung nicht bestätigen, dass sie allein war.

„Da er nicht existiert. Etwas anderes von einem Ihrer Liebhaber, das mir passen könnte?"

Sie konnte sich nicht vorstellen, dass ihm etwas aus ihrem Kleiderschrank passen würde, fand aber schließlich ein T-Shirt, das sie auf einer Computer-Messe erhalten hatte. Sie hatten eine Einheitsgröße für alle Teilnehmer ausgegeben und es war für sie viel zu groß, aber sie mochte es als Nachthemd. Sie nahm es heraus und reichte es ihm.

Er nahm es und zog es rasch über. Während es ihr bis halb über die Oberschenkel reichte, bedeckte es bei ihm nur knapp seine Genitalien, die er, als er aus dem Bademantel schlüpfte als wäre sie nicht im Zimmer, schamlos zur Schau stellte. Er zeigte ihren unerfahrenen Augen ein beeindruckendes Paket.

Unbehaglich wandte Sophia sich von seiner unverhohlen dargestellten Nacktheit ab. Hatte er das gerade mit Absicht gemacht, damit sie sich in seiner Gegenwart verlegen fühlte?

Das Shirt nach unten ziehend, wandte er sich ihr wieder zu.

„Wo soll ich schlafen?"

„Auf dem Bett. Ich nehme die Couch."

Er nahm die Kamera vom Tisch und ging ohne Zögern hinüber zum Bett, als wäre nichts Außergewöhnliches vorgefallen. Kein ‚Danke', kein Hinweis darauf, was er gefunden hatte, wobei sie das bestimmte Gefühl hatte, dass er in der Zwischenzeit etwas herausgefunden hatte. Aber mit seinen Kommentaren über ihren Freund hatte er bewusst versucht sie herauszufordern und wieder auf Distanz zu halten. Er zeigte nicht einmal das geringste Interesse daran, welche Fortschritte sie mittlerweile gemacht hatte.

Stattdessen hatte ihr Kommentar über seinen Freund ihn verärgert und er hatte sie komplett ausgeblendet, als wäre sie gar nicht da. Wie lustig, und das in ihrem eigenen Apartment. ‚Ganz und gar nicht', beantwortete Sophia ihre eigene Frage in ihrem Kopf. Sie fühlte sich nun noch viel mehr verärgert darüber, dass er ihre Hilfe als eine ihm geschuldete Ehrerbietung eines seiner Untergebenen ansah. Sie war in keiner Weise verpflichtet ihm zu helfen und war weit davon entfernt, ihm auch nur im Geringsten zu vertrauen.

Missmutig wandte sie sich von ihm ab und machte sich selbst eine Tasse Tee, als sie seine Anweisungen hörte.

„Eine Tasse, mit Milch, ohne Zucker."

„Ah ..." Sophia unterdrückte weitere Kommentare und machte ihm auch eine Tasse Tee, bevor sie sich an ihren Schreibtisch setzte und sorgfältig den Rucksack, den ihr Prof. Benning gegeben hatte, darunter verbarg. Sie wollte später einen Blick darauf werfen, sobald Prof. Lynford eingeschlafen war. Aber ihr Verhalten war seiner Aufmerksamkeit nicht entgangen.

„Was haben Sie da? Etwas, das Ihnen Prof. Benning gegeben hat? – Lassen Sie mich sehen."

„Das geht Sie nichts an."

„Was auch immer Sie tun geht mich etwas an, nachdem ich so unerwartet in die liebevolle Fürsorge einer verzweifelten Single-Frau gekommen bin."

Sophia blickte verärgert in sein Gesicht auf. „Sie haben kein Recht ..."

„Ich habe jedes Recht Ihre ungeteilte Aufmerksamkeit zu verlangen, mein süßes Mädchen. Nun kommen Sie her und geben Sie mir den Rucksack."

„Ich werde nichts dergleichen tun. Mein Freund wird es Ihnen nicht erlauben so ..."

„Ja, ja. Wieder Ihr Freund. Der mysteriöse Mann, der nicht existiert."

„Wie können Sie so etwas sagen? Er wird mich verteidigen und mich beschützen."

„Und wo ist Ihr wundervoller, fürsorglicher und liebender Freund, wenn Sie Schutz und Verteidigung brauchen? Haben Sie je daran gedacht, ihn in Ihren verrückten Plan mit einzubeziehen? Oder sind Sie endlich so weit, dass Sie zugeben, dass er nur eine Ausgeburt Ihrer Fantasie ist? Nun, geben Sie mir den Rucksack und lassen Sie mich sehen, was Prof. Benning Ihnen gegeben hat."

„Nein!"

Er kam mit überraschender Geschwindigkeit und Agilität zu ihr herüber und erreichte sie mit einem bedrohlichen Schritt. Er packte sie mit einer Hand im Nacken und zwang sie zurück in ihren Schreibtischstuhl. Sophia war viel zu erstaunt, als dass sie auch nur einen Versuch zur Flucht unternommen hätte.

„Lassen Sie uns eines klarstellen. Ich bin kein geduldiger Mann. Entweder Sie machen was ich sage, oder ich werde Sie fesseln und knebeln, um etwas Ruhe zu haben."

Seine Hand, die sie im Nacken hielt, drückte etwas zu, um

eine Antwort von ihr zu erzwingen, brachte sie aber nur dazu, stumm vor Furcht zu ihm aufzublicken.

Sie schüttelnd wiederholte er: „Was soll es sein? Kooperation oder meine Gefangene?"

Er beobachtete genau ihre Reaktion, bevor er seine zweite Hand hob, ihre beiden abwehrenden Hände ignorierend, die versuchten seinen Griff um ihren Hals zu lösen, und mit seinem Daumen sanft über ihre Lippen strich.

Von der elektrifizierenden Intensität seiner Berührung schockiert, die durch ihren ganzen Körper strömte, konnte sich Sophia nicht von seinem intensiven Blick lösen. Ihre Hände blieben ohne Wirkung um seine geklammert, die sie festhielt.

„Oder ..." sagte er fast desinteressiert. „Es gibt noch eine andere Möglichkeit."

Ein hässliches, wissendes und dennoch so erregendes Lächeln huschte über seine Gesichtszüge, bevor er sich niederbeugte und seine Lippen leicht die ihren berührten, neckend, eine Reaktion fordernd, strich sein Atem über sie und ließ all ihre Sinne erwachen.

Ihr erster Kuss. Sophia konnte nicht atmen, nur fühlen und empfinden. Die sanften Bewegungen seiner Lippen auf ihren ließen sie die Augen schließen und sandten sie in eine Traumsphäre voller bewusster Wahrnehmung, aus der sie nicht erwachen wollte.

Als er sich aus dem Kuss zurückzog, erlangte Sophia nur langsam wieder die Macht über ihre eigenen Sinne, blinzelnd, als könnte sie nicht glauben was gerade passiert war, oder nur sich weigernd, wieder zur Realität zurückkehren zu müssen.

Prof. Lynford lachte leise vor sich hin, sein Gesicht in ihrem Nacken, den seine Hand während des Kusses freigegeben hatte, leicht mit seiner Zunge über ihre empfindsame Haut streichend, was flammende Emotionen durch ihren ganzen Körper sandte.

Sich ihrer eigenen stöhnenden Laute der Erregung nicht bewusst, schreckten sie die Geräusche dennoch aus ihrem benebelten Zustand auf.

„Was zum Teufel ...", begann sie, aber sein Finger über ihren Lippen stoppte sie, mehr sinnliche Berührung als eine Maßnahme sie am Sprechen zu hindern.

„Sie begehren mich, meine Süße. Und ich bin bereit, Ihnen zu geben was Sie möchten, wenn Sie mir zeigen was Sie bekommen haben. Es wird zu unserem gegenseitigen Vergnügen sein."

Seine beiläufige Bemerkung riss sie unvermittelt aus ihrer glückseligen Versunkenheit.

„Sie arroganter Schnösel", schrie sie ihn an, wobei sie ihn zornig von sich stieß. „Sie sind so von sich eingenommen, dass Sie wirklich glauben, dass ich darauf hereinfalle? – Wie konnte ich nur so dumm sein, den dämlichsten Mann der Welt zu retten?"

„Niemand hat Sie darum gebeten", erwiderte er, ohne zu zeigen wie aufgebracht er über ihre direkte Ablehnung seiner Verführungskünste war, die ihn bisher immer ans Ziel geführt hatten. Aber er war nicht bereit zuzugeben, dass er wirkliche Vorfreude empfunden hatte mit ihr zu schlafen, nicht nur um an die gewünschten Informationen zu gelangen.

Aber das überschäumende und redselige Mädchen hatte nichts über ihr Treffen mit Prof. Benning verraten, sondern hatte vielmehr von ihm erwartet, dass er ihr etwas bekanntgab, bevor sie bereit war ihm im Gegenzug Informationen zu geben. Das hatte all seine Alarmglocken ihr gegenüber geweckt und ihn extra vorsichtig sein lassen. Sie war nur eine weitere Frau, die ihre weiblichen Tricks bei ihm probieren wollte. Aber er war nicht länger der vertrauensselige Narr, der er während seiner Ehe gewesen war. Er war durch eine harte Schule gegangen, die wahre Natur von Frauen herauszufinden.

Allein der Umstand, dass sie eine Studentin war, die ihn als Co-Korrektor für ihre Versuchsaufstellungen benötigte. Er glaubte an merkwürdige Zufälle in der Welt, aber das ging nun wirklich zu weit. Und sie erwartete auch noch, er solle ihr gegenüber Dankbarkeit zeigen? Niemals. Er würde herausfinden, was sie vor ihm verbarg und würde sie zu seiner willigen Gespielin machen. Alle seine früheren Geliebten vor seiner kurzen Ehe hatten ihn angefleht mit ihnen zu schlafen und das würde auch sie tun, ein bloßes Mädchen, das glaubte, dass ein erfundener Freund ihn auf Distanz halten könnte. Wenn sie wirklich glaubte, das würde ihn von ihr fernhalten, musste sie früher aufstehen.

Der Sturm, den sie entfesselt hatte, würde sie hinwegreißen und sie zu seinen Füßen betteln lassen. Er würde die Erfahrung genießen sie zu Fall zu bringen.

Das gnadenlose Lächeln auf seinem Gesicht ließ Sophia schaudern. Wie hatte sie nur auf den Gedanken kommen können, dass es eine gute Idee war, einen Fremden in ihre Wohnung zu lassen, ein Refugium, in dem bisher kein Mann außer ihrem Vater willkommen gewesen war? Nun war sie diesem attraktiven Mann ausgeliefert, der durch seine früheren Erfolge derart arrogant war, dass er es einfach nicht glauben konnte, dass ihm jemand widerstehen konnte.

Sie würde es auf jeden Fall tun, versprach sie sich selbst, obwohl ein Beben in ihrer Magengegend ihr bewusst machte, dass ihm zu widerstehen möglicherweise gar nicht so einfach sein würde wie es dies bisher bei anderen Männern gewesen war, die versucht hatten mit ihr auszugehen. Bei ihren Mitstudenten war es ihr leichtgefallen sie beiseite zu schieben und sich auf ihr Studium zu konzentrieren. Sie hatte nie etwas für einen von ihnen empfunden. Aber der Professor hatte bereits bevor sie ihn überhaupt getroffen hatte all ihre Aufmerksamkeit und Bewunderung in Anspruch genommen. Seit dem ersten Moment, als sie ihn im Apartmenthaus gegenüber gesehen hatte, hatte der Mann Gefühle in ihr ausgelöst, die sie nicht gewöhnt war. Ihren Beschützerinstinkt, als ob so ein großer und starker Mann das normalerweise überhaupt nötig hatte, obwohl ja, er hatte ihn gebraucht, gab sie sich gegenüber zu.

Aber jetzt war jedes Anzeichen davon, dass er sie brauchte, verschwunden. Er wollte sie zwingen ihm zu gehorchen, wie ein willenloses Schoßhündchen. Wenn er glaubte, dass sie sich so von ihren Hormonen beherrschen und zu seinem willenlosen Werkzeug machen ließ, musste er nochmals ausgiebig nachdenken.

Die Wirkung von seiner Berührung abschüttelnd, stieß sie seine Hand weg.

„Fassen Sie mich nicht an, Sie Tyrann."

„Oh, wirkt meine Berührung so stark auf Sie, meine Liebe? Liegt Ihr letztes Bettgeflüster schon so weit zurück?"

„Wenn Sie glauben, dass Ihre Beleidigungen mich dazu bringen, das zu tun was Sie von mir wollen, irren Sie sich gewaltig. Hirnloser Dummkopf. Wie ich nur glauben konnte, dass er intelligent wäre ..." Sie murmelte die letzten Worte an sich selbst gerichtet. „In meinem T-Shirt herumsitzen und glauben, mich herumkommandieren zu können."

Langsam begann ein Mundwinkel von ihm zu beben, bevor er lauthals in Gelächter ausbrach.

„Sie sind ein kurioses Mädchen." Er wandte sich von ihr ab und ging zurück zum Bett, dabei ließ er sie und den Rucksack, den er hatte inspizieren wollen, ohne weitere Auseinandersetzung zurück.

Ausgestreckt auf dem Bett, gab er ihr einen vollen und ungehinderten Anblick seines Körpers, wobei das hochgerutschte T-Shirt fast alles entblößt bis auf seine Geschlechtsteile. Er fand ihren Blick auf sich gerichtet, fast so, als hätte sie Schwierigkeiten ihre Augen von ihm loszureißen.

Das war es, was er benötigte, ihre Faszination mit ihm, ihre ständige Ungewissheit, damit sie nie die Oberhand gewinnen oder ihn ausspielen konnte.

Als ihr Blick seinen Körper hinaufwanderte und zu seinem Gesicht kam, bemerkte sie, dass er sie die ganze Zeit beobachtet hatte und verlegenen Röte stieg in ihre Wangen.

Wie eine unschuldige kleine Jungfrau, die ihren ersten fast nackten Mann sah, dachte er, aber verwarf seinen Gedanken sofort wieder. Sie musste mindestens etwa 24 oder 25 Jahre alt sein, wenn sie ihr Promotionsthema beantragte. Keine junge Frau behielt ihre Jungfräulichkeit so lange, nicht in diesem Jahrhundert, dachte er. So viel dazu, dass sie unschuldig erschien. Nur eine weitere hinterhältige Frau, genau wie seine Ex-Frau.

Unter dem Vorwand es sich auf dem Bett gemütlich zu machen, zog er die Decke über seinen Unterkörper. Ihr Zimmer war noch immer sehr warm von der Hitze des Tages und mehr als das wäre erstickend heiß. Nach einigen Augenblicken regulierte er seinen Atem in langsame, flache Züge und gab vor, tief und fest zu schlafen.

Wie erwartet setzte sich das Mädchen zurück an ihren Platz vor dem Computer, nach einem kurzen Weg ins Badezimmer, wohin sie ihren Rucksack mitgenommen haben musste, denn als sie zurückkam hielt sie ihn fest im Arm. Sie platzierte ihn auf ihrem Stuhl und wühlte darin herum.

Er ließ sie erst einmal gewähren, da er ihre unsicheren Blicke von Zeit zu Zeit auf sich gerichtet fühlte.

Er lag also richtig. Was auch immer sie hatte, sie wollte nicht, dass er es sah. Das machte ihn nur umso mehr entschlossen herauszufinden, was Prof. Benning ihr gegeben hatte.

Er würde sie selbst herausfinden lassen, dass sie nicht länger in einer Position war Geheimnisse vor ihm zu haben. Er würde ihr nicht erlauben ihn auszuspielen wie seine Frau es getan hatte. Nein, er würde sie genau beobachten und nicht aus den Augen lassen solange er sie brauchte.

Als sie mehr und mehr in ihren Unterlagen aufging, hörte er sie hin und wieder erstaunt Atem holen. Er wollte, dass sie komplett in Gedanken war, damit er sich unbemerkt an sie heranschleichen konnte und sie nicht bemerkte, wie er langsam versuchte das Bett zu verlassen, ohne dabei ein Geräusch zu machen. Er hatte seinen letzten Schritt bereits vorbereitet, indem er die Decke abgestreift und sich zur Seite gedreht hatte. Sie hatte ihm bei seiner letzten Bewegung nicht einmal einen kurzen Blick zugeworfen. Nun, er war bereit zum Überraschungsangriff. Er hätte das Material auch später nehmen und lesen können, wenn sie eingeschlafen war, aber er wollte ihr seine Überlegenheit zeigen. Er freute sich sogar auf die bevorstehende Auseinandersetzung mit ihr.

Aber was dann geschah, traf ihn völlig unvorbereitet.

Das Mädchen sprang von ihrem Stuhl auf und rannte fast zu ihm. Sie schüttelte ihn roh an der Schulter, um ihn aufzuwecken, die Unterlagen noch immer fest in ihrer anderen Hand haltend.

Was war nun das? Welche Überraschung hielt diese ungewöhnliche junge Frau nun bereit?

Er hatte einige Schwierigkeiten, sein langsames Aufwachen glaubwürdig vorzutäuschen, wenn alles was er in der Zwischenzeit getan hatte gewesen war, sie unentwegt zu beobachten.

Murrend und vor sich hin murmelnd, setzte er sich im Bett auf und sah sie verärgert an.

„Was ist jetzt los?"

„Sie müssen sich das ansehen."

„Kann es nicht bis morgen warten?" Er konnte fast nicht glauben, dass er diese Worte laut aussprach, nachdem er die ganze Zeit geplant hatte wie er sie überwältigen und an diese Unterlagen herankommen konnte, die sie ihm jetzt unter die Nase hielt.

„Nein!" widersprach sie vehement. „Ich muss wissen was Sie darüber denken. Ich kann nicht warten."

Vor ihm auf und ab hüpfend, erinnerte sie ihn an ein Kind, das das Versprechen einer großen Geburtstagstorte erhalten hatte und das die Vorfreude nicht unterdrücken konnte.

Sonderbares Mädchen, dachte er. Hatte sie nie die blasierte Art der modernen Gesellschaftsdamen gelernt? Konnte sie wirklich die Universität durchlaufen haben und von ihnen unberührt geblieben sein? Seine Frau in ihren besten Zeiten hätte nur eine Augenbraue gelüpft, wenn sie neugierig war, später in ihrer Beziehung mehr, wenn sie irgendwie verärgert über ihn war, wobei sie dann eher seine Kreditkarte genommen hatte, um auf ihre Weise jegliche angebliche Schmähung seinerseits entsprechend zu würdigen. Aber offen

Gefühle zu zeigen, wie es die junge Studentin vor ihm tat, war nicht etwas das er gewohnt war.

Kein Wunder, dass all seine üblichen Verführungskünste und dominierenden Taktiken, die er bisher angewendet hatte, bei ihr nicht den geringsten Effekt gezeigt hatten.

Mit übertriebener Gestik rieb er sich die Augen, bevor er sie ganz öffnete und sofort nach den Unterlagen in ihrer Hand griff. Nur zögerlich ließ sie die Blätter los.

– 11 –
Prof. Bennings Dokumente

Geduld schien wahrlich nicht zu ihren Stärken zu gehören. Nervös von einem Bein auf das andere hüpfend, konnte sie ihre Aufregung nicht verbergen, während sie ihn beobachtete wie er die Unterlagen durchsah.

Als er zu ihr aufblickte, konnte sie nicht länger stillhalten und platzte heraus: „Ist es nicht großartig?"

„Was? – Was meinen Sie damit?"

Sie nahm ihm die Blätter ab, um zu sehen wo er gerade war und zeigte mit ihrem Finger auf die Seite. „Hier, sehen Sie. – Niemand kann einen Vorteil daraus ziehen, da es scheint, dass es eine generelle Schwachstelle in allen Systemen ist."

„Na und?"

"Keine der Firmen oder Länder, die so versessen darauf sind, werden daraus einen Vorteil gewinnen ..."

„Ich verstehe nicht, was Sie damit meinen", unterbrach er sie, da ihre Worte scheinbar keinen Sinn ergaben.

„Die Schwachstelle bei der biometrischen Datenübertragung ist so universell, dass sie Sie aus dem Weg räumen wollten, um sie zu vertuschen. Und nun sind sie hinter Prof. Benning her, da alle Zugang erlangen und einen Vorsprung gegenüber ihren Konkurrenten gewinnen wollen, um ihre Gegner zu vernichten. Alles was wir tun müssen, ist die Informationen allgemein verfügbar zu machen, als ‚public domain'."

„Das ist nicht, wie die Dinge funktionieren, meine gute Samariterin."

„Aber Sie müssen sehen ..."

„Was? Dass Sie ein naives Kind sind, das keine Vorstellung

davon hat, was hier wirklich vor sich geht? Der weltweite Zusammenbruch, der dieser Entdeckung folgen wird? Und was, nach dem was Sie bisher gelesen haben, glauben Sie, dass die Entdeckung überhaupt ist?"

Er konnte beobachten, wie die Begeisterung langsam aus ihren Gesichtszügen verschwand und sie von Enttäuschung ergriffen wurde.

„Sie glauben, dass es hier keine Lösung gibt?"

„Es gibt eine, es muss eine geben. Und wenn Sie nichts dagegen haben, lassen Sie mich weiterlesen, damit ich herausfinden kann, was hier wirklich vor sich geht."

„Aber sind das nicht ohnehin Ihre Unterlagen?"

„Nein." Er würde ihr gegenüber nicht eingestehen, dass sie aus seinem Labor waren und er genau wusste was darin stand. Aber sie enthielten nicht die Lösung oder auch nur annähernd den vollständigen Weg in die digitalen Systeme einzudringen. Er wollte nur sicherstellen, dass sie nicht auf grundlegende Informationen gestoßen sein konnte, nicht nur die generelle Erkenntnis, dass ein Eindringen möglich sein könnte.

Soweit er sehen konnte, enthielten die Unterlagen keinerlei brauchbare Hinweise darauf, wie das Eindringen möglich gemacht werden konnte. Diesen Teil der Informationen hatte er bewusst von seinem ‚offiziellen Labor' ferngehalten und sie schienen dieses notwendige Puzzlestück bisher auch nicht eigenständig herausgefunden zu haben.

Dass Prof. Benning die Informationen an seine Studentin weitergegeben hatte, die mit ihren Forschungsthemen nahe am Lösungsweg war, musste bedeuten, dass er, ebenso wie das Mädchen selbst, einen klaren Verdacht hatte wie der Zugang funktionieren könnte.

„Hören Sie auf herum zu zappeln", fuhr er Sophia an.

Sie schien am Boden zerstört, dass er ihre Idee, aus der ganzen Sache herauszukommen und dennoch niemanden als Verlierer zurückzulassen, nicht gut fand.

„Aber könnte es nicht bedeuten", fuhr sie langsam fort, „dass Prof. Benning nicht auf der Seite der Bösen sein kann? – Ich meine, wenn er möchte, dass diese Informationen sicher aufbewahrt werden, kann er nicht vorhaben sie an den Höchstbietenden zu verkaufen, wie wir zuerst gedacht haben."

„Haben wir das? Was hat Sie auf die Idee gebracht?"

Sein Ton zeigte ihr, dass er noch immer verärgert über sie war, sie hatte nur keine klare Vorstellung davon warum. Sie hatte nichts anderes getan als ihm zu helfen. Da sie angenommen hatte, dass die Dokumente ohnehin von ihm stammten, hatte sie ihm sogar die Unterlagen gezeigt, obwohl sie Prof. Benning versprochen hatte sie niemandem zu zeigen. Sie war daher nun ebenfalls verärgert und zornig auf ihn und riss ihm die Papiere aus der Hand.

„Was zum Teufel ...", begann er, aber als ihr trotziges Gesicht sah erhob er sich vom Bett.

„Oh, ich verstehe. Sie sollten die Unterlagen niemandem zeigen. Sie haben sie mir nur gegeben, da sie angenommen haben, dass sie ohnehin von mir waren, möglicherweise um Informationen aus mir herauszulocken. Aber nun sind Sie enttäuscht, da ich Ihnen nicht verraten habe was der wirkliche Knackpunkt in diesen Dokumenten ist. – Armes Kind, träumen Sie weiter und laufen Sie zu Ihrem geheiligten Professor-Daddy."

„Er ist nicht mein ..."

„Nicht Ihr Verwöhn-Daddy und Liebhaber?"

Sie ignorierte seine abstoßenden Anspielungen, hob trotzig ihr Kinn und starrte ihn zornig an.

„Warum sonst sollte er einer Frau die Chance geben zu seinen Forschungen hinzuzustoßen?"

„Sie sind widerwärtig. Kein Wunder, dass sie Sie wegsperren wollten, wenn Sie immer so freundlich zu Leuten sind, die versuchen Ihnen zu helfen."

„Ja, in der Tat haben sie mir geholfen. Mein Leben zerstört, trifft es viel besser was sie getan haben, besonders meine wohlmeinende Frau. Sagen Sie mir frei heraus, was Sie sich wirklich davon erwarten in diesen Forschungsbereich einzusteigen. Unvorstellbaren Reichtum? Jeden Liebhaber, den Sie sich nur erträumen können? Ihren Professor-Liebhaber zufriedenzustellen? Sagen Sie mir was Sie motiviert."

Sie starrte ihn nur weiter verärgert an, der Zorn, der in ihr brannte, schien fast in Dampfwolken aus ihren Ohren zu quellen. Er wollte, dass sie die Fassung verlor und ihm endlich unbedacht die Wahrheit verraten würde.

„Welche geheimen Wünsche könnten Sie sich erfüllen, wenn Sie freien und ungehinderten Zugang zu allem Wissen hätten?"

„Sie haben ja gar keine Vorstellung was es überhaupt bedeutet, Sie ... Sie ..." Die Worte fehlten ihr, um einen derart verdammungswürdigen Mann angemessen zu beschreiben.

„Was würde absoluter Zugang denn wirklich bedeuten? Nur eine Flut aus Unwichtigkeiten. Sie scheinen zu glauben, was Leute mitteilen muss immer bedeutsam und wichtig sein. Aber die meiste Zeit ist es nur Zeitverschwendung, Dinge zum Zeitvertreib, zum Vergnügen. Das würde Ihre Fähigkeit alles zu wissen so überlagern, dass Sie nicht zum wirklich Wichtigen durchdringen könnten."

„Und was, wenn ich genau das tun könnte? Wenn ich die Aufmerksamkeit auf genau das lenken könnte was ich will?

Und wenn es genau das wäre, wonach alle so fieberhaft suchen, um es in ihre Hände zu bekommen bevor jemand anders es erhält?"

Ihren Ärger auf ihn vergessend, stieß sie hervor: „Sie meinen, Sie haben nicht nur die Lösung für den Zugriff, sondern können ihn auch noch auf ein bestimmtes Portal fokussieren und damit wirklich Zugang erhalten? Sie sagen, dass Sie nicht nur einen Schritt weiter als alle anderen sind, sondern viele?"

Sophia setzte sich voller Erstaunen auf das Bett. Diese Nachricht war zu überwältigend, um völlig zu begreifen welche Konsequenzen diese Entdeckung wirklich haben konnte, auf die ganze Welt, auf die Gesellschaft, auf fast alles. Sie versuchte, sich die Folgen davon vorzustellen, wenn alle Informationen in allen Speichersystemen und Maschinen weltweit überall und von jedem Ort aus und zu jeder Zeit erreichbar waren. Das war nicht möglich. Auf keinen Fall!

„Sie wollen mich nur an der Nase herumführen. Sie glauben ich bin so dumm und glaube Ihnen die Dinge, die Sie mir vorgaukeln. Sie wollen mich nur manipulieren."

„Möchte ich das?"

„Mir mit Fragen zu antworten wird Ihnen nicht weiterhelfen. Sie sind keineswegs so genial, dass Sie die ganze Welt austricksen können. Obwohl ich zugeben muss, dass momentan, sogar mit Ihren Unterlagen, nicht einmal Prof. Benning fähig zu sein scheint genau feststellen zu können woran Sie arbeiten. Er hätte das Material nie weitergegeben, wenn es denn schon funktionieren würde. Oder funktioniert es bereits?"

„Und was, wenn ich auf die Schließfächer der nächsten Bank zugreifen könnte, ohne dabei ins Schwitzen zu kommen, nur indem ich genau das mache wovon Sie glauben, dass es nicht funktionieren kann?"

„Können Sie oder können Sie nicht? Sagen Sie es mir geradeheraus und hören Sie auf mit Ihren verrückten Gedankenspielen."

„Sie sind in der Tat eine ungeduldige junge Frau. Kein Stil, keine Klasse."

„Ich brauche keinen Stil, um auf den Punkt zu kommen. Sie wollen mich nur ablenken, bis ich so wütend auf Sie bin, dass ich Ihrer arroganten Majestät keine Fragen mehr stelle. Verlassen Sie sich nicht darauf, das wird mit mir nicht funktionieren."

Sophia war ungeduldig und dickköpfig, wie ein Bluthund, der seine Beute nicht mehr entkommen ließ sobald er einmal die Witterung aufgenommen hatte, dachte er. Seine Methode, sie derart zu ärgern, würde bei ihr nicht wirken. Dann musste er wohl oder übel tatsächlich seine Taktik umstellen und sie in einer anderen Weise an sich binden, mit Verlangen. Aber sie gegen sich aufzubringen war auf jeden Fall ein erster Schritt in die richtige Richtung. Frauen begehrten sonderbarerweise genau das, was schwer zu erlangen war. Sie würde noch auf Knien betteln, damit er seine scheinbar schlechte Meinung von ihr änderte. Das war es, was Frauen so leichte Beute für schlechte Jungs machte und er hatte jede Absicht das Wissen in vollem Umfang zu seinem Vorteil zu nutzen, das er sich während seiner Ehe so schwer erworben hatte.

Als er längere Zeit nicht auf Sophias Frage reagierte, sie jedoch weiter abwägend beobachtete, fragte sie erneut: „Was ist es, was Sie jetzt tun können?"

Auf sie zutretend, nahm er ihren Nacken in eine Hand und beugte sich zu ihr hinunter und brachte ihre Lippen mit den seinen zum Schweigen, seinen Mund auf ihren pressend, bis er sie überrascht Luft holen fühlte. Sie öffnete ihre Lippen, so als wollte sie etwas fragen, aber er nutzte sofort die Gelegenheit und seine Zunge erkundete ihren Mund, sie sanft berührend, streichelnd und er brachte sie damit effektiv zum Verstummen, bis sie jeglichen klaren Gedanken verlor und sie ihr wirr und zusammenhanglos durch den Kopf schwirrten.

Sophias Beine wurden weich. Seine Berührung ließ ihr Herz erschauern, ihr Atem war zwischen ihnen gefangen und seine Zunge fokussierte all ihre Sinne auf diesen Kuss und ließ sie die ganze Welt um sie herum vergessen.

Als er endlich seinen Kopf hob, sah Sophia mit glasigem, verschwommenem Blick zu ihm auf, unfähig das gerade Geschehene ganz zu verarbeiten. Seine hart und entschlossen aussehenden Lippen betrachtend, konnte sie nicht verstehen, wie er gerade eben fähig gewesen war derartig vielfältige Gefühle in ihr zu erwecken. Ihr Herz klopfte noch immer wie nach einem Marathonlauf, ihr ganzer Kopf war wie benebelt.

„So, endlich still?" fragte er sie mit einer zynisch hochgezogenen Augenbraue.

Ihren Kopf schüttelnd, um ihre Sinne zu klären, fühlte sie sich unter seinem wissenden Blick beschämt und suchte hektisch nach einem Ausweg, die Wirkung, die sein Kuss auf sie gehabt hatte, vor ihm zu verbergen.

„Warum haben Sie das getan?" versuchte sie scheinbar unberührt zu erwidern.

„Ich habe genau das getan um was Sie mich gebeten haben", konterte er spitz.

„Nein, ich habe nicht ..." Sie hatte keine Idee wovon er sprach. Sophia schüttelte erneut ihren Kopf, im vergeblichen Versuch ihre Sinne frei zu bekommen.

„Ja, Sie haben", unterbrach er sie. „Sie haben mich gefragt,

Ihnen zu zeigen was ich jetzt tun kann." Er sprach als würde er einem kleinen Kind etwas erklären, das nicht verstehen wollte was doch Allgemeinwissen war.

„Was hat das damit zu tun ..." Aber plötzliches Verstehen ließ sie verstummen und zerriss den Nebel vor ihren Augen. „Sie haben das nur getan, um mich abzulenken. Sie unmöglicher, widerwärtiger ..." Vergeblich nach Worten suchend, fügte sie schließlich hilflos „... Mann" hinzu, als wäre dies die größtmögliche Steigerung aller schlechten Dinge.

„Aber es hat gewirkt, oder etwa nicht?"

„Oh, Sie! Ich werde Sie nicht gewinnen lassen. Ich weiß, dass Sie etwas verbergen. Und ich verspreche Ihnen, ich werde nicht aufgeben bis ich es herausgefunden habe."

„Nun, ich habe nichts anderes erwartet, Sie kleiner Bluthund. Was glauben Sie, dass ich erreichen will?"

„Ich werde Ihnen nicht verraten was ich vermute, aber vielmehr will ich von Ihnen wissen, warum all die Leute hinter Ihnen her sind. Wenn Sie also meine Hilfe wollen, machen Sie es kurz und sagen es mir. Keine weiteren Versuche mich abzulenken."

„Aber sie machen so viel Spaß. Und Sie müssen zugeben, ich habe keinen Grund warum ich Ihnen vertrauen sollte, wenn Sie versuchen Geheimnisse vor mir zu haben. Sie müssen mir schon etwas geben, wenn Sie etwas von mir verlangen. Wenn Sie mich schon verraten wollen, will ich zumindest etwas als Gegenleistung für meine Mühen."

„Was wollen Sie von mir? Ich habe keine Geheimnisse, die Sie interessieren könnten." Sophia war überrascht darüber und konnte sich nicht denken was er, als erfahrener und erfolgreicher Professor und Wissenschaftler, von ihr, einer angehenden Promotions-Studentin, haben wollte. „Ich bin nicht reich, um Ihnen etwas zu zahlen", setzte Sophia als Nachgedanken hinzu.

„Oh, es ist nicht Geld, das ich von Ihnen will. Ich möchte Ihren Körper. Für jede Information möchte ich freien Zugang zu ihrem Körper."

„Sie sind krass. Ich bin keine Hure, um mit meinem Körper zu bezahlen." Obwohl Sophia sich gegenüber zugeben musste, dass ihr Inneres in Erregung erzitterte bei dem Gedanken, dass dieser attraktive Professor sie überhaupt danach fragte. Wollte er das wirklich oder war es wieder einer seiner kleinen Tricks, sie zu manipulieren?

„Aber es sind nicht nur Huren, die ihren Körper derartig einsetzen, mein liebes, naives Mädchen. Es ist die Art und Weise von Frauen auf der ganzen Welt."

„Ihrer Welt vielleicht, aber nicht in meiner. Ich werde Ihnen meinen Körper nicht als Gegenleistung für Informationen geben."

„Dann eben keine Informationen."

„Ah, Sie hätten mir ohnehin keine gegeben, also kein Verlust. Auch wenn Sie mir welche gegeben hätten, wäre es nicht notwendigerweise die Wahrheit gewesen. – Und ich fange sogar an zu glauben, dass Sie gar keine Informationen haben. Sie sind nur grundsätzlich unausstehlich und spielen Katz- und-Maus mit allen interessierten Parteien, die glauben, dass Sie etwas herausgefunden haben. Aber in Wirklichkeit haben Sie gar nichts. Sie spielen sie nur alle miteinander aus, um von ihnen zu bekommen was Sie wollen. Das ist es, nicht wahr? Das ist alles was Sie haben."

„Wenn es Sie sich besser fühlen lässt das zu glauben, obwohl Sie so dringend die Information haben wollen. Dann soll es so sein."

„Oh nein. Sie haben gar keine Informationen, die Sie mitteilen könnten. Das ist es, warum Prof. Benning nicht herausfinden kann woran Sie arbeiten."

„Wie auch immer." Prof. Lynford zuckte mit den Schultern, als würde ihn die Frage nicht weiter interessieren und wandte sich von ihr ab, um zurück zum Bett zu gehen und sich wieder hinzulegen. Auf dem Rücken liegend, die Arme unter seinem Hinterkopf verschränkt, rutsche sein T-Shirt verdächtig weit zu seinen Genitalien hoch. Sophias Blick wurde unweigerlich von seiner wohlgeformten Anatomie angezogen und verweilte auf dem dunklen Schatten zwischen seinen Beinen. Ihre Augen wurden immer größer, als sie bemerkte, wie eine Schwellung zwischen seinen Beinen das T-Shirt ausbeulte.

Sie hörte ihn vom Bett her schmunzeln und ihre Augen schossen hinauf zu seinem Gesicht, nur um festzustellen, dass er jede ihrer Reaktionen genau beobachtet hatte.

„Kommen Sie herüber und wir bekommen beide was wir wollen."

„Nein!" Sophia schoss wie vom Blitz getroffen von ihrem Stuhl hoch und eilte in die Küche, um seinen weiteren Anblick zu vermeiden. Sie begann nochmals Tee zu machen, damit ihre Hände beschäftigt waren. Als sie mit nur einer Tasse wieder herauskam, zog er sie auf:

„Was, kein Friedensangebot für Ihren Gast?"

„Sie sind nicht mein Gast. Und wenn es nicht spät abends wäre, würde ich Sie sofort hinauswerfen."

„Sie lassen mich hierbleiben, weil Sie die Nacht mit mir verbringen wollen." Er lächelte sie mit falscher Freundlichkeit an, als wollte er sagen, ,Sie wollen Ihre Gefühle für mich nur nicht ehrlich zugeben, aber ich kenne sie dennoch'.

Er konnte es nicht wissen, nicht wirklich, nicht ihr sonderbares Verlangen nach ihm spüren, das so unerklärlich war, dass ausgerechnet dieser unleidliche Mann es auslösen konnte, wenn es bisher kein anderer Mann geschafft hatte ihr Interesse zu wecken. Aber seine Nähe ließ ihren Bauch kribbeln und sie ihre Umgebung viel bewusster wahrnehmen, seine Attraktivität, seinen Duft, sogar das dunkle Timbre seiner Stimme fühlte sie tief in ihrem Inneren. Sein irritierendes Verhalten half ihr auch nicht dabei, ihre Gefühle in den Griff zu bekommen, vielmehr waren sie ganz auf ihn konzentriert.

Verstimmt über seine Arroganz und darüber, dass er genau wusste wie attraktiv sie ihn fand, stampfte sie zu ihrem Kleiderschrank, nahm eine weitere Decke und Kissen heraus und richtete ihre Couch als ihr eigenes Nachtquartier her.

„Dann also nichts zum Stressabbau?" kommentierte er ganz trocken vom Bett her.

Am Ende ihrer Geduld, gab Sophia schnippisch zurück: „Wenn das alles ist was Sex für Sie ist, ist es kein Wunder, dass Ihre Ex-Frau Sie verlassen hat."

Er antwortete ihr nicht, aber nach einer Weile drehte er ihr auf dem Bett den Rücken zu und zog die Decke über sich.

Sophia wusste, dass Ihre Bemerkung unnötig grausam gewesen war. Sie kannte sich selbst kaum wieder, wenn sie in seiner Gegenwart war. Normalerweise war sie so ruhig und immer bemüht alle Konflikte um sich herum zu schlichten. Was veranlasste sie nur, immer wieder in seiner Gegenwart ihre Fassung zu verlieren und so harsch auf ihn loszugehen? Das Einzige was sie gewiss wusste war, dass sie die Sache nicht die ganze Nacht über so auf sich beruhen lassen konnte. Er musste ja das Schlimmste von ihr annehmen.

Zögerlich trat sie ans Bett heran und entschuldigte sich widerstrebend bei ihm: „Es tut mir wirklich leid was ich gesagt habe. Ich weiß, dass es nicht wahr ist, ganz und gar nicht."

„Was wissen Sie schon darüber welche Rolle Sex dabei gespielt hat, dass meine Frau mich verlassen hat? Sie wissen gar nichts. Und Sie wissen überhaupt nichts über ..."

„Ich weiß ... – dass ich kein Recht habe zu urteilen." Sie wusste, dass er ihr die Entschuldigung nicht leicht machen wollte und unterbrach ihn deshalb.

„... Sex mit mir."

Er ergriff sie am Arm und mit einem kraftvollen Schwung zog er sie auf das Bett, so dass sie auf ihm zu liegen kam.

Sophia stieß einen schrillen Schrei der Überraschung über diesen unerwarteten Angriff aus.

„Aber ich bin offen dafür, es Sie herausfinden zu lassen. Zu unserem gegenseitigen Vergnügen."

Sich gegen ihn sträubend, versuchte Sophia sich aus der verwickelten Decke zu lösen und dabei jeden intimen Kontakt mit ihm zu vermeiden. Zu ihrer Überraschung versuchte er jedoch nicht sie zurückzuhalten, als es ihr endlich gelang sich von ihrer unwürdigen Position auf ihm zu erheben. Sie hätte ihn gekratzt und gebissen, wenn er auch nur das Geringste versucht hätte.

Zornig stand sie neben dem Bett und starrte verärgert auf ihn herab, aber sie war viel zu aufgebracht Worte zu finden. Vor Zorn sprühend und etwas über seine Arroganz vor sich hin murmelnd, marschierte sie beleidigt zu ihrem improvisierten Bett, bevor ihr auffiel, dass sie sich noch nicht für die Nacht umgezogen hatte. Mit hochgerecktem Kinn und komplett seine Anwesenheit ignorierend, stapfte sie weiter zum Badezimmer, um sich für die Nacht vorzubereiten, bevor sie zurück zur Couch ging.

Er kommentierte ihr Verhalten nicht und sie, im Versuch ihn

ganz aus ihrem Bewusstsein zu verbannen, konnte nicht sagen, ob er zu ihr herübersah, da sie unbeirrt versuchte ihren Blick ganz von ihm abzuwenden, damit er keine weitere Gelegenheit mehr bekam sie herauszufordern und aufzuziehen.

Bevor es ihr gelang einzuschlafen, gingen Sophia viele Gedanken durch den Kopf. Welche Arroganz der Professor besaß, einfach anzunehmen, dass sie so leichtfertig mit ihm ins Bett fallen würde, ‚zu ihrem gegenseitigen Vergnügen‘, wie er es nannte. War das alles, woran er ständig dachte? Welches Vergnügen würde er ihr geben können? Er war so arrogant, dass er davon ausging, dass sie an ihm interessiert sein musste. Sie würde eher sterben als ihn wissen zu lassen, dass das stimmte.

Aber warum nur dachte er, dass er so unwiderstehlich für alle Frauen war? Wegen seinem guten Aussehen? Das hatte er mit Sicherheit zur Genüge, aufgeblasener Kerl der er war, mit seinen dunklen Haaren und brütenden, wohlgeformten Gesichtszügen. Ihre Schwester würde von ihm sagen, dass er ein Mann war, den eine Frau nicht von der Bettkante stoßen würde.

Aber warum nur betrachtete er sich als derartiges Geschenk an die Frauenwelt? Er konnte während seiner Ehe nicht allzu viel Praxis für seinen nicht vorhandenen Charme gehabt haben.

Weil er jetzt geschieden war? Weil er ein ehemaliger Professor war, ein Ex-Häftling, ein entflohener Sträfling, auf der Flucht, vor den Kriminellen und der Polizei in gleicher Weise?

Welche Frau bei klarem Verstand würde das attraktiv finden?

Aber was sie am meisten daran aufregte war, dass er nicht einmal vorgab Gefühle für sie zu haben oder wirklich versuchte sie zu verführen, um ihre Gewogenheit zu erlangen.

Nein, weit gefehlt. Er versuchte, sie bei jeder sich bietenden Gelegenheit zu verärgern und zu vergraulen. Anschließend kam er ganz gelassen zu der Schlussfolgerung, dass mit ihr zu schlafen zu ihrem beiderseitigen Vorteil war.

Was für ein bodenloser Dummkopf.

Sophia mochte in allen Dingen eine rational denkende Person sein, aber in Sachen Liebe wollte sie von ihren Gefühlen dominiert werden. Nun ja, das taten sie irgendwie auch, musste sie sich eingestehen, denn sie wusste, dass er, wenn er auch nur das geringste bisschen an Verführung und Charme eingesetzt hätte, wohl sehr leicht hätte Erfolg haben können. Mit all der Bewunderung, die sie über die Jahre für ihn aufgestaut hatte, wäre es für ihn gar nicht schwer gewesen. Aber so wie die Dinge standen, war sie entschlossen, ihre Gefühle für ihn so sicher wie möglich wegzusperren und den Schlüssel zu diesen irregeleiteten Emotionen wegzuwerfen. Oder, überlegte sie, vielleicht doch besser den Schlüssel behalten, um bei Gelegenheit noch weitere Gefühle der Bewunderung wegpacken zu können. Ein gefühlloser und arroganter Mann wie er verdiente ihre Verehrung nicht, obwohl sie ihn momentan scheinbar am Hals hatte. Sie konnte sich einfach nicht dazu bringen, ihn mit all seinen Problemen allein zu lassen.

Aber Sophia wäre wohl sehr überrascht gewesen, wenn sie die wahren Motive für Prof. Lynfords Verhalten gekannt hätte. Die Gründe gingen ihm unaufhörlich durch den Kopf, während Sophia sich rastlos auf der für sie ungewohnten Schlafcouch hin und her wälzte.

Der Betrug durch seine Frau hatte sein Misstrauen gegenüber allen Frauen tief in ihm eingeprägt. Ihre angebliche Weichheit und Schwäche war nur oberflächlich zur Schau getragen, nur gespielt, während man ihren kalten Herzen nicht trauen konnte.

Aber seine Erfahrungen im Gefängnis, den ganzen Missbrauch und die Gewalt darin zu beobachten, veranlasste ihn, wieder Herr über seine eigene Sexualität sein zu wollen und seine Dominanz gegenüber einer Frau auszuleben, darüber hinaus einer sehr attraktiven und temperamentvollen. Sie ließ Verlangen in ihm aufsteigen in einem Ausmaß, das er bisher nicht gekannt hatte. Diese tief in ihm verwurzelten Ursachen machten ihn unsicher und er war weit entfernt von seiner sonst üblichen Gelassenheit und zur Schau gestellten Überlegenheit.

Das Mädchen ließ ihn nicht zur Ruhe kommen mit ihren raschen Umschwüngen zwischen Zorn und Lust. Er konnte sich nicht dazu bringen, in seiner Wachsamkeit ihr gegenüber nachzulassen um ihr zu vertrauen, während die Aussicht sein Verlangen an ihr zu stillen ohne seine Emotionen einzubringen sicher eine verlockende Vorstellung für ihn war.

Beide tief in Gedanken, drehten und wendeten sich noch lange unruhig in ihren Betten, bevor beide schließlich erschöpft in den frühen Morgenstunden einschliefen.

Sophia brauchte morgens üblicherweise lange, aus den Federn zu kommen. Ihr Wecker läutete immer um 7 Uhr und sie drehte sich um, das lästige Störgeräusch abzustellen, das ihren Schlaf unterbrach. Aber ihre rasche Bewegung an den Ort, wo ihr Wecker stehen sollte, traf nur auf Luft.

Zuerst ein, dann auch das zweite Auge einen kleinen Schlitz öffnend, sah sich Sophia um und nahm ihr Apartment von einer vollkommen ungewohnten Perspektive aus wahr. Nur langsam begann ihr Gehirn einzusetzen und festzustellen, warum sie auf der Couch war und der Wecker neben ihrem

Bett weiter unaufhörlich läutete.

Sie sprang auf, den Lärm zu beenden und bemerkte zu spät, dass Prof. Lynford geduldig vor ihrem Computer saß und sie die ganze Zeit aufmerksam beobachtet hatte.

Plötzlich ihres alten Nachthemdes unangenehm bewusst, zog sie nervös am unteren Saum, damit möglichst viel ihrer Beine bedeckt war und stolperte, bevor sie nach einem hastig gemurmelten ,Guten Morgen' ins Bad eilte, um sich vor seinem intensiven Blick zu verstecken.

Erst als sie vollständig angezogen war und ihre Morgentoilette beendet hatte, traute sie sich wieder heraus. Ohne Worte ging sie weiter in die Küche und bereitete das Frühstück zu.

Prof. Lynford hatte wieder einmal nicht gefragt, ob er ihren Computer benutzen durfte, sondern schien bereits seit Stunden daran zu arbeiten, während die Unterlagen von Prof. Benning um ihn herum auf ihrem Schreibtisch verteilt waren. Diese Informationen schienen irgendwie einen Nerv bei Prof. Lynford getroffen zu haben, aber es war schwer zu erraten, denn seine Haltung verriet nichts. Nach Sophias Einschätzung wäre er ein idealer Pokerspieler, denn keinerlei Emotionen waren in seinen Gesichtszügen erkennbar und wann immer sich Gefühle auf seinem Gesicht zeigten, war sich Sophia nicht sicher, ob sie ihnen vertrauen konnte oder ob sie ein gezielter Versuch des Mannes waren sie zu manipulieren.

Das Schweigen zwischen ihnen hielt auch während des Frühstücks an, bis Sophia es nicht mehr länger aushielt und ihren unfreiwilligen Gast direkt fragte: „Sie scheinen nicht glücklich darüber zu sein, dass Sie hier sind, sondern wirken fast verärgert darüber, dass ich Sie aus den Händen ihrer Entführer befreit habe. Aber das kann nicht sein, oder etwa doch? Nicht nach dem, was ich im Video gesehen habe."

„Warum nicht? Sie hätten mich zumindest darin unterstützt die Informationen zu erhalten die ich will."

„Was?" Sophia sprang ganz im Schock auf und schmiss fast den kleinen Frühstückstisch zwischen ihnen um.

„Sie undankbarer ... – Oh, Sie ..." Keine Worte findend, starrte sie wieder einmal verärgert auf ihn hinab. „Sie wollen mich nur verärgern. Sie können nicht wirklich meinen, dass Sie lieber immer noch dort wären, nicht ans Bett gebunden und benutzt, zumindest von einem von ihnen."

„Michael, ja."

„Was?"

„Es war Michael, den Sie im Video gesehen haben. Er war es, der mich im Gefängnis beschützt hat und er war es auch, der mich beim Ausbruch begleitet hat."

„Und er hat Sie ans Bett gebunden? Er scheint Ihrer Dankbarkeit nicht allzu sicher gewesen zu sein. Warum geben Sie vor, dass Sie dort glücklich waren? Sie verhalten sich eher wie ein verzogener Fratz als ein intelligenter Mann."

„Und was sind Sie? Sie stürmen einen Mafia-Unterschlupf, unbewaffnet und völlig unvorbereitet, um einen Mann zu befreien, den Sie attraktiv finden ..."

„Das tue ich nicht", unterbrach Sophia verlegen.

„... und versuchen mich zu zwingen dafür Dankbarkeit zu zeigen. Für was? Für eine waghalsige Aktion, in die Sie sich ohne Überlegung und Vorbereitung gestürzt haben, nicht auf den gesunden Menschenverstand hörend, oder die Polizei, oder Ihre Eltern. Nein, was das dickköpfige Mädchen will bekommt sie. Ist es nicht so?"

„Nein, Sie undankbarer Idiot. Es interessiert mich nicht, was Sie über mich denken. Ich habe es nicht getan, damit ich etwas von Ihnen bekomme. Ich dachte ich würde Ihnen damit helfen. Aber da Sie das ganz offensichtlich nicht schätzen, können Sie genauso gut gehen und sich nicht von mir durchfüttern lassen. – Gehen Sie! Ich möchte Sie hier nicht länger sehen. Verlassen Sie mein Apartment. Sie waren ganz offensichtlich sehr zufrieden wo Sie waren, also können Sie auch gerne dorthin zurückkehren. Ich werde nicht weiter versuchen Ihnen zu helfen. Warum ich es überhaupt versucht habe, kann ich mir nicht länger denken. Ich hätte die Zeit viel besser nutzen können, um einen neuen Job zu suchen und hätte damit wenigstens etwas Sinnvolles getan. Stattdessen habe ich dummerweise versucht Ihnen zu helfen."

Verärgert mit sich selbst darüber, dass sie sich überhaupt so über einen so wertlosen und arroganten Mann aufregte, nahm sie ihm seinen Frühstücksteller weg, von dem er noch aß und begann den Frühstückstisch abzuräumen. Aber er stoppte sie und ergriff seinen Teller.

„Lassen Sie mich zumindest fertig frühstücken, Sie heißblütige Walküre."

„Nein. Die da drüben können Sie durchfüttern, wenn sie wollen. Wenn sie wirklich zur Mafia gehören, können sie wenigstens wesentlich besser für das Essen bezahlen."

Am Teller ziehend, den er noch immer festhielt, fing sein Toast an zu rutschen und er fing ihn mit einer Hand auf und stopfte sich das ganze Stück in den Mund.

„Oh, essen Sie fertig und dann gehen Sie", lenkte sie widerwillig ein und gab ihm den Teller zurück.

Sophia hatte sich niemals zuvor so kindisch benommen, körperlich um Essen zu streiten, nicht einmal mit ihren beiden älteren Geschwistern, einem Bruder und einer Schwester.

Sie fühlte sich dadurch äußerst aufgewühlt und wandte sich von ihm ab, wodurch sie ihr eigenes, noch fast unberührtes

Frühstück zurückließ. Stattdessen ging sie zum Computer und sah nach, was er dort gemacht hatte, aber er hatte gewissenhaft den Browser-Verlauf gelöscht. Sogar alle Cookies waren entfernt worden, so dass keine Spur mehr vorhanden war, was er auf dem Computer gemacht oder gesehen hatte. Ihre Verärgerung über ihn wuchs dadurch nur umso mehr und das ließ sie sonderbarerweise die Furcht, die sie gestern Abend für Ihn empfunden hatte, vergessen.

Zumindest die Dokumente von Prof. Benning, die noch immer offen auf ihrem Schreibtisch lagen, gaben ihr einige Hinweise darauf, was er an ihnen besonders interessant gefunden hatte. Er hatte einige Statistiken herausgenommen und Nummern ausgestrichen, mit denen er scheinbar nicht einverstanden war. All die falschen Zahlen waren fein säuberlich am Rand nochmals aufgelistet und er hatte ihnen Buchstaben zugeordnet, die von oben nach unten gelesen ein sonderbares Ergebnis ergaben: ‚Darkwood‘, also dunkles Holz.

Was konnte das nur bedeuten? Und warum enthielten Prof. Bennings Unterlagen einen geheimen Code, den sie nicht entschlüsseln konnte, Prof. Lynford aber sofort herausfand? Hatte Prof. Benning über diese Geheimbotschaft Bescheid gewusst? Konnte er sie etwa darin versteckt haben? Wer war der beabsichtigte Empfänger für sie? Wer hatte die Daten entsprechend manipuliert und herausgegeben?

Sophias Kopf schwirrte vor ungelösten Fragen.

„Was bedeutet ‚darkwood‘?" gab sie schließlich auf und fragte Prof. Lynford, fast sicher, dass er ihr nicht antworten würde. Dass er ihr ausnahmsweise einmal doch eine Antwort gab, ließ sie überrascht im Stuhl aufspringen.

„Es ist die Lösung dieses ganzen Puzzles."

„Welches Puzzle?"

„Dieser ganzen Forschung."

„Aber was bedeutet es? Ist es ein Ort?"

„Es ist was das Wort sagt. Dunkles Holz."

„Aber was ..."

„Kein Aber. Dunkles Holz ist die Lösung."

„Oh. – Sie sind hilfreich wie immer."

„Ich habe Ihre Frage beantwortet. Nach bestem Wissen und Gewissen. Was kann ich dafür, wenn Sie die falschen Fragen stellen?"

„Sie versprechen, mir meine Fragen zu beantworten, wenn ich andere stelle?"

„Nein."

„Das habe ich mir gedacht. Warum führen Sie mich dann in Versuchung?"

„Weil es Spaß macht."

„Sie sind abstoßend. Es ist absolut kein Spaß mit Ihnen zu reden. Ich kann Ihre Freude an der Situation nicht erwidern."

„Ihr Verlust, nicht meiner, mein liebes Mädchen."

„Ich bin nicht Ihr ‚liebes Mädchen', hören Sie mich? Und wenn Sie mit dem Frühstück fertig sind, erwarte ich, dass Sie gehen."

„Mit welchem?"

„Was ‚mit welchem'?"

„Mit welchem Frühstück? Dem morgigen oder in einer Woche?"

„Dem heutigen. Sie werden kein weiteres von mir bekommen."

„Was für ein grausames Mädchen Sie doch sind. Ich sehe, für unser morgiges Frühstück muss also ich aufkommen."

„Ich nehme von Ihnen nichts an."

„Und Sie wollen mir nicht erlauben, mich für Ihre Gastfreundschaft zu revanchieren? Wie undankbar von Ihnen. Sie sollten mich das wirklich tun lassen, sonst fühle ich mich unendlich in Ihrer Schuld."

„Nicht mein Problem. Sie werden rasch darüber hinwegkommen, da bin ich mir sicher."

Verärgert über ihn, ging sie zurück zum Frühstückstisch und ergriff ihre Tasse Kaffee, um diesem nervigen Mann nicht zu erlauben sie von ihrer morgendlichen Dosis Coffein abzuhalten.

„Ah, Sie sind etwas abgekühlt, kleiner Hitzkopf."

Entnervt drehte Sophia ihren Kopf von ihm weg und trank weiter ihren Kaffee, wobei sie vorgab ihn zu ignorieren.

Das Klingeln des Telefons unterbrach zum Glück die angespannte Atmosphäre im Zimmer.

– 12 –
Unerwarteter Telefonanruf

Der Anruf kam von einer unterdrückten Nummer und obwohl sie normalerweise solche Anrufe gar nicht erst annahm, da sie von Spam-Werbefirmen kamen, ging Sophia ans Telefon, um dadurch etwas Abstand zu ihrem Hausgast zu erlangen.

Die Stimme am anderen Ende der Leitung kannte sie gut, Prof. Benning. Er wartete ihre Begrüßung nicht ab, sondern gab ihr sofort Instruktionen: „Durchsuchen Sie Ihre Mails nach ‚dark wood' und folgen Sie den dortigen Anweisungen. Rufen Sie mich nicht zurück und antworten Sie nicht auf die Mail. Ich werde mich mit Ihnen in Verbindung setzen, wenn es sicher ist."

Er legte sofort auf und ließ sie erstaunt und völlig überwältigt zurück. Prof. Benning wusste also über ‚darkwood' Bescheid, was auch immer es bedeutete.

Prof. Lynford beobachtete jede ihrer Bewegungen, fragte sie aber nicht über den Anruf aus. Hatte er die Stimme am anderen Ende ohnehin mitgehört, wunderte sie sich. Zurückgelehnt auf der Couch, auf der sie geschlafen hatte, trank er gemütlich seinen Kaffee, scheinbar gelassen und unberührt von all den Ereignissen um ihn herum und zeigte mit keiner Regung, dass er der Grund für all diese Geschehnisse war.

Sophia setzte sich sogleich an ihren Computer und durchsuchte ihre E-Mails nach den Worten ‚dark wood', wie Prof. Benning sie angewiesen hatte. Sie fand dabei, dass all ihre neu eingetroffenen Mails bereits geöffnet worden waren. Prof.

Lynford! Was für ein neugieriger Mann, der alles über sie wissen wollte, aber nichts über sich selbst verriet. Aber sie würde sich nicht länger mit seinem schlechten Benehmen abfinden. Er musste gehen, selbst wenn sie vor Neugierde über das was wirklich vor sich ging fast umkam.

Sie fand rasch die von Prof. Benning angekündigte E-Mail. Sie war hinter einer Spam-Nachricht versteckt und begann mit einem üblichen Werbetext für eine potenzsteigernde Droge. Sie scrollte in dem langen Text weiter hinunter und fand unten angefügt die Nachricht, die Prof. Benning gemeint hatte.

‚Projekt Darkwood' begann der eigentliche Text der Nachricht und listete zahlreiche namhafte Firmen und politische sowie wirtschaftlich bedeutsame Persönlichkeiten auf, bevor eine Instruktion folgte, den Professor so schnell wie möglich an einem bestimmten Platz zu treffen, sobald sie die Mail gelesen hatte. Treffpunkt war ein Ort tief in dem Wald, in dem der Professor üblicherweise zum Joggen ging.

Was sollte sie nun mit der E-Mail machen, wunderte sie sich. Sie zusammen mit dem Absender-Protokoll auszudrucken und anschließend komplett vom Computer zu löschen schien ihr die sinnvollste Vorgehensweise zu sein. Sophia war zumindest froh darüber, dass die E-Mail scheinbar von ihrem neugierigen Gast unberührt geblieben war. Sie musste direkt bevor sie sich an den Computer gesetzt hatte erst hereingekommen sein.

Den Ausdruck steckte sie zusammen mit einigen anderen Unterlagen zu diesem Projekt in einen Briefumschlag und adressierte und frankierte ihn. Sie würde die Kopien nach Hause zu ihren Eltern schicken, wo sie ohnehin noch immer Teile ihrer Post bekam. An sich selbst adressiert, würden ihre

Eltern den Brief für sie aufheben, bis sie das nächste Mal nach Hause kam.

Sie schrieb auch noch eine kurze Nachricht an Mr. Arnestone, die sie ihm in den Briefkasten werfen würde, damit er sich keine Sorgen machte und wusste, dass es ihr gut ging.

Ihr iPad aufnehmend und ihren Rucksack, in dem sie bereits ihr Notebook und die Unterlagen von Prof. Benning verstaut hatte, ging sie zur Tür, um ihre Jacke und Autoschlüssel zu nehmen und wartete an der Wohnungstür.

„Gehen Sie weg?" erkundigte sich Prof. Lynford.

„Nein, Sie gehen. Machen Sie sich fertig."

„Sie wollen irgendwo hin und wollen mich in der Zwischenzeit aus dem Haus haben. Sie werfen mich daher den Wölfen vor, Sie herzlose Kreatur."

„Ich bin nicht herzlos. Und Sie haben mir ziemlich glaubhaft versichert, dass ihr ‚lieber' Michael so ein fürsorglicher Beschützer für Sie war. Es wird Ihnen also auch ohne meine Hilfe gut gehen. Nun gehen Sie!"

„Und wenn ich es nicht tue?" Aber Prof. Lynford stand bereits auf und stellte seine Tasse ins Waschbecken in der Küche. Da er nicht mehr dabei hatte als das zerknitterte Hemd und die Hosen vom Tag zuvor, die Sophia über Nacht in die Waschmaschine und den Trockner gesteckt hatte, stand er in wenigen Augenblicken bereit neben ihr an der Tür und wartete darauf, dass sie die Tür öffnete.

Da es in der Nacht geregnet hatte und die Luft merklich abgekühlt war, ging Sophia zurück zu ihrem Kleiderschrank und zog eine übergroße Kapuzenjacke heraus. Sie hasste Joggen, aber ihre sport-fanatische Schwester hatte sie ihr gekauft, im Versuch sie davon zu überzeugen für ihre Gesundheit mehr Sport zu treiben. Sophia hatte die Jacke noch nie angehabt, aber obwohl sie wohl knapp sitzen würde, könnte sie dem großen Mann eventuell passen.

Sie hielt ihm die Jacke hin und er betrachtete sie skeptisch mit hochgezogener Augenbraue.

„Für Sie." Sophia schob ihm die Jacke zu.

„Die gute Samariterin durch und durch, so scheint es."

Sie wandte ihr Gesicht ab und kommentierte seine Bemerkung nicht, aber er zog sich die Kapuzenjacke ohne weitere Kommentare an. Während sie lose an ihr hing, saß sie in der Tat ziemlich knapp an ihm, aber zumindest würde sie ihn vorerst einmal warmhalten. Nach dem nächtlichen Regen war es draußen noch immer grau und überraschend kalt, nach der zuvor Wochen andauernden Hitzewelle. Nicht einmal einen so entnervenden Mann wie ihn konnte sie einfach hinausschmeißen, ohne Schutz gegen die Elemente.

Sie atmete erleichtert auf, als er ihr ohne weitere Proteste aus der Wohnung folgte und ihr dabei zusah, wie sie die Tür absperrte. Er war draußen, endlich. Sie hatte befürchtet, er würde ihr viel mehr Probleme bereiten und war nun erleichtert, dass es so reibungslos vonstattenging.

Er ging sogar den Weg zum Lift voraus, als würde er das Apartmentgebäude bereits gut kennen. Das erweckte sofort ihren Verdacht. Er war vollständig bewusstlos gewesen, als sie ihn ins Gebäude gebracht hatten.

Sie presste den Knopf für das Erdgeschoss, um ihn aussteigen zu lassen, und das Tiefgeschoß, wo ihr Auto stand, das sie während der Semesterzeiten kaum benutzte, sondern nur für die langen Fahrten zurück zu ihren Eltern, da die Gegend mit öffentlichen Verkehrsmitteln nicht erreichbar war.

Aber Prof. Lynford weigerte sich, im Erdgeschoss auszusteigen, sondern presste stattdessen den Knopf, damit sich die

Türen sofort wieder schlossen.

„Ich komme mit Ihnen hinunter und werde von dort aus das Haus verlassen."

Sophia nickte nur und zeigte ihm nicht mehr von ihrer Verärgerung ihm gegenüber, froh darüber, dass er so ohne weiteres ihre Anweisungen befolgte. Zwei konnten das Spiel von Coolness und Überlegenheit spielen, das Prof. Lynford so gut beherrschte.

Als sie unten aus dem Lift trat, folgte ihr Prof. Lynford. Sie versuchte, ihn durchzulassen und zeigte ihm die Richtung zum Ausgang, aber er hielt sich weiter an ihrer Seite und blieb wartend neben ihr stehen.

„Worauf warten Sie?" fragte sie ihn irritiert.

„Sie. Fahren Sie mit dem fort was Sie machen wollten und lassen Sie sich durch mich nicht stören."

„Gut, das werde ich nicht. Ich wasche meine Hände in Unschuld."

Sich umdrehend, ging sie zu ihrem Auto und sperrte es auf. Sie umrundete einmal ihr Fahrzeug, um oberflächlich zu prüfen, ob alles in Ordnung war, da sie es so selten benutzte.

Zufrieden mit ihrem Check, setzte sie sich hinter das Steuer und startete das Auto, als plötzlich die Seitentür aufging und Prof. Lynford sich ohne zu fragen auf den Sitz neben ihr setzte.

„Was machen Sie hier? Steigen Sie aus!" Verärgert versuchte sie ihn aus dem Auto zu schubsen, aber ohne Mühen fing er ihre Hände ein und presste Sophia zurück in ihren Sitz.

Sich ihr nähernd, fühlte sie seinen Atem auf ihren Lippen, als er zu sprechen begann: „Geben Sie es zu, Sie würden mich vermissen, wenn ich das befolgen würde."

Seine Lippen auf ihre senkend, berührte er sie sanft.

Sophia fühlte sich so verärgert, dass sie fast hätte platzen können und ein unterdrückter Laut des Zorns schlüpfte durch ihre Lippen. Ihr Körper, der gegen die Wirkung, die er auf sie ausübte ankämpfte, zitterte vor Verlangen, das durch ihre kochende Wut nur gesteigert wurde.

Er vertiefte den Kuss und zu ihrem Verdruss fühlte sie ihren Körper seinen neckenden Erkundungen nachgeben und sich nach mehr verzehren. Als er ihre Kapitulation fühlte, zog er sich sofort zurück.

Wieder einigermaßen bei klarem Kopf, sprühte ihr Zorn in verärgerten Worten aus ihr heraus: „Sie sind unausstehlich. Ich bin nicht Ihr Spielzeug, mit dem Sie herumspielen können. Sie haben mir gesagt Sie wollen meine Hilfe nicht."

„Aber nun da ich sie habe, warum sollte ich sie aufgeben?"

Sophia starrte ihn mit offenem Mund an, da er nun seine Meinung so grundlegend geändert hatte.

„Sie haben Michael und seine neuen Freunde verärgert, indem Sie mich entführt haben. Sie werden mich nicht so einfach zurücknehmen und wieder verstecken."

„Sie haben Sie versteckt?"

„Ja, unter anderem. Bis Sie hereingestürmt sind und ihre Bemühungen nutzlos machten."

„Und Sie ans Bett zu fesseln und zu missbrauchen war nur eine nette Geste von Ihrem lieben Freund Michael und ein Zeichen seines Schutzes?" Sophia konnte die Zweifel in ihrer Stimme nicht verbergen.

„Die Männer haben Michael nicht vertraut und haben ihn nicht mit mir allein gelassen, damit er mir nicht zur Flucht verhelfen konnte. Er versuchte daher mit ihnen zu kooperieren, um sie von seiner Vertrauenswürdigkeit zu überzeugen."

„Und warum sollte ich auch nur ein Wort von dem glauben

was Sie sagen? Wenn nichts was Sie bisher erwähnt haben auch nur den geringsten Sinn ergibt oder mir wirkliche Informationen über Sie gibt?"

„Vielleicht, weil Ihr Apartment verwanzt ist?"

„Was?" Sophia benötigte einen Augenblick, um diese Information zu verarbeiten. „Und woher wissen Sie das?"

„Michael hat es überprüft. – Und das Überwachungstool auf ihrem Computer war nicht allzu schwer zu finden und zu eliminieren."

Sophia holte erleichtert Atem, bevor Besorgnis wieder in ihr aufstieg. „Aber warum mich ausspionieren? Ich bin nur eine frischgebackene Absolventin, die es nicht schafft ihr Forschungsthema für ihre Promotion durchzubringen. Welchen Sinn würde es machen, teure Überwachungstechnik in meinem Apartment aufzustellen? – Angenommen, dass ich für einen einzigen Augenblick auch nur ein einziges Wort glaube das Sie sagen", fügte sie trotzig hinzu.

Merton, Prof. Lynford, lächelte wissend auf sie herab, was nur noch mehr ihren Zorn anfeuerte.

‚Arroganter Kerl, denkt er kann mich so einfach an der Nase herumführen, mit den spärlichen Informationen, die er mir zuspielt', dachte sie bei sich, aber er unterbrach ihre Gedanken.

„Fahren Sie. Wir sollten am besten sofort aufbrechen."

„Warum? Wenn man bedenkt, dass sie – wer auch immer ‚sie' sind – mein Apartment verwanzt haben; warum sollten sie mein Auto ausgelassen haben?"

„Weil sie nicht wussten, dass sie eines besitzen. Michael schien überzeugt, dass Sie keines haben, da sie während des Semesters überallhin zu Fuß gehen. Oder lag er da falsch?"

„Nein. Hier ist alles was ich brauche zu Fuß erreichbar, so dass ich mir die Kosten für das Auto leicht sparen kann."

„Eine richtige Verschwenderin also. Sie wollen mich glauben machen, dass einmal eine Frau wirklich einen Sinn für Geld hat?"

„Hören Sie sofort auf damit!" Sophia war nicht gewillt, seinen Zynismus auch nur einen Moment länger zu ertragen. „Entweder Sie sind still oder Sie verlassen auf der Stelle mein Auto. Ich werde Ihre Anspielungen mir gegenüber keinen Augenblick länger hinnehmen. Sie wissen nichts über mich und Sie sind die letzte Person, die ein Recht hat ein Urteil über mich zu fällen."

Sie blickte ihn für eine Weile abwartend an, aber endlich einmal tat er genau das, was sie von ihm gefordert hatte. Er presste seine Lippen fest zusammen, um deutlich zu machen, dass er nicht vor hatte weiter zu sprechen. Sie beobachtete ihn zweifelnd, nicht überzeugt, dass er ihr wirklich so einfach gehorchen wollte, und bemerkte dabei den kaum verhohlenen Schalk in seinen Augen.

‚Dieses Ekel! Er fand die Situation auch noch amüsant.'

Verärgert drehte Sophia sich von ihm weg und startete das Auto. Welche anderen Optionen hatte sie denn? Mit seinem Angriff von vorher hatte er bereits gezeigt, dass er sie jederzeit mit Leichtigkeit überwältigen konnte. Und was würde ihn daran hindern, sie niederzuschlagen und zurückzulassen oder im Kofferraum ihres eigenen Autos mitzunehmen? Zumindest, so lange sie selbst fuhr, behielt sie immer noch eine gewisse Kontrolle über die Situation und es wäre viel schwieriger für ihn sie zu verletzen.

Sophia fuhr los und verließ die Tiefgarage. Als sie vor dem Gebäude ankam, sprang sie rasch aus dem Wagen und hinterließ die vorbereitete Nachricht für Mr. Arnestone.

Prof. Lynford war im Wagen ganz auf seinem Sitz hinunter-gebeugt, um seine Anwesenheit zu verbergen. Er kam erst hoch, als sie bereits ein gutes Stück von der Tiefgarage und dem Apartmentgebäude entfernt waren.

Er fragte sie nicht wohin sie fuhr und deutete auch nicht an, wo er abgesetzt werden wollte, daher folgte Sophia ihrem eigenen Plan und fuhr zur Post und gab den dicken Briefumschlag auf, den sie an sich selbst adressiert hatte.

Als sie sich dem Joggingpfad näherten, von dem sie wusste, dass ihr Professor dort gelegentlich lief, denn er hatte ein großes Bild von einer der Sehenswürdigkeiten auf der Strecke in seinem Büro, über das sie sogar einmal gesprochen hatten, parkte sie ihr Auto auf dem am weitesten davon entfernten Parkplatz.

Falls sie verfolgt wurden oder die Information aus der E-Mail irgendwie entdeckt worden war, wollte Sophia sehen können, wer hinter ihnen her war. Unbewaffnet und entschiedener Gegner von privatem Waffenbesitz, würde sie ihre Meinung auch jetzt nicht ändern. Eine Waffe würde ohnehin nur dazu führen, dass sie selbst dabei erschossen wurde, beruhigte sie sich.

Sie wartete im Auto ab bis sie sicher war, dass ihnen niemand gefolgt war. Prof. Lynford blieb vollkommen schweigsam neben ihr, als wollte er, dass sie seine Anwesenheit neben sich vergaß. Sophia war sich jedoch seiner gelegentlichen Blicke wohl bewusst und so war sie es, die als erste das Schweigen zwischen ihnen brach: „Was wollen Sie? Warum sind Sie noch immer hier?"

„Hier? Ich habe keinen blassen Schimmer wo wir sind. Und wollen? Wie würden Sie es aufnehmen, wenn ich mit ‚Ihnen' beginne?"

„Was – mit mir?" Seine Absicht nicht verstehend, drehte sie sich von ihrer Beobachtung des Rückspiegels weg und blickte ihn direkt an.

„Ich will Sie, wie Sie mich übrigens auch wollen. Versuchen Sie nicht das zu leugnen."

"Ich will Sie nicht ..." versuchte Sophia zu widersprechen, aber seine letzten Worte überstimmten ihren Protest.

„Warum sind wir hier? Weiß Prof. Benning, dass Sie seinen Anweisungen nicht folgen?"

„Was?" stieß Sophia überrascht aus. „Sie wissen es? Wie das?"

„Dachten Sie, ich würde die Nachricht nicht finden? Seien Sie froh, dass ich vorher die Spionagesoftware auf Ihrem Computer deaktiviert habe oder wir hätten momentan Begleitung. – Also, auf was warten Sie noch? Prof. Benning wartet auf Sie, sicherlich, um Ihnen zu erzählen welch außergewöhnlicher Verbrecher ich bin."

„Und was werden Sie in der Zwischenzeit tun?"

„Geduldig auf Sie warten, wie es sich für Ihren guten Freund gehört."

„Sie sind nicht mein ..." Sie konnte das Wort nicht sagen, sie war zu empört über seine lapidare Erklärung.

„Aber Sie würden wollen, dass ich es bin."

„Nein! Sie sind anmaßend, unfreundlich, arrogant, ... – Wer würde solch einen Freund wollen?"

„Sie." Er lächelte sie strahlend an und überraschte sie, indem er einen Kuss direkt auf ihrem Mund platzierte und ihre weiteren Proteste damit unmöglich machte.

Sobald er keinen Widerstand von ihr mehr spürte, vertiefte er den Kuss. Seine Lippen erkundeten die ihren, seine Zunge neckte den Saum ihres geschlossenen Mundes und drang vor, sobald ihre Lippen sich in einem sinnlichen Stöhnen ein wenig öffneten.

Seine Hand erkundete ihren Körper, hielt sie in ihrem Nacken und streichelte sie sanft, seine andere Hand folgte ihrem Körper hinab, streichelte seitlich ihre Brust und fühlte durch alle Lagen ihre Kleidung das rasende Klopfen ihres Herzens, wobei seine Lippen ihre Seufzer auffingen.

‚Ja', dachte er sich. ‚Das Mädchen kann leicht verführt werden und sie zu verwirren und ständig im Ungewissen zu lassen war sicher zu seinem Vorteil. Sie fiel wie eine reife Frucht in seine Arme. Perfekt.'

Als er seinen Kopf hob, blinzelte sie mit den Augen, nur langsam zurück in die Realität findend.

„Warum haben Sie das getan?"

„Um unser Verhältnis zu besiegeln", stellte er gelassen fest.

„Denken Sie, dass ich Ihnen mehr helfe, wenn ich emotional an Sie gebunden bin? – Nur damit Sie es wissen, das ist nicht nötig. Wie ich Ihnen bereits gesagt habe, mein Hilfsangebot steht. Ich denke nicht, dass Sie das getan haben weshalb Sie im Gefängnis waren. Mich zu verführen wird Ihnen daher mit mir nicht weiterhelfen. Vielmehr macht es mich misstrauisch, was Sie vor mir zu verbergen haben."

Seine Augen öffneten sich vor Erstaunen und zeigten seine Überraschung über ihre direkte Art.

Er hatte das junge Mädchen unterschätzt. Kein Wunder, dass Prof. Benning sie in seinem Team haben wollte, wenn sie einen so klaren Kopf behalten konnte, selbst wenn ihr Körper so unverhohlen auf ihn reagierte.

„Nun, was soll es sein? Vertrauen Sie mir genug, dass Sie mich außer Sichtweite lassen, um mit Prof. Benning zu sprechen? Immerhin behalten Sie mein Auto als Geisel."

„Sie könnten mit Prof. Benning wegfahren."

„Was würde ich damit gewinnen? Er befürchtet, dass er verfolgt wird und möchte seine Verfolger nicht zu mir führen. Mit ihm zu gehen würde mich nur mitten ins Zentrum aller Intrigen rund um Sie und Ihr Labor bringen."

„Sie vertrauen ihm, dass er Ihnen nichts tun wird?"

„Ja."

„Dann gehen Sie. Und seien Sie vorsichtig."

Sie lächelte ihn plötzlich strahlend an, das erste Zeichen reiner Freude erhellte ihr ganzes Gesicht und nahm ihm den Atem.

„Wofür war nun das?" fragte er unsicher geworden wegen ihrer plötzlich unverhohlenen Freundlichkeit.

„Sie benehmen sich wirklich wie es ein Freund tun sollte. Sie sind auf jeden Fall wie einer um mich besorgt."

Nun fühlte er ein Lächeln auf seinen eigenen Gesichtszügen. Ihr zublinzelnd beugte er sich vor und gab ihr einen sanften Kuss auf die Wange. „Gehen Sie nun. Lassen Sie Prof. Benning nicht warten. Ich werde für Sie ein Auge auf die Straße haben."

„Danke."

– 13 –
Treffen mit Prof. Benning

Das Auto zurücklassend, war ihr Herzschlag noch immer nicht zu einem normalen Rhythmus zurückgekehrt. Prof. Lynford – Merton – verwendete sie zum ersten Mal für sich seinen Vornamen.

Flirten war etwas, das weit über ihre bisherigen Erfahrungen mit Männern hinausging. Ihr Herz war ihr fast aus der Brust gehüpft, als er sein volles Lächeln auf sie gerichtet hatte. Wie sollte eine vernünftige junge Frau sich nur gegen eine solch mächtige Attacke schützen können, wunderte sich Sophia. Ihr Herz war sicherlich nicht darauf vorbereitet ihm zu widerstehen. Das Einzige was sie auf dem Boden der Tatsachen hielt war, dass sie überzeugt war, dass er nicht an ihr interessiert wäre, wenn die Dinge um sie herum anders stünden und er nicht dringend ihrer Hilfe bedürfte. Obwohl er diesen Umstand immer noch abstritt, arroganter Mann der er war.

Dieser Gedanke aber brachte sie zumindest sogleich aus ihrem träumerischen Zustand. Als sie nach einer Wegbiegung auf Prof. Benning traf, war sie daher wieder ihr kühles und effektives Selbst, das der Professor von ihr kannte.

Prof. Benning musste schon Ausschau nach ihr gehalten haben, denn er näherte sich ihr zuversichtlich in der Gewissheit, dass sie nicht verfolgt wurde.

„Guten Morgen, Prof. Benning."

„Keine Zeit für Nettigkeiten. Sie folgen jedem meiner Schritte und ich hatte Mühen, dass sie mir wenigstens nicht mehr länger direkt auf meiner Jogging-Tour folgen. – Dauerte mindestens zwei Monate, bis sie gelangweilt genug waren, dass sie mich hier allein ließen. Aber ich darf nicht von meinen normalen Zeiten abkommen. Also begleiten Sie mich rasch."

„Wer ... – Wieso ... – Was?" stammelte Sophia, unfähig all die Fragen, die ihr bei den kryptischen Worten des Professors durch den Kopf schossen, in Worte zu fassen.

„Sie. Ich habe keine Ahnung von welchem Geheimdienst sie sind und ob sie überhaupt von hier sind. Aber genug von ihnen haben Kontakt mit mir aufgenommen, sobald ich auch nur einen Schritt in Prof. Lynfords Labor gesetzt hatte, und haben mich informiert, dass nun alle Informationen exklusiv über sie laufen sollten. Wenn es nur einer gewesen wäre, in Ordnung, aber 20? Wie denken die sich überhaupt, dass das möglich sein könnte? Dummköpfe, alle miteinander."

„Aber warum? Was geht hier vor sich?"

„Ich dachte, Sie hätten bereits Zeit gehabt einen Blick auf die Unterlagen zu werfen, die ich Ihnen gestern gegeben habe."

„Ja. Aber von den Berichten her ist alles nur eine Theorie und funktioniert noch gar nicht. Und selbst wenn es funktionieren könnte, was wäre denn der praktische Nutzen dieser Übermittlungs-Interferenz? Alle Datenkabel, alle Geräte haben Sicherungen, nutzen Kodierungen und selbst drahtlose Übertragungen verwenden ihre speziellen, abgesicherten Übermittlungs-Identifizierungen. Was wäre der Nutzen einer Übertragungsunterbrechung, nachdem ein Iris-Foto bereits aufgenommen worden ist?"

„Das ist das Wunderbare an diesem Konzept. Das Foto existiert bereits und kann als solches identisch reproduziert werden, auf eine beliebige Anfrage wieder aufgerufen werden, wann immer es für einen sicheren Zugang benötigt wird."

„Oh!" Langsam begann Sophia das Ausmaß dieser Idee zu verstehen, wo genau der Datenzugriff beabsichtigt war und warum die Geheimdienste und die Kriminellen so versessen auf diese Kenntnisse waren. Der Zugriff erfolgte an der ungeschütztesten Stelle einer Absicherung, ob dies nun ein Iris-Foto war oder welche Sicherungsmethode auch immer gewählt worden war. Diese Methode würde die Sicherungsinformation selbst reproduzierbar machen und damit ungehinderten Zugriff auf Informationen erlangen, wann und wo auch immer. Nicht die gespeicherten Daten an sich oder die Datenübermittlung wurden angegriffen, da sie durch diverse Verschlüsselungsmethoden bereits umfassend geschützt waren, sondern die Gegenwart der Iris oder was auch immer als Absicherung verwendet wurde, wäre zu jedem beliebigen Zeitpunkt wiederherstellbar, mit einer Methode, die so fantastisch war, dass sie noch immer nicht ganz glauben konnte, dass dies jemals wirklich würde funktionieren können. Sophia versuchte, die Idee in ihrem Kopf in Worte zu fassen und murmelte ihre Gedanken laut vor sich hin: „Fähig zu sein die Zugangsinformation zu den sichersten Orten frei zu manipulieren und eine Reproduktion davon zu generieren, würde all die Sicherungsmechanismen auf einen Schlag wertlos machen, und das weltweit."

„Genau", bestätigte Prof. Benning, außer Atem von seiner bereits zurückgelegten Joggingstrecke.

„Kein Wunder, dass 20 Organisationen dieses Wissen haben wollen. Und das sind sicher nur die ersten, die von dem bevorstehenden Durchbruch erfahren haben. Der Rest wird sicher noch folgen."

„Ich mache mir mehr Sorgen über die, die mich nicht kontaktiert haben. Obwohl auch von den 20 die Hälfte es nicht einmal für nötig empfunden hat sich auszuweisen."

„Aber wie kann ich Ihnen helfen? Von dem Material, das Sie

mir gegeben haben, habe ich nicht einmal das volle Potential erkannt, dass die Recherche wirklich zu einem derart weitreichenden Erfolg führen könnte."

„Kein Wunder. Das Material war sorgfältig manipuliert worden, um nur ja keinen Hinweis darauf zu geben, dass die Theorie auch in der Praxis funktionieren könnte. Ganz im Gegenteil haben die Daten sogar versucht, alles als falsch hinzustellen."

„Ja, aber einige Daten waren so offensichtlich falsch, dass ich es sofort gesehen habe. Wer auch immer das zusammengestellt hat, war nicht sehr tief in der Materie."

„Genau meine Gedanken. Aber warum dann überhaupt diese Daten in einer Präsentation zusammenstellen? Das ist, was ich herausfinden möchte und wobei ich Ihre Hilfe benötige."

„Aber wäre Prof. Lynford nicht viel besser geeignet, Ihnen dabei zu helfen?"

„Ich kann ihn nicht erreichen. Er ist nicht länger im Gefängnis, wo er sein sollte. Wer ihn auch immer hat wird ihn wohl foltern, um an die Informationen zu gelangen. Und abgesehen davon bezweifle ich, dass er überhaupt bereit wäre mir zu helfen, nachdem ..."

Laute Schritte waren hinter ihnen auf dem Weg zu hören, den sie gekommen waren, und Prof. Benning sprang sofort vom Weg ins Gebüsch, wo er sich hinter einem dicken Baumstamm versteckte.

„Gehen Sie weiter, als würden Sie spazieren gehen, Ms. Warren."

Sophia versuchte, sich durch das Verhalten ihres Professors nicht beunruhigen zu lassen, aber ihren sonst so gesetzten Professor mit angehend grauen Haaren vor Angst springen zu sehen, ließ ihr zum ersten Mal das volle Ausmaß der Gefahr bewusst werden, in der sie sich befanden.

Sie verlangsamte ihre Schritte zu einem gemütlichen Schlendern, obwohl sie ihr rascher Atem wohl noch verraten würde. Ihr Versuch ihre Atemzüge zu regulieren, ließ sie erschreckt nach Luft schnappen als zwei Männer erschienen, ganz in Schwarz gekleidet wie Wachmänner eines Sicherheitsdienstes, mit umgeschnallten schwarzen Pistolenholstern an ihrer Seite. Zum Glück war der Weg hier recht verschlungen, so dass sie Prof. Benning nicht gesehen haben konnten, als er sich gerade versteckt hatte, aber mit diesen bulligen Männern in der Nähe zitterte sie vor Furcht.

„Haben Sie einen Mann gesehen, um die 40?" fragte sie der untersetztere der beiden Männer ohne Einleitung, als sie näher an sie herankamen. Die beiden sahen so ähnlich und unauffällig aus, dass Sophia Schwierigkeiten gehabt hätte, falls sie sie hätte beschreiben müssen. Sie waren ihrer Meinung nach ideal für ihre Aufgabe, um in der Menge unterzutauchen ohne erkannt zu werden. Sogar ihr Haar war so kurz geschnitten, dass sie Probleme hatte überhaupt die Haarfarbe zu erkennen. Ihr emotionsloser, starrer Blick, der sich aus dunklen, überschatteten Augen in sie bohrte ohne auch nur zu blinzeln, gaben ihr keine andere Chance als ihnen zu antworten.

„Ich bin gerade erst angekommen. Bisher, bis auf Sie beide, bin ich noch niemandem begegnet. Aber ich bin ohnehin wegen der Ruhe hergekommen."

„Sind Sie sicher?" hinterfragte der Untersetztere ihre Antwort.

„Ganz sicher. Ich kam von dem Parkplatz da drüben. Ich hatte noch nicht viel Zeit jemandem zu begegnen." Sophia zeigte auf den nächstgelegenen Parkplatz, auf dem einige Autos geparkt waren, nur nicht das ihre.

„Er muss weiter hinaufgegangen sein", bemerkte der zweite,

hagerere der Beiden.

„Sind Sie seine Leibwächter? Soll ich ihm sagen wo Sie nach ihm suchen, wenn ich einem Mann Ihrer Beschreibung begegne?"

Beide sahen sie hart an, bevor der zweite streng antwortete, als wäre sie ein ungezogenes Kind so etwas überhaupt auch nur vorzuschlagen: „Nein. Wir finden ihn. Bemühen Sie sich nicht."

Sie drehten sich um, ohne Gruß oder auch nur ein ‚Danke'.

Prof. Benning hatte offenbar nicht Recht gehabt, dass er seine Eskorte nach zwei Monaten abgeschüttelt hatte. Sie hatten lediglich ihre Methoden angepasst, damit er nicht länger ihre Gegenwart bemerkte. Sie schienen nicht die Absicht zu haben ihn auch nur für eine Minute aus den Augen zu lassen.

Als sie zurück zu der Stelle kam, an der sie Prof. Benning zurückgelassen hatte, den Weg sorgsam zurückgehend, wisperte er hinter dem Baumstamm hervor.

„Wo ist Ihr Auto?"

„Wir können dort nicht hin", versuchte Sophia ihn abzulenken, sich wohl bewusst, dass dort Prof. Lynford auf sie wartete.

„Wir müssen. Sie müssen mich hoch zu meinem Auto fahren oder sie werden vermuten, dass ich irgendwelche Umwege gemacht habe. Gehen Sie voran. Ich werde abseits vom Weg bleiben. Und sprechen Sie nicht. Sie könnten noch in der Nähe sein."

Zögerlich ging Sophia voraus, dem verschlungenen Pfad zu ihrem Auto folgend, das noch immer am entferntesten Ende des letzten Parkplatzes auf der Joggingstrecke auf sie wartete.

Sie öffnete und schloss ihr Auto wiederholt mit ihrem automatischen Türöffner, um Prof. Lynford im Inneren auf sich aufmerksam zu machen und auf diese Weise zu warnen, dass etwas Ungewöhnliches vor sich ging. Sie konnte ihn nicht im Auto erkennen, als sie näherkam. War er noch immer darin oder hatte er das Auto verlassen? Was sollte sie tun, falls er nicht mehr darin war? Sophia wog ihre Möglichkeiten sorgfältig ab. Sie konnte Prof. Benning hoch zu seinem Auto fahren und danach wieder hierher zurückkommen, um Prof. Lynford abzuholen, falls sie ihn irgendwie unbemerkt aus dem Auto bekam.

Aber die Optionen wurden ihr aus der Hand genommen, als Prof. Lynford und nicht Prof. Benning nah bei der Autotür aus dem Wald kam und auf der Beifahrerseite einstieg.

Die Fahrerseite öffnend, beugte sie sich zu ihm hinein. „Haben Sie es mit angehört?"

„Ja. Sehr interessant."

Nun erschien auch Prof. Benning, aber stoppte, sobald er Prof. Lynford im Auto sitzen sah.

„Wie ist er hierher gekommen?" fragte er anklagend, die Enttäuschung über ihren vermeintlichen Betrug war seiner Stimme deutlich anzumerken.

„Das ist eine ziemlich lange Geschichte. Aber ich denke, Sie sollten besser ins Auto einsteigen und sich verstecken, bevor die beiden Schläger oder andere zurückkommen und jemand Sie sieht."

„Nun, warum haben Sie nichts gesagt?"

„Ich wollte, aber wir wurden unterbrochen."

„Vertrauen Sie ihm?"

Sophia schluckte schwer bei der Frage von Prof. Benning. Wie konnte sie ihr Vertrauen in den überheblichen Mann in ihrem Auto setzen, der ihr alle möglichen Informationen vorenthielt und versuchte, sie nach seinem Willen auszuspielen?

Aber Prof. Lynford öffnete seine Autotür und lehnte sich zu

Prof. Benning hinaus.

„Steigen Sie ein, Sie Dummkopf, oder Sie bringen uns alle in noch mehr Gefahr als Sie es ohnehin schon getan haben."

Prof. Benning zögerte nicht länger und setzte sich auf den Rücksitz, wobei er sich eine Decke über den Kopf zog, von der Sophia sich sicher war, dass sie sie im Kofferraum zurückgelassen hatte.

„Was machen Sie hier, Lynford?"

„Ich könnte Sie dasselbe fragen, aber das würde nirgendwohin führen. Wer waren die beiden, die Ihnen heute gefolgt sind?"

„Ich weiß es nicht. Ich habe sie noch nie zuvor gesehen."

„Also neue Jungs. Einfach wunderbar."

„Ich weiß nicht."

„Noch besser."

„Was?" Prof. Bennings Stimme kam wie ein Quietschen vom Rücksitz, als Sophia, nachdem sie sorgfältig die Umgebung beobachtet und sich versichert hatte, dass keine anderen Autos in der Nähe waren, sich hinter das Lenkrad setzte.

„Ironie, mein lieber Freund. Ironie war noch nie Ihre Stärke." Prof. Lynford war zurück mit seiner beißend zynischen Art.

„Hören Sie auf! Wir haben keine Zeit um zu streiten. Wir müssen zusammenarbeiten, damit wir hier alle lebend herauskommen." Sophia wusste nicht, woher sie den Mut nahm beide ihrer führenden Professoren auf ihrem Gebiet so zu unterbrechen, aber sie fühlte, dass ihre kindische Auseinandersetzung und ihr Kampf um Vorherrschaft, bei dem Männer so brillierten, wirklich keinen Platz hier hatte und vor allem hatten sie auch keine Zeit zu verlieren. „Wir haben gerade viel wichtigere Problem als ‚Ironie'."

„Ja, wer meine Frau geschwängert hat."

„Sie war nicht Ihre Frau als ..."

„STOPP! Auf der Stelle! Oder ich schmeiße Sie beide aus meinem Auto und Sie können sehen wie weit Sie ohne mich kommen."

Das folgende Schweigen war ohrenbetäubend. Sophia konnte nicht glauben, dass die beiden hochnäsigen Männer wirklich ihrer Anordnung gefolgt waren, obwohl sie sie im Zorn hinausgeschrien hatte, der sonst gar nicht zu ihr passte. Aber sie konnte nicht behaupten, dass sie noch viel Geduld für ihre lästige Abneigung gegeneinander aufbrachte. Und all das nur wegen einer Frau, von der Prof. Lynford froh sein sollte, dass er sie endlich los war, nach dem zu urteilen was sie bisher über seine Vergangenheit wusste.

Jetzt zumindest konnte sie sich genug beruhigen, um das Auto starten zu können, ohne dass ihr die beiden Männer dabei den letzten Nerv raubten.

„Prof. Benning, nun haben Sie die Quelle, die Sie wollten, und Sie, Prof. Lynford, haben einen Sündenbock, um von sich abzulenken, während Sie versuchen können, sich zu rehabilitieren und ihren guten Namen wiederherzustellen. Warum also unnötig streiten und die wenige Zeit vergeuden, die uns bleibt? Fangen Sie besser an einen Plan auszuarbeiten, und ich würde vorschlagen ziemlich rasch. Wenn ich die direkte Route zum Parkplatz am anderen Ende des Joggingpfads nehme, haben wir nicht mehr als eine Viertelstunde."

Beide Männer behielten ihr Schweigen noch für einen Moment bei, bevor sie beide fast zeitgleich mit der Frage herausplatzten:

„Vertrauen Sie Ihm?"

„Trauen Sie diesem Mann?"

„Ja und ja. Und da wir das gleiche Ziel haben, sollten Sie es auch tun."

„Haben wir das?" hinterfragte Prof. Lynford ihre Feststellung als Erster.

„Ja, das haben wir. Zu überleben. Und mit den tödlichen Pistolen der beiden Männer im Wald ist das nicht allzu aussichtsreich, wenn Sie sich weiter gegenseitig bekämpfen."

„Jenny ist Vanessas Tochter. Aber das war lange Zeit bevor sie Sie überhaupt kennengelernt hat", warf Prof. Benning hektisch ein.

„Weiß Jenny wer ihre Mutter ist? Vanessa hat niemals ihre Tochter erwähnt."

„Nein. Vanessa hat sie bei der Geburt abgegeben und nie mehr nach ihr gefragt. Sie haben sich später nie mehr getroffen."

„Das ist kein Thema für jetzt!" unterbrach Sophia. Waren diese beiden Männer engstirnig und gingen sie nur in ihrer gegenseitigen Eifersucht auf? „Wie haben Sie vor mit den Geheimagenten umzugehen, die jeden Ihrer Schritte verfolgen?"

„Das ist genau das, worum es geht." Prof. Bennings traurige Stimme war herzerweichend. „Sie kontrollieren jeden ihrer Schritte an ihrer Privatschule. Wenn sie merken, dass ich aus der Reihe tanze, haben sie gedroht ihr etwas anzutun."

„Oh, es tut mir leid." Sophia war wirklich schockiert das zu hören. Sie wusste, wie sehr Prof. Benning an seiner jungen Tochter hing und wegen ihrer Sicherheit besorgt war. „Ich dachte, Sie hätten sie in die Schweiz auf ein Internat geschickt und dort wäre sie sicher."

„Nein. Sie haben sie dort unter ebenso strikter Beobachtung wie mich hier."

Zum ersten Mal seit er zurück im Auto war, sprach Prof. Lynford mit weniger zynischer Stimme: „Das ist also, warum Sie mich verraten und das Labor übernommen haben."

„Ich hatte keine andere Wahl. Sie haben gedroht sie umzubringen."

Ganz zielorientiert, ohne Emotion, fuhr Prof. Lynford fort:
„Wer gab Ihnen den Report, den Sie gestern Abend an Sophia
übergeben haben?"

„Sie haben ihn gesehen?"

„Ja. Wer hat ihn Ihnen ausgehändigt?"

„Dr. Ranston. Er hat daran mit einigen seiner Kollegen
gearbeitet. Das ist es, was mich daran so irritiert. Da er mit
seinem Team im Zentrum der Forschung ist, hätten sie die
grundlegenden Informationen richtig hinbekommen sollen,
aber das haben sie nicht."

Dr. Ranston gehörte zusammen mit Dr. Alfredson und Mr.
Farraday zu Prof. Lynfords Forscherteam, das nicht nur an den
öffentlichen, staatlich geförderten Projekten arbeite, sondern
auch in seinem privat aufgebauten und finanzierten Kernteam
eigene Recherchen betrieb. Die kodierte Information im
Bericht war also deren Nachricht für ihn und ihn allein. Nun
machte auch das Erscheinen ihres Kennworts in den Fehlern
ihres Abschlussberichts Sinn.

„Ich benötige nochmals den Bericht."

Sophia stoppte das Auto am Straßenrand und holte die Unterlagen aus dem Rucksack hervor, den sie im Fußbereich des
Rücksitzes hinter sich verstaut hatte, bevor sie weiterfuhr.

„Ist es denn sicher, den Bericht mit sich herumzutragen?"
wunderte sich Prof. Benning. „Es ist die einzige Kopie davon
die wir haben, und es hat mich bereits genug Aufwand
gekostet, diese herauszuschmuggeln."

„Ich habe sie kopiert", gab Sophia zu. „Aber die Kopie ist im
Moment sicher."

„Wo ist sie?" Beide Männer sprangen Sophia auf ihr ruhig

geäußertes Geständnis hin fast an den Hals.

„Wenn mir etwas passieren sollte, hoffe ich, dass Sie meinen Eltern Ihr Beileid aussprechen."

Sich gegenseitig ansehend, verstanden die beiden Professoren langsam, wo die Kopie der Unterlagen bald sein würde.

„Aber ist es denn sicher?" Prof. Lynford war noch immer nicht von ihren Methoden überzeugt. „Ihre Eltern werden die Ersten sein, die kontaktiert werden, sobald bekannt wird, dass Sie hier involviert sind. Und da die beiden Männer im Wald bereits ihr Gesicht gesehen haben, ist das eine Möglichkeit, die wir bedenken sollten."

„Die normale Briefzustellung wird ein paar Tage brauchen. Das gibt uns etwa zwei bis drei Tage, aus all dem herauszukommen, bevor der Brief überhaupt ankommt. Und ich hoffe sehr, dass Sie einen effektiven Plan haben, uns bis dahin aus diesem Schlamassel zu befreien."

„Ihre Geheimnisse der Briefpost anvertrauen, Sophia? In welchem Film haben Sie diesen Unsinn gesehen?" grummelte Prof. Lynford, aber Prof. Benning kam zu ihrer Verteidigung.

„Zumindest haben sie keinerlei Möglichkeit, die Materialien als nicht-registrierte Sendung nachzuverfolgen und die Unterlagen sind bis dahin sicher. Und so lange sie Sie nicht mit mir in Verbindung bringen, könnte Ihr Plan aufgehen. Die wissen bereits, dass ich Sie für das nächste Semester nicht als Promotionsstudentin angenommen habe."

„Was? Nein! Ich hatte so gehofft, dass Sie die Arbeit mögen, die ich bisher geleistet habe. Ich muss hineinkommen. Ich kann mir nicht leisten zu warten. Ich kann mir nicht nochmals ein ganzes Semester leisten, ohne mit meiner Recherchearbeit beginnen zu können."

„Ich weiß, Sophia. Ich musste sie nur ablenken, um zu

erreichen, dass die Sie in Ruhe lassen. Es war schwierig genug einen Grund zu erfinden, Sie gestern Abend zu treffen ohne etwas zu verraten. Die glauben, dass ich gestern Abend Ihren letzten Themenvorschlag abgelehnt habe."

Ein wenig verärgert mit ihrem Professor, dass er sie offen als Versager hinstellte, kam ihr ein Gedanke.

„Aber wie können Sie wissen was die denken?" platzte Sophia mit ihrem Verdacht heraus, verärgert über sich selbst, dass sie sich nicht besser zurückhalten konnte.

Prof. Lynford warf spitz ein: „Haben Sie es immer noch nicht durchschaut? Er arbeitet für sie. Wie konnten Sie ihn nur zu mir führen, ohne dabei an meine Sicherheit zu denken, oder an Ihre eigene?"

„Natürlich arbeite ich für sie. Sie werden meine Tochter umbringen, wenn ich es nicht tue."

„Wer sind sie? Ich dachte, dass 20 verschiedene Gruppen Sie kontaktiert haben. Wer von ihnen erpresst Sie mit Ihrer Tochter?"

„Es ist unwichtig wer sie sind", unterbrach Prof. Lynford. „Wichtig ist, dass niemand mit einem Interesse an der Recherche die Lösung erhält. – Und um das zu erreichen benötige ich Zugang zu meinem Labormaterial."

„Sie können nicht einmal in dessen Nähe kommen. Da gibt es keinerlei Möglichkeit für Sie."

„Also, Benning, Sie würden mich also hineinlassen, wenn Sie es könnten?"

„Sagen Sie mir was Sie benötigen und ich werde versuchen es für Sie herauszubekommen."

Stille folgte dem Angebot von Prof. Benning.

„Oh, verdammt", fluchte Sophia, die eine klare Vermutung hatte, was nun das Problem zwischen den beiden Männern war, als das Schweigen sich ausdehnte. „Sagen Sie es ihm einfach. Prof. Benning wird nicht versuchen Ihre Unterlagen auf Ihre Geheimnisse hin zu untersuchen. Er ist sich viel zu bewusst darüber, dass er für ‚diese Leute' ersetzbar wird, wie Sie es waren, sobald sie gedacht haben eine Alternative zu Ihnen in Prof. Benning gefunden zu haben, als Sie sich weigerten zu kooperieren. – War es nicht genau das, was passiert ist? Wenn wir überleben wollen, müssen wir zusammenarbeiten. Keine geheimen Ziele, es wird niemand zurückgelassen. Ist das klar?"

Zunächst antwortete ihr keiner der beiden.

Prof. Benning war der erste der einlenkte. „Ich verspreche, dass ich nichts versuchen werde. Sagen Sie mir was Sie benötigen und ich werde versuchen es Ihnen zu beschaffen."

„Ich akzeptiere Ihr Angebot nur, wenn Sie versprechen, dass kein Wort davon meine Ex-Frau erreicht."

„Aber sie versucht nur zu helfen", wandte Prof. Benning ein.

„Ja, mir in ein frühes Grab, wobei sie dabei gleichzeitig ihre eigenen Taschen gut anfüllt."

„Sie verstehen sie ganz falsch. Ihre erbitterte Scheidung beeinflusst ihre Meinung über sie."

„Wie Sie sie immer noch in einem so rosigen Licht sehen können, wenn sie Sie mit Ihrer eigenen Tochter allein gelassen hat, übersteigt mein Fassungsvermögen. Und die Scheidung war nicht erbittert. Sie hatte bereits alles von mir bekommen was sie wollte, Zugang zu meinem Privat-Büro, indem sie mein Stadthaus bekommen hat. Sie hatte leider nur angenommen, dass die Unterlagen ihr vollen Zugang zu meinen Forschungsergebnissen und Erfindungen geben würden. Aber das war es, worin sie sich geirrt hatte. Sie hatte bereits früher Teile meiner Ergebnisse an Sie weitergegeben, um zu sehen, ob Sie damit weiterarbeiten konnten und bei manchen hat es sogar funktioniert, wie etwa mit der neuartigen ‚Hoch-Volt-Zugangs-Sperre‘."

Prof. Benning wollte ihn unterbrechen, aber er fuhr unbeirrt fort.

„Ich nehme Ihnen den Erfolg nicht übel, meine Ergebnisse als Ihre eigenen zu veröffentlichen. Aber Sie müssen endlich erkennen, dass Vanessa keineswegs die selbstlose Frau ist, für die Sie sie halten."

„Aber ich kenne sie mein ganzes Leben lang. Sie ist nicht so."

„Und hat sie jemals auch nur irgendetwas aus reiner Herzens-güte getan?"

„Sie ist ..."

„Nein! Wenn auch nur ein einziges Wort an sie durchdringt, sind wir alle tot. Kein Wort an sie über unser Treffen und unsere Pläne oder ich bin hier raus und lasse Sie allein in Ihrem selbstgemachten Schlamassel."

„Es ist alles nur Ihre Schuld. Sie wollten die Forschungs-ergebnisse verkaufen."

„Nein! Hören Sie auf, Prof. Benning, Prof. Lynford. Ihre gegenseitigen Anschuldigungen kosten uns nur Zeit, die wir nicht haben. Wir sind fast am Parkplatz. Wir müssen rasch zu einer Lösung kommen."

„Ich stimme zu", kam Prof. Lynfords Unterstützung. „Aber Vanessa ist kein Teil davon."

„Ich vertraue Vanessa, Ihrer Ex-Frau, auch nicht. Ihre Vorwürfe Ihnen gegenüber, die Sie ins Gefängnis gebracht haben, waren völlig aus der Luft gegriffen. Ich kann nicht einmal verstehen, warum das Gericht sie so ohne weiteres akzeptiert hat ohne sie weiter zu überprüfen. Ihnen vorzuwer-fen, dass Sie Ihre Forschungsergebnisse an Feinde Ihres

Landes verkaufen wollten und als sie Sie daran hindern wollte, hätten Sie versucht sie umzubringen."

„Wie war das? Vanessa hat mir erzählt, Sie hätten versucht ihr weh zu tun als Sie von unserem gemeinsamen Kind erfahren haben. Aus Eifersucht, hat sie gesagt."

„Sie haben nie das Gerichtsurteil zu meinem Fall gelesen?"

„Nein. Vanessa hat mir alles darüber erzählt. Ich ... – ich habe ihr vertraut." Prof. Bennings Stimme brach. Sophia konnte noch vorne auf dem Fahrersitz hören, wie er seine unterdrückten Tränen hinunterschluckte.

„Prof. Lynford wusste nichts über Ihre gemeinsame Tochter. Zumindest glaube ich, dass er nichts wusste, bis ich es ihm gestern Nacht gesagt habe."

„Aber woher wussten Sie es, Sophia? Ich habe nie jemandem gesagt wer die Mutter von Jenny ist."

„Ich habe es nur zufällig herausgefunden, als ich versucht habe mehr über Vanessa herauszufinden und ihren Stammbaum gefunden habe, den Ihr Großonkel zusammengestellt haben muss."

„Ah, ja. Das neueste Hobby von Onkel Edward."

„Ich möchte Sie nicht drängen, aber wir sind fast auf dem Parkplatz. Ich bin einmal bereits rundum gefahren, aber Ihre Bewacher sollten mein Auto nicht länger in der Gegend sehen oder sie werden sicher Verdacht schöpfen."

Beide Männer saßen tief in ihre Sitze gebeugt, um von außen nicht gesehen zu werden.

„Ich benötige meine Tagesberichte und meinen Kalender aus dem Labor. Kopieren Sie auch das Adressbuch von meinem Computer auf einen Stick."

„Das ist alles?"

„Ja, das ist alles."

„Keine Forschungsunterlagen?"

„Nein."

„Das sollte nicht allzu schwierig sein. Sie sind alle derart auf Ihre Forschungsergebnisse versessen, dass sie sie wie Staatsgeheimnisse bewachen."

„Wann und wo?" drängte Sophia auf Eile. „Obwohl, mit Ihrem strengen Begleitschutz wird ein persönliches Treffen wohl zu gefährlich sein."

„Ich weiß es nicht. Ich kann kaum den Campus verlassen und selbst hier auf meiner täglichen Joggingtour beobachten sie mich wieder."

„Vielleicht das Café neben dem Campus, wo wir uns gestern getroffen haben?"

„Ganz ausgeschlossen. Sie werden Ihnen dann sicherlich auch folgen."

„Wir werden nicht gleichzeitig dort sein. Sie gehen morgen zum Mittagessen dorthin und hinterlassen das Päckchen hinter der großen Pflanze zwischen den Toiletten im hinteren Teil des Cafés. Ich werde dann erst kommen, wenn Sie das Café bereits wieder verlassen haben und das Päckchen an mich nehmen."

„Einverstanden. Das könnte funktionieren. Bis dahin sollte ich alles zusammenbekommen. Aber falls die Männer, die mir heute gefolgt sind, bereits Ihre Beschreibung durchgegeben haben, ist es zu gefährlich für Sie momentan wieder nach Hause zu gehen. Es wäre ein zu großes Risiko, falls sie Sie identifizieren können."

„Und mit einem entlaufenen Häftling im Schlepptau kann ich auch sonst nirgendwo hin. Die ganze Angelegenheit beginnt wirklich ein riesiges Chaos zu werden."

Prof. Lynford, der bei der ganzen Diskussion sonderbarerweise geschwiegen hatte, beendete abrupt ihren emotionalen Ausbruch.

„Wir werden für heute im Auto schlafen. Und für morgen ist es besser, wenn Sie es nicht wissen. Wir werden Ihr Apartment nicht länger benötigen."

„Aber wenn ich Sie beide erreichen muss?" Prof. Benning war besorgt darüber, seine unschuldige Studentin bei dem zynischen Kollegen Merton Lynford zurückzulassen, dem er bereits zugetraut hatte eine Frau verletzen zu können, seine geliebte Vanessa. Sophia mit so einem Mann allein zu lassen, obwohl er vorgab unschuldig zu sein, widerstrebte ihm sehr.

„Ich habe ein kleines Häuschen nahe der Küste, das Sie benutzen ..."

„Nein. Auf keinen Fall. Wenn Sophias Abwesenheit bemerkt wird, werden sie Ihre Anwesen zuerst nach ihr absuchen, Benning."

„Aber ich muss wissen, dass sie sicher bei Ihnen ist."

„Ich verstehe." Und in der Tat verstand Prof. Lynford nun Prof. Bennings Besorgnis und es war der erste Punkt, den er ihm positiv anrechnen musste. Ihre lange Feindschaft beiseiteschiebend, gab er daher nach.

„Sie können uns hier auf der Website kontaktieren, die Sie ihr gestern gegeben haben." Sowohl Prof. Benning als auch Sophia holten erstaunt Luft, dass ihre Methode der geheimen Kontaktaufnahme so einfach entdeckt worden war. Aber Prof. Lynford fuhr unbeirrt fort. „Hinterlassen Sie dort eine Nachricht und wir werden regelmäßig nachsehen. Aber seien Sie vorsichtig, dass Sie die Seite nur über einen sicheren Computer und über Proxy-Server aufrufen. Wir werden genauso vorgehen."

„Ich werde es so machen. – Wie werde ich wissen, dass es ihr gut ...“

„Sie wird durch meine Hände keinen Schaden nehmen.“

Prof. Benning zögerte, diese mehrdeutige Versicherung zu akzeptieren. Beide Männer schüttelten sich jedoch die Hand, als wären sie alte Freunde, nicht Gegner. Hinuntergebeugt und sich in ihrem Auto verbergend, war es dennoch eine Geste, die ihren neugeschaffenen Pakt besiegelte.

Sophia fuhr in den Parkplatz und suchte nach einer versteckten Abstellmöglichkeit für ihr Auto hinter dichten Büschen, um Prof. Benning außer Sichtweite von Beobachtern aussteigen zu lassen. Sie stieg ebenfalls aus, nicht auf ihren Professor zurückblickend, der sich bereits durch das Gestrüpp den kürzesten Weg zum Wanderpfad suchte. Ihr Erklärungsversuch für ihre Anwesenheit auf diesem Parkplatz, falls Beobachter versteckt waren, von denen sie überzeugt war, dass sie hier irgendwo auf der Lauer lagen, um die Rückkehr des Professors abzuwarten, führte Sie zu den öffentlichen Toiletten, die nur dieser eine Parkplatz in der ganzen Umgebung hatte.

Als sie zum Wagen zurückkam, wartete Prof. Lynford bereits ungeduldig auf sie.

„Was, wenn ich auch gehen muss?“

„Das ist ziemlich ungünstig. Sie müssen noch etwas warten, bis wir von hier weg sind. Es wäre gar nicht gut, wenn die Ihr Gesicht sehen würden.“

„Hören Sie auf zu reden. Beeilen Sie sich lieber.“

Sophia musste innerlich lächeln. Es erheiterte sie, dass dieser überlegene Professor normale Bedürfnisse wie jeder andere Mensch auch hatte. Er benahm sich die meiste Zeit so arrogant, als würden normale, irdische Regeln für ihn gar nicht erst zutreffen.

„Was ist so lustig?" wollte er von ihr wissen.

„Sie", warf sie zurück.

„Sie genießen mein Unbehagen?"

„Nein! – Das ist es nicht. Es tut mir leid. Es war nur das erste ‚Normale', was Sie in meiner Gegenwart gesagt haben. Es tut mir ganz aufrichtig leid. Ich gebe zu, es war ganz und gar nicht amüsant."

„Gnade. Ein Mädchen das glaubt lustig zu sein. Wie habe ich das nur verdient?"

Sie verharrten die weitere Fahrt aus dem Wandergebiet um die Hügel, die die Stadt umgaben, in Schweigen. Nach einer scharfen Kurve fand Sophia einen ungepflegten Waldweg und scherte aus, um den Mann seinem Geschäft nachgehen zu lassen, bevor sie die Fahrt weiter schweigsam fortsetzten.

Sophia dachte darüber nach, wie unterschiedlich das von ihr aus der Ferne so sehr verehrte Idol doch von dem ärgerlichen und überheblichen Mann auf dem Beifahrersitz war. Ihre Bewunderung für seine genialen Erfindungen hatte sie scheinbar blind dafür gemacht, den wahren Mann mit all seinen emotionalen Lasten zu sehen. Anfangs war sie ganz außer sich vor Freude darüber gewesen, dass sich für sie die Gelegenheit bot ein Forschungsthema zu erhalten, bei dem Prof. Lynford die logische Wahl als Zweitkorrektor war. Sogar damals hatte sie sich über die nicht gerade überschwängliche Antwort von Prof. Benning gewundert. Hatte er den Mann bereits persönlich gekannt und sich wegen ihr Sorgen gemacht? Heute schien er sie nur ganz widerwillig mit Prof. Lynford allein lassen zu wollen. Irgendwie ließ dies ihren Professor in ihrer Wertschätzung wieder steigen. Sie konnte einfach nicht glauben, dass er wissentlich mit Kriminellen unter einer Decke steckte und auch seine Versuche nun zu helfen, obwohl sie von allen Seiten verfolgt wurden, bestätigte ihr, dass ihr Professor vertrauenswürdig war und nicht versuchte sie zu verraten.

Die einzigen Bedenken, die sie bezüglich Prof. Benning noch hatte, betrafen sein Verhältnis zu der zwielichtigen, ehemaligen Mrs. Lynford, Vanessa, der Mutter seines Kindes. Einen Umstand, den er nicht einmal versucht hatte abzustreiten.

Da sie ihn in letzter Zeit wiederholt mit Vanessa gesehen hatte, schien seine Beziehung mit der Frau beileibe noch nicht vorbei zu sein. Und ihre Mitwirkung und Lügen über ihren Ehemann waren mehr als dubios. Die einzige Frage war, warum sie überall so leicht mit all ihren offensichtlichen Lügen durchgekommen war. Nicht das Gericht, nicht die Richter und nicht die Polizei hatten auch nur den geringsten Widerstand geleistet, als sie so mutwillig ihren Ehemann angeklagt hatte. Warum? Welche Interessen hatten sie alle in dieser Angelegenheit? Sophia glaubte nicht an Zufälle. Da musste es etwas geben, was sie bisher übersehen hatte; und Prof. Lynford war ihr ganz und gar keine Hilfe dabei, die Rätsel, die ihn wie einen dichten Mantel umgaben, zu lösen.

– 14 –
Zurück in der Stadt

Als sie am Stadtrand ankamen, unterbrach Prof. Lynford ihre Gedanken.

„Wo sind Sie gerade?"

Sophia blickte sich um. „Ungefähr zehn Minuten vom Stadtzentrum entfernt."

„Nicht wir. Wo waren Sie mit Ihren Gedanken?"

Sie beantwortete seine Frage so wie er es immer machte, mit einer Gegenfrage: „Warum hat Ihre Frau Sie verraten?"

Aber mit ihm konnte ihre Strategie des offenen Widerstandes nicht funktionieren. Er war ein zu abgehärteter und erfahrener Mann, um so einfach ihrer ungeübten Taktik nachzugeben.

„Haben Sie eine Idee, wem das Gebäude gegenüber Ihrem Apartmentkomplex gehört?"

„Der W&B Holding. Sie haben letztes Jahr das ganze Gebäude renoviert und hatten eine große Hinweistafel mit ihrem Namen am Gerüst."

Die Richtung seiner Frage und der plötzliche Themenwechsel hatten sie zu sehr überrascht, um mit ihrer eigenen Taktik fortzufahren und jede seiner Fragen mit einer eigenen zu beantworten, bis sie einmal richtige Antworten bekam.

„W&B sagen Sie. Und wissen Sie auch, wofür die Initialen W&B stehen?"

„Walker & Bendrix oder so ähnlich. Es ist eine große Holding mit ausgedehntem Grundbesitz über die ganze Stadt verteilt und sogar im ganzen Land."

„Gut, gut. Nur nicht Bendrix, sondern Benning."

„Wie Prof. Benning?"

„Ja, genau. Er ist Teil dieser Familie, die die ganzen Grundstücke besitzt, aber auch die Universität, an der er lehrt, gegründet hat und finanziert."

„Was? Aber Camsted ist eine unabhängige Universität."

„Ja. Das ist etwas, womit sie groß Werbung betreiben, aber dennoch ist es nicht wahr."

Sophia musste für einen Moment über all die Implikationen nachdenken, die diese neuen Informationen auf ihre Situation hatten, während sie langsam weiterfuhr. Obwohl sie nicht wirklich eine Ahnung hatte wohin sie fahren sollte, wenn sie nicht zurück in ihr Apartment konnten. Endlich lenkte sie den Wagen in den Parkplatz eines großen Einkaufszentrums, das rund um die Uhr geöffnet hatte. Hier, dachte sie sich, dass ihr parkender Wagen wohl am wenigsten unnötige Aufmerksamkeit auf sich lenken würde und sie hätten zumindest Zugang zu Lebensmitteln und Sanitäranlagen. Sie war so in ihre Planung versunken, dass sie nicht einmal auf die Idee kam sich mit Prof. Lynford abzusprechen, was in ihrer Situation jetzt am besten zu tun war. Sie saßen für eine Weile schweigend im Auto und er hinterfragte ihre Entscheidung nicht.

„Glauben Sie, dass Prof. Benning in Ihre Befreiung aus dem Gefängnis involviert war?"

„Er war auf jeden Fall an meiner Inhaftierung beteiligt. Meine Freiheit ist mehr das Resultat davon, dass er und seine Komplizen bisher nicht das gefunden haben was sie wollten."

„Aber warum hat er uns sein Haus angeboten, wenn er uns nicht wirklich helfen will, wie Sie es andeuten?"

„Oh, er möchte es. Sehr sogar. Er wird gedrängt, die Ergebnisse aus meiner Forschung zu liefern, aber kann bisher nicht wiederholen was ich für möglich erklärt habe."

„Aber mit vollem Zugang zu Ihrem Testlabor sollte er es doch können.“

„Ja, er sollte, wenn er denn Zugang zu allen hätte, aber das hat er nicht.“

Überrascht murmelte Sophia bewundernd, wie zu sich selbst: „Das ist einfach genial. Gleich ein ganzes Labor zu verstecken, wenn das Interesse an den Forschungsergebnissen so groß ist.“

Er blickte sie fast erstaunt an, bevor er sich abwandte und knapp herauspresste: „Danke.“

„Aber was ich nicht verstehe ist, warum das Interesse daran so hoch war, wenn es so absolut unwahrscheinlich war, dass positive Ergebnisse herauskommen konnten. Wie konnten Sie oder überhaupt irgendjemand wissen, dass Sie mit ihrem ungewöhnlichen Ansatz Erfolg haben würden, damit in Retinascanner und generell alle Daten-Einlesegeräte eindringen zu können? Es war bereits so oft versucht worden und alle anderen Versuche waren bisher immer gescheitert. Wie konnten Sie annehmen, hier ein unterschiedliches Ergebnis zu erzielen?“

„Wir haben es nicht.“

„Ja, ich weiß. Natürlich. Recherche ist immer mit einem offenen Ausgang, mit einer neuen Anordnung von Komponenten. Aber woher wussten Sie, dass Sie erfolgreich sein würden, so dass Sie sich mit einem zusätzlichen, versteckten Labor darauf vorbereitet haben, wenn der Erfolg so überaus unwahrscheinlich war? Warum haben Sie es unter diesen Voraussetzungen überhaupt erst versucht?“

„Erfolg war nicht das Ziel dieser ganzen Unternehmung. Und nun würde ich es schätzen, wenn Sie uns etwas zu Essen bringen könnten.“

Erwartete er wirklich, dass sie nun einfach tat was er wollte, wenn er so abrupt das Thema wechselte?

„Sie können mich nicht so einfach an der Nase herumführen. Ich werde Ihnen gar nichts bringen, wenn Sie mir das nicht erklären. Und ich würde Ihnen nicht raten selbst hinauszugehen. Ihre Flucht aus dem Gefängnis wurde sicher mittlerweile auf allen Nachrichtenkanälen gezeigt. Mit all den Überwachungskameras um uns herum sind Sie von mir abhängig, wenn Sie etwas essen wollen."

„Nicht über Erpressung erhaben, Sie kleine Besserwisserin."

„Ach, kommen Sie schon. Sagen Sie es mir einfach. Wir sitzen momentan ohnehin im gleichen Boot, oder besser Auto. Sie können mir vertrauen."

„Kann ich das?"

„Sie zweifeln noch immer daran?"

„Nachdem Sie mich bei der ersten sich bietenden Gelegenheit direkt in die Hände meines Feindes ausgeliefert haben? War das dazu gedacht mein Vertrauen zu erwecken?"

„Nun, was hätte ich sonst tun sollen? Er hat darauf bestanden mit mir zurück zu meinem Auto zu kommen, nachdem die beiden Schläger mich auf dem Wanderpfad getroffen haben. Ich hatte erwartet, dass Sie aus dem Auto ausgestiegen sind oder sich irgendwo versteckt halten und ich wäre zurückgekommen und hätte Sie später abgeholt. Sie selbst waren es, der auf das Auto zugestürmt ist und ihm Ihre Anwesenheit bekanntgegeben hat. Wenn Sie sich erinnern, habe ich wiederholt die Fernsteuerung der Autotür bedient, um Sie vorzuwarnen."

„Hatte mich schon gewundert warum Sie das gemacht haben", murmelte er.

„Wir müssen eindeutig unsere stille Kommunikation verbessern, so scheint es. Und wenn Sie sich durchringen könnten und zu der Feststellung gelangen, dass ich Ihnen in der Tat helfen und Sie nicht zurück ins Gefängnis schicken möchte, ohne dass Sie Ihre Unschuld beweisen können, und mir gelegentlich auch ein paar Informationen geben könnten, würde das alles viel besser funktionieren."

„Sie glauben wirklich an Kommunikation."

„Nicht wirklich, aber manchmal hat sie ihre Vorteile. Besonders, wenn Sie mir sagen würden, was hier wirklich vor sich geht."

„Damit Sie Ihrem Professor morgen im Café eine geheime Nachricht hinterlassen können? Auf keinen Fall."

"Aber anschließend, wenn ich die Materialien abgeholt habe, die Sie verlangt haben, können Sie mir zumindest dann etwas sagen? Ehrlich, ich will Sie nicht verraten. Aber wenn Sie mir nichts erklären, könnte es sein, dass ich versehentlich etwas gegenüber den Falschen ausplaudere, nur weil ich es nicht besser weiß."

„Sie werden dazu keine Gelegenheit haben. Machen Sie sich da keine Sorgen."

„Was soll das nun heißen? Nun mache ich mir erst richtig Sorgen."

„Nehmen Sie es wie es kommt. Einen Schritt nach dem anderen, zum Beispiel, wie wäre es jetzt mit unserer nächsten Mahlzeit? Ich weiß nicht wie es Ihnen geht, aber ich bin hungrig."

„Ach, Sie. Aber bitte, bevor ich gehe, versprechen Sie mir, dass Sie mir die Sachen erklären werden, nachdem ich Ihnen Prof. Bennings Informationen zurückgebracht habe."

„Was wollen Sie wissen?" Er gab noch immer keinen Millimeter nach und war nicht bereit ihr etwas zu versprechen, wie sie wohl feststellte.

„Wer Ihr ‚wir' ist und wer Ihre Feinde in diesem Katz-und-

Maus-Spiel sind. Können Sie mir das wenigstens sagen?"

„Ja, nachdem Sie morgen vom Café zurück sind. Nun gehen Sie schon."

Resigniert nahm Sophia ihre Geldbörse aus ihrem Rucksack und verließ das Auto, wobei sie die Wagenschlüssel zurückließ, um ihm ihr Vertrauen zu zeigen, obwohl sie wusste, dass das seine Meinung über sie nicht würde ändern können.

Das Mittagessen nahmen sie schweigend ein. Sophia hatte das Auto zu einem kleinen Parkplatz bei einem Park gefahren, da sie es für klüger hielt nicht länger bei dem Einkaufszentrum mit all seinen Überwachungskameras zu verweilen.

Zumindest hatte sie ihnen genug Lebensmittel eingekauft, dass sie für ein paar Tage auch ohne Kühlschrank überdauern konnten.

Nachdem sie letzte Nacht kaum geschlafen hatte, war Sophia erschöpft und gähnte wiederholt.

Mit einer freundlichen Stimme, die Sophia so gar nicht von ihm gewohnt war, so dass sie sogar aufblickte, um sicherzugehen, dass wirklich er es war der sprach, empfahl Prof. Lynford: „Legen Sie sich hinten im Wagen etwas hin. Ich werde die erste Schicht übernehmen und Wache halten, während Sie sich etwas ausruhen können."

Müde wie sie war, begann Sophia ausnahmsweise einmal nicht eine lange Auseinandersetzung mit ihm, sondern folgte sogleich seiner Empfehlung und krabbelte auf den Rücksitz, um sich mit der Decke, unter der sich Prof. Benning versteckt hatte, zuzudecken. Sie war fast im selben Moment eingeschlafen, in dem ihr Kopf auf ihren Arm auf der Sitzbank hinabsank.

– 15 –
Im Versteck

Merton, Prof. Lynford, beobachtete sie für eine Weile.

Was für ein ungewöhnliches Mädchen sie doch war. Mit ihren großen braunen Augen war sie das Abbild von Unschuld, aber in nur wenigen Millisekunden konnte sie zum feuerspeienden Drachen werden, wenn er etwas sagte was sie nicht mochte. Und von ihm mochte sie fast kein Wort, das aus seinem Mund drang. Aber welche Freude war es, das Feuer in ihren Augen zu betrachten. Die Unschuld wurde in nur einem Augenblick zu einer faszinierenden Schönheit.

Was er sonderbar fand war, dass er nicht den geringsten Versuch zu Flirten in ihrem Verhalten feststellen konnte. Sie war so geradlinig wie ihre scharfen Worte, kratzbürstig, aber mit einer darunter verborgenen Naivität, die ihn unweigerlich zu ihr hinzog. Ihre Reaktion auf seine Küsse war ungeübt gewesen, aber das Feuer darin unverkennbar. Sein Körper brannte allein von der Erinnerung daran.

Er konnte sich nicht daran erinnern, dass seine Frau – Ex-Frau, berichtigte er sich selbst – jemals eine solche Wirkung auf ihn gehabt hatte. Ihre Verführung war welterfahren und kenntnisreich gewesen, eine Femme fatale auf ihrem Höhepunkt, und er war ihr schwer verfallen. Ihr Necken, nur um sich anschließend zurückzuziehen, hatte ihn angezogen. Er, der immer leichten Erfolg bei Frauen gehabt hatte, musste nun für die Frau, die er gewinnen wollte, kämpfen. Diese neue Erfahrung hatte ihn überwältigt. Er hatte mit einer großen Geste um ihre Hand angehalten und sie hatte ihn kalt abblitzen lassen und ihm vorgeworfen sie kaufen zu wollen.

Er musste sich mehr anstrengen, um sie zu gewinnen, wie Vanessa ihm offen gesagt hatte, bevor sie das Spitzenrestaurant verlassen hatte, das er exklusiv für seinen Antrag reserviert hatte. Sie hatte endlich seinen dritten Antrag akzeptiert, als er ihr eines seiner Forschungsprojekte gewidmet hatte. Nun vermutete er genau zu wissen warum. Seine Forschung allein war es gewesen, was Vanessa an ihm interessiert hatte.

Mit Sophia hingegen war er komplett ratlos. Obwohl sie die Studentin seines Rivalen Benning war, konnte sie von einer Verbindung mit ihm profitieren. Aber soweit er bisher wusste, hatte sie ihn zu einem Zeitpunkt ‚gerettet‘, an dem sie noch gar nicht wusste wer er war. Trotz aller Versuche konnte er in ihrem Verhalten keinerlei verborgene Motive erkennen, außer echte Hilfsbereitschaft. Aber Hilfsbereitschaft war die eine Sache, an deren Existenz er nicht glaubte. Menschen in dieser Zeit und Ära waren viele Dinge, aber nicht selbstlos und hilfsbereit.

Ihr naives Vertrauen in ihren Professor war löblich, aber dennoch konnte er dem nicht zustimmen. Prof. Benning hatte seine eigenen Motive in all dem und obwohl sein Rivale nun entgegen seiner Familieninteressen zu agieren schien, würden seine übergeordneten Ziele immer sein, seine Familie und seine Cousine Vanessa, die Geliebte und Mutter seines Kindes, zu schützen.

Und Vanessa war durch und durch nicht vertrauenswürdig. Er hatte das selbst am eigenen Leib auf die harte Tour herausfinden müssen. Der gesamte Schutz der Regierung, den er geglaubt hatte zu haben, hatte ihm nichts genützt. Es hatte ihn nicht davor bewahrt, für etwas ins Gefängnis gesteckt zu werden das er nicht begangen hatte und damit seinen guten Namen in der Öffentlichkeit und viel bedeutsamer noch in der Welt der Wissenschaft zu verlieren, in der lebte und arbeitete. Sein guter Name, all seine Forschungen, wurden nun in Frage gestellt. Sogar seine CIA-Kontakte, die ihn in ihr Spionagespiel hineingezogen hatten, ließen ihn lieber in einer Gefängniszelle verrotten, obwohl sie von Anfang an genau gewusst haben mussten, dass er unschuldig war.

Wie sollte er nun, nach all dem, einem kleinen, schmächtigen Mädchen vertrauen, das überhaupt nichts davon wusste was hier wirklich vor sich ging oder in der Welt ganz im Allgemeinen, sondern alles durch ihre rosarote Brille mit ihren idealistischen, sanften braunen Augen betrachtete?

Als Sophia auf dem Rücksitz wach wurde, war es bereits fast acht Uhr abends.

„Warum haben Sie mich so lange schlafen lassen?"

„Sie haben die Erholung gebraucht", war seine höfliche, knappe Antwort. „Sie müssen jetzt die Wache übernehmen."

„Worauf soll ich achten?"

„Auf verdächtige Autos, irgendetwas Ungewöhnliches."

„Sollten wir nicht erneut den Parkplatz wechseln?"

„Nein, nicht im Moment. Niemand kam her nur um herumzuschnüffeln. Wir sollten hier die Nacht über sicher sein. Halten Sie am besten Ihren Kopf gesenkt, damit das Auto von außen verlassen aussieht."

Auf den Fahrersitz zurückkrabbelnd, zog sie sich einen dunklen Schal über das Gesicht, den sie irgendwann im Auto vergessen haben musste, und ließ dabei nur die Augen ausgespart, um ihre Haut zu verbergen, falls die Scheinwerfer eines anderen Wagens auf das Innere ihres Autos trafen.

Prof. Lynford hingegen wechselte auf den Rücksitz und übernahm dort ihren Platz. Seine tiefen Atemzüge zeigten ihr fast sofort, dass er eingeschlafen war. Erst dann holte Sophia erleichtert einen tiefen Atemzug. Was war es nur, dass dieser Mann sie so auf Trab hielt? Jedes einzelne seiner Worte konnte in ihr sofort Zorn erregen. Sophia konnte nicht einmal genau sagen, warum es ihr so viel ausmachte. Normalerweise konnten sie nur Menschen, die ihr etwas bedeuteten, in hitzige Argumente verwickeln. Bedeutete ihr Prof. Lynford etwas? Sie wusste, dass sie seine Forschung bewunderte, aber konnte sich ihr Forschungsinteresse zu mehr entwickelt haben als nur die Bewunderung für seine wissenschaftlichen Fortschritte?

Wie nur konnte sie Gefühle für so einen arroganten, selbstzentrierten Mann entwickeln, der hinten in ihrem Wagen schlief? Aber seine Küsse, ihr erster richtiger Kuss, brannte noch immer durch ihren gesamten Körper, wenn sie nur daran dachte. Ihr Atem stockte bei dem bloßen Gedanken an seine Lippen auf den ihren, das sanfte Streicheln seiner Zunge.

Sehnsüchtig seufzte sie auf.

„Sie nehmen Ihre Aufgabe ernst, unsere Umgebung zu beobachten?"

Die ruhige Stimme vom Rücksitz ließ sie erschreckt in ihrem Sitz auffahren.

„Sie haben mich fast zu Tode erschreckt. Wie konnten Sie nur!"

„Was – oder besser – wer war es, an den Sie gedacht haben? Ihr abwesender Freund?"

Sophia schwieg, da sie ihm keinen Hinweis darauf geben wollte, an wen sie wirklich gedacht hatte.

„Nicht in kämpferischer Stimmung, so scheint es", zog er sie auf, während seine Stimme näherkam. Sein Atem berührte ihre Wange und sie begann unkontrollierbar zu erschauern, besonders, als sie seine Hand auf ihrem Nacken spürte, die sie sanft streichelte und ihren Schal und ihre Haare auf die Seite schob, um den Weg frei zu machen für seine erkundenden Lippen.

„S... st... stopp. Hören Sie auf", wisperte sie, ihre Stimme ganz schwach, so dass sie nicht einmal sich selbst überzeugen konnte.

„Sie wollen nicht, dass ich aufhöre."

„Bitte."

„Bitte was, meine Süße? Mehr? Gerne." Seine Hand drehte ihr Gesicht zu sich. Der Schal, den sie sich umgewickelt hatte, fiel nutzlos in ihren Schoß. Ihr Mund war nun direkt den feurigen Erkundungen seiner Lippen ausgesetzt und jeglichen Gedanken an weitere Gegenwehr vergessend, öffnete sie sie bereitwillig für ihn, obwohl ihre Unerfahrenheit sie seine fordernden Küsse nur langsam erwidern ließ. Seine Arme umfassten sie von hinten, als versuchte er, sie zu sich auf den Rücksitz zu ziehen. Aber das brachte sie endlich dazu, wieder einen klaren Gedanken fassen zu können.

„Was machen Sie da?"

„Ist das nicht offensichtlich? Uns die Zeit angenehm vertreiben."

„Oh!"

„Ist das alles, was Sie dazu zu sagen haben?"

„Nun, was soll ich dazu sagen? Sie können sich Ihre Zeit selbst vertreiben. Ich weigere mich, Teil Ihres Unterhaltungsprogramms zu sein."

„Sie belügen sich lieber selbst und geben vor, dass Sie sich nicht von mir angezogen fühlen? Es wäre zu unserem gegenseitigen Vergnügen. Das versichere ich Ihnen."

„Ich mag Ihr leeres Vergnügen nicht."

„Ist Liebe für Sie leer?"

„Nicht Liebe, aber was Sie vorschlagen ist nicht Liebe."

„Was ist es dann?"

„Eine rasche Befriedigung eines Bedürfnisses, das Ihnen nichts bedeuten würde."

„Aber Ihnen würde es etwas bedeuten? Warum kämpfen Sie dagegen an? Ich habe die Reaktion Ihres Körpers gespürt. Sie wollen es genau so sehr wie ich."

„Nicht auf diese Weise. Nicht mit einem zynischen Mann, dem nur langweilig ist und der für einen Augenblick seine Lust befriedigen möchte. Ich bin für Sie kein Spielzeug, das Sie benutzen können um das zu erreichen."

„Dann haben sie höhere Ziele?" Seine Stimme war nun verärgert und schneidend. „Wie meine Ex-Frau. Alles nur für Geld und Prestige. Kein Herz."

„Wäre Ihr Herz berührt, wenn Sie mit mir schlafen würden?"

„Wäre Ihres?" erwiderte er, wie üblich ihre Frage an sie zurückgebend, ohne dabei ihre eigene zu beantworten.

Sophia wollte nicht antworten, daher blieb sie stumm. Um sich zum ersten Mal einem Mann hinzugeben, wollte sie verrückt vor Liebe sein, aber sie wollte auch ihre Jungfräulichkeit jemandem geben, dem ihr Geschenk etwas bedeuten würde. Nicht nur für die rasche Befriedigung von Lust und um die Zeit zu vertreiben, wie es ihrer Meinung nach mit Prof. Lynford sein würde. Er würde sie benutzen, damit prahlen und mit seiner Männlichkeit angeben und würde sie anschließend wegwerfen, da sie weiter keinen Nutzen für ihn hatte. Nein, sie würde sich nicht so weit herablassen, für ihn zu einem Mittel zu werden an allen Frauen Rache zu üben, nachdem seine Frau ihn betrogen und so sehr verletzt hatte.

Nun begann sie, die Angelegenheit viel klarer zu sehen. Das war es, warum er sich ihr gegenüber so unmöglich benahm.

Er wollte seine Stärke und Unabhängigkeit zeigen, aber auch seine Macht über sie. Sie würde nicht nachgeben, nicht einmal ihre Bewunderung für seine Arbeit konnte bewirken, dass sie ihm verfiel.

Gab es da nicht ein Sprichwort, dass Wissen bereits der halbe Weg war, um etwas zu verhindern? Da sie nun seine Beweggründe kannte warum er sie verführen wollte, würde es ihr doch sicher leichter fallen ihm zu widerstehe.

Wenn es nur so einfach wäre dies auch ihrem Körper zu erklären, der jedes Mal in Flammen aufging sobald er sie auch nur berührte.

Erstaunlicherweise hatte er nicht versucht die Antwort auf seine letzte Frage aus ihr herauszupressen, sondern war ebenfalls in Schweigen verfallen.

Sie reichte ihm die Tüte mit Essen und Wasser und sie aßen ohne zu sprechen. Anschließend legte er sich wieder ein wenig hin um zu schlafen, aber nur wenige Stunden später übernahm er erneut die Nachtwache, die ohne besondere Vorkommnisse vorüberging.

Am Morgen umrundete ein Wagen wiederholt den Parkplatz und ein Mann stieg aus und überprüfte ihr Auto genauer. Aber er musste es für verlassen gehalten haben, da sie gut unter dunklen Decken im Fußbereich vor den Sitzen versteckt waren. Er war unverrichteter Dinge abgezogen, nachdem er versucht hatte ins Innere zu sehen. Sophia war froh, dass ihr Auto, obwohl bereits recht betagt, getönte Fensterscheiben hatte und sie damit vor dem Blick des Mannes, zumindest ein wenig, zusätzlich geschützt waren. Bevor er ging, rief er laut zu einem auf ihn wartenden Begleiter zurück, dass das gefundene Auto verlassen war. Wer auch immer sie in ihrem Versteck gefunden hatte, musste in der Zwischenzeit irgendwie von Sophias selten benutztem Auto erfahren haben.

„Wer waren die Männer? Sie haben einen besseren Blick auf sie werfen können. Haben Sie sie erkannt?" konnte Sophia ihre Neugier nicht zurückhalten, als sie von ihrer unbequemen Position unter dem Lenkrad hervorkroch.

Prof. Lynford war es gewesen, der das verdächtige Auto entdeckt hatte und sie rasch nach unten gedrückt hatte, noch bevor sie einen Blick darauf hatte werfen können.

„Nein", war seine einsilbige Antwort.

„Gut, Sie wollen also nicht mit mir reden. Ich verstehe. Lassen Sie mich wenigstens wieder hoch auf den Fahrersitz, dann fahre ich uns zur Stadtmitte."

„Sie werden dort auf uns warten. Es wird besser sein, wenn Sie durch den Park zu Fuß zum Café gehen."

Das würde sie fast zwei Stunden kosten, durch den grünen Gürtel der Stadt herum zur anderen Seite zu kommen.

„Damit Sie, wenn ich Hilfe brauche, ja weit weg sind. Sehr bequem für Sie. Haben Sie überhaupt vor noch hier zu sein, wenn ich wieder zurückkomme? Oder war das alles nur ein ausgeklügelter Plan, um Prof. Benning abzulenken, damit er Sie für eine Weile unbehelligt lässt?"

„Unsinn", schnappte er sie kurz angebunden an, aber Sophia hatte irgendwie den Eindruck, dass ihre Einschätzung nicht gänzlich abwegig war.

„Sie haben keine Ahnung wovon Sie sprechen. Die werden nicht erwarten, dass Sie zu Fuß im Park unterwegs sind. Machen Sie sich auf den Weg. Wir benötigen die Unterlagen. Und anschließend können Sie die Information haben, zu der Sie mich erpresst haben. Also gehen Sie schon." Und sie tat genau das, froh den unleidlichen Mann, der trotzdem so sehr ihre Gefühle beeinflusste, im Wagen zurückzulassen.

– 16 –
Marty's Café

Erst als sie bereits ein weites Stück ihres Wegs zu Fuß zurückgelegt hatte, merkte Sophia, dass sie die Wasserflaschen im Wagen zurückgelassen hatte. Bei der zunehmenden Hitze hätte sie gut etwas zu trinken gebrauchen können, wollte aber unterwegs nicht anhalten um etwas zu besorgen.

Hinter dem Café wartete sie eine Weile, während sie sich einen versteckten Platz auf einer Parkbank suchte, von dem aus sie die Umgebung beobachten konnte. Einige Autos, die ihr bereits bei ihrem ersten Treffen mit Prof. Benning aufgefallen waren, standen wieder auf der Straße. Sonderbare Männer, die sich deutlich von der sonst hier üblichen Studentenschaft abhoben, patrouillierten die Gegend. Jedoch niemand von ihnen kam ihr von früher bekannt vor.

Von ihrem Aussichtspunkt hinter Büschen war sie vor ihnen versteckt, aber sie machten ihr den Moment deutlich, an dem Prof. Benning das Café verließ. Sie folgten ihm sofort und die Gegend war anschließend, wie zu dieser Zeit des Jahres während der Semesterferien üblich, fast vollständig verlassen. Dennoch wartete Sophia noch eine weitere halbe Stunde, um sicherzugehen, dass wirklich niemand zurückgeblieben war, bevor sie ihr Versteck verließ und das Café betrat.

Sie wurde sogleich von der Besitzerin begrüßt, die sie vom wiederholten Sehen recht gut kannte und die eine netten und gesprächigen Dame war, jedoch nur gegenüber Menschen, die sie mochte. Sophia bestellte sogleich ein großes Glas Wasser und ihren üblichen Cappuccino.

Bevor sie das Café wieder verließ, ging sie in den hinteren Teil zu den Toiletten und fand, wie vereinbart, ein dickes, mit Klebeband feinsäuberlich verschlossenes Paket vor, das sie unter der Jacke unter ihr T-Shirt schob. Nachdem sie Mrs. Arnold, der Besitzerin, zum Abschied freundlich zuwinkte, verließ sie das Café.

Ihr Weg zurück war hingegen schwieriger als gedacht. Männer in schwarzen Anzügen streiften nun durch den Park. Da ihre Kleidung sofort Sophias Verdacht erregte und die Männer nicht einmal versuchten, die unter den eng sitzenden Jacken steckenden Waffen zu verbergen, verließ sie schnellstmöglich den Park und machte sich auf Umwegen über Hinterhöfe und kleine Sträßchen auf den Rückweg. Obwohl sie normalerweise diese zwielichtigen und engen Nebenstraßen gemieden hätte, waren sie heute genau das was sie suchte.

Nachdem sie die Umgebung nochmals auf eventuelle Beobachter und Verfolger überprüft hatte, schlüpfte sie daher mit einem Seufzer der Erleichterung auf den Fahrersitz ihres Autos, das noch immer an der Stelle stand wo sie es zurückgelassen hatte.

„Ich bin zurück." Sie drehte sich zum Rücksitz um, da Prof. Lynford nicht auf dem Beifahrersitz war, aber sie ihn im Inneren vermutete, da das Auto unverschlossen war.

Aber der Mann, der sein Gesicht unter der dunklen Decke auf dem Rücksitz zeigte, war nicht Prof. Lynford. Sie versuchte zu schreien, aber eine feste Hand drückte sich auf ihren bereits zum Schrei geöffneten Mund.

„Still", hörte sie Prof. Lynfords Stimme direkt neben ihrem Ohr. „Starten Sie das Auto und fahren Sie", befahl er und lockerte seinen festen Griff um ihren Mund.

„Was geht hier vor sich?"

„Später. Nun bringen Sie uns von hier weg."

„Aber er ... – Was macht er hier?"

„Uns helfen und nun fahren Sie schon."

„Wohin?"

„Ich werde Ihnen die Richtung sagen, wenn es so weit ist."

Sophia konnte nichts dagegen tun, aber sie bebte vor Angst. Sie bekam beinah den Schlüssel nicht in die Zündung so sehr zitterten ihre Hände.

„Heute, wenn es genehm ist", dränge Prof. Lynford von hinten. Michael, der Mann, der hinten neben ihm saß, sagte dabei kein Wort.

Aber nachdem sie so sehr bemüht gewesen war, den Entführern von Prof. Lynford zu entkommen und nun einen dieser Entführer so nah hinter sich zu finden, ausgerechnet den Mann, der im Video über ihn gebeugt gewesen war, machte sie fast verrückt vor Angst.

Ihnen helfen? Sicherlich würde er das tun. Ihr sicherlich in ein frühes Grab.

Nach mehreren Versuchen gelang es Sophia, den Wagen zu starten und aus ihrem Parkplatz auszuscheren. Sich vorsichtig in den Verkehr einfädelnd, fuhr sie durch die Stadt und auf den Highway in Richtung Küste. Prof. Lynford gab ihr weder ein Ziel vor, noch kommentierte er ihre Auswahl der Route. Er ließ sie für fast eine Stunde schweigend fahren, bevor er endlich sagte, sie solle umkehren und den Highway nehmen und zurückkehren wo sie hergekommen waren.

Michael hingegen kümmerte sich gar nicht um ihren Weg, vielmehr konnte sie ihn vom Rücksitz her schnarchen hören.

Flüsternd versuchte Sophia es daher erneut, ihren ganzen Mut zusammennehmend: „Was macht er hier?"

„Helfen. – Nächste Ausfahrt, dann links."

Sophia folgte seinen Anweisungen, die sie wiederholt Spur

wechseln, die Richtung ändern und in letzter Minute in obskure Seitenstraßen einbiegen ließen. Dennoch war sie zu neugierig, als dass diese wagemutigen Fahrmanöver sie hätten ablenken können.

„Warum haben Sie ihn nicht gleich herübergebracht?"

„Ich musste erst sicher sein, dass ich Ihnen vertrauen konnte."

„Und nun vertrauen Sie mir?"

„Nein, tue ich nicht. Aber nun haben Sie keine Gelegenheit mehr, Informationen an jemanden weiterzugeben."

„Aber ich habe Ihnen geholfen, habe mein Heim für Sie verlassen ..."

„Ich vertraue keiner Studentin, die bereit ist mit ihrem Professor zu schlafen, um in ein Graduiertenprogramm aufgenommen zu werden. Also versuchen Sie es gar nicht erst, meine Pläne herauszufinden. Sie werden die Folgen davon nicht mögen."

„Ich schlafe nicht mit ... – Oh, Sie arrogantes Ekel! Sie wissen überhaupt nichts über mich."

„Passen Sie auf wohin Sie fahren", brummte er zwischen zusammengepressten Zähnen hervor.

Ihre ärgerlichen Stimmen hatten Michael aufgeweckt, der sich nun vom Schlaf aufrappelte und im Sitz aufsetzte.

„Was ist los? Gefahr?"

„Nein. Alles ist in Ordnung. Mach Dir keine Sorgen. Wir sind im Zeitplan. Es folgen uns keine Autos mehr. Unsere letzten paar Manöver haben sie auf dem falschen Fuß erwischt. Keine weiteren Sichtungen mehr, sowohl von den Spionen als auch den Gangstern. Francesco und Andrew haben uns bei der letzten Abzweigung vor einer halben Stunde verloren."

Sophia hatte niemanden bemerkt der ihnen gefolgt war, aber nun erklärte es zumindest ihre sonderbare Fahrweise.

„Gut. Dann können wir endlich in unser Versteck fahren und uns für ein paar Tage bedeckt halten. Ich bin so müde, dass ich für eine ganze Woche schlafen könnte." Michael gähnte hörbar und verstärkte damit noch die Wirkung seiner Worte. „Fahren Sie bei der nächsten Ausfahrt vom Highway ab und dann nach rechts."

Sophia, die wegen der Anwesenheit des grobschlächtigen Mannes Michael noch immer ängstlich war, erwiderte nichts, befolgte aber seine Anweisungen und versuchte, sich die Strecke einzuprägen.

– 17 –
Am Meer

Die Route führte sie zu einer abgeschiedenen Gegend an der Küste mit rauen Felsen, die kaum besiedelt war. Es verstrich einige Zeit zwischen den einzelnen Ansiedlungen, als sie eine holprige Küstenstraße entlangfuhren, die durch einen neuen Highway weiter im Landesinneren fast vollständig ersetzt worden war.

Die befestigten Straßen verlassend, folgten sie schließlich einem aufgeschütteten Feldweg, der auf ein weit ins Meer hinausragendes, felsiges Kliff führte, auf dem ein einziges Haus stand. Das Gebäude, das dort bereits seit Jahrhunderten stehen musste, wo es Stürmen und der See trotzte, sah mehr wie eine Festung denn ein Leuchtturm aus. Obwohl es diese Funktion für einige Zeit erfüllt haben musste, denn das Haus hatte einen angebauten Turm, der nun jedoch verlassen und baufällig aussah.

Michael förderte den Schlüssel von einem versteckten Platz über einem Seitenfenster zu Tage und ließ Sophia ins Haus. Er folgte ihr und prüfte die einzelnen Zimmer im Haus. Das Innere begrüßte sie mit einem gut durchgelüfteten Duft und war sauber und freundlich. Lebensmittel waren im Überfluss in der Küche aufgestapelt und der Kühlschrank bis zum Rand gefüllt.

„Patty hat sich wirklich selbst übertroffen. Guter Junge", murmelte Michael, als er die Vorräte überprüfte.

Mit einer Hand gab er ihr ein lässiges Zeichen und befahl Sophia: „Machen Sie sich an die Arbeit, Frau. Ich bin hungrig."

Zuerst wollte sie sich seiner sexistischen Anweisung widersetzen, überlegte es sich aber rasch anders, als sie seinen abschätzenden Blick auf ihrem Körper spürte, der sie von oben bis unten erkundete. Zumindest konnte er, während sie beim Kochen war, nichts versuchen und die Küche sollte sie ausreichend mit scharfen Messern versorgen, so dass sie sich verteidigen konnte sollte er ihr zu Nahe kommen, dachte sie erleichtert.

Merton, Prof. Lynford, war draußen geblieben und war nicht mit ihnen ins Haus gekommen, da er sofort einen Rundgang machen wollte, um die Umgebung abzusichern, bevor sie sich gemütlich einrichteten.

Er musste selbst bereits ziemlich müde sein, denn er hatte die meiste Zeit der Nachtwache übernommen. Sophia wunderte sich, wie er es überhaupt noch schaffte wach zu bleiben, aber er hatte bisher keine Anzeichen von Müdigkeit gezeigt, mit Ausnahme von gelegentlichem Gähnen, das selbst er nicht unterdrücken konnte. Nach einem herzhaften Essen wäre er sicher kein wirksamer Schutz gegen Michael mehr, falls er überhaupt versuchen würde seinen Freund aufzuhalten, wenn der etwas mit ihr versuchen würde. Sophia war nicht überzeugt, dass der Professor ihr helfen oder sie nur bereitwillig aushändigen würde. War das der Grund gewesen, warum er sie mitgenommen und nicht in der Stadt zurückgelassen hatte, nachdem sie die Informationen von Prof. Benning zum Auto gebracht hatte? Wollte er sie als eine Art Bezahlung für Michael verwenden?

Sophia bebte bei dem Gedanken erneut vor Angst und einige Zeit später, als Prof. Lynford von seinem Rundgang ins Haus kam, half sein abschätzender Blick, der zwischen ihr und Michael hin und her glitt, nicht, ihre Sorgen zu beschwichtigen. Er erwartete eindeutig, dass etwas zwischen ihnen passieren würde, sie hatte nur keine Ahnung in welche Richtung seine Gedanken gingen.

Sophia beendete ihre Vorbereitungen. Sie hatte reichlich gekocht, denn sie hatten das Mittagessen versäumt und jetzt setzte schon die Dämmerung ein. Sie deckte den Tisch im Wohnbereich, der direkt an die offene Küche angrenzte.

Michael und Prof. Lynford sprachen miteinander, aber über das Brutzeln der Steaks konnte sie nicht verstehen was sie sagten. Sie hatte aber auch den Eindruck, dass die beiden sie bewusst von ihrem Gespräch ausschließen wollten.

Sie servierte das Essen zusammen mit etwas Bier, das sie im Kühlschrank gefunden hatte, und zog sich dann selbst zum Essen in die Küche zurück und ließ die beiden Männer in ihrer leise und gedämpften Unterhaltung allein.

Nicht begeistert darüber derart ausgeschlossen zu werden, nahm Sophia ihren Rucksack, der zwar nicht viel, aber zumindest ein paar Notwendigkeiten enthielt.

Prof. Lynford musste ein waches Auge auf sie gehabt haben, denn er stoppte sie sogleich, als sie versuchten den Hauptraum des Hauses, der fast das ganze Erdgeschoß umfasste, zu verlassen.

„Sie können im linken Zimmer gleich nach der Treppe schlafen. Es hat ein direkt angeschlossenes Badezimmer. Gute Nacht, Sophia."

„Gute Nacht", antwortete sie und eilte aus dem Zimmer.

Seit Michael aufgetaucht war, hatte sie irgendwie das Gefühl vom Professor verlassen worden zu sein. Wie konnte das möglich sein, wunderte sie sich. Sie hatte nicht auch nur den geringsten Grund etwas vom Professor zu erwarten, aber nun, da er andere Hilfe zur Verfügung hatte, benötigte er sie nicht länger und die Verbindung, die sie zwischen ihnen gespürt hatte, schien sich verflüchtigt zu haben. Hatte es nur in ihrer eigenen Vorstellung existiert, dass der Professor langsam begonnen hatte ihr zu vertrauen, sie als wertvolle Verbündete zu sehen, trotz all der hitzigen Wortgefechte zwischen ihnen? Nun da Michael da war, wollte er ganz offensichtlich ihre Hilfe nicht länger. Sie war zur Küchenhilfe degradiert worden. Sie hatte absichtlich den Abwasch unerledigt gelassen. Die Pfannen hatte sie noch abgewaschen, aber sogar ihren eigenen Teller hatte sie lediglich in die Spüle gestellt.

Nach der anstrengenden letzten Nacht schlüpfte sie nur mit ihrem Ersatz-T-Shirt aus ihrem Rucksack bekleidet ins Bett, nachdem sie sich nur rasch gewaschen hatte. Zum Glück hatte sie eine neue Zahnbürste im Bad gefunden, die sie gerne benutzt hatte.

Das Bett, ein massives Holzgestell, war mit seinen dicken Daunenkissen und der Bettdecke sehr komfortable. Sie schlief ein sobald ihr Kopf auch nur die weichen Kissen berührte.

Am Morgen wurde sie durch einen vorwitzigen Sonnenstrahl geweckt. Sie hatte keine Ahnung wie spät es war, da sie von der ihr fremden Umgebung ganz orientierungslos war. Sie benötigte daher einen Moment, bis sie die Ereignisse der letzten Tage ordnen konnte, die sie hierhergebracht hatten.

Mit einem Seufzer hüpfte sie aus dem Bett, bereit für die Dusche, die sie am Vorabend ausgelassen hatte. Sie schlüpfte aus ihrem T-Shirt und überprüfte ihre Sachen, die sie am Vortag rasch mit der flüssigen Handseife gewaschen und im Bad zum Trocknen aufgehängt hatte. Sie waren trocken genug, so dass sie sie nachher wieder anziehen konnte. Sie breitete sie auf dem Bett aus und ging zurück ins Badezimmer, um die so lange ersehnte Dusche zu nehmen, nachdem sie am

Vortag in ihren Kleidern geschlafen hatte.

Nackt unter dem warmen Wasserstrom, die entspannenden Strahlen genießend, hüpfte sie erschreckt auf, als sich plötzlich zwei Arme von hinten um sie legten und sie gegen einen großen Körper drückten. Ein Schrei formte sich in ihrem Hals, wurde jedoch von einer großen Hand unterdrückt, die ihren Kopf zurück an eine raue Schulter eines Mannes drückten. Sich zur Wehr setzend, fanden ihre Beine keinen Halt in der rutschigen Duschkabine. Sie hob ihre Hände, um dem Mann hinter ihr ins Gesicht zu schlagen, aber er fing sie mit Leichtigkeit ein. Seine Hand von ihrem Mund nehmend, brachte er ihre Arme nach vorne und hielt sie mit einer Hand fest und presste sie gleichzeitig zurück an die volle Länge seines eigenen nackten Körpers.

„Beruhige Dich, mein kleines Täubchen. Du wirst es genießen, das verspreche ich Dir." Die Stimme von Michael trug nicht dazu bei sie zu beruhigen, ganz im Gegenteil. Sie erneuerte ihre Versuche, obwohl ihr Sträuben und ihre Schläge sich gegenüber der klobigen Masse des riesigen Mannes anfühlten, als würden sie gar nichts bewirken. Er hatte sogar die Unverschämtheit, über ihren erfolglosen Widerstand zu lachen.

„Hören Sie auf oder ich schreie."

„Als ob das etwas helfen würde, kleines Täubchen. Wir sind hier draußen ganz alleine, das ganze Haus zu unserer Verfügung, um uns in der Zwischenzeit zu vergnügen. Aber wie Du möchtest."

„Nein! Stopp! Hören Sie auf!"

„Das möchtest Du doch gar nicht. Ich kann Dir mehr Vergnügen bereiten als dieser verstaubte Professor Benning."

„Nein!" Sich wehrend, fühlte Sophia wie eine seiner Hände

über ihren Bauch weiter nach unten zwischen ihre tretenden und wild um sich schlagenden Beine wanderte, zu ihrem Intimbereich glitt und sie dort streichelnd erkundete. Ihr sich windender Körper schien ihn nur noch mehr anzustacheln und sie fühlte sein hartes Glied sich von hinten mit festen Stößen an sie pressen, während seine Finger ihre Entdeckungsreise unbeirrt fortsetzen. Das heiße Wasser erleichterte seine Erkundungen und er fuhr mit einem Finger in sie, aber ihr Körper widersetzte sich seinem Eindringen. Es erneut versuchend, erwiderte sie seinen Versuch mit einem gequälten Laut.

„Was ist los mit Dir? Du bist so eng. Du kannst keine Jungfrau sein, oder? Nicht einmal meine Verlobte war so eng ...“

Langsam traf ihn die Erkenntnis. „Du bist eine Jungfrau!“

Mit einem lauten Schlag wurde die Badezimmertür aufgestoßen. Prof. Lynford stand in der Tür.

„Was geht hier vor? Was soll das Gerede über eine Jungfrau?“

Sophia war zu schockiert, dass nun zwei Männer sie nackt in der Dusche beobachteten und zugleich überwältigt vor Erleichterung über ihre Rettung, brach sie in Tränen aus. Zu ihrem Entsetzen nahm Michael ihren nun widerstandslosen Körper auf, trat mit ihr aus der Dusche und wickelte sie in ein dickes Badetuch, nahm sie darin eingehüllt in die Arme und presste sie mit einer tröstlich gemeinten Umarmung an sich.

„Beruhige Dich, mein kleines Täubchen. Ich werde Dir nichts tun. Du hast nichts vor mir zu befürchten. Michael tut kleinen, unschuldigen Mädeln nichts, Liebes. Ganz ruhig.“

Er sprach von sich in der dritten Person, als würde er von jemand anderem reden. Und die Verhaltensänderung war so extrem, dass es schien als ob zwei Michaels existierten.

Er trug sie hinaus zu ihrem Bett und setzte sich mit ihr in

seinen Armen darauf, wo er sie an seiner Schulter weinen ließ, fest eingehüllt und eingewickelt in das riesige Badetuch, unfähig sich zu rühren, seine Hand in ihrem Nacken, die verhinderte dass sie ihren Kopf heben konnte.

Merton stand mit offenem Mund an der Seite und betrachtete das sonderbare Paar. Das Mädchen stieß in halbherzigen Versuchen sich zu befreien ohne Wirkung gegen die breite Brust von Michael, eingehüllt von der weiten, tröstenden Umarmung dieses Riesen von einem Mann, der versuchte sanft zu dem Mädchen in seinen Armen zu sein und sie zu beruhigen, nachdem er die Ursache für ihre Tränen war.

„Was ist hier passiert?" Mertons Stimme war rau vor unterdrücktem Zorn, obwohl er von den Schreien, die er draußen gehört hatte, bereits eine ziemlich genaue Vorstellung davon hatte, was sich hier abgespielt hatte. Zum Glück war er von seinem Rundgang früher als geplant zurückgekehrt. Die Eifersucht, die er wegen des Mädchens verspürte, hatte ihn ganz unvorbereitet getroffen. Seine Versuche, diese unbegründet in ihm aufsteigenden Gefühle zu unterdrücken, hatten ihn unfähig gemacht zu handeln und zwischen Sophia und Michael einzugreifen. Welchen Grund hatte er dafür eifersüchtig zu sein, wenn er Sophia in den Armen eines anderen Mannes sah? Sie war nur eine Frau. Was hatte er erwartet? Aber er konnte sich nicht helfen, sondern fühlte sich irgendwie betrogen, als er Sophia an Michaels Schulter weinen sah, während dieser sanft ihren vom Badetuch vollständig bedeckten Rücken streichelte, wenn doch er selbst es sein wollte der ihr Trost spendete. Woher kam nur diese irrsinnige Vorstellung? Hatte seine erbitterte Scheidung von seiner Frau ihn nun komplett in den Wahnsinn getrieben? Aber ihre schniefenden Laute brachen ihm fast das Herz, ein Organ, von dem er nur kurz zuvor behauptet hätte, dass er es nicht mehr besaß.

Endlich schaffte es Sophia, sich aus Michaels Umarmung zu befreien und sich zusammengekrümmt wie ein schützender Ball auf ihr Bett zu rollen, zwischen all die Kleidung, die sie vor ihrer Dusche darauf ausgebreitet hatte.

Hilflos blickte Michael auf sie hinunter. Wie um sich zu versichern, wendete er sich suchend zu ihm um. „Ich wollte sie nicht verletzen. Ich wollte das wirklich nicht. Ich dachte, sie würde ein bisschen Abwechslung während der Wartezeit mögen."

„Warum hast Du unter der Dusche gesagt, dass sie eine Jungfrau ist. Hast Du sie missbraucht?"

„Die Kleine ist noch immer unberührt. Viel enger als meine Hannah es je gewesen ist. Ich wollte ihr wirklich nicht weh tun."

Merton warf einen verärgerten Blick auf Michael, der unter seiner strengen, wortlosen Maßregelung zusammenzuckte, und ging zum Bett, wurde jedoch von Sophias Worten aufgehalten.

„Gehen Sie weg. Lassen Sie mich allein."

Prof. Lynford begleitete Michael aus dem Zimmer, wobei er ihm an der Tür versicherte, dass alles mit der Zeit wieder in Ordnung kommen würde.

Aber er konnte sie einfach nicht alleine lassen. Er ging zurück zu ihr zum Bett und nahm ihre Kleidung auf, die er fein säuberlich auf einem Stuhl zusammenfaltete. Dann nahm er die Bettdecke auf, als sie nicht erneut gegen seine Anwesenheit protestierte, und wickelte sie in die flauschige Decke, wobei er sich mit all seiner Kleidung neben sie auf das Bett legte und sie mitsamt der voluminösen Daunendecke in die Arme nahm.

„Nun ist alles in Ordnung. Michael wird nicht mehr versuchen Sie zu etwas zu zwingen. Sie müssen sich wegen ihm keine Sorgen machen."

Langsam schienen seine Worte zu ihr durchzudringen und nach einiger Zeit versiegten auch ihre Tränen und Schluchzer. Als er bereits dachte, dass sie eingeschlafen war, fragte sie mit einer ganz kleinlauten Stimme, die für die so lebhafte junge Frau, wie er sie bisher gesehen hatte, ganz ungewöhnlich war: „Haben Sie mich ihm als Bezahlung versprochen?"

„Was?" Sich im Bett aufsetzend, sah er auf sie hinunter und sah in ihre von den Tränen noch immer rot umrandeten, großen braunen Augen.

„Ist es das, warum Sie mich mitgenommen haben?"

„Wie kommen Sie auf die Idee?"

„Sie haben mich sofort aus Ihren Planungen ausgeschlossen, sobald wir hier angekommen sind. Warum sonst hätten Sie mich hierher mitnehmen sollen?"

„Vielleicht, um mich Ihres Schweigens zu versichern? Abgesehen davon habe ich Sie nicht aus meinen Planungen ausgeschlossen. Sie waren nie einbezogen."

Er sah sogleich die Enttäuschung auf ihrem Gesicht.

„Ich dachte, Sie hätten begonnen mir zu vertrauen und Sie hatten versprochen, mir über die Hintergründe zu erzählen, sobald ich mit Ihren Materialien zurückkäme. Aber sobald wir hier angekommen waren, war ich nur noch gut zum Kochen. Und ich bin noch nicht einmal gut beim Steak braten."

Er lächelte auf ihr empörtes Gesicht hinunter und konnte nicht widerstehen sich hinunter zu beugen und ihr einen Kuss auf die noch immer in Empörung widerspenstig gerümpfte Nase zu geben. Aber sie sträubte sich gegen ihn und versuchte ihn aus dem Bett zu stoßen.

„Ganz ruhig, mein Mädchen. Ich bin nicht hier um Dir weh zu tun."

„Ist es das, warum Sie mich mitgenommen haben? Um mich selbst zu benutzen?"

„Nein. Und abgesehen davon wäre es wohl etwas schwierig, Dich durch diese voluminöse Decke hindurch zu ‚benutzen'." Die Bettdecke war in der Tat ein flauschiges und dickes Ding, prall gefüllt mit Gänsedaunen und umhüllte Sophia komplett, die wiederum, zusammen mit der Decke, von Merton im Arm gehalten wurde.

„Ich bin hier, um Dir Trost zu geben und Dir zu zeigen, dass die Berührung eines Mannes nicht schmerzhaft sein muss."

„Aha, Unterricht. Also keine ‚Bond-Girl'-Rolle für mich."

Bei ihrer Bemerkung musste er laut auflachend, da sie ihm zeigte, dass Sophia, wenn auch vielleicht noch nicht ganz, doch schon auf dem Weg war, ihr vorheriges Feuer wieder zurückzuerlangen. Sie würde sich rasch von dem Schock über Michaels Angriff erholen können und keine bleibenden Schäden davontragen, war er überzeugt. Um sie von den Ereignissen abzulenken, setzte er ihren Scherz fort.

„Obwohl die Bond-Girls immer sehr erfahrene Femmes fatales sind, oder zumindest genau wissen was sie wollen und kein wissbegieriges Fräulein Unschuld."

Bildete er sich die Trauer in ihrer Stimme nur ein, als sie antwortete?

„Ich weiß ich bin nicht Ihr Typ. Sie müssen mir das nicht weiter deutlich machen."

„Kommen Sie, mein kleines Mädchen. Wer könnte schon einem wissbegierigen Fräulein Unschuld widerstehen? Ich könnte mir jedenfalls nicht mehr wünschen."

Als sie nicht antwortete, fühlte er ihren Körper in seinen Armen entspannen und bemerkte die Erschöpfung auf ihrem Gesicht.

Ihr eine Haarsträhne hinter das Ohr streichend, blickte er in ihre unschuldig zu ihm aufblickenden Augen, die er zum ersten Mal nicht mehr als ausgeklügelten Trick ansah ihn zu umgarnen, sondern als das erkannte was sie waren, wahrlich unschuldige Augen einer jungen Frau, die keine versteckten Hintergedanken vor ihm verbarg, jedoch selbst erschreckt und unsicher auf die Welt blickte, von der sie sich umgeben sah.

Michael hatte ihm irgendwie einen Dienst erwiesen, indem er das über sie herausgefunden hatte. Er zweifelte, ob sie es ihm gesagt hätte und wenn, ob er ihr überhaupt geglaubt hätte, nachdem er sie für die treue Geliebte von Prof. Benning gehalten hatte.

Aber dass sie eine Jungfrau war, erklärte so vieles über sie was er bisher nicht verstanden hatte. Ihren Idealismus, ihr Vertrauen in ihn, ihr argloses Benehmen. Und obwohl er wusste, dass er sie nicht verdiente, ihre unumwundene Bewunderung für ihn, basierend auf seinen Forschungen. Das alles hatte er zuvor nur als ihren Versuch gesehen, ihn dazu zu bringen zu tun was immer sie wollte.

Er hatte sie auf eine Stufe mit seiner Frau gestellt, die weit entfernt von unschuldig, sondern vielmehr die treibende Kraft hinter all dem Chaos war, das sie nun umgab, obwohl seine Ex-Frau immer ihre unschuldige Fassade aufrechterhalten hatte, dass sie das Opfer war.

Er musste nur eine Möglichkeit finden, die wahren Motive seiner Frau ans Licht zu bringen und zu ergründen, warum sie ihre Ehe so leichtfertig aufgegeben hatte und damit gleichzeitig die Möglichkeit, ihn um all seine zukünftigen

Ergebnisse und Forschungen zu bringen. Warum hatte sie es beendet und sich um die Quelle ihrer Einnahmen gebracht, wenn er noch weit davon entfernt gewesen war ihren wahren Charakter zu erkennen, sondern vielmehr ein bereitwilliges Opfer in all ihren Intrigen?

Sophia fühlte, wie er sich neben ihr anspannte und trotz ihres dicken Schutzwalls sah sie seinen entschlossenen Blick.

„Was ist es? Worüber sind Sie besorgt?"

„Nichts. – Alles. Meine Ex-Frau steckt irgendwie hinter all dem und ich bin noch keinen Schritt weiter als am Anfang, ihre wahren Motive und Absichten zu erkennen."

„Aha. Könnte Prof. Benning da nicht etwas wissen? Er hat schließlich versucht uns zu helfen, obwohl er scheinbar immer noch Gefühle für sie hat."

„Hat er uns wirklich geholfen?"

„Nun, ja, natürlich. Welch anderen Beweggründe könnte er sonst haben? Er gab uns all die Materialien, die Sie erbeten haben und sogar noch mehr."

„Noch mehr? Was mehr? Zeigen Sie es mir."

Sophia hatte ihm nicht den ganzen Inhalt des Pakets gezeigt, das Prof. Benning für sie im Café zurückgelassen hatte. Sie hatte den zweiten Teil des Päckchens zurückbehalten, der an sie adressiert gewesen war. Es enthielt Dokumente, die Prof. Lynford nicht angefordert hatte und daher hatte sie sie behalten, um zu einem späteren Zeitpunkt, wenn sie allein war, einen Blick darauf werfen zu können. Sie hatte vorgehabt sie Prof. Lynford zu zeigen sobald er ihr mehr über die wahren Hintergründe ihrer Situation verriet, aber die Anwesenheit von Michael hatte diesen Plan gestört. Sie hatte bisher noch nicht einmal selbst Gelegenheit gehabt, einen genaueren Blick auf die Unterlagen zu werfen.

Aber als Sophia vom Bett aufstehen und zu ihrem Rucksack gehen wollte, bemerkte sie, dass sie unbekleidet war und zog abrupt die Decke bis zum Hals hoch und wand sich verlegen unter seinem Blick.

Tränen traten erneut in ihre Augen und Merton, der sich im Bett aufsetzte, wagte nicht sie wieder in die Arme zu nehmen. Er war sich über ihren zerbrechlichen Gemütszustand wohl bewusst und wollte sie nicht noch mehr erschrecken.

„Was ist, meine Kleine?" fragte er sanft.

„Sie haben mich ganz ohne meine Kleider gesehen, so wie auch Michael."

„Ja, und es war ein wirklich schöner Anblick." Er versuchte, es leicht zu nehmen.

Sophia errötete heftig und versteckte ihr Gesicht in der Bettdecke.

Näher an sie heranrückend, legte er ihr einen Arm um die Schultern und flüsterte ihr ins Ohr: „Hat er Dir weh getan? Hat er Dich vergewaltigt?"

Sie nahm einen zittrigen, stärkenden Atemzug, bevor sie ihren Kopf vom Bett hob und ihren Kopf schüttelte. „Nein, er ist dank Ihnen nicht so weit gekommen."

„Ich weiß nicht ob es hilft, aber ich denke, dass Michael aufgehört hat sobald er Deinen wirklichen Widerstand bemerkt hat, also selbst dann aufgehört hätte, wenn ich nicht hereingekommen wäre. Er ist nicht so übel, musst Du wissen. Nur manchmal ein bisschen ungehobelt."

Sophia warf ihm einen zweifelhaften Blick zu.

„Es tut ihm aufrichtig leid, dass er Dich so erschreckt und verletzt hat. Er ist nicht jemand, der Dir bewusst Schaden zufügen würde. Das Gefängnis war nicht die richtige Umgebung für ihn, um seine sozialen Gepflogenheiten zu verbessern. Er war dort viel zu lang, so scheint es. Und seine frühere Verlobte, die Frau wegen der er im Gefängnis ist, hat dabei ganz und gar nicht geholfen."

„Er hatte eine Verlobte? Aber ich dachte er wäre auf Männer aus."

Merton lachte humorlos auf ihre Bemerkung hin.

„Nein. Das war nur aus Notwendigkeit, da es die einzige, weit verbreitete Währung zwischen den Häftlingen und sogar den Bandenführern ist. Sogar Francesco und Andrew, die beiden Schläger, die uns bewacht haben, haben diese Beziehung akzeptiert, wenn auch sonst nichts."

„Aber er ist ... – Er ist der, vor dem ich Sie gerettet habe. Wie können Sie darüber so ruhig bleiben, dass er Sie gefunden hat?"

„Er hat mich nicht gefunden. Ich habe ihn angerufen."

„Das können Sie nicht ernst meinen. Er hat sie verletzt."

„Er ist nicht derjenige, vor dem ich gerettet werden muss. Er hat nur getan was getan werden musste, um unsere Wächter zu überzeugen."

„Wirklich? Also sind Sie auch darauf aus?" Sich an ihre glühenden Küsse erinnernd, konnte sie einfach nicht glauben was er ihr erzählte. Zugegebenermaßen war sie in derartigen Sachen nicht gerade erfahren, aber seine Küsse waren nicht nur dazu da gewesen, sie zum Schweigen zu bringen. Es war mehr gewesen, dessen war sie sich ganz sicher. Er hatte ihren Körper dazu gebracht sich nach mehr zu sehnen und zu erglühen. Es konnte nicht nur einseitig gewesen sein, oder etwa doch?

„Wenn es mir den Schutz erkauft, den wir benötigen, ja", antwortete er ihr nach einer Weile nachdenklich.

„Warum er?"

„Er war es, der mich im Gefängnis davor bewahrt hat der allgemeine Sandsack und das Sex-Spielzeug aller Mitgefangenen zu sein, als alle anderen noch dachten, sie hätten bereits alles was sie wollten von mir bekommen und mich daher im Gefängnis einfach verrotten lassen wollten."

„Warum war er im Gefängnis?"

„Für einen Mord den er nicht begangen hat."

„Sind Sie sicher?"

„Ja, absolut. Er ist ein guter Mann, der keiner Fliege etwas zuleide tun könnte. Lass Dich durch sein raues Äußeres und seine Kraft nicht täuschen."

„Und Sie beide sind also ein Paar?"

„Nein. Nur aus Notwendigkeit. Sie hatten ihn bereits über zehn Jahren eingesperrt. Und es ist die übliche Währung für Schutz im Gefängnis. Die schweren Jungs haben ihn wegen seiner Stärke gefürchtet, wie Du Dir sicher vorstellen kannst."

„Aber wenn er keiner Fliege etwas zuleide tun kann, widerspricht das nicht seinem Nutzen als Beschützer?"

„Er kann es, wenn er ausreichend provoziert wird und gleich zu Anfang seiner Haft hat er einen der schweren Jungs aus der organisierten Kriminalität, der eine gewisse Macht im Gefängnis ausgeübt hatte, ins Krankenhaus geschickt. Danach haben sie ihn in Frieden gelassen. Aber Bewährung kam dann folglich nicht mehr in Frage."

„Was wurde ihm vorgeworfen?"

„Seinen eigenen Vater umgebracht zu haben."

„Warum?"

„Er hat es nicht getan, sondern sein Bruder."

„Sind Sie sich da ganz sicher?"

„Ja, absolut sicher. Als wir uns zuerst im Gefängnis getroffen haben, habe ich ihm geholfen herauszufinden, wer es wirklich getan hat und wer ihn dafür unschuldig ins Gefängnis geschickt hat."

„Aber wie? Sie waren doch mit ihm zusammen im Gefängnis."

„Indem ich dem Hinweis gefolgt bin, wer durch seine Abwesenheit am meisten zu gewinnen hat. Seine Erinnerungen an die Ereignisse haben dabei erheblich weitergeholfen, um zum wirklich Schuldigen zu gelangen. – Michael hatte zunächst gedacht, dass seine Verlobte seinen älteren Bruder bevorzugte, bis sie plötzlich umschwenkte und als er endlich den Mut aufbrachte sie zu fragen, sofort seinen Heiratsantrag akzeptierte. – Aber in Wirklichkeit war sein erster Eindruck richtig. Sie hatte ihr Verhalten erst gewechselt, nachdem sein Vater bekannt gegeben hatte, dass er seine Werkstatt an ihn übergeben würde, da sein älterer Bruder an der Universität studiert hatte und nie ein Interesse daran gezeigt hatte, während Michael darin arbeitete und alles wissbegierig gelernt hatte was es darüber zu wissen gab und Autoreparaturen liebte."

„Oh, ich beginne zu verstehen. Sie wollten ihn aus dem Weg haben, um an das Firmenvermögen zu gelangen. Es war eine gut gehende Werkstatt, oder etwa nicht?"

„Ja, zum Leidwesen von Michael."

„Der arme Mann. Er hat es nicht kommen sehen."

„Nein. Er hat seinen Vater geliebt. Ihn auf dem Boden in der Werkstatt tot liegen zu sehen, zwischen all den Autos, die er geliebt hatte. – Er hat sogar zu weinen begonnen, als er mir davon erzählt hat. Deshalb ja, ich glaube ihm."

Sophia versuchte zu sprechen, aber ein Gähnen unterbrach ihre Worte.

„Schlaf jetzt ein wenig. Später haben wir Zeit. Du bist jetzt erschöpft."

Und sie war es wirklich. Sophia war nicht bewusst gewesen, wie sehr die emotionale Aufregung sie mitgenommen hatte, aber sie schlief fast sofort ein, als er sie bequem in seinen Armen hielt, eingewickelt in die warme Bettdecke.

– 18 –
Informationen am Meer

Als Sophia mehr als eine Stunde später aufwachte, war Merton nicht mehr neben ihr im Bett, obwohl sie immer noch seine Wärme spüren konnte.

Das Zimmer nach ihm absuchend, fand sie ihn schließlich in einem Lehnstuhl am Fenster, das zusätzliche Päckchen von Prof. Benning ungeöffnet auf dem kleinen Tisch neben sich. Er musste es aus ihrem Rucksack genommen haben, aber blätterte momentan nur durch die Unterlagen, die er angefordert hatte.

Das Bettlaken mit hochziehend, um sich darin einzuwickeln, setzte Sophia sich im Bett auf.

„Was machen Sie, Merton?"

Seinen Vornamen zu benutzen, fühlte sich noch sehr ungewohnt für sie an, aber nachdem sie in einem Bett mit ihm geschlafen hatte, obwohl nichts Sexuelles vorgefallen war, erschien es ihr noch sonderbarer, ihn mit ‚Prof. Lynford' anzusprechen.

Er sah zu ihr auf und lächelte sie an.

„Du hast tief und fest geschlafen. Fühlst Du Dich jetzt besser?"

Die Sorge in seiner Stimme ließ sie alle Unannehmlichkeiten vergessen oder auch ihre Schüchternheit, so dass sie sich sogleich entspannte und zurücklächelte. „Ja, vielen Dank."

Aber sie bemerkte sofort, dass sie sich wieder einmal erfolgreich von ihm von ihrer ursprünglichen Frage hatte ablenken lassen.

„Was lesen Sie gerade?"

„Die Unterlagen, die Dir Prof. Benning gegeben hat natürlich. Ich möchte herausfinden, was er versucht hat Dir damit mitzuteilen, aber bisher hatte ich noch keinen Erfolg. Aber ich habe es auch nicht wirklich erwartet. Er hat sie für Dich beabsichtigt, so dass die Nachricht auch in einer Form ist, die nur Du verstehen kannst. Ich wollte Dich nur nicht hier alleine lassen, so dass ich einen Versuch mit den Materialien unternommen habe."

„Kann ich sie sehen?"

„Später, wir haben ausreichend Zeit. Wir werden hierbleiben und für mindestens zwei Tage abwarten, zumindest falls nicht irgendjemand zwischenzeitlich unser Versteck entdeckt."

„Warum abwarten? Alle Geheimdienste und kriminellen Organisationen weltweit wollen Sie und Ihre Entdeckung und Sie wollen das Problem aussitzen?"

„Ja. Es ist unsere einzige Möglichkeit. Sie nervös werden zu lassen, während sie herauszufinden versuchen, wer von ihnen in der Zwischenzeit den Deal mit uns gemacht hat. Das wird uns die Arbeit im Anschluss sehr erleichtern. Außerdem ist Michael zurück von seiner Erkundungstour."

„Woher wissen Sie das?"

„Der Duft. Er ist jedenfalls nicht mein Werk."

Duftschwaden von selbstgebackenen Pfannkuchen lockten ihre Nase. Sich sorgfältig in dem großen Laken verbergend, sprang sie aus dem Bett und ging, ihre ordentlich gefaltete Kleidung vom Stuhl aufnehmend, ins Badezimmer.

Als sie wenig später allein hinunter in die Küche ging, da sie Prof. Lynford auf ihrem Weg nicht gefunden hatte, stand Michael hinter dem historischen Herd, mit einem Pfannenwender in der Hand und bereitete lecker aussehende Pfannkuchen zu.

„Sie können kochen?" Sophia konnte die Frage nicht zurückhalten. Immerhin hatte er sie am Vortag so hochnäsig zum Kochen abgeordnet. Aber das Bild das sie sich von ihm als griesgrämigem und klobigem Automechaniker gemacht hatte, passte so gar nicht zu den wunderbar duftenden Delikatessen.

Er blickte überrascht zu ihr auf, da er ihr Kommen, über die zwei zischenden Pfannen auf dem Ofen gebeugt, nicht gehört hatte und starrte sie nur schweigend an.

Erst als Prof. Lynford hinter ihr den Raum betrat, schüttelte er seine Erstarrung ab.

„Bisher kein Anzeichen von ihnen. Wir müssen sie momentan wohl abgehängt haben", war sein knapper Bericht.

„Vielen Dank, dass Du meine Tour übernommen hast."

„Kein Problem, Boss. Ist die Kleine wieder in Ordnung?" Michael fragte dies als wäre sie nicht mit ihnen im Zimmer.

Sie hatte die Vermutung, dass Merton tatsächlich mit Michael Recht hatte. Dieser trat nervös von einem Fuß auf den anderen und schien zu schüchtern, um sie direkt anzusprechen. Aber Sophia wunderte sich dennoch, wie ein so großer und mächtig aussehender Mann gegenüber einer Frau nervös und schüchtern sein konnte, die nur halb so groß war wie er. Sie übernahm daher selbst das Wort.

„Es geht mir gut, Michael. Sie haben mir keinen bleibenden Schaden zugefügt. Sie haben mich nur ziemlich erschreckt."

„Es tut mir wirklich leid, meine Kleine. Ich dachte nicht, dass es Dir etwas ausmachen würde. Tut mir aufrichtig leid." Er murmelte seine letzten Worte und verzog sein Gesicht, als ihm ein vom Ofen hochsteigender Geruch in die Nase stieg. Er drehte sich rasch um und rettete einen sehr dunklen Pfannkuchen, während er erklärte: „Habe in der

Gefängnisküche gearbeitet. Die Häftlinge haben meine ‚Pfannkuchen Spezial' geliebt."

Er arrangierte einige perfekt geratene Pfannkuchen auf einem Teller, zusammen mit frischen Früchten und Sirup und platzierte ihn vor ihr auf dem Tisch. Sophia bemerkte, wie er sie nervös betrachtete und gab ihm ein zuversichtliches Lächeln und dankte ihm, aber er blieb dennoch abwartend an ihrer Seite stehen, bis sie sich ein Stück davon in den Mund schob. Sie konnte einen zufriedenen Laut des höchsten Genusses nicht unterdrücken, als sie die auf der Zunge dahinschmelzenden, lockeren und weichen Pfannkuchen probierte. Nur Augenblicke später kam Michael mit zwei vollen Tellern für sich und Merton herüber und setzte sich schweigend zu ihnen an den Tisch, um seinen leckeren Kochkünsten Genüge zu tun.

„Kein Wunder, dass sie Dich für immer im Gefängnis behalten wollten und Dein Gnadengesuch abgelehnt haben. Du solltest Karriere als Koch machen." Diese unbeschwerte Art von Merton war für Sophia neu. Sie hatte ihn bisher nur angespannt, wenn nicht sogar verärgert gesehen und ein wenig distanziert und abwesend. Aber nun gab er den Anschein eines Mannes, der leichtherzig sein Frühstück mit seiner Familie und Freunden genoss. Diese Vorstellung brachte etwas Farbe in ihre Wangen, wenn sie an die intime Weise dachte, mit der er sie im Bett in den Armen gehalten hatte, während sie unter der Bettdecke völlig unbekleidet gewesen war.

Merton, der ihre sonderbare Reaktion beobachtet hatte, bohrte seinen Blick fest in sie, als sie ihren Kopf senkte und bemerkte ihre rosigen Wangen, die normalerweise von all ihrer Zeit, die sie im Labor verbrachte, ganz blass waren.

Michael, der aufgeblickt hatte, da seine letzte Bemerkung

unbeantwortet geblieben war, beobachtete den stillen Austausch zwischen den beiden und brach endlich die Spannung, als er aufstand und ihren leeren Teller mitnahm.

„Möchtest Du noch welche?"

„Ja, bitte. Sie sind einfach zu unwiderstehlich."

Michael hatte den Eindruck, dass von der Art mit der Merton jeder Bewegung des Mädchens folgte, für ihn die Pfannkuchen nicht die einzige Delikatesse in dieser Küche waren. Würde ihm gut tun endlich sein Biest von einer Frau zu vergessen, dachte er bei sich. Und wenn es dieses schmächtige Mädchen für ihn tat, dann würde er seinen Teil dazu tun dafür zu sorgen, dass sie ein bisschen Fleisch ansetzte. Der Boss brauchte ein wenig unbedarfte Freude in seinem Leben.

Er brachte ihr den Teller angehäuft zurück und mit der Ankündigung, dass er den Abwasch später erledigen würde, machte er sich auf eine neuerliche Tour der Umgebung.

Sophia begann dennoch mit dem Abwasch, da es ihr unangenehm war all die Arbeit für Michael aufzusparen, wenn er bereits so herrlich für sie gekocht hatte. Merton brachte in der Zwischenzeit ihr Notebook und Prof. Bennings Unterlagen herunter in die Küche.

„Ist es hier sicher online zu gehen?" Sophia war über ihre Sicherheit besorgt, nachdem sie über die mannigfaltigen Möglichkeiten gelesen hatte, die Geheimdienste und Hacker hatten, in die Privatsphäre von Personen einzudringen.

„Wir werden nur eine sichere Verbindung benutzen und uns über Proxyserver einwählen. Das sollte für den Moment sicher genug sein." Seine letzten Worte versanken zunehmend in einem Gemurmel, als Prof. Lynford sich immer mehr konzentrierte und seine Eingaben in die Computertastatur klickte, bis er schließlich ausrief: „Wir sind drin. Prof. Benning hat uns eine Nachricht hinterlassen."

Abgelenkt vom Geschirr, war sie sofort an seiner Seite, das Geschirrtuch noch immer in der Hand.

„Was ist es? Was hat er geschrieben?"

„Er fragt nach einem Treffen, einem persönlichen Treffen. – Ganz ausgeschlossen!" beantwortete Merton aufgebracht die Frage bereits für sich.

„Warum möchte er ein Treffen? Er weiß, dass wir uns nicht in der Öffentlichkeit zeigen können. Warum sollte er das riskieren wollen? Seine Neuigkeiten müssen wirklich sensationell sein, wenn er die Gefahr in Kauf nehmen würde."

„Oder er möchte uns aus unserem Versteck heraus in eine Falle locken, indem er uns genau das glauben machen möchte."

„Er hätte das bereits gestern ganz leicht machen können, aber er hat es nicht getan."

„Vielleicht, weil er von mehr als nur einer Gruppe verfolgt wurde."

„Natürlich wird er das, wenn die Errungenschaft etwas mit dem leichten Eindringen in alle Sicherheitssysteme zu tun hat. Ich kann mir vorstellen, dass die ganze Welt hinter Ihrer Methode her ist."

„Und das ist, warum er es gestern nicht getan hat. Alle seine Verfolger hätten gleichzeitig versucht uns zu schnappen und uns möglicherweise umgebracht. Das hätte denen, von denen er bezahlt wird, keine Chance gegeben."

„Nein! Prof. Benning würde uns niemals verraten."

Brennende Eifersucht stieg in Mertons Hals hoch wie Säure und drohte ihn zu ersticken. Sophia liebte Benning, diesen engstirnigen Schwächling? Auf keinen Fall. Er musste sie irgendwie dazu bringen zu erkennen, welch ein unwürdiger

Mann ihr Professor war.

„Du kannst ihn von mir aus treffen. Aber wenn Du gehst, kannst Du nicht zurückkommen."

„Nein. Sie haben ganz Recht. Es ist viel zu gefährlich. Wir würden es nicht einmal sicher bis in die Stadt schaffen. Lassen Sie mich ihm zurückschreiben, um herauszufinden was er will. Ist er gerade online?"

„Nein, aber er war es vor ein paar Minuten und er verspricht, regelmäßig nachzusehen, da es so dringend ist."

Sophia setzte sich auf den Stuhl neben ihn am Küchentisch aus massivem Holz und versuchte von der Seite her das Bild auf dem Computerbildschirm zu erkennen.

Merton schob das Notebook zu ihr hinüber.

„Du musst nur schreiben. Veröffentliche Deinen Kommentar nicht. Es wird dort gespeichert, so dass Benning es finden kann."

„In Ordnung." Leise las sie Prof. Bennings Nachricht, konnte aber keinen Hinweis darauf finden, was ihn so nervös gemacht hatte, dass er sie direkt nach ihrem Austausch gestern kontaktiert hatte und fast stündlich, selbst die ganze Nacht hindurch, wieder nachgesehen hatte, was sie anhand der Zeitstempel im Backend sehen konnte. Nach einer versteckten Botschaft oder Bedeutung in seiner Nachricht suchend, fand Sophia nichts weiter, als dass Prof. Benning sie dringend vor etwas warnen wollte.

Irritiert nahm sie die Unterlagen auf, die Prof. Benning für sie zusammengepackt hatte. Aber ihre Verwunderung wuchs dadurch nur weiter. Die Dokumente, die er ihr gesandt hatte, hatten nichts, aber auch gar nichts mit Mertons gegenwärtigen Forschungen und seiner Entdeckung zu tun.

Sie waren Zeitungsartikel über Verbrechen, einige gingen

Jahre zurück, vierzehn Jahre, um genau zu sein, als seine Eltern ermordet worden waren, aber die Schuldigen waren nie gefunden worden. Kurz danach waren Vanessas Eltern bei einem verdächtigen Autounfall ums Leben gekommen. Bei beiden war vermutet worden, dass sie eventuell durch rivalisierende Verbrecherbanden veranlasst worden waren. Ein Bericht war dabei, über eine Hochzeit, bei der eine ganze Mafiafamilie mit allen Angehörigen durch einen als Gasleck getarnten Bombenanschlag ausgelöscht worden war.

Sophia fand sogar eine Kopie des Geburtszertifikats von Prof. Bennings Tochter darunter. Sie war nur wenige Monate vor all diesen Morden auf die Welt gekommen. Es war kein Hinweis dabei, wer nach all diesen Todesfällen die neue Führung des Benning-Verbrechersyndikats übernommen hatte, oder besser der legitimen Tarnfirmen der Familie, die unter anderem eine weltweit operierende, erfolgreiche pharmazeutische Firma besaß und zahlreiche weitere Geschäftsinteressen hatte, wie in der Waffenindustrie und diversen Ölförderunternehmen. Daneben aber auch in illegale Geschäfte verwickelt war, wie Drogenhandel, Menschenhandel, Prostitution und Glücksspiel, wie einige Artikel über den Tod von Prof. Bennings Großvater, dem scheinbaren Anführer und einzigen Kopf des ‚Benning-Verbrechersyndikats‘, vage vermuteten.

„Ich glaube ich weiß was er uns sagen will oder besser worüber er mit Ihnen sprechen will. Ich vermute er möchte von Ihnen wissen, ob Sie seine Idee für eine glaubwürdige Möglichkeit halten", platzte Sophia alarmiert heraus.

„Was? Sie sehen all die Berichte über die Morde in seiner Familie und glauben noch immer, dass er unschuldig ist und uns nur aus reiner Herzensgüte über seine Mafiaverbindungen aufklären möchte? Er hat die Führung von einer der größten Verbrecherorganisationen des Landes übernommen und musste alle beseitigen, die ihm bei seinem Kampf um die Vorherrschaft hätten im Weg stehen können."

„Nein. Sie müssen sich irren. Er würde das niemals tun. Er kann das nicht getan haben."

Vor Zorn völlig außer sich über ihre unglaubliche Naivität, mit der sie noch immer ihren Professor, wenngleich auch nicht ihren Liebhaber, wie er zuerst angenommen hatte, verteidigte, sprang er vom Tisch auf.

„Du mit den romantischen Ansichten einer Frau, kannst nicht sehen was genau vor Deinen Augen ist."

Michael kam genau in diesem Augenblick zurück und hörte ihre verärgerten Stimmen.

„Draußen ist alles klar, aber das scheint hier drinnen nicht der Fall zu sein."

„Er will einfach nicht einsehen, dass mit dem Zeitaufwand, sich um eine kleines Kind, seine Tochter, zu kümmern, er überhaupt nicht die Zeit gehabt hat, seine Machtposition in einem Verbrechersyndikat zu sichern, während er gleichzeitig noch seinen Ruf als Wissenschaftler aufgebaut hat. Das macht alles überhaupt keinen Sinn. Ein Kind braucht Zeit und Fürsorge. Es kann nicht er sein, der uns für seine kriminellen Ziele ausnutzen möchte. Warum würde er uns sonst diese Artikel gerade jetzt schicken?"

Sophia beschwerte sich bei Michael, da Merton sich so offensichtlich dagegen sträubte auf ihre Argumente zu hören.

„Sie ist viel zu verliebt in ihn, um zu bemerken, dass er mit seiner Cousine Vanessa unter einer Decke steckt." Merton richtete seine Argumente ebenfalls direkt an Michael, der zwischen den beiden Kontrahenten hin und her blickte, keine

Partei ergriff, aber sich deutlich über sie beide amüsierte und seine Position genoss.

„Sie stimmen mir also zu, dass es seine Cousine, Ihre Ex-Frau, ist, die die Leitung der Verbrecherorganisation übernommen hat?"

Erst jetzt, rückblickend auf all die Ereignisse in seiner Ehe mit Vanessa, ergaben plötzlich so viele kleine Dinge einen Sinn. Ihre vielen Telefonate mit Familienangehörigen. Dass sie ihn nie auch nur einem von ihnen vorgestellt hatte.

Langsam, als fiel ein Schleier von seinen Augen ab, sah er deutlich, was sie wirklich die ganze Zeit getrieben hatte, als er sie noch für seine ihn liebende Ehefrau gehalten hatte.

„Oh, mein Gott. Du musst Recht haben. Vanessa muss die Hauptakteurin hinter all dem sein, die Zugang zu meinen Forschungen wollte, um sich Vorteile durch bahnbrechende Technologien zu verschaffen. Erst als sie geglaubt hatte alles erreicht zu haben, Zugang zu all den meistgehüteten Geheimnissen der Erde, hatte sie sich rasch vorbereitet mich los zu werden und das ziemlich effektiv, sogar noch mit Unterstützung der CIA. Aber sie war zu voreilig und ist in die Falle getappt, die ich zur Absicherung dieser Forschungsergebnisse aufgestellt hatte. – Ja, dass es die ganze Zeit über Vanessa war, ist sehr gut möglich, sogar wahrscheinlich. Aber das bedeutet nicht, das Prof. Benning nicht seine Finger mit im Spiel hat. Ganz im Gegenteil, er würde alles für die Mutter seines Kindes tun."

„Und was, wenn er bis jetzt das ganze Ausmaß davon nicht einmal geahnt hat? Warum Vanessa wirklich ihr gemeinsames Kind aufgegeben hat?"

„Naives Mädchen." Merton sprach diese Worte vorwurfsvoll.

„Besser naiv als zynisch", erwiderte Sophia gekränkt.

„Besser mit Vorsicht als das Nachsehen zu haben."

„Ich habe nie gesagt, dass wir ihn wirklich treffen sollten, nur fragen, worüber er uns warnen möchte."

„Das klinkt doch nach einer guten Idee", mischte sich Michael nun ein. „Mit all Deinen technischen Fähigkeiten wird er uns nicht finden und Du kannst herausfinden was er will."

„Na los. Frage ihn", gab Merton schließlich nach.

Sophia, die schon im Begriff gewesen war verärgert hoch in ihr Zimmer zu stürmen, setzte sich wieder hin und begann zu schreiben.

„Sehr geehrter Herr Prof. Benning,
gerade habe ich Ihr Material durchgesehen, das Sie mir geschickt haben. Ist das, worüber Sie uns warnen wollen, von persönlicher Natur und betrifft es Ihre Familie? Ist es das, warum Sie mir all die Artikel geschickt haben?
Geht es um Vanessa? Ist sie jetzt die neue Anführerin?"

„Willst Du ihn so aus der Reserve locken? Du sagst ihm fast schon, was er antworten soll."

Prof. Lynford war noch immer zornig auf sie. Warum sie das wiederum selbst zornig machte, war ihr ein Rätsel. Warum nur konnte dieser Mann sie so leicht beeinflussen? War es, weil sie sich am Morgen so geborgen in seinen Armen gefühlt hatte? Oder war es, weil seine Meinung ihr so viel bedeutete? Aber warum es ihr so wichtig war, dass er gut über sie dachte, konnte sie nicht sagen.

„Was soll ich sonst schreiben?"

„Lass Deine Vorschläge weg und frag ihn was er will. Wir können ihn nicht treffen und das ist endgültig."

Sophia löschte was sie bereits geschrieben hatte und begann erneut.

„... Ich habe Ihre Unterlagen gut erhalten und habe sie bereits

durchgesehen. Wir können uns momentan nicht treffen, da wir in einem sicheren Versteck sind. Herauszukommen würde dies nur gefährden und uns unnötiger Gefahr aussetzen. Worum geht es bei dem, was Sie uns sagen möchten?

Wenn Sie über eine sichere Verbindung online gehen und Proxyserver verwenden, können Sie uns hier eine sichere Nachricht hinterlassen und es uns sagen."

Sie hatte gerade erst die Nachricht im Backend gespeichert, als bereits eine neue Nachricht für sie auftauchte:

„Vanessa muss das ‚Syndikat' übernommen haben. Sie geht aufs Ganze, da Lynford sie betrogen hat indem er Informationen vor ihr zurückgehalten hat. Ihre Kontakte sind überall. Seien Sie vorsichtig, vertrauen Sie niemandem. Nicht einmal ich bin mir sicher, wann ich von ihr manipuliert werde. Sie will die Informationen und dabei ist es ihr ganz gleichgültig auf welche Weise sie diese bekommt.

Falls, worüber ich mir immer noch nicht sicher bin, es wirklich möglich sein sollte, geben Sie die Informationen nur in die richtigen Hände und nicht ihren Abgesandten. Seien Sie vorsichtig und Gottes Segen möge Sie begleiten,

Ihr Mentor."

Er hatte nicht mit seinem Namen unterschrieben, aber diese Signatur zeigte ihr mehr als alles andere, dass die Nachricht wirklich von ihm, Prof. Benning, kam.

Merton stand direkt hinter ihr, sagte aber kein Wort dazu.

Michael war der erste der das Schweigen brach. „Was ist? Hat er geantwortet?"

„Ja. Er hat uns vor Vanessa gewarnt. Obwohl, nicht nur vor ihr, sondern eigentlich vor jedem, sogar der CIA."

„Ohnehin Deine innig geliebten Jungs im Moment", kommentierte Michael humorvoll.

„Warum das?" wandte sich Sophia zu Merton um, damit sie

seine Reaktion sehen konnte.

„Sie haben mich im Gefängnis verrotten lassen", sprach Merton mit einem Anflug von Emotion.

„Aber warum sollten sie etwas über Ihren Gefängnisaufenthalt zu sagen haben? Sie wurden angeklagt, versucht zu haben Ihre Frau aus Eifersucht zu ermorden." So viel hatte sie aus all den Artikeln, die sie über ihn, den geheimnisvollen Prof. L, gelesen hatte, mittlerweile herausbekommen.

„Und meine ständigen CIA-Aufpasser haben bequemerweise davon nichts mitbekommen. Und aus welchem Grund sind sie stumm geblieben, wenn ich ein stichhaltiges Alibi gegen all ihre Vorwürfe hatte?"

„Sie hätten Ihre Unschuld beweisen können?"

„Ja, ohne Zweifel."

„Warum haben sie nicht ..."

„Wie meine liebende Frau haben sie gedacht, bereits alle notwendigen Informationen im Labor zu haben, das sie unter die neue Aufsicht von Prof. Benning gestellt haben. Und mit mir im Gefängnis war ich aus dem Weg und konnte nicht länger verhindern, was sie mit meinen Ergebnissen vorhatten. Als zusätzlichen Bonus konnten sie mich jederzeit dazu bringen weiter für sie zu arbeiten, um Hafterleichterungen oder bessere Bedingungen zu erhalten. Sie hatten nur nicht erwartet, dass die Kriminellen es vor ihnen herausfinden, dass noch dringend benötigte Informationen in den Forschungs-unterlagen fehlten. Das Syndikat hat mir einen Deal vorgeschlagen, der auch die Freilassung von Michael enthielt, bevor sie das überhaupt realisiert haben."

„Also kam mein Versuch, Sie vor den Kriminellen zu retten, nicht ganz so ungelegen wie Sie das immer dargestellt haben?"

„Du hast dem kleinen Täubchen gesagt, dass ihre

Rettungsaktion nutzlos war? Deine Ex-Frau muss Dir wirklich den Kopf eingeschlagen haben, Boss. Wo wärst Du jetzt ohne das Mädel? Wo wären wir beide? In den Fängen genau dieser Vanessa-Hexe. Ich zumindest bin froh, dass sich das kleine Mädel genug Sorgen gemacht hat, dass sie Dich befreit hat."

„Sie hat mich vor Dir befreit, um das klarzustellen."

„Nur, weil sie geglaubt hat, was wir ihnen vorgespielt haben."

„Es hat äußerst realistisch ausgesehen", unterbrach Sophia ihren Dialog.

Heftige Röte breitete sich auf Michaels Wangen aus, der beschämt sein Gesicht von ihr abwandte und stammelte: „Nun, wir ..., vorgeben ..., Mitgefangene ..., brutal ..."

„Es war eine notwendige Tarnung. Mach Dir keine Sorgen, Michael. Es ist in Ordnung. Es geht sie ohnehin nichts an."

Entsetzt über diese abrupte Zurückweisung, drehte Sophia sich zurück zum Computer, um ihre verletzten Gefühle zu verbergen. Nochmals die Nachricht von Prof. Benning lesend, versuchte sie beide Männer zu ignorieren, aber es gelang ihr nicht so einfach wie gedacht. Ihr Kopf rumorte vor widerstreitenden Gedanken, warum Merton nun plötzlich so verärgert auf sie war. War es nur, weil sie nicht glauben konnte, dass Prof. Benning ihr schaden wollte?

Auf den Bildschirm blickend, musste sie ihre Tränen zurückhalten. Sie war wütend auf sich selbst, weil sie so jämmerlich sein konnte und noch immer Gefühle der Heldenverehrung für Merton hatte, wenn sie es mittlerweile doch besser wissen sollte welch ein zynischer Mann er war. Aber dieser Morgen und seine gezeigte Fürsorge hatten sie das alles vergessen lassen.

Als sie wieder klarer sehen konnte, fand sie einen neuen

Kommentar von Prof. Benning vor, mit dem Betreff *„An Sophia"*. Sich absichernd, dass noch immer beide Männer in ihre Diskussion vertieft waren, öffnete sie den Kommentar, der mit den alarmierenden Worten begann: *„Nach dem Lesen löschen"*.

Ihre Augen überflogen den Text von Prof. Benning, den er nur für sie bestimmt hatte:

„Bringen Sie sich so schnell wie möglich in Sicherheit und verlassen Sie die beiden. Prof. L. betrügt unser Land und verkauft seine Forschungsergebnisse. Ein Angriff steht unmittelbar bevor. Ort des Verstecks ist bekannt. V. weiß davon und hat erwähnt, dass das Problem ihres Ex-Mannes noch heute für sie gelöst wird. Verlassen Sie den Ort und kommen Sie zurück in die Stadt, sofort !!!"

Sophia war wie erstarrt vor dem Bildschirm. Was sollte sie tun? Konnte sie einfach weggehen, die beiden Männer zurücklassen, um zu sterben? Aber was war mit der Erfindung? Wollte der Geheimdienst die Information nicht länger haben? Wollten sie sie lieber komplett auslöschen, als in die falschen Hände fallen zu lassen? War es das, warum sie jetzt so einfach planten, einen Mord zu begehen? Oder war das von Anfang an ihr Plan gewesen und der Grund dafür, warum sie Merton ins Gefängnis gehen hatten lassen, um dort umgebracht zu werden? Niemand würde sich darum kümmern, wenn ein weiterer Häftling bei einer Gefängnisschlägerei ums Leben kam.

Aber eine Sache wurde Sophia in diesem Moment deutlich, als ihr Herz allein bei dem Gedanken, dass Merton etwas zustoßen könnte, heftig schmerzte. Sie konnte nicht einfach gehen und ihn hier seinem Schicksal überlassen.

Sie unterbrach die beiden Männer mitten in ihrer Diskussion, der sie nicht die geringste Aufmerksamkeit geschenkt hatte, stand vom Tisch auf und drehte das Notebook herum, damit Merton die Nachricht selbst lesen konnte.

„Wir müssen hier weg."

Ihre Worte zogen sofort die Aufmerksamkeit der beiden Männer auf sie. Merton und Michael traten beide näher und lasen den Kommentar. Merton hob ironisch eine Augenbraue, als wäre er nicht sicher was er davon halten sollte, dass sie ihm diese Nachricht zeigte.

„Welchen Teil der Information hast Du gelöscht?"

„Keinen. Das ist sie. Wir müssen dieses Haus verlassen. Es ist hier nicht länger sicher."

„Sagt Dein lieber Professor."

„Er könnte Recht haben. Er ist besorgt. Besser Vorsicht als das Nachsehen zu haben, um Ihre Worte zu benutzen. Wir sollten so schnell wie möglich von hier verschwinden."

„Und haben Sie eine Ahnung, wo wir so rasch ein anderes Versteck finden, so ganz aus dem Nichts?"

Prof. Lynford lehnte ihren Vorschlag ab, wohingegen Michael ohne zu zögern in die Küche gegangen war und dort begonnen hatte, Lebensmittel aus den Schränken und dem Kühlschrank zu holen und sie in eine große Klappbox zu packen, die er unter dem Waschbecken hervorgezogen hatte.

„Zieh sie nicht länger auf, Boss. Wir haben keine Zeit zu verlieren."

Merton fuhr den Computer herunter und steckte ihn zusammen mit Prof. Bennings Unterlagen in ihre Computertasche.

„Wir verlassen also das Haus?" Sophia stand ratlos neben dem Tisch und war sich nicht sicher, ob sie bei dem willkommen war, was Merton nun plante. Ihre entspannte und fröhliche Zeit beim Frühstück schien nun so weit entfernt zu sein.

„Hol Deinen Rucksack, aber verlass das Haus nicht", ordnete Merton knapp an.

Da sie ohnehin nicht viel zu packen hatte, ging sie hinauf in das Zimmer, in dem sie geschlafen hatte, nahm ihren Rucksack, stopfte ihre Jacke hinein und kam wieder herunter, wo sie die beiden Männer wartend vorfand, bereit das Haus zu verlassen.

Ihre Autoschlüssel aufnehmend, erwartete sie, dass sie zur Haustür gehen würden, aber Merton hielt sie am Arm zurück.

„Du kannst die Autoschlüssel hierlassen. Du wirst sie dort, wohin wir gehen, nicht benötigen."

Erstaunt ließ Sophia die Schlüssel zu ihrem alten, aber zuverlässigen Auto wieder auf die Kommode beim Eingang fallen.

„Aber ich habe meine Handtasche und Geldbörse noch im Auto."

„Du wirst sie nicht brauchen. Lass sie dort", wies Merton sie mit knapper, kühler Stimme an.

Dann führte er sie zu einer Treppe im hinteren Teil des Hauses, die zu einem roh behauenen Kellergewölbe führte. Die Stufen waren uneben und schienen bereits sehr alt zu sein. Das elektrische Licht zur Beleuchtung war eindeutig ein Nachgedanke gewesen, denn die vereinzelten Glühbirnen halfen nur wenig, um den Weg in die völlige Dunkelheit dieses Felsenabgrunds zu beleuchten.

Der Weg fühlte sich muffig und glitschig an und Sophia versuchte, so nah wie möglich an der Steinwand auf einer Seite der Stufen zu bleiben. Der Geruch nach Salzwasser nahm zu und Sophia verstand langsam wohin ihr Weg führte, denn keiner ihrer beiden Begleiter hielt es für nötig sie über ihre Pläne aufzuklären.

Am Ende der fast endlos scheinenden, in den Felsen gehaue-
nen Treppen öffneten sich die Steinwände zu einer großen
Höhle, die eine kleine Öffnung zum Meer besaß. Dort wartete
ein Boot auf sie.

– 19 –
Ablenkung

Die Höhle hatte eine so kleine Öffnung, dass Sophia sich sicher war, dass sie nur bei Ebbe zugänglich war.

„Was hätten Sie bei Flut getan?" konnte Sophia ihre Frage nicht zurückhalten, wobei sie weder Prof. Lynford noch Michael direkt ansprach, da beide den gesamten Abstieg kein Wort mit ihr gewechselt hatten.

„Gewartet", antwortete Merton einsilbig. „Steig ein."

Das Boot war neu und glänzend und obwohl sie nicht viel Ahnung von Booten hatte, bewunderte sie dessen lange und schnittige Form. Von dem was sie ausmachen konnte, sollte es im Wasser ziemlich schnell sein.

Michael wuchtete die schweren Taschen und Boxen an Bord und half dann Merton dabei, die anderen Sachen zu verstauen, als sie plötzlich Stimmen von außerhalb der Höhle hörten.

„Ich gehe und lenke sie ab ..." begann Michael.

„Du musst den Weg durch die Felsen navigieren. Ich schaffe es sonst nicht nach draußen, wenn ich steuere und bei diesem niedrigen Wasserstand zugleich auf Hindernisse aufpassen muss."

„Ich gehe." Sophia warf ihren Rucksack an Bord und wartete nicht auf eine Antwort, sondern sprang von der hölzernen Landungsbrücke in den Sand, der in einem schmalen Streifen durch das hellblau leuchtende Loch der Höhle nach draußen führte.

„Was macht sie? Halt sie zurück ..." Merton schubste Michael und flüsterte eindringlich, aber die Stimmen von zwei Männern außerhalb der Höhle, die sich dem Eingang näherten, ließen ihn sogleich verstummen.

Sophia eilte auf das Licht zu, blinzelte, um ihre Augen an das helle Sonnenlicht draußen zu gewöhnen und versuchte die letzte Biegung zu umrunden, bevor die unbekannten Männer den Eingang sahen.

Als sie die Höhle verließ, öffnete sich ein schmaler Küstenstreifen vor ihr. Der Sandstreifen setzte sich über Meilen fort, aber war so weit sie sehen konnte völlig menschenleer. Dennoch konnte sie die Stimmen der beiden Männer ganz nah bei sich hören.

Leise versuchte sie einen Weg die rauen Felsen hinauf zu finden, denn sie vermutete, dass die Männer dort oben irgendwo ein Versteck zwischen den groben Geröllbrocken gefunden haben mussten, von wo aus sie das Haus aus einer sicheren Distanz heraus beobachten konnten.

Prof. Benning hatte also Recht gehabt. Ihr Versteck war tatsächlich entdeckt worden.

Dankbar für ihre bequemen Schuhe, die auf dem rauen Felsen keinen Laut machten, kletterte sie nach oben und versuchte, das vermeintliche Versteck der beiden Männer großräumig zu umgehen.

Als sie sich sicher war, dass sie in deren Sichtlinie zum Haus sein musste, kam sie heraus ins Freie und kletterte über eine große Felsspitze.

Ihr Plan basierte auf der Hoffnung, dass die beiden Männer versuchen würden sie aufzuhalten, damit sie nicht vor ihnen an Informationen von Prof. Lynford gelangen konnte. Dass sie sie also als mögliche Rivalin um die Forschungsergebnisse ansehen würden und hoffentlich wissen wollten, von welcher Organisation sie geschickt worden war, sie daher also nicht sofort aus dem Weg räumen wollten.

Aber als Schüsse nur Augenblicke später den Felsen neben ihr trafen, war ihre Hoffnung ganz offensichtlich viel zu optimistisch gewesen. Man konnte nicht alles haben, schoss es ihr durch den Kopf, noch immer nicht das ganze Ausmaß der Gefahr realisierend, in der sie sich befand. Aber rasch krabbelte sie von ihrer exponierten Position, damit sie aus deren Sichtfeld kam.

Zumindest waren sie keine Scharfschützen, sondern hatten vermutlich lediglich Pistolen, da ihre Schüsse in einem weiten Bereich um sie herum einschlugen, wo die Männer noch ihren Aufenthaltsort vermuteten. Zum Glück war sie gut geschützt hinter massivem Felsen, aber sie hörte ihre näherkommenden Schritte. Sie hatten also wirklich Interesse an ihr und wollten sie nicht nur versprengen. Ihr Versuch, die Männer vom Eingang der Höhle und Merton wegzulocken, konnte daher möglicherweise immer noch funktionieren.

Sophia hörte sie sich von zwei Seiten her nähern. Sie versuchten sie hinter dem Felsbrocken einzuschließen. Aber sie hatte ihre Position mit Bedacht gewählt. Der Weg in den Wald, der die ganze Gegend hinter dem Haus bedeckte, begann gleich hinter ihr, gut verborgen durch den großen Felsen, der sie davor schützte von ihren Angreifern gesehen zu werden.

So schnell sie konnte rannte sie auf den Wald zu und musste dabei an ihren früheren Sportunterricht denken. Hätte sie doch nur besser auf ihren Lehrer gehört, denn sie hatte nie gelernt eine richtige Lauftechnik zu entwickeln.

Völlig außer Atem erreichte sie die ersten Bäume, aber die beiden Männer hatten bereits ihr vorheriges Versteck erreicht und ihre neuerlichen Schüsse spornten sie an, noch die letzte Kraft in sich freizusetzen.

Sich durch die Bäume fädelnd, versuchte sie so weit wie möglich in den Wald hineinzukommen, um ein sicheres Versteck zu finden und ihre Verfolger abzuschütteln.

Mit Erleichterung hörte sie schließlich das laute Geräusch eines Motorbootes. Michael und Prof. Lynford mussten es also geschafft haben zu fliehen. Sie wechselte daher ihre Richtung und versuchte näher an das Haus heranzukommen, um ihr Auto erreichen zu können, aber wurde sogleich durch ihr entgegenkommende Schritte und das laute Knicken von Zweigen gestoppt. Hastig sprang sie in einen Haufen aus Laub, der sich durch einen etwas überhängenden Felsbrocken angesammelt haben musste.

„Sie muss hier irgendwo sein", hörte sie die Stimme eines Mannes aus der Richtung des Hauses.

„Wer ist sie?" fragte einer ihrer Verfolger etwas hinter ihr.

„Warum mussten wir auf sie schießen? Sie ist sicherlich nur ein Schulmädchen in den Ferien."

„Es sind momentan keine Schulferien. Und haben Sie nicht gesehen, sie ist das Mädchen aus dem Restaurant", antwortete die Stimme des ersten Mannes ungeduldig.

„Auf keinen Fall. Das im Restaurant war Prof. Bennings Doktorandin. Was sollte denn die hier machen?" wandte der zweite Mann ein, der ihr mit einem Kollegen vom Kliff her gefolgt war.

Aber eine neue Stimme unterbrach harsch das Gespräch der anderen Männer. – Konnte das sein? Konnte das wirklich Prof. Bennings neuer Assistent Dr. Stewart sein?

Sophia hatte immer versucht ihm aus dem Weg zu gehen, da er sie so intensiv angestarrt hatte, ohne dabei auch nur einen Muskel in seinem gesamten Körper zu bewegen. Dadurch hatte sie sich in seiner Gegenwart immer sehr unwohl gefühlt.

Aber dass er nun mit den Männern, die auf sie geschossen hatten, unter einer Decke steckte, ließ ihn in ihrer Wertschätzung noch weit tiefer sinken.

„Wir müssen sie einfangen, was auch immer sie hier macht. Sie muss vom Syndikat geschickt worden sein Prof. Benning auszuspionieren", wies Dr. Stewart die anderen Männer mit Autorität in der Stimme an. Wie als Nachgedanken fügte er hinzu: „Ich konnte sie ohnehin nie leiden. Hochnäsiges Luder. Immer so korrekt und pflichtbewusst, nie auch nur ein Interesse neben der Arbeit. Das allein hätte schon meinen Verdacht erregen sollen. Aber Prof. Benning hat ihr vertraut und hat sie im Unklaren darüber gelassen, was wirklich vor sich ging, neben all der Arbeit, die er ihr gegeben hat, so dass ich angenommen hatte sie wäre sicher. Aber seht nur, was mein Tracker in ihrer Geldbörse zu Tage gefördert hat. Sie hat uns direkt zum Versteck dieses Verbrechers Lynford geführt. Von wegen, kein Wässerchen trübende Unschuld. – Whitchurch, Stockton, fangt sie ein, tot oder lebend. Wie ist mir egal."

Die gepresst hervorgestoßene Anordnung, nicht viel lauter als ein Flüstern, kam von direkt über ihr.

Sophia zitterte in ihrem Versteck zwischen Büschen und den langen Gräsern und Ranken, die unter dem überhängenden Felsen das Laub eingefangen hatten und ihr Unterschlupf gaben. Sie hoffte, dass ihr Sprung vom Weg direkt in den Laubhaufen inmitten des Unterholzes, wo sie tief eingesunken war, ihre Spuren vor ihren Verfolgern hatte verwischen können und sie nicht durch geknickte Gräser und Zweige ihre Position verriet. Sich tief in den Schmutz drückend, versuchte sie sich so klein wie möglich zu machen.

Sie konnte nur die Schritte von zwei Personen in ihrer Nähe

hören, aber die Grasbüschel, die sie über sich gezogen hatte, versperrten ihr den Blick. Sie betete darum, dass ihre Tarnung in beide Richtungen in gleicher Weise funktionierte und blieb so reglos wie möglich.

Mit Stecken durchstocherten die Männer das Unterholz, ein Stoß traf sie fast, glitt aber seitlich an ihrem Nacken ab und weiter nach unten in die Mulde hinein, in der sie saß und hinterließ einen brennenden Schmerz. Sie hörte den Stock sich drehen und wenden, er wurde aber dann zurückgezogen ohne ihr nochmals nahe zu kommen. Der Felsen hinter ihr schützte dabei ihren Rücken.

„Nichts hier", rief ihr zweiter Verfolger von den Klippen nur ein paar Schritte von ihr entfernt. „Wo kann sie nur hingerannt sein?"

„Nicht zum Haus, das ist gewiss. Markham hat das gesichert."

„Stewart hat Recht. Ein kleines, lästiges Luder ist sie. Wir wussten nicht einmal, dass sie hier war. Wer mag sich sonst noch hier herumtreiben? Tony hat ein Schnellboot gemeldet, das gerade vorher die Küste ausgespäht hat. Niemand von unseren Jungs. Wer mag das wohl gewesen sein? Ihre Komplizen oder noch mehr von diesen Hyänen, die sich um diesen verdammten, selbsternannten Erfinder-Gott scharen? Viel zu arrogant für meinen Geschmack. Hat ihm gutgetan, für eine Weile im Gefängnis zu sitzen. Hätte dort bleiben und verrotten sollen, wie geplant."

„Markham und Tony waren auf jeden Fall froh, als sie den Überwachungsdienst für diesen verdammten Professor beenden konnten, so viel ist gewiss", ergänzte der zweite ihrer Verfolger das Geplapper des ersten Mannes, als würden sie sich nicht die geringste Sorge darüber machen, dass sie alles mithören konnte. Sie befürchteten eindeutig nicht, dass sie irgendwelche Informationen, die nicht für sie gedacht waren, mitbekommen könnte, oder waren sie sich so sicher, dass sie ohnehin niemandem mehr davon würde erzählen können? Sophia erschauderte bei dem Gedanken.

„Kein Anzeichen von ihr. Sie scheint sich in Luft aufgelöst zu haben. Sie muss die Felsen genutzt haben uns von ihrer Spur abzubringen. Aber das macht nichts. Wenn der Luftangriff erfolgt, wird ihr Ziel ohnehin nicht mehr länger existieren. Könnte sogar sein, dass er sie gleich mit sich reißt, da sie scheinbar in Richtung Haus wollte. Daher wird sie entweder Markham oder die Explosion schon erwischen."

Die Schritte der beiden Männer entfernten sich, aber Sophia traute sich noch für eine ganze Weile nicht aus ihrem Versteck.

Von dem was sie von den Männern mit angehört hatte, nahm sie an, dass sie von einem Geheimdienst waren, wenn nicht sogar der CIA selbst.

Merton hatte also richtig gelegen. Sie hatten ihn loswerden wollen indem sie ihn ins Gefängnis steckten.

‚Nette Geste, Jungs', dachte sie bei sich. Und der Versuch sie, eine Unbeteiligte, aus dem Weg zu räumen, machte deutlich, dass sie alle Spuren verwischen wollten und nicht länger an der Erfindung selbst interessiert waren. Welch ein beruhigender Gedanke das doch war.

Aber da sie nun nicht in der Lage war das Haus oder ihr Auto zu erreichen und Michael und Merton in der Zwischenzeit hoffentlich erfolgreich hatten fliehen können, hatte sie nicht wirklich eine Idee, wohin sie sich jetzt wenden sollte.

Das Schnellboot, von dem die Männer gesprochen hatten, musste Mertons langes, dünnes Boot gewesen sein. Obwohl sie immer angenommen hatte, dass Schnellboote keinen Mast hatten wie das Boot, das sie in der Höhle gesehen hatte.

Konnte sie sie eventuell irgendwie erreichen und würde es Merton überhaupt für nötig halten, sie aus ihrer prekären Lage zu retten? Beim Frühstück war all ihre Heldenverehrung für ihn in voller Stärke zurückgekehrt. Er konnte so charmant sein, wenn er wollte. Aber normalerweise war er nur kurz angebunden und direkt und so unfreundlich wie möglich ihr gegenüber.

War er eifersüchtig gewesen, da sie Prof. Benning verteidigt hatte? Sobald sie den Namen ihres Professors erwähnt hatte, war die entspannte Atmosphäre, die sie beim Frühstück genossen hatten, sofort verflogen. Aber um eifersüchtig zu sein, müsste sie ihm etwas bedeuten, zumindest ein kleinwenig. Und das tat sie nun mit Sicherheit nicht.

Obwohl die Erinnerung, wie er sie heute Morgen im Arm gehalten hatte, leise Tränen ihre Wangen hinuntertropfen ließ. Sie hatte sich so sicher und geborgen gefühlt. Und nun war sie ganz allein, kalt und nass inmitten einer feuchten Mulde voll Laub und altem Gras, unter einem Felsen mitten im Wald, fern von der Stadt und ihrer Wohnung.

Sollte sie versuchen Prof. Benning zu erreichen? Aber ohne ihr Mobiltelefon oder ihren Computer und etwas zu Essen war ihre einzige Möglichkeit, zu Fuß zurückzugehen. Sie würde Tage brauchen, um auch nur in die Nähe der Stadt zu kommen und die herumstreifenden Geheimagenten würden sie lange vorher schon aufgegriffen haben.

Nachdem sie mindestens eine Viertelstunde keine weiteren Geräusche von den beiden Verfolgern oder aus der Richtung von Dr. Stewart und dem Mann, den sie Markham genannt hatten, gehört hatte, streifte sie langsam das alte Gras und die nassen Blätter von sich ab und ging mit schmerzenden Knochen sorgfältig ihren Weg zurück zu der versteckten

Höhle. Auf ihrem Weg nutzte sie jede Möglichkeit, sich hinter den Felsbrocken und Büschen zu verbergen.

Zumindest würde ihr die Höhle Schutz gegen die Elemente geben und möglicherweise sogar gegenüber dem Luftangriff – falls sie dem mitangehörten Gespräch der Männer wirklich Glauben schenken konnte. Wer hatte schließlich je davon gehört, dass Geheimdienste Zugang zu Luftwaffen oder etwas Ähnlichem hatten. Es drohte auch jeden Moment erneut zu regnen, als wäre ihr Abstieg auf den ohnehin glitschigen Steinen nicht schon gefährlich genug.

– 20 –
Spannungen auf See

Erschöpft und alle Knochen im Leib schmerzend, kam Sophia um die letzte Biegung zur Höhle und was sie dort sah überwältigte sie. In ihrer Erleichterung und Freude sank sie auf dem sandigen Boden auf die Knie. In der Höhle sah sie noch immer das lange Boot vor Anker liegen, die Segel gesetzt und am Steg auf sie wartend.

„Was ...?" stammelte sie, aber ihre Stimme schien sich weit in die Höhle hinein übertragen zu haben, denn Merton sprang sogleich auf die Holzplanken und kam rennend auf sie zu. Neben ihr in den Sand sinkend, nahm er sie in seine Arme und kümmerte sich nicht darum, dass sie schmutzig und nass war, sondern drückte sie eng an sich. Seine Hände erkundeten dabei ihren Körper, als wolle er sich Gewissheit verschaffen, dass sie unverletzt war.

„Dummes Mädchen", murmelte Merton in ihr schmutzverkrustetes Haar. „Wie konntest Du mir das nur antun?"

„Was habe ich denn gemacht?" fragte Sophia, die seine Stimmungsänderung nicht verstand.

„Als würdest Du das nicht wissen. Du hast mich Jahre meines Lebens gekostet. Einfach so wegzurennen und Dich in Gefahr zu stürzen."

„Aber die hätten Sie umgebracht, wenn sie Sie gefunden hätten."

Er schien über diese Enthüllung nicht erstaunt zu sein, aber fuhr unbeirrt fort: „Das ist kein Grund, Dich selbst in Gefahr zu bringen. Niemals! Du musst mir versprechen, dass Du so etwas nie wieder tun wirst. – Versprich es mir."

Sie auf die Arme nehmend, trug er sie zurück zum Boot.

Als er sie an Bord bringen wollte, begann sie jedoch zu zappeln.

„Nein, ich bin dafür viel zu schmutzig."

Irritiert betrachtete er sie von oben bis unten.

„Es gibt eine Dusche an Bord."

Aber Sophia sprang ohne zu zögern mit all ihrer Kleidung vom Bootssteg. Die Kälte des klaren Wassers überraschte sie, aber es wusch die noch an ihr klebenden Blätter aus ihren Haaren und löste den an ihr haftenden Schmutz. Es fühlte sich wunderbar an, den ganzen muffigen Dreck loszuwerden, so dass das kalte Wasser ihre Freude daran nicht trüben konnte.

Herumspritzend, schwamm sie zurück zum Landungssteg und versuchte hochzuklettern, musste sich aber von Merton heraushelfen lassen, da der Steg so hoch war.

Mit Schalk in den Augen musterte er sie, wie sie wie eine getaufte Maus neben ihm stand. Dies ließ ihn viel jünger und sorgloser wirken als sie ihn je zuvor gesehen hatte.

„Komm jetzt. Wir müssen uns auf den Weg machen", drängte er und half ihr, damit sie auf den glatten Planken des Bootes nicht ausrutschte.

In der überraschend komfortablen Kabine bot er ihr ein großes Handtuch an und machte sich auf an Deck zu gehen, um sie in Ruhe duschen und sich umziehen zu lassen. Sie hielt ihn jedoch zurück:

„Wo ist Michael?"

„Er ist mit dem Motorboot hinausgefahren, um sie von Dir abzulenken. Wir werden ihn später wieder treffen."

„Und Sie haben das Risiko auf sich genommen zurückzubleiben? Um auf mich zu warten?"

„Was blieb mir anderes übrig, wenn ein Mädchen

verrücktspielt?"

Aber sein sanftes Lächeln, etwas an das sie nicht gewöhnt war, nahm die Kritik aus seinen Worten.

„Nun geh, zieh Dich um, bevor Du eine Erkältung bekommst. Du findest ein Hemd und andere Sachen zum Anziehen hinter Dir im Schrank."

Er ließ sie allein und nur Augenblicke später fühlte sie, dass das Boot sich in Bewegung setzte, nicht durch einen Motor, sondern er schien es vom Steg in Richtung Höhlenausgang abgestoßen zu haben.

Als sie noch unter der Dusche war, merkte sie, wie das Boot außerhalb der Höhle Wind in die Segel bekam und Fahrt aufnahm.

Als sie aus der Dusche kam, fühlte sie sich wieder angenehm warm und zog die bequemen Kleidungsstücke an, ein viel zu großes Hemd und weite Seglerhosen, die zum Glück mit einer Kordel zusammengehalten wurden, so dass sie diese zusammenziehen und damit um ihre Taille binden konnte. Sie wusch auch gleich ihre eigene verschmutzte Kleidung, denn ohne Reserven wusste sie nicht, wie rasch sie wieder darauf angewiesen sein würde.

Merton fand sie noch in dem kleinen Badezimmer der Kabine herumplantschen, als er etwa zwanzig Minuten später unter Deck kam. Wegen den Wassergeräuschen zögernd, kam er erst herein, als er sie vollständig angezogen in der Tür zur Dusche stehen sah.

„Alles in Ordnung bei Dir?" fragte er, sie bei ihrer Tätigkeit beobachtend.

„Ja, ich möchte nur darauf vorbereitet sein, um wieder ein bisschen Kleidungsauswahl zurückzubekommen."

„Ah, in Ordnung. Bist Du hungrig? Du warst fast zwei

Stunden weg."

Sophia hatte auf ihrer Flucht jegliches Zeitgefühl verloren, aber nun war sie völlig ausgehungert.

Bevor sie jedoch antworten konnte, unterbrach das Geräusch einer lauten Detonation von der Küste her die Stille und ließ beide rasch an Deck eilen. Die zuvor nach einem kurzen Regenschauer wieder hervorgekommene Sonne war jetzt durch dicke Rauchschwaden verdeckt, die von den Klippen hochstiegen, auf denen sie nur wenige Zeit zuvor gewesen waren. Was sich ihren Augen darbot, war ein Bild der Zerstörung. Eine große Feuerkugel und schwarzer Qualm hüllten den Felsvorsprung ein, auf dem zuvor das gemütliche alte Haus gestanden hatte.

„Der Luftangriff. Sie haben es wirklich getan", stammelte Sophia hilflos.

„Sie? Wer?" fragte Merton scharf nach.

„Die CIA, zumindest glaube ich es."

„Warum glaubst Du, dass es die CIA war? Du kennst sie nicht. Hast Du Dich mit Deinen Verfolgern unterhalten? Bist Du eine von ihnen?"

„Nein! – Wie können Sie nur so etwas denken? Ich würde so etwas nie ..."

„Ich habe bereits früher Menschen vertraut, von denen ich angenommen hatte, dass sie mich nie verraten würden, aber sie haben es ohne auch nur zu zögern getan. – Nun, sag mir die Wahrheit. Woher weißt Du, dass es die CIA war?"

„Ich ‚weiß' es nicht wirklich. Ich habe es nur vermutet, da ich eine Stimme als die von Dr. Stewart wiedererkannt habe, des Assistenten von Prof. Benning. Derjenige, der meine Themenstellungen so umformuliert hat, bis Sie sie abgelehnt haben."

„Deine Recherche zu behindern beweist für Dich, dass er zur CIA gehört? Ich habe noch nie von Dr. Stewart gehört."

„Nein, es ist nicht nur das, sondern alles zusammen. Seine einflussreiche Stellung bei Prof. Benning, dass er einfach überall beteiligt ist, sein Erscheinen hier, seine Ankündigung des Luftangriffs, sein Wissen über Ihr Versteck, sein Herumkommandieren von Markham und Tony, als wäre es sein gutes Recht Sie zu beseitigen, wie es übrigens bereits im Gefängnis für Sie vorgesehen war."

„Er hat das gesagt?"

„Nicht er allein, aber die zwei Männer, die auf mich geschossen und Dr. Stewarts Befehle befolgt haben. Sie schienen nicht länger daran interessiert zu sein die Forschungsergebnisse von Ihnen zu erhalten, sondern wollten vielmehr verhindern, dass Sie sie weiterverbreiten und an den Meistbietenden verkaufen können. Aber Sie würden so etwas nie tun ..."

Ein fernes Motorengeräusch unterbrach ihre Diskussion, aber obwohl sie Ausschau hielten, konnten sie die Ursache zunächst nicht finden. Erst nach einer Weile kam ein Helikopter vom Land her in Sichtweite und landete auf der nun bereits weit entfernten Anhöhe auf dem Kliff, von wo aus noch immer kleine Rauchfahnen in den Himmel stiegen.

Ihr Boot fuhr ungehindert weiter und obwohl sie kleinen Fischerbooten und später einigen größeren Ausflugsschiffen begegneten, zog ihr im Vergleich kleines Boot keine besondere Aufmerksamkeit auf sich. Als die Abenddämmerung einsetzte, waren sie bereits weit draußen auf See und außerhalb der Sichtweite weiterer Boote und Schiffe.

Sie hatte die Frage, die sie begonnen hatte zu stellen und bei der sie unterbrochen worden war, nicht erneut aufgegriffen. Sophia fürchtete sich vor seiner möglichen Antwort. Aber nachdem Merton das Steuer übernommen hatte, war Sophia hinunter in die kleine Küche des Bootes gegangen, um aus den vorhandenen Vorräten ein leichtes Essen zuzubereiten. Sie war gerade dabei das Ergebnis davon an Deck zu bringen, als erneut Motorengeräusche ertönten, dieses Mal deutlich in direkter Linie näherkommend.

Sophia, die nicht wusste wie sie auf das sie ansteuernde Motorboot reagieren sollte, sprang nervös auf, aber Merton zog sie beruhigend in seine Arme, wobei er zugleich sicher das Steuer auf Kurs hielt.

„Ganz ruhig, alles in Ordnung. Alles verläuft wie geplant."

Als Sophia nur vor Sorge zitterte, fühlte sie, wie er sie fester umarmte.

„Aber ...", begann sie, aber ihr Einwand wurde durch seine warmen und beruhigenden Lippen unterbrochen, die sanft über die ihren strichen.

Ihren vorherigen Gedanken vergessend, öffnete sie sich den Zärtlichkeiten seiner Lippen und ihre Hand fuhr hoch zu seinem Nacken. Seine Wärme in der frischen Kühle des Meeres gab ihr ein Gefühl von Frieden, das sie nie für möglich gehalten hatte, und ließ alle Sorgen verschwinden. Es entging ihr daher völlig, dass das Motorboot inzwischen ihr Boot erreicht hatte, bis sie die Stimme von Michael direkt neben sich hörte.

„Ganz offensichtlich muss ich nicht fragen, wie es Euch in meiner Abwesenheit ergangen ist."

Von Merton erschreckt wegspringend, als hätte sie sich an ihm verbrannt, prallte Sophia gegen das Steuerrad in ihrem Rücken und obwohl der Professor versuchte sie zurückzuhalten, schob sie seine Hände von sich.

„Alles wie geplant?" fragte Merton Michael und schien dabei

unbeeinflusst von ihrem Kuss.

„Patty wird mich ganz sicher umbringen, sobald er das mit seinem Haus herausfindet."

„Mach Dir keine Sorgen, Michael. Er wird genug von dem Geld bekommen, um das Haus zweifach wieder aufbauen zu können."

„Geld? Welches Geld?" Sophias schlimmste Albträume schienen sich zu bewahrheiten. All ihre Sorgen über die Motive von Prof. Lynford brachen wie ein Schwall über ihr herein und erdrückten sie, dass sie kaum Atem holen konnte.

„Das Geld für die Verkäufe natürlich", bestätigte Michael, während er siegesgewiss lächelte, wohingegen Merton sie aufmerksam beobachtete.

„Welche Verkäufe?" Ihre Stimme zitterte vor Sorge.

„Die Verkäufe der Forschungsergebnisse." Merton antwortete ihr ruhig, als würde er das einem Kind erklären, das etwas langsam von Begriff war.

Wie konnte sie sich nur so in Prof. Lynford getäuscht haben? Sie hatte angenommen, dass er für das Gute kämpfen würde. Hatte sie ihn in ihrer Verehrung so sehr auf ein Podest erhoben, dass sie die Wahrheit nicht hatte sehen wollen? Hatte dies sie dazu veranlasst, dass sie einem Mann half sein Land zu verraten, nur um den größten Profit aus seinen Forschungen zu ziehen, wobei er sich nicht darum kümmerte, wie viele Leben er damit zerstörte?

„Nein! Sie können das nicht tun. Sie dürfen Ihre Forschungsergebnisse nicht verkaufen. Es wird verheerende Folgen haben. Sie können das nicht machen!"

„Ich kann und ich werde."

Sie fühlte Michaels beobachtenden Blick auf sich, als sie Prof. Lynford entschlossen anstarrte.

„Bitte machen Sie es nicht."

„Du kannst mich nicht umstimmen. Es ist alles bereits eingeleitet."

„Nein! Bitte. Sie können dies nicht wirklich wollen. Es wird alles zerstören. Die Folgen davon sind völlig unvorhersehbar. Sie müssen Ihre Pläne stoppen."

„Dafür ist es bereits zu spät, fürchte ich."

„Bitte!"

„Nein. Du hast keine Vorstellung davon, was Du von mir verlangst."

„Dann erklären Sie es mir", bettelte Sophia in dem Versuch, ihn zu einem Umdenken zu bewegen und den Verkauf an die Höchstbietenden zu unterbinden, der es diesen ermöglichen würde, mit der erlangten Technologie an die sichersten Informationen und Zugänge zu gelangen und überall einbrechen zu können. „Es wird eine Katastrophe sein, an wen auch immer Sie es verkaufen. Wer ist es, den Sie ausgewählt haben?"

Merton betrachtete sie kühl abschätzend. Von seinem Blick hätte sie nie angenommen, dass er sie nur wenig zuvor so besorgt im Arm gehalten hatte.

„Das hängt davon ab." Seine Stimme glich der eisigen Kühle seiner Augen, als er sah, wie sie ihr Notebook aufnahm, das er im Haus verwendet hatte, bereit, es über Bord zu werfen.

„Wovon?" forderte sie ihn heraus.

„Sag es ihr einfach, Boss. Du spielst mit ihr", versuchte Michael vermittelnd einzugreifen.

„Sie muss lernen, dass es sie nichts angeht an wen die Technologie geht. Sie kann es nicht verhindern. Nicht einmal mit einem so kindischen Verhalten."

„Sie wird nichts Unüberlegtes tun. Ich werde sie aufhalten."

„Sie wollen was? Sie wollen mich …" Sophia war entsetzt und die Stimme versagte ihr, als Michael sich ihr mit einem dicken Seil näherte, um sie zu fesseln und daran zu hindern weiter ihre Pläne zu gefährden.

Während Sophia versuchte Michael auszuweichen und zurückwich, packte Merton sie von hinten und verhinderte, dass sie den Computer über Bord werfen konnte. Sie hatte ihn fest in ihrer Hand gehalten und nicht losgelassen, immer in der Hoffnung, dass Merton nicht so kaltblütig sein konnte seine Erfindung so einfach an den Meistbietenden zu verkaufen, wer auch immer das sein mochte.

Michael verschnürte sie ohne Mühen und effektiv und trug sie wie einen Sack über seiner Schulter unter Deck. Dort band er sie noch an einen Stuhl, der am Kabinenboden fest verschraubt war.

Sophia, zu aufgewühlt von ihren widerstreitenden Gefühlen, begann leise zu weinen, aber Michael spürte ihre Verzweiflung, blickte sie mit traurigen Augen an, unsicher darüber was er sagen sollte.

„Ich dachte Merton wäre besser", schluchzte Sophia. „Ich dachte, Sie beide würden das Richtige mit dieser Entdeckung tun. Aber alles was Ihr wollt ist Geld. Wie konnte ich das nicht merken?"

Michaels trauriges Gesicht bat ohne Worte um ihr Verständnis. Sich vor ihr hinkniend, kam er mit seiner großen Gestalt in Augenhöhe zu ihr.

„Es ist nicht so schlimm. Alles kommt in Ordnung. Du wirst es sehen, kleines Mädel. Er ist kein schlechter Mann. Er ist nur ein bisschen abgehärtet, musst Du verstehen, nachdem was seine Frau mit ihm gemacht hat und alles."

„Er hat mich mein Leben für ihn riskieren lassen, nur damit

er seine Technologie an gefährliche Kriminelle verkaufen kann. Kein Wissen wird jemals mehr sicher sein, wenn diese Forschung in die falschen Hände gerät."

„Du wirst sehen, dass sich alles auflöst. Verlier Dein Vertrauen in ihn nicht ..."

Aber Mertons Stimme vom Deck unterbrach sie.

„Komm hoch, Michael. Lass sie allein. Sie kann allein ihren unrealistischen Tagträumen nachhängen."

„Es ist Nacht und der Gedanke an Sie verschafft mir Albträume", schrie Sophia widerspenstig zurück, aber die einzige Reaktion, die sie darauf erhielt, war lautes männliches Lachen vom Deck her.

Er nahm nicht einmal ihre Einwände ernst, sondern fand sie amüsant. Gut, dass sie an den Stuhl gebunden war oder sie wäre versucht, ihn eigenhändig umzubringen.

Ihr Knie sanft tätschelnd, ließ Michael sie allein und ging hoch an Deck, wo sie die murmelnden Stimmen der beiden hörte, aber nicht ausmachen konnte was sie sprachen.

Nach einer Weile hörte sie wieder das Motorboot, aber dieses Mal schien es das Segelschiff mit sich zu ziehen, da sie die Bewegung im Bug feststellen konnte.

Alleingelassen und unfähig, etwas zu tun, lief Sophias Fantasie Amok mit all den Eventualitäten und ihre Fantasie war nie um Möglichkeiten verlegen, so dass die dramatischen Varianten in ihrer Vorstellung äußerst vielfältig waren.

Als sich einige Zeit später Schritte näherten, war ihr Puls, in ihrer Sorge darüber was passieren würde, auf ein rasantes Tempo angestiegen. Es war Merton selbst, der in den kleinen Küchen-Wohnraum an Bord kam, wo Michael sie festgebunden hatte.

Am Eingang innehaltend, lächelte er, als er ihre festgebundene

Gestalt wahrnahm.

Verärgert zischte Sophia ihn als Antwort an: „Sie Verräter, Sie Betrüger, ..." Aber angemessene Worte für sein schändliches Tun fehlten ihr.

Ihre Vorwürfe schienen ihn nicht zu beunruhigen, obwohl er zumindest begann sein Verhalten zu rechtfertigen.

„Komm schon, Sophia. Mit der Zeit wirst Du einsehen, dass wir keine andere Wahl haben. Würdest Du es lieber sehen, wenn Michaels Freund ohne Entschädigung für sein vollständig zerstörtes Haus bleiben würde?"

„Aber die CIA werden sicherlich ..."

„Nein. Sie werden nicht. Oder glaubst Du wirklich, dass sie ihm Geld geben werden, um sein Haus wieder aufzubauen? Selbst ein Eingeständnis, dass sie es überhaupt waren, ist ziemlich unwahrscheinlich. Träum weiter, wenn Du wirklich glaubst, dass das passieren wird."

„Sie können nicht einfach ..."

„Sie können und sie haben. Nur um uns loszuwerden, zusammen mit einem unbequemen Problem."

„Und was hilft es dabei, mich hier festzubinden?" Sophia nahm all ihren Mut zusammen, aber sonderbarerweise hatte sie keine Angst, dass Prof. Lynford ihr weh tun würde. Obwohl sie von dem belauschten Gespräch zwischen ihm und Michael an Deck den Eindruck gehabt hatte, dass es Merton gewesen war, der darauf bestanden hatte sie festgebunden und im Ungewissen zu lassen.

„Es hilft mir dabei, ungehindert meine Arbeit zu tun, ohne dass Du mich unterbrechen kannst."

Prof. Lynford zog ihr Notebook hervor, schaltete es ein und begann mit seiner Arbeit als wäre sie gar nicht anwesend.

„Sie können mich nicht einfach ignorieren. Was geht hier

vor?"

„Ich kann und es gibt keinen Grund weshalb Du es wissen müsstest."

„Bitte. Ich kann nicht einfach hier sitzen und es nicht wissen. Ich dachte, Sie wären einfach genial. Wie können Sie etwas tun, das wahrscheinlich so vielen Menschen Schaden zufügen wird? Leuten, die Ihnen nichts getan haben, die unschuldig Ihrem Kampf zusehen müssen und nichts mit denen zu tun haben die Ihnen schaden und Sie umbringen wollten."

„Was glaubst Du, dass ich vorhabe zu tun?" Merton fragte dies ohne ein Anzeichen von Regung, wobei er sie aber nicht aus den Augen ließ.

Sophia fühlte sich unter seiner Beobachtung wie ein Schmetterling, der an eine Holzwand gepinnt war.

„Sie werden Ihre Erfindung an die Leute verkaufen, die Ihnen das meiste Geld dafür bieten."

„Und wer glaubst Du sind diese Leute?"

„Eine Regierung, eine Mafia-Organisation. Wer auch immer das höchste Angebot abgeben kann."

„Nun, es gibt viele die es versuchen. Angebote kommen jede Minute herein. Daher ist es wichtig, dass Du meine Arbeit nicht behinderst, gerade jetzt, wo es nötig ist zu zeigen, dass der Luftangriff den Verkauf nicht verhindern konnte."

„Sie haben sich wirklich auf alles vorbereitet?"

„Ja. Es war von Anfang an mein Plan. Die Einmischung der CIA hat es nur noch einmal notwendig gemacht, die Ausführbarkeit der Transaktion nochmals zu bestätigen."

„Wer ist es, der Ihre Technologie bekommen wird?"

Das Lächeln auf Mertons Gesicht war derart zynisch, dass Sophia unter seiner Kälte erzitterte.

„Wer bereit ist zu zahlen."

„Was? Sie wissen es noch nicht?"

„Ich weiß es." Merton schaute auf seine Armbanduhr. „Die Transaktion wird genau in zwei Stunden, um Mitternacht, stattfinden. Wir haben bereits jetzt internationale Gewässer erreicht und dann werden wir in Position sein, Dich auszu-händigen."

„Was? Sie wollen mich bei den Kriminellen zurücklassen, denen Sie Ihre Technologie verkaufen?"

„Wenn Du die CIA so siehst, ja."

„Sie werden an die CIA verkaufen, obwohl sie versucht haben, Sie umzubringen?"

„Es wird für Dich der sicherste Ort sein."

„Aber ... – Wo werden Sie und Michael hingehen?"

„Ich bezweifle, dass die CIA unsere Anwesenheit in ihrer Mitte gewogen aufnehmen würde."

– 21 –
Vorbereitungen auf See

Sophia runzelte die Stirn in Konzentration. Irgendetwas ging hier vor sich, das sie noch nicht begriff. Sie musste irgendwie wichtige Elemente seines Plans übersehen, aber was?

Merton nutzte ihr Schweigen, um lebhaft auf der Tastatur des Notebooks zu klicken, nicht im Geringsten über ihre Schweigsamkeit beunruhigt.

Wenn er die Forschung an die CIA verkaufte, sollten sie dann nicht froh darüber sein und ihn willkommen heißen, wenn schon nicht gerne, dann zumindest widerstrebend? Aber warum wären sie ein gefährlicher Aufenthaltsort für Michael und den Erfinder derjenigen Technologie, die die CIA so dringend an sich bringen wollte, dass sie sogar bereit war dafür zu töten oder sie in ihrer Gesamtheit zu zerstören, damit sie nicht in die falschen Hände fallen konnte?

Sie hatten bereits all seine Untersuchungen und hatten Zugang zu seinem Labor. Warum also würden sie nicht froh darüber sein, auch den Erfinder zu erhalten, der alle noch offenen Fragen lösen und beantworten konnte, die sie allein nicht hatten herausfinden können?

„Sie verkaufen es an mehr Parteien als an die CIA!" Sophia platzte mit ihrer Erkenntnis heraus, zu schockiert darüber, um es schweigend für sich behalten zu können.

Nach dem Schweigen zuvor, schreckte Merton bei ihrer laut hervorgestoßenen Feststellung auf.

„Hat Dich einige Zeit gekostet, das herauszufinden, meine Liebe", gab er sogleich zu, als hätte er nie auch nur einen Zweifel gehabt, dass sie am Ende seinen Plan würde durchschauen können.

„Das ist zu gefährlich. Sie können das nicht tun. Wie kann es überhaupt funktionieren? An wen werden Sie verkaufen?" Fragen purzelten ungehindert aus ihr heraus.

„Wer auch immer bereit ist dafür zu bezahlen. Und es sind einige, die bereit dazu sind. Das Geld strömt im Moment von Quellen aus der ganzen Welt herein."

„Und Sie sammeln es ein? Und haben Sie auch vor zu liefern? An alle?"

„Natürlich. Ich stehe zu meinem Wort."

„Oh, mein Gott, hilf mir. Sie können nicht bei Verstand sein."

„Es ist nicht so schlimm. Du wirst sehen. Nur noch zwei weitere Stunden. Die CIA wird Dich einsammeln."

„Und wenn ich nicht mit denen gehen möchte?"

„Das solltest Du auch nicht. Oder sie werden Dich als meine bereitwillige Komplizin sehen. Du solltest am besten so tun, als würdest Du das alles nicht wollen."

„Warum?"

„Kannst Du es Dir nicht vorstellen? Die ganze Welt wird uns jagen, wenn die Information nicht mehr den vorher vermuteten Wert hat."

„Aber Sie haben gesagt, dass es funktioniert wie vorhergesehen. Sie haben den Beweis dafür, oder etwa nicht?"

Sophia klang nicht mehr so zuversichtlich und Merton beobachtete die rasch wechselnden Emotionen, die ihr Gesicht so leicht preisgab und sah ihre Zweifel und wie enttäuscht sie von ihm war.

Ihr Wechsel von Gegnerschaft zu Vertrauen und zurück zur Bekämpfung seiner Pläne, berührte ihn mehr als er vorhergesehen hatte. Das Ausmaß des Verlangens in ihm, sie loszubinden und in die Armen zu nehmen, um sie zu beruhigen und zu trösten, wie er es diesen Morgen getan hatte, überraschte ihn. Sich für sie verantwortlich zu fühlen und das Bedürfnis, ihre Zustimmung zu seinen Plänen sehen zu wollen, machte ihn mehr verwundbar als er es sein wollte. Er hatte gedacht, dass er alle Manipulationen hinter sich gelassen hätte, als er die Scheidung von seiner Frau erreicht hatte. Aber Sophia setzte ihn einem ganz anders gearteten emotionalen Druck aus. Er wollte, dass sie seine Pläne für gut befand, an seiner Seite arbeitete und lächelte. Bilder von ihr, wie sie in seine Arme eilte, ihn umarmte, küsste ... – Er musste gewaltsam seinen Gedanken abbrechen. Er musste sie den Behörden übergeben. Er musste sie in Sicherheit bringen. Er konnte nicht so egoistisch sein und von ihr verlangen, dass sie ihre Sicherheit riskierte, nur für ein Ideal, wie er und Michael es taten. Er konnte, würde nicht von ihr verlangen, dass sie ihre Zukunft für ihn riskierte.

Michael hatte ihn vorher einen Dummkopf genannt. Er wusste, dass er einer war. Ein Mädchen zu wollen, das viel zu unschuldig und idealistisch war, um auf ihr eigenes Wohlbefinden zu achten. Wie konnte er ein Schicksal für sie wollen, bei dem sie immer die Gejagte sein würde, immer über ihre Schulter blicken musste, um nach Scharfschützen und Auftragskillern Ausschau zu halten, wo auch immer sie hingingen. Er konnte ihr das einfach nicht antun.

Es überraschte ihn nur, wie schwer es ihm fiel, zu seiner anfänglichen Entscheidung zu stehen.

Ihre nächsten Worte ließen seinen Entschluss noch weiter ins Wanken geraten.

„Bitte schicken Sie mich nicht weg. Lassen Sie mich bei Ihnen und Michael bleiben, bitte. Ich vertraue Ihnen. Ich bin überzeugt davon, dass Sie Ihre Ideale nicht verraten können.

Wie auch immer sie es tun wollen, ich weiß, dass es zum Besten Aller ist. Bitte lassen Sie mich bleiben." Sophia wusste nicht, ob ihre Worte vollständig der Wahrheit entsprachen, aber was sie wusste war, dass sie den Gedanken nicht ertragen konnte von ihm getrennt zu sein.

Wie war das nur geschehen, dass dieser hochnäsige und herrische Mann ihr plötzlich so viel bedeutete? Sie hatte geglaubt, dass sie mittlerweile ihre Verliebtheit hätte überwinden können, die anfänglich nur durch seine genialen Erfindungen entstanden war. Wie also hatte es passieren können, dass er ihr so viel bedeutete, dass sie lieber mit ihm stritt, als von ihm getrennt zu sein?

Merton brauchte einige Versuche, um seine harte Fassade wiederherzustellen und nicht ihren Bitten nachzugeben.

„Du weißt nichts dergleichen, kleines Fräulein Unschuld. Was glaubst Du wäre Deine Rolle in einer Beziehung zwischen Michael und mir?"

Sophias Gesichtszüge fielen in Enttäuschung herab.

Stammelnd versuchte sie einzuwenden: „Aber Michael ... – Sie haben selbst gesagt, dass es nur ein Vorwand war, nicht wirklich, nicht wahr ..."

„Um Dich dazu zu bekommen uns zu vertrauen, damit Du bei dem was wir taten mitgespielt hast."

„Nein! Michael würde das nicht tun. Er ist nicht wie Sie."

„Und Du würdest bei einem Mann ‚wie' mir bleiben?"

Als er sich ihr näherte, bohrte sich sein Blick in ihre vor Ungläubigkeit weit geöffneten Augen.

Aber Merton musste sie überzeugen, um ihretwillen. Auch wenn es ihm das Herz brach sie so zu sehen, wie ihre Tränen ungehindert ihre Wangen hinabliefen. Ihre Sicherheit war wichtiger als sein eigenes Glück. Zu wissen, dass sie in

Sicherheit war, würde für ihn ausreichen müssen, denn bei ihm würde sie in ständiger Gefahr sein, von jedem dahergelaufenen Opportunisten und jeder Organisation der Welt gejagt. Ihre zukünftige Sicherheit hing davon ab, dass sie weit von ihm wegblieb, auch wenn er dafür gegen sie ankämpfen und sie von seiner Unverbesserlichkeit überzeugen musste, damit sie ihm fernblieb.

Nahe hinter ihr stehend, wanderte seine Hand ihre Wange hinab, ihren Hals entlang und folgte der entblößten Linie ihres Schlüsselbeins. Er fühlte Sophia unter seiner sanften Liebkosung erschauern. Ihre Fesseln verhinderten, dass sie sich seiner Berührung entziehen konnte.

Sie hielt ihren Atem an und schloss die Augen, aber er würde nicht zulassen, dass sie ihn aus ihrem Bewusstsein verdrängte. Sich zu ihrem Ohr hinunterbeugend, berührte sein Atem ihre Haut und ihr rasches Atemholen zeigte ihm, dass sie, ebenso wie er, sich der elektrisch aufgeladenen Spannung zwischen ihnen bewusst war.

„Du begehrst mich, mein Mädchen. Versuch' es nicht abzustreiten. Hättest Du es lieber, dass ich Dich zu meinem Spielzeug mache, wann immer ich nicht mit Michael beschäftigt bin?"

„Ich bin nicht ... – Ich will nicht ..."

„Netter Versuch, meine Süße, aber Dein Körper sagt mir etwas anderes."

Seine Hand schob sich von oberhalb ihrer Brust in ihren Ausschnitt und umfasste ihre bloße Brust unter ihrem BH, den sie, noch feucht, wieder angezogen hatte, damit sie sich unter dem geborgten Hemd nicht so nackt fühlte.

Als sie versuchte zu schreien, umfasste seine andere Hand ihren Nacken und drehte ihren Kopf zur Seite, um ihm vollen

Zugang zu ihren geöffneten Lippen zu geben, wovon er gnadenlos Besitz ergriff. Sein Mund auf ihrem war weit davon entfernt sanft zu sein, sondern forderte Unterwerfung, übernahm vollständige Kontrolle und ließ ihr keine andere Wahl als ihm nachzugeben.

Nur nach langen Momenten, in denen er ihren widerstandslosen Mund beherrschte, wurde sein Kuss sanfter und seine Zunge streichelte leicht über ihre Lippen, um eine Reaktion von ihr hervorzulocken, die sie zögerlich, aber vollen Herzens gab.

Ihre Lippen hinterließen brennende Eindrücke auf seinen, als er sich schließlich zurückzog und auf sie hinunterstarrte.

Ihr erster Versuch zu sprechen war nur ein Krächzen, daher räusperte sie sich und versuchte es erneut: „Warum haben Sie das getan, wenn Sie Michael lieben?"

„Um Dir zu zeigen, dass ich Dich durchaus als mein kleines Sexspielzeug gebrauchen kann, wenn Du tatsächlich darauf bestehst bei uns zu bleiben."

„Ich glaube Ihnen nicht. Welchen Nutzen hätte ich für Sie, wenn es Michael ist den Sie begehren?"

„Was ist es, was Du nicht glaubst? Dass ich auch mit Dir schlafen möchte? Nun, wir können gleich jetzt damit anfangen."

„Das können Sie nicht ernst meinen."

„Soll ich es Dir zeigen?" Merton begann damit, ihre Fesseln zu lösen, die ihre Arme hinter ihrem Rücken am Stuhl festhielten. Sobald ihre Arme befreit waren, zog er sie hoch in seine Arme und wartete nicht darauf, bis auch ihre Füße befreit waren. Seine Hände schoben ihr Hemd hoch und erkundeten freizügig ihren nackten Oberkörper unter ihrer Kleidung.

Zunächst protestierte Sophia nicht. Erst als sein gefühlloses Verhalten ihren benebelten Verstand durchbrach, der immer noch vom Kuss ganz benommen war, versuchte sie ihn abzuwehren. Seine Hände waren viel zu erfahren, als dass sie ihm leicht hätte entkommen können. Sein Lachen aus tiefer Kehle zeigte ihr vielmehr, dass er ihren Protest eher als belustigendes Zwischenspiel betrachtete denn als effektiven Widerstand gegen sein Vorhaben. Seine Hände erkundeten, berührten, stimulierten und, obwohl sie nun gegen ihn ankämpfte, waren sie für Sophia auch erregend.

„Hast Du Deine Meinung über sie geändert?" unterbrach die laute Stimme von Michael sie.

Sie beide hatten nicht bemerkt, dass in der Zwischenzeit das Boot angehalten hatte und nicht länger vom Motorboot gezogen wurde und Michael zurück auf das Segelboot gekommen war.

Merton ließ sie sofort los und trat von ihr zurück, um weiterer Versuchung zu entgehen.

„Nein", antwortete er unerbittlich.

„Nun, Du hast noch Zeit", antwortete Michael mit einer für Sophia unlesbaren Grimasse.

Sie sah zwischen den beiden Männern hin und her. Nachdem was Merton ihr gerade gesagt hatte, versuchte sie erneut das Verhältnis zwischen den beiden Männern einzuschätzen.

„Es gibt für sie keinen Platz bei uns. Du weißt das." Mertons Stimme war barsch, als die beiden Männer die Kabine verließen. Obwohl sie dieses Mal die Stimmen an Deck noch weiter hören konnte.

„Oh, das ist die Karte, die Du mit ihr ausspielst? Glaubst Du nicht, dass sie etwas mehr von Dir verdient, nachdem sie für Dich geradewegs in die Gefahr hineingelaufen ist, um Dir die

Haut zu retten? Der kleine Liebling liebt Dich und sie hat sich fast umgebracht für Dich."

„Und das war das erste und letzte Mal, dass sie dazu eine Chance bekommen sollte so etwas Dummes zu tun."

„Du willst sie von Dir stoßen, weil Du befürchtest, dass Du ihre Gefühle erwidern könntest. Du befürchtest, Du könntest sie auch lieben."

„Sie hat keinen Grund mich zu lieben und sie sollte es nicht. Es ist besser für sie, wenn sie das alles komplett vergisst."

„Du willst sie wirklich so wegschicken?"

„Es ist das Beste. – Sind wir schon auf Position?"

„Nicht ganz. Alles verläuft genau nach Plan. Wir werde zum Zeitpunkt der Transaktion genau vor Ort sein."

„Gut. Halt sie hier fest. Ich muss noch die letzten Details überprüfen."

Als Prof. Lynford zurück in die Kabine kam, beachtete er Sophia überhaupt nicht, sondern konzentrierte sich ganz darauf was früher ihr Notebook gewesen war. Dies half ihr, vor ihm den Umstand zu verbergen, dass sie es mittlerweile geschafft hatte ihre Fußfesseln zu lösen.

Sophia war so zornig darüber, vollständig ignoriert zu werden und dass ihre Wünsche und Bedenken nicht berücksichtigt worden waren, dass sie aufsprang und das Notebook packte, um Merton an der Ausführung seines Plans zu hindern. Aber ihre Flucht war nur von kurzer Dauer, denn als sie die Stufen hoch an Deck rennen wollte, prallte sie mit voller Kraft gegen die massive Form von Michael.

Wie konnte das sein? Sie hatte gerade noch seine Schritte in Richtung des anderen Bootsendes gehen hören. Aber obwohl sie sich daran festklammerte, wurde ihr der Computer aus den Händen gerungen und Michael hielt sie sicher mit einem Arm um ihre Taille fest.

„Nein!" schrie Sophia verzweifelt auf. „Bitte geben Sie es ihm nicht zurück. Es ist meines."

„Es ist zum Besten, Liebchen." Michael hielt den Computer Merton hin, weit außerhalb ihrer Reichweite und all ihre Versuche ihr Notebook zurückzuerhalten waren vergeblich.

„Bitte, Michael. Lassen Sie ihn das nicht tun. Es wird so vielen Menschen Schaden zufügen."

„Nein, Liebchen. Du verstehst es ganz falsch. Es ist der einzige Weg zu verhindern, dass Menschen verletzt werden. – Merton, Du solltest es ihr sagen. Sicherlich würde sie es verstehen."

„Es ist besser für sie, wenn sie nichts davon weiß. Sonst werden sie versuchen, sie in ihrem verrückten Spiel zu einer Marionette zu machen. Sie muss sich da ganz heraushalten. Ich habe es sichergestellt, damit sie verstehen, dass sie nichts mit der ganzen Sache zu tun hat und nur zufällig mit hineingeraten ist. Sonst würden die sie während der Veröffentlichung lynchen."

„Veröffentlichung?" Sophia verstand nun gar nichts mehr. Was hatte die CIA zu ‚veröffentlichen‘?

Aber weder Michael noch Merton antworteten ihr.

Sophias Gedanken schwirrten im Kreis herum, aber sie erhielt keine weitere Gelegenheit Fragen zu stellen, da Prof. Lynford Michael anwies sie diesmal zu fesseln und zu knebeln.

Ihn finster anstarrend, wünschte Sophia sich, dass ihre Augen Laser wären und ihn durchbohren und in Stücke schneiden könnten.

Aber Michael zog nur ein dunkelgraues Taschentuch aus seiner Tasche, das nach Motorenöl roch, und stopfte es ihr in den Mund, die Enden band er in ihrem Nacken fest zusammen. Ihr langes Haar wurde im Knoten gefangen und sie zuckte zusammen, als er ihr dabei Haare ausriss.

Als Michael fertig war, tätschelte er sie auf den Kopf wie einen kleinen Welpen. Dieses Mal zumindest hatte er sie nicht an einem Stuhl festgebunden.

„Mach Dir keine Sorgen, kleines Mädel. Es ist nur zum Besten. Du kannst ihm vertrauen. Er weiß was er tut und er macht sich zu sehr Sorgen um Dich, als dass er Dich in Gefahr bringen möchte."

Sophia schüttelte heftig ihren Kopf in Ablehnung. Wie sollte sie einem Mann vertrauen können, der sie fesseln und knebeln ließ und dabei war ihre Ideale zu verraten? Nun, um genau zu sein, Informationen an den Geheimdienst des eigenen Landes zu verkaufen würde wohl von den meisten Leuten nicht als Verrat an den eigenen Idealen angesehen. Aber Sophia war überzeugt davon, dass sie das Wissen nutzen würden, um anderen Menschen ohne zu zögern zu schaden. Den Männern die Informationen zu verkaufen, die versucht hatten sie umzubringen, war einfach nicht richtig.

Die Kenntnis zu haben, wie sie in sichere Schließfächer und Informationsspeicher gelangen konnten, würde bedeuten, dass sie dieses Wissen auch nutzen würden und einen nicht gerechtfertigten Vorteil gegenüber anderen erhalten würden, die von derartigen Machenschaften nichts wussten oder sich nicht wehren konnten. Es würde die zerbrechliche Macht-balance der Welt vollends zerstören.

Sophia glaubte nicht an eine Welt, in der nur Geld und Gier alles regierten. Sie würde immer versuchen, die zu schützen die selbst nicht dazu in der Lage waren, mit ihrem letzten Atemzug, wenn nötig.

Aber all ihre Versuche die neuen Fesseln abzustreifen blieben erfolglos gegenüber den professionell geschlungenen nautischen Knoten, mit denen Michael sie gefesselt hatte. Er hatte sie auf die schmale Sitzbank in der Kabine gestoßen und sich neben sie gesetzt. Um zu verhindern, dass sie aufsprang und davonkroch, vermutete sie.

Prof. Lynford war erneut in das Notebook vertieft, ohne ihren Windungen und Befreiungsversuchen die geringste Beachtung zu schenken. Michael ließ sie von Zeit zu Zeit allein, um ihre Position zu kontrollieren, während Merton für fast eine Stunde auf dem Notebook herumtippte, bevor er sich vom Bildschirm abwandte.

„Alles ist jetzt bereit, Michael. Wir können fortfahren. Der Countdown läuft."

„Bist Du sicher, dass Du sie mit übergeben willst?"

„Es gibt keine andere Möglichkeit. Und im Moment habe ich sogar meine Zweifel, dass sie überhaupt bei mir bleiben möchte."

„Du hast den kleinen Liebling verschreckt. Sie könnte mit uns kommen ..."

„Nein!" Prof. Lynfords Stimme klang rau vor unterdrückten Gefühlen.

Sophia konnte nicht sagen was es war. War er zornig auf sie, dass sie nicht mit ihm einer Meinung war und seinen gierigen Deal mit den Männern, die auf sie geschossen hatten, nicht gutheißen konnte? Was erwartete er von ihr? Dass sie in die Rolle seiner Gespielin schlüpfte, wie er ihr so lebhaft vor Augen geführt hatte? Aber sie diesen Männern auszuliefern, war nicht besser als die Transaktion mit ihnen abzuschließen. Was würden sie von ihr denken, nachdem sie zuvor versucht hatten sie umzubringen? Würden sie die Arbeit nun fertigstellen, die sie früher am Tag nicht hatten erledigen können?

Sophia hatte keine Ahnung, warum Merton glaubte, dass sie bei ihnen sicherer war als bei ihm. Sie würde es immer noch vorziehen, bei ihm bleiben zu können – obwohl er der Meinung war, dass sie ihre Meinung mittlerweile geändert hatte. So sehr er auch versuchte sie zu irritieren, fühlte sie doch ein tief sitzendes Vertrauen ihm gegenüber. Sie bemühte sich sogar, Entschuldigungen für sein habgieriges Verhalten zu finden seine Erfindung an die Höchstbietenden zu verkaufen. Zumindest vertraute sie ihm mehr als der Obrigkeit, obwohl das mit dem anrüchigen Dr. Stewart auf Seiten der CIA wohl nicht so weit her war.

Wenn sie eine Wahl hätte, würde sie lieber vermeiden, den Agenten nochmals begegnen zu müssen die ohne Vorwarnung auf sie geschossen hatten.

Aber für den Moment zwang ein weitaus dringenderes Problem sie, mit erneuter Kraft gegen ihre Fesseln anzu-kämpfen. Beide Männer hatten sie zum Glück in der Kabine allein gelassen und sie versuchte es mit frischem Elan, aber die Knoten gaben nicht im Geringsten nach. Als Michael kurz darauf zurückkam, stieß sie ihn mit ihren zusammengebun-denen Beinen, um seine Aufmerksamkeit zu bekommen.

„Was ist, Kleines?" Er packte sie ohne Mühe mit einem Arm um ihre Taille und setzte sie aufrecht hin.

Ungeduldig wegen ihrer Unfähigkeit ihm zu antworten, zog er den Knebel einfach nach unten, der feste Baumwollstoff schnitt ihr dabei schmerzhaft in die Haut. Aber Sophia war viel zu froh darüber, ihr Problem endlich kundtun zu können, als dass sie den Kratzern auch nur die geringste Beachtung geschenkt hätte.

„Ich muss auf die Toilette, dringend."

„Habe ich mir schon fast gedacht." Michael stand auf um ihr Platz zu machen.

„Behalte sie gut im Auge", rief Merton vom Deck herunter. „Sie wird sicher etwas versuchen."

„Warum sollte ich, wenn alles was ich will ist, von hier wegzukommen?" rief Sophia zurück.

„Es war so friedlich, als Du geknebelt warst", erwiderte Merton und ließ sie und Michael allein.

„Ich kann so nicht gehen", stellte Sophia fest, als sie von der Sitzbank aufstand und wackelig ihr Gleichgewicht auf ihren noch immer gefesselten Beinen hielt, hilflos mit ihren Armen balancierend, die mit rauem Strick fest zusammengebunden waren.

Michael löste ohne zu zögern die festen Knoten, als wären sie gar kein Hindernis, während sie über eine Stunde lang vergeblich versucht hatte diese auch nur ein kleinwenig zum Nachgeben zu bewegen.

Ihm ein schwaches Lächeln des Dankes zuwerfend, wandte sie sich rasch zum Badezimmer um, wo sie vorher geduscht hatte, aber Michael drehte sie herum und führte sie zu einem winzigen Lagerraum neben der Treppe an Deck, den sie zuvor gar nicht wahrgenommen hatte.

Er trat zurück und sie war froh, dass er sie allein ließ und ihr auf dem engen Boot zumindest ein wenig Privatsphäre ließ. Fertig und ihre Kleidung wieder in Ordnung gebracht, hatte sie nicht vor, sich ohne Gegenwehr wieder fesseln und knebeln zu lassen. Als sie die Tür öffnete, fand sie Michael auf der Sitzbank am anderen Ende der Kabine sitzen.

Die Chance nutzend, rannte sie die wenigen Stufen zum Deck hoch, um ihm zu entkommen. Sie hörte sofort seine schweren Schritte hinter sich, hielt aber nicht inne, sondern rannte hoch, um festzustellen, wo sich Prof. Lynford gerade aufhielt. Als sie ihn am Steuerrad sah, eilte sie weiter zum Motorboot, das seitlich am Segelboot befestigt war. Sie sprang über Bord, was das Motorboot heftig ins Wanken brachte, als wolle es sie abwerfen, aber Sophia gelang es, sich festzuhalten und das Seil zu finden, mit dem es am anderen Boot befestigt war. Sie musste den Plänen, die Prof. Lynford für sie ausgeheckt hatte, irgendwie entkommen.

Aber bevor sie das Seil lösen konnte, wurde es zu ihr heruntergeworfen.

Ihren Kopf hebend, fand sie Merton, der auf sie mit einem sonderbaren Gesichtsausdruck herabsah. Nicht verärgert, wie sie es erwartet hätte, sondern eher mit Traurigkeit und Resignation.

„Auf Wiedersehen, mein kleiner Liebling."

„Was geht hier vor?"

Michael erschien an seiner Seite und winkte zu ihr herab.

„Pass auf Dich auf, kleines Mädel."

„Das war die ganze Zeit über Ihr Plan. Sie werfen mich den Wölfen zum Fraß vor. Ich habe Sie gerettet. Ist das der Dank dafür? – Die werden mich umbringen."

„Nein. Du musst darauf beharren, dass Du mit all dem nichts zu tun hattest. Und Du hattest tatsächlich nichts damit zu tun. Du bist eine Unbeteiligte, die versehentlich in die Ereignisse hineingeraten ist. Ich habe ihnen das bereits klar gemacht. Die CIA wird Dich finden und beschützen. Sie wissen wo Du bist und werden Dich holen. Versuch nicht vor ihnen davonzulaufen. Es würde nur ihren Verdacht erregen."

„Das ist es dann also?"

„Ja", bestätigte Merton mit einem traurigen Lächeln. „Es muss so sein."

Unfähig die richtigen Worte in ihren wie ein Strudel dahinrasenden Gedanken zu finden, starrte sie mit offenem Mund auf die beiden Männer, die langsam mit ihrem Boot in der Dunkelheit verschwanden.

Ganz unbeweglich war Sophia sogar nicht einmal in der Lage, sich zu der Entscheidung durchzuringen, den Motor des Bootes anzuwerfen. Welchen Sinn würde es haben? Wie Prof. Lynford bereits gesagt hatte, würde die CIA sie ohnehin in kürzester Zeit finden, sogar wenn sie versuchte vor ihnen zu fliehen.

Und tatsächlich musste sie nicht länger als etwa zehn Minuten warten, bevor ein großes, hell erleuchtetes Militärschiff unter amerikanischer Fahne sich ihrer kleinen, im Vergleich wie eine Nussschale wirkenden Boot näherte. Sie hatte keine Ahnung welche Art von Kampfschiff der Marine es war, aber es überragte sie wie ein Wolkenkratzer.

Eine Rettungsleiter wurde zu ihr hinuntergeworfen und da sie keinen anderen Ausweg sag, kletterte Sophia die bedenklich hin und her schwingenden Leitersprossen hoch.

– 22 –
Auf einem Kampfschiff

An Deck erwartete Sophia ein überraschender Anblick.

Prof. Benning und Dr. Stewart, umgeben von Offizieren in diversen Uniformen, warteten auf sie. Aber wen sie am meisten fürchtete, waren die dunkelgekleideten Männer in Anzügen, die bedrohlich im Hintergrund blieben.

Hinter sich hörte sie ein metallisches Klicken und drehte sich danach um, noch immer zu erstaunt um sprechen zu können, und stellte fest, dass das Motorboot an einer riesigen Hebevorrichtung nach oben an Bord gehievt wurde.

„Gut, dass Sie wohlauf sind", kam Prof. Benning auf sie zu und löste sich von der seltsamen Ansammlung, aber seine Begrüßung war steif und formell, sogar für ihn. Die Männer hinter ihm folgten ihm und beobachteten jede seiner Handlungen genau.

„Vielen Dank, Prof. Benning. Es ist gut, Sie ebenfalls wohlauf zu sehen. – Was geht hier vor? Worum geht es hier?"

Ihre allgemeinen Fragen, bei denen sie vorgab nicht zu wissen was hier los war, entspannten die Gesichtszüge von Prof. Benning ein wenig. Sophia nahm das als Hinweis, dass er wie Prof. Lynford wollte, dass sie so tat als würde sie von der Wichtigkeit und Tragweite der Transaktion, die hier stattfinden sollte, nichts wissen.

Zwei der dunkel gekleideten Männer sprangen in das an Bord gehievte Motorboot, das nun über dem grauen Metall des Schiffsdecks hing und durchsuchten es, kamen aber bereits kurz darauf mit einer roten Metallbox heraus, die aussah wie eine kleine Geldkassette. Sie hatten ganz offensichtlich die

Kombination, denn sie hatten die Box nach wenigen Sekunden geöffnet. Sie hielten den Inhalt, einen Speicherstick, Prof. Benning hin, der Sophia allein ließ um ihn entgegenzunehmen. Ein Marineoffizier hielt sie zurück, als sie ihm folgen wollte.

Ein harscher Befehl wurde ausgestoßen, bei dem Sophia einen Moment brauchte, bis sie Dr. Stewart als den Befehlenden und sich selbst als die von seiner Anordnung Betroffene erkannte: „Bringt die Verräterin unter Deck und sperrt sie weg. Wir werden sie später befragen, sobald einer der Befragungsräume frei wird."

Er schien einige Autorität bei der CIA zu haben, da er so einfach und unangefochten das Kommando über das gesamte Schiff übernahm. Vielleicht lag es daran, warum er im Universitätslabor immer so fehl am Platz gewirkt hatte. Seine Versuche alles und jeden um sich herum zu kommandieren hatten sie dort sehr irritiert. Seine Einmischung in ihre Forschungsthemen hatte das genaue Gegenteil von dem bewirkt was er erreichen wollte, nämlich dass sie versucht hatte ihm aus dem Weg zu gehen, um weiter selbständig arbeiten zu können. Auf Führungsebene machte seine Persönlichkeit plötzlich viel mehr Sinn, obwohl Sophia seine Untergebenen zutiefst bedauerte.

Aber ihr vor Erstaunen noch immer ganz benebelter Kopf hatte keine Zeit für weitere Überlegungen. Zwei Männer an ihrer Seite packten sie grob an den Armen und drängten sie unter Deck, in die tiefen Abgründe dieser riesigen Metallbox eines Kriegsschiffs und stießen sie in eine winzige Kabine. Sie vermutete, dass sie nahe am Maschinenraum sein musste, denn der Raum war erstickend heiß.

Die beiden Männer ließen sie zum Glück sogleich allein

zurück, da sie offensichtlich die Hitze in dem Raum ebenfalls nicht mochten. Sie hatten sie nicht einmal durchsucht, obwohl das ohnehin nichts zu Tage gefördert hätte. Aber Sophia wunderte sich dennoch über ihre Nachlässigkeit.

Die Metalltür wurde geschlossen und sicher abgesperrt, aber Sophia war nicht gefesselt worden und daher begann sie sogleich damit, ihre Umgebung zu erkunden.

Wenn ihre Zukunft von Leuten wie Dr. Stewart abhängig war, hatte sie nicht das geringste Vertrauen in ihre Sicherheit. Sie versuchte lieber von hier zu entkommen, als auf sein nicht vorhandenes Wohlwollen zu zählen, wenn er sie ganz offen als Verräter bezeichnete.

Was etwas an ihr nagte, war der Umstand, dass Prof. Benning nicht einmal versucht hatte dieser Behauptung zu widersprechen. Aber sie schob diesen Gedanken beiseite, nicht gewillt sich davon ablenken zu lassen, lieber wollte sie sich voll und ganz auf ihre eigene Rettung konzentrieren.

Sophia fand keinerlei Anzeichen dafür, dass sie in dem Raum überwacht und beobachtet wurde, daher fuhr sie unbeirrt fort die Metalltür, die sie hier einschloss, näher zu untersuchen. Sie hatte einmal irgendwo gelesen, dass die Sicherheit von Türen meist darauf beruhte, dass das mächtige Schloss die Aufmerksamkeit ablenkte, während die schwächsten Stellen die Türangeln waren. Zu ihrer Erleichterung stellte diese Tür nicht einmal für einen Anfänger wie sie es war eine Herausforderung dar. Die Angeln waren nur angeschraubt und da sie in einer Art Raum für Ersatzteile war, sollte sich hier doch etwas finden lassen, mit dem sie die Schrauben aufdrehen konnte. Und tatsächlich fand sie einen ganzen Werkzeugkasten mit den verschiedensten Schraubenziehern verstaubt in einer Ecke der fest eingebauten Metallschränke, die alle Wände des kleinen Raums, der insgesamt kaum breiter als die Tür war, bedeckten.

Frohgemut versuchte Sophia den Kasten anzuheben, musste aber feststellen, dass er am Boden des Faches befestigt war. Das machte auch irgendwie Sinn, dachte sie, da auf diese Weise das Werkzeug bei schwerem Seegang nicht durch die Gegend fliegen konnte. Den Kasten durchwühlend, fand sie mehr Schraubenzieher als sie sich je vorstellen konnte zu brauchen und das Problem bestand nun darin, einen passenden zu finden. Aber mit der breiten Auswahl sollte das wohl das geringste ihrer Probleme sein, obwohl sie einige Zeit brauchte etwas Geeignetes zu finden.

Sie zögerte nicht, achtete aber sorgfältig darauf, ob jemand draußen in ihrer Nähe war und verharrte daher einige Zeit mit ihrem Ohr an der Tür, bevor sie sich ausreichend versichert hatte, dass sie hier unten in der Hitze des Schiffes wirklich alleine war.

Sie begann zunächst mit den Schrauben hoch über ihrem Kopf, die am unbequemsten zu erreichen waren. Sie waren rostig und sie hatte Mühe, sie zu lösen, aber schaffte es doch leichter als sie erwartet hatte. Sie ließ die letzte der vier oberen Schrauben noch etwas in der Halterung, um die Tür aufrecht zu halten und setzte ihre Arbeit bei den unteren Schrauben fort. Diese waren aber wesentlich schwieriger, da der Farbanstrich der Tür hier mehrfach repariert worden war und wer auch immer die Farbe aufgetragen hatte, diese großzügig auf den Schrauben verteilt hatte.

Als Sophia endlich die letzte Schraube gelöst hatte, war sie außer Atem, konnte es aber nicht erwarten und versuchte sogleich die Tür zu bewegen. Diese ließ sich ohne Schwierigkeiten aus der Verankerung heben, obwohl das Türschloss sie noch fixierte. Als sie die einzelne obere Schraube löste, sank die Tür mit einem lauten Rumps zu Boden.

Ängstlich verharrte Sophia reglos und lauschte, da sie befürchtete mit diesem lauten Geräusch Aufmerksamkeit auf sich gezogen zu haben. Aber es näherten sich keine raschen Schritte und alles um sie herum blieb ruhig.

Die beiden Männer, die sie hier eingesperrt hatten, mussten sie völlig allein gelassen haben, in der Annahme, dass sie hier in den tiefsten Tiefen des Militärschiffs sicher verwahrt war.

Erst nach einer längeren Wartezeit traute Sophia sich, die Tür etwas zu verschieben und ihren Fluchtweg zu öffnen. Von draußen versuchte sie, die Tür wieder weitgehend in ihre ursprüngliche Position zu ziehen, um ihre Flucht zu verschleiern.

Ihr Fortkommen auf dem Schiff ging nur langsam voran, da sie immer wieder innehielt und lauscht, ob jemand ihr entgegenkam. Aber der heiße Maschinenraum schien wirklich kein beliebter Aufenthaltsort an Bord zu sein und so passierte sie ungehindert, bis sie einen Lagerraum mit Kleidungsstücken und diversen Uniformen fand.

Da sie keine Ahnung von militärischen Rängen hatte oder wie sie sich passend dazu hätte verhalten müssen, wechselte sie in Kleidungsstücke, die der Küchencrew zu gehören schienen. Da es ihr widerstrebte ihre letzte Verbindung zu Prof. Lynford hinter sich lassen zu müssen, behielt sie das Hemd, das er ihr gegeben hatte, unter der weißen Uniformjacke und Schürze an.

Durch die neue Kleidung nun mit mehr Zuversicht und ausgestattet wie ein Mitglied der regulären Crew, nahm sie die nächste Treppe mit Elan und erkundete die höher gelegenen Ebenen des Schiffes, wobei sie vorgab genau zu wissen was sie tat und dorthin zu gehören wo sie gerade war.

Es dauerte nicht lange bis ihr Mut auf die Probe gestellt wurde, als eine Gruppe von uniformierten jungen Männern sie im schmalen Korridor passierte, jedoch keine Notiz von ihr nahm. Mit einem erleichterten Seufzer atmete sie die Luft aus, die sie die ganze Zeit über angehalten hatte, und setzte ihren Weg in die Freiheit fort. Obwohl sie nicht wirklich eine Ahnung davon hatte, wie sie es anstellen sollte von so einem riesigen Schiff herunter zu kommen oder vielmehr davon fliehen konnte, ohne dabei entdeckt zu werden. Aber ,ein Problem nach dem anderen', wie ihre Mutter immer zu sagen pflegte.

Ihre Aufmerksamkeit wurde sofort wieder von ihren fröhlicheren Gedanken zurück auf ihre missliche Lage gelenkt, als eine Hand von hinten sie am Arm festhielt. Sie zurückhaltend und zu sich herumdrehend, stand ein großer, uniformierter Mann vor ihr, der ein Tablett mit einer darübergestülpten silbernen Glocke in der anderen Hand hielt, das bei einem Soldaten ziemlich deplatziert wirkte.

„Du, bring das rein, Mädchen."

Sophia brauchte einen Moment um sich zu fassen und zu begreifen, dass sie keineswegs enttarnt war, sondern dass sie eine Aufgabe erledigen sollte, die der Kleidung entsprach die sie so leichtherzig zweckentfremdet hatte.

Ihren Atem kontrollierend, antwortet sie: „Wo muss ich es hinbringen?"

Der Mann drückte ihr das Tablett in die Hände und schob sie den langen Gang entlang.

„Die letzte Tür auf der rechten Seite. Beeil Dich. Die Dame wartet."

Sophia beeilte sich den Anordnungen des Mannes zu folgen,

klopfte höflich an die genannte Tür und trat direkt darauf ein, ohne eine Antwort abzuwarten.

Aber der Anblick, der sich ihren Augen bot, ließ sie schockiert nach Luft schnappen, als sie die Kabine betrat.

Sie fand dort Prof. Benning neben einer Frau sitzend, von der sie nun wusste, dass es Prof. Lynfords Ex-Frau Vanessa Benning war, denn sie hatte nie den Nachnamen ihres Mannes angenommen.

Sophia hatte vermutet, dass Prof. Benning mittlerweile bis zum Hals in der Analyse der Materialien steckte, die Prof. Lynford an die CIA übergeben hatte. Was also machte er hier und saß nur herum?

Seine Reaktion zu ihrem unerwarteten Auftauchen war nicht viel besser, aber er überspielte seine Überraschung mit einem verlegenen Hüsteln. Zumindest für die Frau erschien es glaubhaft, denn sie klopfte ihm fürsorglich auf den Rücken.

„Endlich", begrüßte sie Sophia hochnäsig. „Es wird höchste Zeit, dass jemand auftaucht. Fangen Sie mit dem Servieren an."

Prof. Benning stand auf und half ihr die Teller zu finden, die in einem seitlichen Einbauschrank verstaut waren.

Das delikat riechende Essen servierend, wurde Sophia schmerzlich daran erinnert, dass ihre letzte geplante Mahlzeit durch die Entdeckung von Prof. Lynfords habgierigen Motiven verhindert worden war.

Ihr Magen knurrte hörbar und Prof. Benning sah zu ihr hoch und zwinkerte ihr zu, um ihr ein Zeichen zu geben, das sie jedoch nicht völlig entziffern konnte. Aber zumindest hatte er sie nicht verraten.

„Schau Dir dieses Mädchen an. Steht herum wie ein Maultier. Schenk mir etwas von dem delikaten Wein dort drüben ein."

Sophia eilte sogleich, ihrer Anweisung nachzukommen, bereit gleich im Anschluss daran den Raum zu verlassen, jedoch hielt Prof. Benning sie zurück und bat sie, ihm nochmals zu servieren.

Langsam essend, schien er auf etwas zu warten. Sophia musste nicht lange warten, um herauszufinden was es war.

„Schick sie weg", sagte Vanessa Benning, als wäre Sophia nicht mit ihnen im gleichen Zimmer.

„Ich möchte, dass sie das Geschirr gleich mit abräumt, wenn wir fertig sind. Lass sie noch hier."

„Aber Du kommst gleich nach, nicht wahr, Liebling?"

Mrs. Benning rauschte aus der Kabine in einen angrenzenden Raum und schloss die Tür hinter sich.

Prof. Benning wartete noch einen Moment länger, bevor er flüsterte: „Nun können wir sprechen. Wie sind Sie hierhergekommen?"

„Ich bin aus der Zelle entkommen, in die sie mich gesperrt haben. Sie haben vergessen jemanden zurückzulassen, der mich bewacht hätte." Sophia lächelte halbherzig.

„Gutes Mädchen. Dr. Stewart ist überzeugt davon, dass Sie die ganze Zeit in alles eingeweiht waren. Ich kann ihn nicht vom Gegenteil überzeugen. Wir müssen Sie hier irgendwie herausschleusen. Haben Sie einen Platz in der Küche, wo Sie bleiben können?"

„Nein. Ich weiß nicht einmal wo die Küche ist. Ich habe nur diese Kleidung gefunden und ein Mann hat mich draußen im Korridor geschnappt und mir dieses Tablett in die Hand gedrückt. So bin ich hierhergekommen."

„Nicht gut, gar nicht gut. – Wir müssen ein Versteck für Sie finden, bis ich Sie irgendwie hier herausbringen kann."

Aber die Tür zum benachbarten Raum wurde aufgestoßen

und Vanessas Kopf erschien im Türspalt.

„Was hast Du mit diesem Mädchen zu tuscheln? Schick sie weg. Ich warte auf Dich, Liebling."

„Ich habe sie nur nach einem guten Tröpfchen Whiskey gefragt, aber sie hat keine Ahnung wo der zu finden ist."

„Oh, Liebling. Schau in dem Schrank beim Fenster nach." Mit diesen Worten verschwand sie wieder und schloss die Tür hinter sich.

„Sie können nicht hierbleiben, da dies ihre Räume sind. Aber meiner ist gleich gegenüber. Verstecken Sie sich dort. – Oh, und nehmen Sie das Essen mit", fügte Prof. Benning mit einem knappen Lächeln hinzu.

Die Tür zum Korridor öffnend, sah er sich um, fand aber den Gang verlassen vor.

„Es ist sicher. Sie können nun gehen."

Eilig sammelte Sophia alle Teller und das Tablett ein und ging zur Tür hinaus. Sich zu Prof. Benning umdrehend, nickte sie ihm dankbar zu. „Danke, Prof. Benning."

„Es ist schon in Ordnung. Ich hoffe nur, dass wir Sie irgendwie heil aus diesem ganzen Schlamassel bekommen. Hoffentlich."

Das klang nicht allzu enthusiastisch oder vielversprechend. Zumindest aber war sie nicht länger allein in ihrem Kampf für ihre Freiheit, sondern hatte einen Verbündeten an ihrer Seite dem sie vertraute.

Prof. Benning hastete zur gegenüberliegenden Kabine und hielt ihr die Tür auf, um sie hineinzulassen. Sie fand dort eine wesentlich asketischere Kabine vor, sogar ohne Fensterluke.

„Vielen Dank", murmelte sie erneut, aber Prof. Benning war bereits dabei, die Kabinentür zu schließen und nickte ihr nur zu, wobei er eine Hand hob, sowohl als Abschiedsgruß, als auch als Zeichen still zu bleiben.

So knapp wie die Kabine ausgestattet war, enthielt sie doch alles was sie benötigte. Und das dringendste Problem für sie war momentan ihr Hunger. Zum Glück war das Tablett noch immer gut gefüllt und es war kaum bemerkbar, dass bereits zwei Personen davon gegessen hatten.

Gut gesättigt und für die Nacht frisch gemacht, suchte Sophia nach einer Möglichkeit die Tür fest zu verriegeln, bevor sie erschöpft auf der schmalen Liege einschlief.

– 23 –
Auf einem Segelboot

Michael war nicht gut auf Merton zu sprechen, nachdem Sophia inmitten des Meeres in der Dunkelheit verschwunden war, und war daher, um dem Professor aus dem Weg zu gehen, an Deck gegangen, wo er das Segelboot steuerte.

Prof. Lynford versuchte, sich davon nicht irritieren zu lassen, zu sehr von seinen eigenen Gefühlen um ihren Verlust niedergedrückt. Stattdessen versuchte er, sich zu beschäftigen und überprüfte noch ein letztes Mal seine Eingaben auf Sophias Computer. Seine Pläne waren dadurch schneller als geplant vorangetrieben worden, dass die CIA sie in ihrem Versteck aufgespürt hatte und er wollte sicherstellen, dass alles reibungslos ablief.

Sophia hatte in ihrer Eile ihn zu verlassen alle ihre Sachen zurückgelassen, nicht nur ihren Computer, sondern auch ihren Rucksack, so sehr hatte sie seine Gegenwart als unerträglich empfunden. Er wusste, dass er so hatte handeln müssen, aber dies tröstete ihn nicht, nun da sie weg war.

Am Ende hatte sie das Schlimmste von ihm gedacht, obwohl es alles Lügen waren. Er und Michael waren nie in Echt ein Liebespaar gewesen. Obwohl es für sie beide wiederholt vorteilhaft gewesen war andere dies glauben zu lassen, damit sie in Frieden gelassen wurden. All die Vorspiegelung falscher Tatsachen, die Sophia mit ihrer Kamera vom anderen Haus aus beobachtet hatte, war nur gespielt gewesen. Alles ein Versuch, damit Michael das Vertrauen der Kriminellen gewinnen konnte, indem er vorgab auf ihrer Seite zu stehen. Dies sollte sie dazu bringen, in ihrer Aufmerksamkeit ihm gegenüber nachzulassen und ihnen beiden somit ermöglichen, der ständigen Überwachung durch sie zu entfliehen. Die Männer hatten sie wie Habichte beobachtet und Michael keinen Moment mit ihm allein gelassen. Sie hatten ihm die Informationen, die sie beauftragt worden waren aus ihm herauszuholen, noch nicht entlocken können.

Michael hatte geplant sie glauben zu machen, dass er sich ihnen anschließen wollte und hatte daher vorgegeben, sich auf ihre Seite zu schlagen. Die Bestrafung war ein Versuch gewesen, damit sie ihm vertrauen sollten, indem er vorgab, die Informationen für sie aus ihrer Geisel herauspressen zu wollen, während es die ganze Zeit über nur Michaels und sein gemeinsamer Versuch gewesen war, sich aus der Gefangenschaft zu befreien.

Zugegeben, Sophias Befreiungsversuch hatte diese Tortur und Flucht wesentlich abgekürzt, obwohl er gezögert hatte, ihr dies gegenüber freiheraus einzugestehen. Sie war so überschwänglich gewesen und wollte in alles einbezogen werden und er hatte immer gewusst, dass er das nicht zulassen konnte. Obwohl es ihm überraschend schwergefallen war sie von sich zu stoßen.

Wenn sie bei ihm geblieben wäre, hätte er für ihre Sicherheit nicht garantieren können. Wie könnte er so selbstsüchtig sein und sie mit sich nehmen, wenn er wusste, dass sie dann bei ihm in ständiger Gefahr sein würde?

Während ihres Ablenkungsversuchs auf dem Kliff war ihm fast das Herz vor Sorge stehengeblieben. Er konnte es nicht ertragen sie erneut in höchster Gefahr zu wissen. Sie verdiente etwas Besseres als das – Besseres als ihn.

Es war in ihrem besten Interesse gewesen, dass er sie hatte gehen lassen. Auch wenn es schmerzte, es war zu ihrem

Besten.

Und am Ende hatte sie auch seine Lügen geglaubt und sie waren die einfachste Lösung gewesen sie zu verjagen, sie davon zu überzeugen, dass sie das fünfte Rad am Wagen sein würde und nie eine Zukunft mit ihm hatte.

Er versuchte sich selbst davon zu überzeugen, dass sein Verlangen nach ihr nur Lust war, aber im Vergleich zu seinen glimmenden Gefühlen damals für seine Ex-Frau, ging seine ganze Existenz in einem Freudenfeuer auf, wenn sie nur in der Nähe war. Ein Blick von ihr konnte seine Gefühle komplett aus der Bahn werfen und in einen Wirbelwind verwandeln. Und nun fühlte er sich wie ausgebrannte Asche, noch heiß, aber ohne weitere Nahrung, nun da sie weg war. Er brannte und verzehrte sich nach einem Mädchen, das er kaum mehr als drei Tage kannte. Wie war das überhaupt möglich?

Seine Pläne würden bald Früchte tragen, alles war durchgeplant und bereit, aber das Einzige woran er denken konnte war Sophia.

Er machte sich Sorgen, wie es ihr in der Zwischenzeit erging und dieser Gedanke brachte ihn an Deck zu Michael, der das Gerät hatte, mit dem er Wache über das Mädchen halten konnte und das die Signale von der Wanze in ihrem Hemdknopf empfing.

Das drückende Schweigen zwischen ihnen brechend, gestand er: „Ich vermisse sie auch."

„Habe es Dir gesagt, Du sollst sie mit uns kommen lassen", antwortete Michael ihm ohne auch nur ein Anzeichen von Mitleid.

„Du weißt warum das nicht möglich war."

„Ja, ja. Ich weiß. Aber dennoch wäre sie bei uns viel sicherer als bei denen."

„Mit uns wäre sie für den Rest ihres Lebens auf der Flucht. Sie ist dafür noch viel zu jung. Ich konnte ihr das einfach nicht antun. In der Höhle ist sie einfach davongerannt und hat sich für mich in Gefahr begeben. Ich konnte das einfach nicht erneut passieren lassen. Wie konnte sie das nur machen?"

„Ist das nicht offensichtlich? Der kleine Schatz ist verliebt in Dich und wollte Dich beschützen."

„Aber sie hätte sich fast dabei umgebracht."

„Das ist Liebe, mein Freund", kommentierte Michael, aber hielt abrupt inne und lauschte aufmerksam. „Still, ich höre etwas!" Michael schrie fast in seiner Aufregung, als das Übertragungsgerät in seiner Hand stotternd Signale von sich gab.

Ihre Aufmerksamkeit ganz auf die Statik gerichtet, konnten sie endlich deutlicher Stimmen von ihr und den Männern, die sie an Bord begrüßten, ausmachen. Zunächst Prof. Benning und dann Dr. Stewart, der sie zur Verräterin erklärte.

„Sie behandeln sie nicht gut", klagte Michael und war so besorgt, dass er vor Aufregung das Steuer losließ. Merton übernahm und lenkte das Boot.

Als sie nach festen Schritten und der Endgültigkeit einer sich schließenden und abgesperrten Tür nichts weiter hören konnten, warteten sie mit Spannung. Dann war da etwas wie Rascheln von Kleidung und schweres Atmen, kombiniert mit kratzenden Geräuschen, aber keine Worte, bis eine Weile später ein lauter Knall die Stille unterbrach, gefolgt von einem „Autsch".

„Sie haben auf sie geschossen, Merton. Tu etwas! Wir müssen umkehren und ihr helfen!" Michael hüpfte herum, dass das ganze Boot ins Wanken geriet.

„Ich habe bereits vor Meilen gewendet, als Stewart sie eine Verräterin genannt und eine Befragung angeordnet hat. Ich traue ihm nicht zu, dass er nun das Richtige tut. Er hat bereits jetzt unsere Vereinbarung gebrochen. Er hätte sie gehen lassen sollen, wie es abgesprochen war. Nach all den Informationen, die ich ihm übergeben habe, und meinen Zusicherungen über sie, hat er mehr als genug um sie gehen zu lassen, genau wie er es zugesagt hatte. Und Benning, dieser Knilch, hat nicht einmal versucht sie zu verteidigen. Was für ein Schwächling." Zu Michael aufblickend, fügte er hinzu: „Beruhige Dich, wir werden den kleinen Dummkopf retten, der nicht einmal fähig ist sich selbst zu verteidigen."

„Sei nicht so hart mit ihr, Boss. Das kleine Mädel ist nicht erfahren genug in diesen Sachen."

„Nein, Du hast Recht. Sie ist viel zu vertrauensselig und unschuldig, als dass sie gegen die geballt Kraft der CIA für sich selbst einstehen würde. Und nun, nach all dem, können wir testen, ob meine neueste Erfindung wirklich funktioniert. Wir sollten es in Kürze herausfinden."

Er musste nicht hinzufügen, dass ihrer beider Leben davon abhängen konnte. Sein Freund vertraute ihm und wusste, was auf dem Spiel stand. Aber Michael schien in keiner Weise besorgt darüber, sondern übernahm frohgemut wieder das Steuer und lenkte das Boot auf den CIA-Treffpunkt zu, den sie zur Übergabe des Geheimmaterials arrangiert hatten.

– 24 –
An Bord eines Kampfschiffs

In den frühen Morgenstunden wurde Sophia rüde von Sirenen aus dem Schlaf gerissen, denen sogleich lautes Klopfen an ihre Tür folgte.

„Prof. Benning, öffnen Sie. Es sind Eindringlinge an Bord. Dr. Stewart möchte Sie und Mrs. Benning sofort sehen", rief eine unbekannte Stimme direkt vor ihrer Tür. Sophia setzte sich, vom Mangel an Schlaf noch ganz benommen, im Bett auf und sah sich hektisch in der kleinen Kabine nach einem Versteck um. Zu ihrer Erleichterung hörte sie Prof. Benning fast sofort vom Raum gegenüber antworten, dass sie gleich kommen würden. Nur Augenblicke später gingen sie mit dem Mann im Korridor. Mrs. Benning beschwerte sich lautstark über die Unannehmlichkeit der Störung und Sophia konnte sie den ganzen langen Gang hinunter hören, so dass sie genau nachvollziehen konnte, wohin sie geführt wurden, da sie auf dem gleichen Stockwerk dieses riesigen Schiffes blieben, bis eine sich schließende Tür die laute Schimpftirade von Vanessa Benning abrupt abschnitt.

Was passierte nun, fragte sich Sophia. Wie konnte so ein riesiges Schiff des Militärs völlig außer Rand und Band geraten durch ‚unbekannte Eindringlinge'? Sie hatte bereits Schwierigkeiten, sich einen sicheren Weg von Bord vorzustellen und jemand sollte es geschafft haben, unbemerkt an Bord gelangt zu sein, ohne dass dieser Umstand bereits lange bevor sie sich dem Schiff überhaupt genähert hatten entdeckt worden war? Unmöglich, der Gedanke allein war unsinnig und für Sophia kaum vorstellbar.

Viel zu neugierig darüber was vor sich ging, hüpfte sie aufgeregt herum, unfähig wieder schlafen zu gehen. Sie musste herausfinden was da geschah und konnte einfach nicht in Prof. Bennings Kabine zurückbleiben ohne irgendetwas zu unternehmen. Sie musste mit eigenen Augen sehen, warum Dr. Stewart Prof. Benning in solch einer Situation zu Rate zog, wenn er ihn das von Prof. Lynford erhaltene Material nicht von Anfang an hatte prüfen lassen, wie sie es eigentlich von ihm erwartet hätte. Die Männer in den dunklen Anzügen hatten zunächst Prof. Benning das Material übergeben, nachdem sie es gefunden hatte, aber Dr. Stewart musste es ihm nachträglich wieder abgenommen haben, da der Professor dann untätig bei Vanessa Benning gewesen war, als Sophia sie später zusammen in der Kabine angetroffen hatte.

Sie hatte eigentlich angenommen, dass Prof. Benning, der Dr. Stewart so lange in seinem Labor hatte arbeiten lassen, voll mit der CIA in diesem Fall zusammenarbeitete und daher die Validität des erhaltenen Materials sofort überprüfen würde, aber Dr. Stewart und er schienen sich gegenseitig nicht völlig zu vertrauen.

War eventuell die Anwesenheit von Vanessa Benning dafür verantwortlich? Sie schien wie eine Königin hier zu residieren, während Prof. Benning, der Experte in diesem essentiellen Forschungsbereich, an einer wesentlich kürzeren Leine gehalten wurde.

Sophia überprüfte im kleinen Spiegel in dem winzigen Badezimmer ihr Erscheinungsbild und hoffte, dass sie noch immer als ein Mitglied des Küchenpersonals durchgehen konnte und nicht zu mitgenommen aussah, nachdem sie in der meisten ihrer Kleidung geschlafen hatte, da sie jeden Moment befürchtet hatte entdeckt zu werden.

Sie nahm das Tablett von letzter Nacht auf und sah sorgsam aus der Tür, ob jemand in der Nähe war. Aber der Alarm schien alle von dieser Ebene des Schiffes abgezogen zu haben. Noch immer zögerlich, schlüpfte sie in den Gang hinaus und folgte der Richtung, in die sie die Stimmen verschwinden gehört hatte.

Rennende Schritte über ihr zeigten, dass die gesamt Crew des Schiffes noch immer in Aufruhr war. Aber ihr Weg war frei und ungestört, mit Ausnahme von uniformierten Crew-Mitgliedern, die rasch an ihr vorbei die Treppen an Deck hinaufliefen. Zum Glück schenkte ihr niemand auch nur die geringste Aufmerksamkeit.

Klickende Geräusche, wie die als ihr Motorboot an Bord gehievt worden war, kamen von Deck und die trampelnden Schritte der Crew ebbten langsam ab, ersetzt durch laute Befehle, die sie hier unter Deck nicht ganz ausmachen konnte. Sophia kam zu einem Bereich auf ihrer Ebene des Schiffes, der vom Rest des Korridors durch eine Glaswand abgetrennt war. Ein kleiner, abgegrenzter Abschnitt neben dem Eingang erschien wie ein Wärterhäuschen, wo sie vermutete, dass üblicherweise ein Wachmann seinen Dienst tat, der aber jetzt leer war.

Den Bereich betretend, war das erste das ihre Aufmerksamkeit erregte ein Holster, in dem sich eine Schusswaffe befand, das über der Lehne eines Stuhls hängend zurückgelassen worden war. Der Wachmann musste wirklich in Eile seinen Posten verlassen haben, um etwas derart Wichtiges unbewacht zurückzulassen.

Sie hatte keine wirkliche Ahnung von Waffen und hasste das Prinzip davon ganz generell, dennoch nahm sie das Holster auf. Die Waffe mit dem Schriftzug ‚Walther' auf dem tiefschwarzen Handgriff, wog schwer in ihrer Hand, aber sie zögerte nicht, sondern suchte nach der Mechanik, um das Magazin zu öffnen und zu sehen ob sie geladen war. Das war viel schwieriger als sie nach all den Filmen über Polizei und Gangster, die sie gesehen hatte, erwartet hätte. Sie ließen es immer so einfach erscheinen, an die Munition zu kommen, während sie schon eine geraume Zeit allein dafür brauchte, überhaupt den Mechanismus zur Entriegelung der Munitionskammer an dieser hochwertigen Waffe zu finden.

Ihren eigenen Fähigkeiten im Umgang mit einer Waffe nicht vertrauend, entfernte sie alle Patronen und setzte das leere Magazin wieder in die Pistole ein, die sie anschließend unter ihrer Schürze in ihrem Hosenbund versteckte, während sie die Munition in die Schürzentasche steckte, um kein Anzeichen ihrer Anwesenheit zurückzulassen. Vielleicht konnte ihr die Waffe ja auf ihrer weiteren Flucht behilflich sein.

Zumindest würde sie sich auf diese Weise nicht versehentlich selbst erschießen, überlegte Sophia, und abgesehen davon hatte sie auch keinerlei Absicht auf jemand anderen zu schießen.

Sie durchsuchte den Raum weiter nach etwas Nützlichem für ihre Flucht und lauschte dabei sorgfältig, ob sich ihr jemand näherte. Daher ließ sie der Schrei eines Mannes in ihrer unmittelbaren Nähe vor Schreck zusammenfahren.

Sie brauchte einen Moment, um festzustellen, dass der etwas gedämpfte Laut nicht aus dem Korridor hinter ihr gekommen war, sondern von einem der Monitore auf dem Über-wachungspult des Wachmanns, dessen Raum sie gerade durchsuchte. Die Bildschirme absuchend, fand sie drei erleuchtet in der langen Reihe an Monitoren. Jeder davon zeigte eine Art Befragungsraum mit einem Mann, der von jeweils zwei anderen Männern in dunklen Anzügen befragt wurde. Als sie näher an die Monitore herantrat, konnte Sophia genauer das leise Murmeln von Stimmen hören, das aus einem in einen der Bildschirme eingesteckten Kopfhörer kam. Dies musste es gewesen sein, wo der Schrei hergekommen war.

Einer der gefangengehaltenen Männer, obwohl wie auch die anderen beiden Gefangenen zerschunden und das Gesicht nass und schmutzig, kam ihr irgendwie bekannt vor. Sophia konnte ihn nicht sogleich zuordnen, bis sie feststellte, dass es einer der Entführer von Prof. Lynford war. Derjenige, den Tom der Feuerwehrmann während ihrer Befreiungsmission in dem Apartment gegenüber dem ihren niedergeschlagen hatte. Konnten diese drei Männer das Team sein, das den Professor gefangen gehalten und Michael gezwungen hatte, sich ihnen gegenüber zu beweisen?

Sophia war so versunken in ihre eigenen Gedanken, dass sie das Öffnen einer Tür, die sie nicht einmal als Eingang bemerkt hatte, überhörte. Die Tür war der schmale rückwärtige Teil des Raums gegenüber dem Korridor und war vollständig durch Regale getarnt, die den wahren Zweck verborgen hatten.

Einer der dunkel gekleideten Befrager kam in den Raum und ging, als wäre sie gar nicht anwesend, zum Schaltpult des Wachmanns, nahm ein kleines Gerät auf, an dem er einen Knopf drückte und sprach hinein.

„Dr. Stewart, wir sind jetzt mit der Befragung fertig. Keine Informationen über den Kopf der Bande. Scheint als würden sie wirklich nicht wissen wer er ist. Erwarte weitere Anweisungen."

Die Antwort von Dr. Stewart kam nur wenige Augenblicke später: „Das ist im Moment genug. Wir werden mit anderen

Methoden an die Informationen kommen. Unsere neuen Gäste werden uns das ohnehin verraten. – Bringen Sie die Crew dazu mit der Untersuchung des Schiffs, mit dem sie gekommen sind, aufzuhören. Es ist mit höchster Geheimhaltungsstufe zu behandeln. Benning wird es sich später ansehen."

„Ja, Sir", kam die prompte Antwort des Mannes vor ihr.

Um seinen Verdacht nicht zu erregen, war Sophia dort stehengeblieben wo sie war, als hätte sie einen guten Grund dort zu sein, wobei sie die Gegenstände auf ihrem Tablett geschäftig hin und her schob.

Von Dr. Stewart kam keine weitere Rückmeldung zurück, aber der Mann am Schaltpult drückte einen weiteren Knopf auf dem kleinen Gerät, das er für die Kommunikation benutzt hatte, und gab, nachdem er sich mit einem Code aus Nummern und Buchstaben identifiziert hatte, eine kurze Nachricht durch: „An die gesamte Crew. Stoppen Sie sofort die Durchsuchung des Segelbootes. Die Untersuchung wird mit sofortiger Wirkung durch die CIA übernommen."

Erst nachdem er diesen Befehl durchgegeben hatte, drehte der Mann sich zu Sophia um.

„Wo ist Brian?"

„Er musste gerade rasch weg."

„Und was machen Sie dann noch hier?"

„Ich warte noch auf die Frühstücks-Bestellungen", erklärte Sophia mit ihrer vorher zurechtgelegten Entschuldigung für ihre Anwesenheit.

Der Mann fragte nicht weiter, also musste sie per Zufall eine hier auf dem Schiff übliche oder zumindest mögliche Vorgehensweise getroffen haben.

„Bring ein volles Kontinentalfrühstück für mich und

Markham." Er ging zurück in den Raum, aus dem er gekommen war, ohne sie weiter zu beachten.

Dankbar dafür, drehte Sophia sich um und versuchte ihr Zittern zu verbergen, das sie bei der Erwähnung des Namens einer der Männer, die sie an der Küste gejagt und auf sie geschossen hatten, durchfahren hatte. Bevor sie jedoch den Raum verließ, verbarg sie das kleine Gerät, das der CIA-Agent für die Kommunikation verwendet hatte, in ihrer Schürzentasche. Wer konnte es wissen, vielleicht konnte sie das Teil ja noch irgendwie für ihre Flucht gebrauchen, besonders, da sie genau beobachtet hatte wie der Agent es angewandt hatte.

Der Rest des Korridors, den sie entlanggekommen war, war vom Rest des Schiffes abgetrennt und durch die Wachkabine kontrolliert, die sie gerade geplündert und nun erfolgreich wieder verlassen hatte.

Waren das die Bereiche des Schiffes, die die CIA an Bord kontrollierte und für die Befragung von Verdächtigen verwendete?

Eine zornige Stimme aus der Richtung vor ihr schien diese Annahme zu bestätigen, da sie sofort Dr. Stewart erkannte. Er schrie jemanden an, obwohl sie keine Antwort hören konnte. Sophia näherte sich vorsichtig, so darauf bedacht zu verstehen was gesagt wurde, dass sie fast über einen Servierwagen gefallen wäre, der nur knapp hüfthoch im Gang stand. Sie wusste nicht, wofür er verwendet wurde, da die beiden Metallebenen leer waren. Sophia nahm ihn aber sogleich in Beschlag und platzierte ihr Tablett darauf. Der Wagen ergänzte gut ihre Tarnung und verhalf ihrer Rolle als Küchenhilfe zu mehr Glaubwürdigkeit.

Mir mehr Zuversicht ging Sophia nun weiter auf ihrem Weg den Korridor entlang, vorbei an einer langen Reihe an geschlossenen Metalltüren zu beiden Seiten. Am Ende war die Stimme von Dr. Stewart am lautesten zu hören und sie sah vorsichtig durch ein großes Glasfenster in einen Raum dahinter. Da sie dort niemanden vorfand, wurde Sophia mutiger und inspizierte den Raum, der wie ein Besprechungs-raum ausgestattet war. Er beinhaltete einen großen, ovalen Tisch mit einer ganzen Reihe an Stühlen darum herum. Eine Kaffeemaschine war in einer Ecke aufgestellt und leere Tassen und Teller waren über den ganzen großen Tisch in der Mitte des Raumes verstreut. Das musste es sein, wo der Inhalt dieses Servierwagens geblieben war.

Auf ihre angenommene Rolle vertrauend, betrat Sophia den Raum, während sie weiter aufmerksam dem Gespräch in der benachbarten Kabine zuhörte, und begann langsam den Tisch abzuräumen, um unverdächtig zu wirken, sollte erneut jemand sie so plötzlich überraschen wie im Wärterhäuschen.

Ihre Nerven konnten einen solchen Schreck nicht gleich wieder verkraften und dieses Mal wollte sie besser vorbereitet sein.

– 25 –
Hauptquartier an Bord

Die Stimmen waren nun deutlich ruhiger geworden und Dr. Stewart verließ sich bei seinen Behauptungen zumeist auf die Unterstützung von Vanessa Benning, soweit Sophia es den Teilen des Gesprächs entnahm die sie verstehen konnte.

Prof. Benning brachte hier und da ein Wort mit ein, aber seine Anmerkungen hatten deutlich weniger Gewicht als die seiner Cousine und Geliebten.

„Das kann nicht sein, Stewart", wandte der Professor ein, nachdem Dr. Stewart den Verdacht geäußert hatte, dass ein international agierender Mafia-Spion direkt in ihrer Mitte gewesen war, den er entlarvt und erfolgreich hinter Schloss und Riegel gebracht hatte.

‚Was? Wer war dieser Spion und das Oberhaupt der Mafia-Organisation? Und warum vertraute Dr. Stewart dann immer noch auf Vanessa Benning, wenn sie doch der Kopf der ganzen Verschwörerbande war?' Sophia hatte den Kontext nicht mitbekommen und den Grund dafür, warum Prof. Benning so sehr über den sensationellen CIA-Erfolg empört war.

„Sie können sie selbst fragen, wenn Sie mir nicht glauben", unterbrach eine Stimme, von der sie geglaubt hatte sie nie mehr zu hören.

‚Diese raue, tiefe, aber so beruhigende Stimme. Konnte das etwa ... – Nein, ganz ausgeschlossen. Prof. Lynford konnte nicht wirklich an Bord sein', schalt sie sich selbst. ‚Es würde sein Todesurteil bedeuten, wenn er es wäre. Immerhin hatte er die Informationen, die die CIA wollte, auch anderweitig verkauft. Er konnte nicht wirklich so verrückt sein und hierher an Bord des CIA-Schiffs kommen.' Sophias Kopf schwirrte. Prof. Lynford an Bord des Schiffes? Das würde bedeuten, dass alles was sie gedacht hatte, alle Verdächtigungen, nicht wahr sein konnten, oder etwa doch? Er hatte sie weggeschickt, indem er sie das Schlimmste über ihn glauben ließ. Er hatte sein Land verraten, seine Informationen an die Meistbietenden verkauft. Aber was von all dem war wirklich wahr, wenn er jetzt bei den Leuten saß, die er zuvor betrogen hatte?

Warum war er zurückgekommen, wenn er zuvor die Nähe der CIA nicht schnell genug hatte verlassen können? Es musste einen Grund dafür geben, dass er seine Meinung so grundlegend geändert hatte. War es seine Frau gewesen, wegen der er zurückgekommen war? Aber er konnte nicht wirklich vorher gewusst haben, dass sie an Bord sein würde. Die einzige Person, von der er mit Gewissheit annehmen konnte, dass sie hier sein würde, war sie selbst. Konnte er wegen ihr hier sein? Aber warum hatte er sie dann zuerst weggeschickt?

In ihrem Kopf drehten sich die Gedanken noch wirr um all die verschiedenen Möglichkeiten, als sie Dr. Stewarts Stimme sich der Tür nähern hörte.

„Wir werden sehen. Das Mädchen ist bis zum Hals in all das verwickelt. Sie wird unter Druck zusammenbrechen. Das wird uns endlich auf die Spur bringen, wer wirklich der Kopf der Organisation ist, die hinter all dem steckt."

Die hintere Tür zu ihrem Raum wurde geöffnet und er marschierte hindurch ohne von ihr Notiz zu nehmen. Sophia tat geschäftig und stellte eifrig Becher und Teller auf den Servierwagen, bedacht darauf nicht zu ihm aufzusehen.

Gleich vor dem Besprechungsraum schrie er den Gang hinunter: „Bringt das Mädchen herauf."

Eilige Schritte waren als Antwort zu hören und Dr. Stewart,

in der Erwartung, dass sein Befehl sogleich ausgeführt wurde, ging rasch durch den Besprechungsraum zu den anderen zurück.

Sophia konnte es nicht lassen und hob ihren Kopf ein wenig, um einen Blick in den benachbarten Raum werfen zu können und traf dabei auf die wachsamen Augen von Prof. Lynford, der sie eindeutig erkannt hatte, aber Stillschweigen über ihre Anwesenheit behielt. Sein Gesichtsausdruck blieb finster und er schien nicht erfreut darüber zu sein, sie dort zu finden wohin er selbst sie geschickt hatte. Verärgert über ihn, dass er sie so manipuliert hatte ihn zu verlassen, hob sie ihren Kopf erzürnt hoch, stoppte aber sofort, als Dr. Stewart sich herumdrehte, um die Tür hinter sich zu schließen.

Es war Prof. Benning, der als Erster gegen die Anschuldigungen von Dr. Stewart protestierte: „Das Mädchen hat keine Ahnung davon, was hier wirklich vor sich geht oder über die Bedeutung dieser Entdeckung. Wir haben Sie darüber völlig im Dunkeln gelassen. Sie wissen das selbst. Es war Ihr Plan gewesen und wir haben zugestimmt und ihn gewissenhaft befolgt."

„Das Mädchen ist ein Dummkopf und das wissen Sie, Stewart", war die Stimme von Prof. Lynford zu hören, die nur so vor Sarkasmus triefte. „Ihre Themenvorschläge allein sollten Ihnen bereits gezeigt haben, dass sie weit von einer wirklichen Entdeckung entfernt ist. Sie ist nur eine Wichtigtuerin ohne Inspiration oder Talent. Vergeuden Sie nicht ihre Zeit mit ihr. Wir müssen vielmehr den Kopf der Organisation finden, die das ganze Schlamassel in Bewegung gesetzt hat und Sie wissen genau, dass es nicht sie gewesen sein kann, die den Plan für den ungehinderten Zugang des organisierten Verbrechens zu wichtigen militärischen Informationen

ausgeheckt hat. Sie ist dafür einfach nicht einfallsreich genug."
‚Was?' Hatte Prof. Lynford gerade von ihr gesprochen,
wunderte sich Sophia. Dass Dr. Stewart sie für eine Verräterin
hielt, war schlimm genug zu akzeptieren, aber Prof. Lynfords
abfällige Bemerkung schmerzte sie viel mehr. Ärger stieg in
ihr hoch, dass sogar ihr Kopf vor Zorn ganz heiß wurde, bis
sie sich mühsam zwang Ruhe zu bewahren, damit sie wieder
klar denken konnte.

Das konnte nicht seine wahre Meinung sein, oder doch? Er
hatte sich doch bei ihrer Flucht zu einem ganz kleinen Teil auf
ihre Expertise verlassen oder zumindest erwartet, dass sie die
Großartigkeit seiner Entdeckungen erkennen konnte, als sie
den Rucksack mit den Unterlagen von Prof. Benning
zurückgebracht hatte. Und sie sollte doch mittlerweile die
manipulierende Vorgehensweise von Prof. Lynford kennen.

‚Denk nach, Sophia', ermahnte sie sich. ‚Was möchte er
wirklich erreichen? Denke! Er hatte doch immer seine eigene
Agenda. Was konnte das nur sein?'

Und mit dieser Frage wurde ihr sein Motiv plötzlich klar. Wie
hatte sie nur so begriffsstutzig sein können, dass sie so lange
dafür gebraucht hatte seine Absichten zu erkennen, wenn sie
doch so eindeutig waren?

Er wollte sie schützen, sie aus der Gefahrenzone bringen, wie
er es bereits auf dem Boot getan hatte, sie weit weg von all den
Menschen halten, die ihr gefährlich werden konnten, besonders von ihm selbst, da er im Zentrum all der Gefahren stand.
Er hatte versucht, sie in die sicherste Festung zu bringen die
die Staaten hatten, ein Militärschiff der U.S. Streitkräfte.

‚Aber wer würde ihn beschützen?' wunderte sie sich.
‚Dummer Mann.' Einfach so in das Zentrum der Gefahr zu
stürmen, nur um sie zu schützen. Sophia hatte nicht länger

irgendwelche Zweifel, dass die ‚mysteriösen Eindringlinge'
auf diesem Schiff der Marine Prof. Lynford und Michael
waren. Auf wundersame Weise auf einem gut gesicherten und
bewachten, bestens ausgestatteten Schiff der U.S. Navy
aufzutauchen. Welch anderer Mann wäre so arrogant ein
derart irrsinniges Unterfangen auch nur zu versuchen, von
wegen auch noch erfolgreich dabei zu sein.

Rennende Schritt waren von draußen im Gang zu hören und
kurz darauf stürmten vier uniformierte Marinesoldaten von
unterschiedlichen Rängen im Besprechungsraum an ihr
vorbei, ohne auch nur von ihr Notiz zu nehmen, und klopften
an die Tür zu Dr. Stewart.

„Das Mädchen ist verschwunden!" stieß der erste der Männer
aus, der keine Antwort auf sein Klopfen abwartete, sondern
unmittbar in den angrenzenden Raum hineinplatzte.

„Was meinen Sie damit – verschwunden? Sie haben sie weggesperrt!" schrie Dr. Stewart den Mann an. „Und Sie dachten,
sie wäre nicht einfallsreich genug, um der Kopf des Syndikats
zu sein? Aus ihrer Zelle auf einem Schiff des Militärs
auszubrechen. Sie ist der Kopf, das sage ich Ihnen!"

„Unsinn", war Prof. Benning zu hören.

„Nun, ich habe nicht gesagt, dass sie völlig unfähig ist, nur
nicht kriminell genug", lenkte Prof. Lynford ein, wobei die
Belustigung über diese Idee deutlich seiner Stimme anzumerken war.

„Findet sie!" schrie Dr. Stewart die vier Männer an.
„Durchsucht das Schiff. Sie kann nicht weit sein. – Wissen Sie
wenigstens, wie lange sie schon verschwunden ist?"

„Nein", kam die knappe Antwort. „Sie wurde gestern Abend
dort eingesperrt und das ist der letzte Status, den wir über sie
haben."

„Miststück. Ich wusste immer, dass sie Probleme bedeutet."
Die vier Männer gingen, ohne ihr einen Blick zuzuwerfen. Sie waren zu sehr darauf versessen den schreienden und tobenden Dr. Stewart hinter sich zu lassen, als dass sie ihr irgendwelche Aufmerksamkeit geschenkt hätten.

Wer bei klarem Verstand würde auch annehmen, dass sie direkt neben ihnen stand, in nächster Nähe zu dem Mann, der nach ihr suchte? Sophia lächelte innerlich, kontrollierte aber sorgfältig ihre Atemzüge, um ruhig in ihrer Arbeit beim Abräumen des Konferenztisches fortzufahren, als hätte sie nicht gehört was um sie herum vor sich ging.

„Nun, Lynford. Sie sind wegen ihr zurückgekommen, nur um herauszufinden, dass ihre falsche Unschuld Sie ebenso wie alle anderen eingelullt und getäuscht hat. Sie benötigt Ihre Hilfe nicht, aber Sie brauchen jetzt dringend Hilfe, nachdem Sie sich als Spion und Verräter ausgeliefert haben. Wollen Sie nicht langsam ihre Aussage ändern und mir verraten, weshalb Sie wirklich hierhergekommen sind? – Und ganz nebenbei, vielen Dank für das Boot. Wir werden herausfinden, wie die neue Abschirm-Technologie darauf funktioniert. Ein zusätzlicher Bonus, nach all den Schwierigkeiten, die Sie uns bereitet haben."

„Seien Sie in dieser Hinsicht nicht allzu zuversichtlich", konterte Prof. Lynford kühl. „Sie erkennen die Lösung nicht einmal, wenn Sie sie direkt vor Augen haben."

Sophia erstarrte mitten in ihrer Bewegung. War das eine verborgene Anspielung? Wollte er sie etwa doch verraten?

Aber zu ihrem Glück stellte Dr. Stewart die Verbindung zu ihr nicht her, dass sie direkt vor seiner Nase war, nur wenige Schritte von ihm entfernt. Stattdessen versuchte er Prof. Lynford zu verärgern, möglicherweise, um ihm auf diese

Weise unbedachte Informationen zu entlocken. Daher zog er ihn mit seinem engen Verhältnis zu Michael auf: „Oder war es vielmehr ihre Frau, ohne die sie nicht länger sein konnten? Michael war offensichtlich nicht mehr unterhaltsam genug, nachdem sie nun aus dem Gefängnis frei sind."

„Sie würden das nicht verstehen. Es ist viel besser, jemanden zu haben der sich um einen Sorgen macht, als einen kalten Stock im Bett, meinst Du nicht auch, Vanessa?" Prof. Lynfords Stimme war so ruhig, dass seine zynische Bemerkung ihre volle Wirkung entfalten konnte als er Vanessa Benning ansprach, die bisher geschwiegen hatte.

Ein prustender und spuckender Laut folgte und Sophia wurde nicht lange im Unklaren gelassen was im Nebenraum passierte.

„Du Ekel, Du Mörder. Wie kannst Du es wagen mich zu beschuldigen, dass unsere Ehe nicht funktioniert hat, wenn Du kaltblütig versucht hast mich umzubringen, wie wir beide wissen."

„Das wissen wir beide, dass es eine Lüge ist, Vanessa Liebling." Prof. Lynford hatte ganz offenbar das Ende seiner Geduld erreicht, wie seine gepresst hervorgestoßenen Worte erkennen ließen.

„Wovon sprichst Du? Du weißt, dass Du versucht hast mich zu erwürgen. Und all das für Deinen Profit mit der Mafia."

„Aber meine Liebe, wir beide wissen, dass die ‚Mafia' nicht diejenige ist, die hinter all dem steckt. Das Syndikat oder das organisierte Verbrechen, über das wir hier wirklich sprechen, ist viel näher als die ‚Mafia'. Sogar jetzt hören sie mit."

„Nur deshalb, weil Du für sie arbeitest", beschuldigte Vanessa Prof. Lynford. „Du hättest genial sein können, aber es war Dir nie genug. Du wolltest immer mehr und hast begonnen für sie zu arbeiten."

„Und was war dann der Grund dafür, dass Du meine Forschungsunterlagen gestohlen und sie an Benning weitergegeben hast?"

„Vanessa hatte nie Zugang zu Ihren Forschungen. Sie hatte keinerlei Möglichkeit sie wegzugeben", warf Dr. Stewart ein.

„Oh, wie gutgläubig Sie doch sind, Stewart. Dann war es also reiner Zufall, dass Benning wiederholt meine Ergebnisse veröffentlicht hat, nur um Haaresbreite bevor meine eigenen Forschungsberichte zur Veröffentlichung fertiggestellt waren? – Was garantiert, dass Benning der Einzige war, dem sie Unterlagen übergeben hat?" Prof. Lynford richtete seine Antwort an Dr. Stewart, aber Vanessa, seine Ex-Frau, war es, die dafür sorgte, dass Dr. Stewart nicht zu Wort kam.

„Unsinn. Du bist nur neidisch auf seine Erfolge, wo Du steckengeblieben warst und vergeblich versucht hast, Nutzen aus den Forschungsergebnissen zu ziehen. Ich hätte nicht gedacht, dass Du so neidisch bist, Merton. Wirklich, Du, der Du immer großspurig behauptest, der höchste Maßstab wäre nur gut genug für Dich, dabei bist Du nicht einmal fähig zuzugeben, wenn jemand anders besser ist als Du."

„Wenn sie es denn wirklich sind und nicht meine Forschungsergebnisse ausgehändigt bekommen haben und sie als ihre eigenen veröffentlichen. Ich habe kein Problem damit, die Erfolge anderer anzuerkennen. Sag mir nur eines, Vanessa. Warum hast Du es getan?"

„Du beschuldigst mich, von allen Leuten? Mich? Diejenige, die Du versucht hast umzubringen?"

„Ich habe nie auch nur versucht Dir ein Haar zu krümmen. Aber Du hattest im Gegensatz ein ganz klares Ziel."

„Was? Einen erfolgreichen Ehemann zu haben?"

„Nein. Du warst nicht um mich bemüht oder darum meine Frau zu sein. Alles was Dir wichtig war, war der Zugang zu meinen Entdeckungen und die Chance sie für Dich nutzbar zu machen. Aber mit der ‚illustrativen Interferenz‘ oder besser gesagt ‚Projekt Darkwood‘ bist Du in eine Falle getappt, die ich für Dich aufgestellt hatte und hast es nicht einmal bemerkt, bis es zu spät war."

„Du und Deine Intrigen! Stewart, nun sehen Sie was er macht. Er manipuliert alles und jeden und betrügt die CIA um ihr eigenes Forschungsprojekt."

Dr. Stewart räusperte sich hörbar um zu sprechen, wurde jedoch erneut von Vanessa Benning unterbrochen.

Sich erneut Prof. Lynford zuwendend, fuhr sie fort: „Du bist ein Lügner und Manipulator. Wenn es nicht um Deine Erfindungen ginge, würde sich niemand für Dich interessieren. Du hast die Ergebnisse von der CIA gestohlen. Es war deren Arbeit und Projekt und Du hast versucht sie zu betrügen und hast ihnen vorenthalten, welches Potential Deine Untersuchungsergebnisse hatten."

„Nein. Das ist nicht wahr. Die CIA hat die Ergebnisse direkt nach den Versuchsläufen erhalten, ausnahmslos alle für die sie bezahlt haben, sogar mehr als das. Sie hatten die gleiche Ausgangsbasis wie ich", erwiderte Prof. Lynford aufgebracht. „Sie konnten lediglich damit nichts anfangen, aber ich konnte es. Und nun haben sie auch meine vollständigen weiteren Ergebnisse und sind immer noch nicht in der Lage deren Sinn zu erkennen."

Dr. Stewart hatte die hitzige Auseinandersetzung des Ex-Ehepaars nicht unterbrochen. Der Gedanke, dass er möglicherweise einen schwerwiegenden Fehler gemacht haben könnte, seine gesamte CIA-Ermittlung zur Ergreifung des Kopfs des gefürchteten Verbrechersyndikats, das mittlerweile über die gesamten Staaten der U.S.A. herrschte und weltweite wirtschaftliche Interessen verfolgte, allein auf die Aussage von einer Frau zu basieren, der attraktiven Mrs. Vanessa Benning, hatte ihn für einen Moment zögern lassen. Aber er verwarf seine Bedenken rasch wieder. Die Frau war vertrauenswürdig. Er selbst hatte ihre Verletzungen gesehen, die ihr der eigene Ehemann zugefügt hatte, und all das nur, weil sie versucht hatte, ihn vom Verkauf seiner Erfindungen an das Syndikat und andere Kriminelle weltweit abzuhalten. Sie hatte ihm sogar Beweise für bereits früher abgeschlossene Verkäufe geliefert, die Prof. Lynford mit Chefs von Verbrecherbanden abgewickelt hatte, und Zahlungsbelege vorgelegt, die den Mann mit zehn der meistgesuchten kriminellen Organisationen weltweit in Verbindung brachten. Sie würde ihn nun auch zum Kopf dieser kriminellen Bande führen, die der CIA bislang immer wieder entwischt war. Er würde Erfolg haben wo all seine Vorgänger versagt hatten. Immerhin hatte sie ihn bereits zu den drei Mitgliedern des Syndikats geführt, die den Professor aus dem Gefängnis befreit hatten, um an die Endergebnisse seiner Erfindung zu gelangen.

„Lynford, die Unterlagen, die Sie ausgehändigt haben, waren unlogisch. Die Sachen, die sie da zusammengestellt haben, können so nicht funktionieren. Meine Experten sitzen bereits seit Stunden darüber und es macht alles keinen Sinn."

„Ich habe Ihnen ja gesagt, dass Sie die Lösung selbst dann nicht erkennen würden, wenn sie sie direkt vor Augen haben", gab Prof. Lynford unbeirrt zurück. „Es funktioniert wie ich dargestellt habe. Testen Sie es wo auch immer Sie wollen. Es könnte sogar ein paar Dinge über ihre doch so vertrauenswürdige

Kronzeugin Vanessa zu Tage fördern."

„Was? Wer hat Ihnen gesagt, dass sie es ist? Abgesehen davon, ich kennen meine Zeugin. Wir haben ihren Hintergrund genau unter die Lupe genommen."

„Zum Beispiel, dass sie ein Kind hat, das sie ihrem Ehemann verschwiegen hat? Ich bin mir sicher, dass Sie davon wissen."

„Was?" Der fragende Ton von Dr. Stewart war genug um preiszugeben, dass er keine Ahnung davon gehabt hatte.

„Vanessa, sag ihm, dass das eine Lüge ist."

„Ja, Vanessa, erkläre das", mischte sich nun auch Prof. Benning ein. „Warum hast Du mir erzählt, dass er wegen des Kindes eifersüchtig war, wenn Dein Ehemann von Jenny überhaupt nichts gewusst hat? Warum hast Du versucht, mir eine derartige Unwahrheit zu verkaufen?"

„Wie kommst Du darauf? Ich habe ihm von Jenny erzählt als wir geheiratet haben."

„Jenny? Ihre Tochter, Benning? Das ist Ihr Kind, nicht Vanessas." Dr. Stewart wandte sich zwischen Vanessa und Prof. Benning hin und her und sah seine Karriere und seinen vermuteten Ermittlungserfolg bereits davonschwimmen.

„Ja, meine Tochter, und die von Vanessa. Unsere, aber Vanessa hat sich nie um sie gekümmert."

„Ich war damals noch viel zu jung. Du weißt das. Ich würde heute nicht mehr so handeln, Liebling." Vanessa kam zu Prof. Benning und strich ihm mit einer wohlkalkulierten Geste der Zärtlichkeit über die Brust, um seinen Zorn zu besänftigen.

Ruhig, so als würden ihr die gegen sie erhobenen Anschuldigungen gar nichts bedeuten, wandte sie sich an Dr. Stewart: „Diejenige, nach der Sie suchen sollten, ist die Schlampe mit der mein Mann ..."

„Ex-Mann", unterbrach Prof. Lynford sie laut.

„... Ex-Ehemann ...", korrigierte Vanessa Benning, fuhr aber unbeirrt fort: „... schläft. Diese Frau hatte Zugang zu all den Plänen. Sie war es, die versucht hat ins Labor einzubrechen, nachdem ihr der Zugang bereits entzogen worden war, und sie war es auch, die ganz allein meinen Ex befreit hat, wobei sie ganz genau gewusst hat, wo er festgehalten wurde und hat erfahrene Kriminelle der Mafia ausgetrickst ..."

„Des Syndikats", unterbrach Prof. Lynford.

„Ja, ja. Wer auch immer. Die Kriminellen hinter diesem ganzen Plan."

Vanessa spielte das unfreiwillige Opfer krimineller Verschwörungen exzellent, blinzelte aufsteigende Tränen in ihren Augen zurück und blickte unschuldig zu Dr. Stewart auf, der komplett auf ihr Theater hereinfiel. Ihre nächsten Worte hatten ihn dann vollständig am Haken.

„Und ich muss mich hier verteidigen, meine Unschuld beteuern, wenn diese Super-Frau überall auftaucht, Zugang erhält wo immer sie will, sich ihren Weg nach oben schläft und im Zentrum von allem ist, und das ganz aus Zufall, wie mein Ex-Ehemann behauptet, während alles um sie herum völlig aus den Fugen gerät." Sie betonte ‚Ex-Ehemann' mit besonderer Ironie, bevor sie mit ätzender Stimme fortfuhr: „Schnappt sie und Ihr habt den Kopf der Mafia, das sage ich Euch."

„Syndikat", verbesserte nun sogar Dr. Stewart. „Die Mafia ist weitgehend unter Kontrolle, aber dieses Syndikat war viel zu lang gar nicht auf unserem Bildschirm, hat aber mittlerweile größere Niederlassungen über die gesamten U.S.A. verstreut und hat effektiv alle rivalisierenden Bandenfamilien ausgeschaltet und deren Tode wie Unfälle aussehen lassen. Dabei ist dieses Syndikat selbst zu unvorstellbarer internationaler

Größe herangewachsen, ohne dass wir es für lange Zeit überhaupt als neue Gefahr wahrgenommen haben. Nun sind sie so mächtig, dass sie sogar versuchen, politische Kontrolle über das Land zu erlangen, indem sie ihre Marionetten in Ämter hieven, um ihren Forderungen Nachdruck zu verleihen. Wir haben keine Ahnung, wer ihr Anführer oder was sein Hintergrund ist. In der Mafia herrscht zumindest eine Art von Familiensinn. Jeder kennt jeden. Nicht so leicht in die Strukturen einzubrechen, aber einfach, an die Namen heranzukommen, wenn einmal eines der Mitglieder ausschert. Aber in dieser Organisation hat keines der Mitglieder, die wir bisher gefasst haben, überhaupt eine Ahnung wer ihr Anführer ist. Keine Chance den Kopf zu fassen, wenn sogar seine eigenen Männer nicht wissen, wer er ist. Was hilft uns also ein weiterer seiner Abgesandten?"

„Sie taucht immer da auf, wo es Informationen gibt. Sind Sie sich sicher, dass sie nicht bereits in Ihrem Labor ist und die Ergebnisse von Ihrem Team hier an Bord stiehlt?" Vanessa Benning gab nicht auf in ihrem Versuch, Dr. Stewart von der Genialität ihrer Idee zu überzeugen, wobei sie Sophia zur alleinig Schuldigen in ihrer erfundenen Fabel erklärte.

„Das ist blanker Unsinn", brummte Prof. Lynford. „Stewart, nicht einmal Sie können auf diesen Schwachsinn hereinfallen."

„Aber es ist die Wahrheit", bestand Vanessa. „Hören Sie ihm nicht zu. Er steckt mit ihr unter einer Decke und kam nur hierher, um seine kleine Geliebte zu retten, als sein Plan mit der Bombe nicht aufging und das Material dadurch nicht zerstört wurde."

„Welche Bombe?" fragten beide Professoren gleichzeitig.

„Tu nicht so als würdest Du das nicht wissen, Merton. Die

Bombe, die Du in der Box mit dem übergebenen Material deponiert hast."

„Da war keine Bombe", widersprach Prof. Lynford.

„Dann lag ich also die ganze Zeit richtig. Du kannst es nicht länger leugnen. Dann war sie es, die die Bombe gelegt hat." Vanessa lächelte siegesgewiss in die erstaunte Runde.

Dr. Stewart war der Erste, der dies kommentierte: „Es muss sie gewesen sein. Sie war immer am richtigen Ort und hatte auch Zugang zu der Box an Bord des Segelbootes. – Ich habe Recht damit behalten, ein aufmerksames Auge auf diese neugierige Besserwisserin zu halten und einen Tracker in ihrem Geldbeutel zu verstecken."

„Sie haben was getan? Haben Sie jetzt komplett Ihren Verstand verloren?" schrie Prof. Benning wütend Dr. Stewart an, was so ganz untypisch für den sonst so ruhigen und gesetzten Professor war. „Haben Sie auch einen in meinem versteckt?"

„Ahm, ja, natürlich, irgendwo. Es ist wirklich nicht wichtig. Ehrlich, nur eine Vorsichtsmaßnahme. Nichts Ernstes", stammelte Dr. Stewart.

„Nicht wichtig, wenn Sie unsere Vereinbarung brechen? Unsere eigenen Leute ausspionieren." Prof. Benning war jetzt mehr als verärgert.

„Unsere eigenen? Unsinn! Sie müssen doch sehen, dass ich Recht behalten habe. Sie hat uns direkt zum Versteck von Lynford geführt." Dr. Stewart sah seine ganze Strategie bestätigt und seine momentane Unsicherheit wegen seiner Hauptbelastungszeugin Vanessa hatte sich durch die neuen Erkenntnisse ohne Zweifel in Wohlgefallen aufgelöst.

Prof. Lynford blickte ihn zornig an. Er schien seine Meinung offenbar nicht zu teilen. „Und wofür haben Sie Ihre Informationen über meinen Aufenthaltsort verwendet? Um ein ganzes historisches Gebäude in die Luft zu sprengen? – Wie sind Sie überhaupt an eine Rakete für einen Luftangriff herangekommen? Ich wusste gar nicht, dass die CIA darauf Zugriff hat oder einen Luftangriff befehligen kann."

Prof. Benning, der zum Zeitpunkt des Angriffs bereits an Bord des Schiffes gebracht worden war, hatte keine Ahnung davon, was in der Zwischenzeit an Land vorgefallen war. Die Information über den Luftangriff kam daher als Überraschung für ihn. „Sie haben versucht sie alle zu töten, sie mit einer Explosion auszulöschen? Haben Sie komplett den Verstand verloren, Stewart? Wir brauchen sie, dringend. – Wir brauchen sie beide, um an das Kernstück dieser Erfindung zu gelangen. Ohne sie haben die Unterlagen überhaupt keinen Sinn. Ich haben Ihnen das bereits wiederholt gesagt. Und vergessen Sie, dass Sophia der Kopf der Mafia ist. Das ist blanker Unsinn."

„Syndikat, nennen sie es", war es nun Vanessa, die ihn korrigierte.

„Es war die einzige logische Möglichkeit." Dr. Stewart verteidigte seine Vorgehensweise. „Es hätte alle unsere Probleme auf einmal gelöst. Ein sauberer Schnitt, sozusagen."

„Indem Sie die Technologie und die Leute, die sie wiederholen könnten, auf einmal beseitigten? Es war nicht geplant, dass sie Ihren ‚sauberen Schnitt' überleben, nehme ich an. Haben Sie überhaupt eine Vorstellung, was Sie getan haben? Haben Sie kürzlich einen Blick ins Internet geworfen? Ich nehme es nicht an, oder Sie würden anders über ihren ‚sauberen Schnitt'-Unsinn denken. Die Information über ‚Darkwood' ist mittlerweile über das ganze Internet verbreitet und weltweit zugänglich."

– 26 –
Sophia im Versteck

Prof. Benning musste online gewesen sein und das Internet nach Neuigkeiten abgesucht haben, dachte Sophia, die immer noch vom Besprechungsraum aus das Gespräch belauschte, obwohl sie mittlerweile ein halbwegs sicheres Versteck unter dem Konferenztisch gefunden hatte, für den Fall, dass jemand plötzlich hereinkam und sie noch immer dort vorfand. Den Servierwagen hatte sie außer Sichtweite hinter der Tür zum Korridor abgestellt.

,Das musste der Grund dafür gewesen sein, warum Prof. Benning so früh am Morgen bereit gewesen war, als er zu Dr. Stewart gerufen worden war. Aber dennoch, warum hatte der Professor die CIA nicht früher über seine Entdeckung des Informations-Lecks gewarnt?' Sophia wusste dafür keine Antwort und richtete ihre Aufmerksamkeit wieder auf das Gespräch nebenan.

Dr. Stewart war ebenfalls von der Enthüllung überrascht und stotterte kaum verständliche Worte, während er versuchte einen klaren Satz zu bilden. „Was? Nein! Wir haben Sie bezahlt! Es gehört uns. Nein!"

„Es ist jetzt Open-Source-Material", erwiderte Prof. Benning bissig, eindeutig nicht unzufrieden über die Verbreitung der Informationen, während Prof. Lynford überraschend dazu schwieg und die Angelegenheit weder bestätigte noch bestritt. Sophia hielt gespannt ihren Atem an. ,Prof. Lynford hatte die Informationen frei im Internet zur Verfügung gestellt? Wirklich?' Sie konnte es kaum glauben. Das war es gewesen, was sie ihn gleich zu Anfang gebeten hatte zu tun, aber er hatte sie damals nur verärgert unterbrochen. Und nun hatte er die Informationen an die CIA verkauft und wer weiß an wen noch, nur um es dann frei ins Internet zu stellen. Er hatte damit allen und jedem weltweit die gleichen Bedingungen zur Verfügung gestellt. Aber wie konnte er sich dann willentlich in die Hände der CIA begeben, wenn eine derartige Enthüllung unmittelbar bevorstand?

Dieser Mann war ganz eindeutig verrückt, komplett und vollständig und ohne Zweifel. Sophia zitterte in ihrer Angst um ihn. Sie wusste, wie sehr Dr. Stewart Prof. Lynford nun hassen musste, da seine ganze Karriere durch diese neue Entwicklung gefährdet war. Er würde Prof. Lynford nicht so einfach entkommen lassen. Er benötigte zu sehr irgendein vorzeigbares Ergebnis seiner Ermittlungen, um seine Fähigkeiten und seinen Erfolg unter Beweis stellen zu können. Er würde retten was auch immer aus der gegenwärtigen misslichen Lage zu retten war, damit er seinen Wert bei den Fahndungen nach dem Kopf des ‚Syndikats‘ belegen konnte, besonders jetzt, da seine Hauptaktivität zur Erlangung der ‚Darkwood‘-Technologie so kläglich gescheitert war.

Mit Vanessa Benning, die zudem darauf versessen war Prof. Lynfords Ruf weiter in den Schmutz zu ziehen, würden sie den Professor für unbefristete Zeit festsetzen, bevor sie jemals riskieren würden, dass er je wieder eine signifikante Erfindung machen konnte. Und seine Ex-Frau schien in ihren Versuchen ihn zu diskreditieren nicht nachzulassen, mit ihren weit hergeholten Theorien, mit denen sie versuchte jeden der ihr zuhörte zu überzeugen:

„Sie sehen, dass ich Recht hatte. Er arbeitet für die Kriminellen. Das Material frei zur Verfügung zu stellen, für das er von Ihnen so ein hübsches Sümmchen verlangt hat.

Vielleicht sind er und das Mädchen zusammen der Kopf der Organisation. Das würde erklären, warum sie so bereitwillig zu seiner Rettung herbeigeeilt kam."

„Seien Sie für einen Moment still", unterbrach sie Dr. Stewart jedoch sogleich. „Ich muss einige Fakten überprüfen."

Ohne eine Antwort abzuwarten, ging er in den benachbarten Besprechungsraum. Sophia war froh, dass sie unter dem Konferenztisch kniete und damit außerhalb seiner Sichtweite war.

– 27 –
Berechtigte Zweifel

Dr. Stewart trat, wie auch beim letzten Mal, lediglich einen Schritt hinaus und rief seine Befehle den Korridor hinunter.

„Carson, Harold. Zu mir, mit Neuigkeiten. Stanley, auch zu mir."

Der Mann namens Stanley war der Erste, der bei ihm ankam, um weitere Anweisungen in Empfang zu nehmen. Er sollte mit dem Hauptquartier Kontakt aufnehmen und jegliche Erwähnung von ‚dark wood' abklären, vor allem was bezüglich ihres Schlüsselprojekts im Internet zu finden war. Er verschwand mit einem knappen „Aye, Sir."

Die anderen beiden Männer kamen gleich darauf an.

Dr. Stewart befragte sie sofort: „Haben Sie erste Resultate?"

Aber beide Männer verneinten vehement.

Erzürnt zog Dr. Stewart die beiden Männer mit sich in den Raum, wo Vanessa und die beiden Professoren auf ihn warteten.

„Ihre Unterlagen sind wertlos", schrie er Prof. Lynford an, aber der Professor antwortete auf Dr. Stewarts Vorwürfe nicht oder holte dessen Erlaubnis ein, sondern wandte sich direkt an die beiden Männer: „Haben Sie ‚Darkwood' starten können?"

„Ja", antworteten beide Männer fast gleichzeitig.

„Aber Sie haben mir gerade erklärt ..." stieß Dr. Stewart empört hervor.

„Ich habe ausgehändigt was Sie verlangt haben", unterbrach Prof. Lynford.

Dr. Stewart wandte sich nun an die beiden Männer und schrie sie an: „Eine Erklärung."

„Die Technologie, die er ausgehändigt hat, funktioniert. Nur sind die Ergebnisse – hm, wie soll ich sagen – unklar."

„Mehr wie eine Überladung", fügte der zweite Mann hinzu.

„Zu viel, um zu etwas Bedeutungsvollem vorzudringen."

Weibliches Lachen begann zunächst leise und nahm rasch an Lautstärke zu, bis ein lautes Gegacker zu hören war. Vanessa Benning rang zwischen ihrem Lachanfall um Atem, um etwas sagen zu können: "Er hat Sie auch ausgetrickst. Er hat es wirklich gewagt und die CIA überlistet!"

„Feine Arbeit, Lynford", kommentierte Prof. Benning, unfähig ganz seine Bewunderung in seinen Worten zu verbergen und sie als Ironie zu tarnen, was nur dazu beitrug, Dr. Stewart noch mehr in Rage zu bringen.

„Gehen Sie wieder an Ihre Arbeit!" schrie Dr. Stewart seine Männer an. „Ich möchte das nächste Mal bessere Ergebnisse, wenn ich Sie wieder zu mir rufe."

„Da ist nichts was wir tun könnten. Die Technologie funktioniert, wie er es gesagt hat. Sie richtet sich nur nicht auf irgendetwas Bestimmtes. Da gibt es keine Möglichkeit einen Nutzen daraus zu ziehen, abgesehen von der Informations-überladung und den atmosphärischen Störungen. Es tut uns leid, Sir, aber das ist alles was hier getan werden kann."

„Zieht das Hauptquartier hinzu. Sie sollen alle verfügbaren Experten für diese Aufgabe bereitstellen. Wir müssen es entschlüsseln. Die ganze Welt sucht mittlerweile nach einer Lösung und wir müssen die Ersten sein."

„Es ist aussichtslos, Sir. Die Technologie kann nicht in einer Weise arbeiten, dass etwas Sinnvolles dabei herauskäme."

„Sagen Sie mir nicht, dass es aussichtslos ist. Gebt die Informationen ans Hauptquartier weiter. Ich möchte in einer Stunde Ergebnisse sehen."

Als die beiden Männer gingen, nahmen sie keine Notiz von Sophia, die noch immer unter dem Tisch nebenan saß. Dr. Stewart drehte sich zu Prof. Lynford um und versuchte, die noch immer hysterisch lachende Vanessa Benning so gut wie möglich zu ignorieren.

„Sie haben dies von Anfang an gewusst. Sie haben die Informationen bereitwillig verkauft, da Sie wussten, dass sie nichts enthüllen würden."

Prof. Lynford schien ruhig, als er antwortete: „Sie haben nach dem Zugang gefragt und ich haben Ihnen diesen gegeben. Ich habe getan was Sie von mir verlangt haben."

„Dann händigen Sie die Informationen aus, wie die Technik gesteuert werden kann."

Aber Prof. Benning unterbrach ihn mit vor Sarkasmus triefender Stimme: „Wie gut ist es nun, dass sie nicht in Ihrem Luftangriff gestorben sind. Da sie noch am Leben sind und Ihnen nun die Antworten liefern können, die Sie benötigen."

Er war noch immer nicht über den Umstand hinweg, dass sein CIA-Kontaktmann versucht hatte, einen Experten zusammen mit weiteren Unschuldigen umzubringen, nur um die Informationen über ‚Darkwood' zu verbergen und aus der Welt zu schaffen.

„Sie haben bereits alle dafür nötigen Voraussetzungen", stellte Prof. Lynford fest. „Es gibt nichts weiter, was ich Ihnen hier in dieser Angelegenheit noch geben könnte. Aber ich habe etwas, was Sie im Moment viel dringender brauchen. – Ich kann Sie zum Kopf des Syndikats führen, der Person, die diesen Kampf nach technologischer Überlegenheit ausgelöst hat indem sie versucht hat sich der ‚Darkwood'-Technologie zu bemächtigen."

„Wer ist es?" Dr. Stewart war sofort interessiert, aber Vanessa

Benning sprach über ihn hinweg.

„Sehen Sie, er steckt mit denen unter einer Decke, wie ich es gesagt habe. Er hat Kontakt zu deren Anführer und weiß wer er ist, wenn er nicht sogar selbst der Kopf der Bande ist."

„Nicht so vorschnell", bremste Prof. Lynford Dr. Stewart und ignorierte Vanessa dabei völlig. „Ich möchte eine Gegenleistung für meine Informationen. Ich helfe Ihnen und Sie lassen Sophia gehen. Und dieses Mal werden Sie Ihre Zusage auch einhalten, ansonsten mache ich die Informationen, die ich über Sie habe, bekannt."

„Sie können nichts über mich haben. Unmöglich. Sie bluffen nur. – Zeigen Sie mir was Sie haben und glauben, dass es das Leben des Mädchens wert ist." Seine Worte klangen tapfer, der Schweiß auf seiner Stirn verriet aber, dass Prof. Lynfords Drohung keineswegs eine leere gewesen war.

„Benning, geben Sie mir den Rucksack, an dem Sie sich so verzweifelt festklammern. Ich habe ihn an Bord gebracht und er gehört mir."

„Nein, er gehört Sophia."

Sophia wunderte sich im anderen Raum darüber, warum ihr sonst so formeller Professor über sie sprach und nur ihren Vornamen benutzte. Er tat das sonst nie, außer im Beisein von Prof. Lynford, so schien es. Aber dann ging ihr auf, dass er scheinbar ein wenig eifersüchtig war, da Prof. Lynford ihren Vornamen so einfach verwendete. Prof. Benning schien seine eigenen Ansprüche auf sie klarstellen zu wollen. ‚Männer', dachte sie irritiert.

Prof. Lynford ließ sich von Prof. Bennings Einwand nicht aus der Ruhe bringen und fuhr fort: „Sophia hat mir den Rucksack übergeben und seinen Inhalt gezeigt. Sie hat ihn absichtlich an Bord meines Schiffes zurückgelassen, daher gehört er nun mir und ich kann damit tun was ich will."

„Hört mit Eurem Geplänkel über dieses Flittchen auf, ihr großen Jungs", schalt Vanessa Benning die beiden Professoren, wobei ihre Stimme wie die einer wohlmeinenden Mutter klang, nun, da ihr Lachanfall beendet war. Aber ihre scharfen Worte waren weit von einer derartigen Rolle entfernt. Als Prof. Lynford den Rucksack endlich in Händen hielt, wandte Dr. Stewart ein: „Was hält mich davon ab, mir die Informationen einfach von Ihnen zu nehmen? Sie sind nicht länger in einer Position Forderungen stellen zu können, Lynford. Sie sind in CIA-Gewahrsam. Was auch immer Sie haben ist konfisziert."

„Haben Sie nicht gerade zugegeben, dass Ihr Team nicht in der Lage ist den Sinn herauszufinden, obwohl sie alle meine Untersuchungsergebnisse in Händen halten? Abgesehen davon, haben Sie mittlerweile herausgefunden wie mein Segelboot funktioniert oder hat ihr Team etwas gefunden, das auch nur annähern anders darauf ist, um überhaupt zu wissen, was sie untersuchen sollen, damit sie an den Kern des Tarn-Mechanismus gelangen können, der mir erlaubt hat unbemerkt hier an Bord zu kommen? Nein, natürlich nicht. Was lässt Sie also glauben, dass Sie mehr Sinn aus den Unterlagen hier in diesem Rucksack ziehen können?"

„Sagen Sie es mir schon. Was ist die Lösung? Ich verspreche, dass das Mädchen gehen kann."

„... mit mir. Das ist Teil der Abmachung. Sie verlässt das Schiff zusammen mit mir und Michael. Keine Hindernisse, keine versteckten Überwachungsgeräte, keine üblen Tricks. Und seien Sie versichert, ich werde es herausfinden."

„Sie haben das mit ihrer Geldbörse nicht bemerkt."

„Nur weil sie zum Zeitpunkt der Überprüfung damit

unterwegs war. Alle anderen Geräte habe ich gefunden."

„Andere?" Dr. Stewart war eindeutig verwundert. „Da waren keine anderen. Sogar das eine war nur eine reine Vorsichtsmaßnahme. Wir hatten sie nicht im Verdacht. Ganz und gar nicht. Es war reiner Zufall, dass ihr ungewöhnlicher Aufenthaltsort unseren Verdacht erregt hat."

„Jemand anders muss sie dann deutlich früher in Verdacht gehabt haben. Nun sehen Sie, dass sie nicht die harmlose Person ist, für die Ihr sie alle haltet." Vanessa hatte zu ihren scharfen Anspielungen zurückgefunden. „Ich habe die ganze Zeit gesagt, dass sie mit den Kriminellen unter einer Decke stecken muss."

„Und was ist mit Dir, meine liebe Ex-Frau?" Prof. Lynford sprach mit einer Stimme voll triefender Zärtlichkeit, die er aber ganz offensichtlich so nicht meinte. „Du verbreitest Gerüchte und Lügen und bist immer mitten im Zentrum des Geschehens. Wie bequem für Dich das unschuldige Opfer zu spielen, um von allen Seiten Sympathie zu erhalten und zugleich einen Sturm heraufzubeschwören, damit Du die Ergebnisse ernten kannst, von denen Du geglaubt hast, dass sie Dir bereitwillig in den Schoß fallen. Wie schade, dass Du nicht bekommen hast was Du wolltest."

„Du Mörder und Betrüger. Du hast alle angelogen. Hast gesagt, dass es funktioniert, nur um Aufmerksamkeit zu erhalten, dabei funktioniert nichts was Du anpackst. Wie im Bett. Schöne Verpackung, aber gefühlsmäßig abwesend."

Vanessa Benning musste bei diesen Worten Prof. Lynford körperlich attackiert haben, denn Sophia konnte aus dem anderen Raum ein Handgemenge hören.

„Wie kommst gerade Du dazu, davon zu reden? Du warst keinen Deut besser, Vanessa. Hast unserer Ehe nie auch nur die geringste Chance gegeben, nicht einmal ganz zu Anfang.“ Erstaunt lauschte Sophia der Auseinandersetzung um wichtige Technologie, die plötzlich zu einem Ehekrieg oder besser einem Nach-Scheidungs-Krieg geworden war.

Sie konnte Prof. Lynford nicht verstehen. Wie konnte er emotional noch immer so von seiner Ex-Frau abhängig sein. Er sollte sie doch vielmehr aus tiefstem Herzen verabscheuen, nachdem sie ihn ins Gefängnis gebracht hatte. Nach Sophias Ansicht sollte er vor Freude Luftsprünge machen, dass er sie losgeworden war. Aber als Frau hatte sie vermutlich einfach kein Verständnis für die Eroberer-Mentalität eines Mannes, der Besitz anhäufte, an Stelle von Gefühlen. In dieser Hinsicht musste er seine Ehe für ein persönliches Versagen ansehen, als Verlust und zugleich ein Zeichen von Schwäche in einem Leben, das ansonsten übermäßig mit Erfolgen gesegnet war. Ein Schatten auf seiner Agenda, ein verlorener Besitz.

Sophia war sonderbarerweise enttäuscht von ihm. Sie hatte ohne wirklich Grund dafür zu haben dennoch gehofft, dass ihre eigene Beziehung zu ihm sich zu etwas Stärkerem entwickelt hatte und ihm eventuell über seine Probleme mit seiner früheren Frau hinweghelfen konnte, zumindest ein ganz klein wenig. Dass er noch immer so sehr an Vanessa hing, schmerzte sie sehr und sie musste sich gegenüber eingestehen, dass sie zutiefst eifersüchtig war. Sie wollte die wichtigste Frau in seinem Leben sein. Das war es gewesen, warum es so weh getan hatte, dass er sie weggeschickt hatte und warum es sie jetzt mehr traf als sie sich selbst gegenüber zugeben wollte, dass er immer noch so sehr auf seine Ex-Frau fixiert war.

Mit den in ihrem Kopf umherschwirrenden Gedanken musste sie einen Teil der Diskussion im anderen Raum überhört haben, denn der nächste Kommentar von Prof. Lynford holte sie abrupt aus ihren Überlegungen zurück.

„Dein einziger Grund mich zu heiraten war es, an meine Erfindungen heranzukommen – und nun kann ich es beweisen. Es war für Dich niemals Liebe, die Dich zu mir geführt hat, sondern Du hattest es gezielt auf mich abgesehen, nachdem Du von meinem gerade erhaltenen Forschungsauftrag für das Militär gelesen hattest. Die zeitliche Abfolge stimmt genau. Als wir uns das erste Mal trafen, hattest Du bereits ein klares Ziel, was Du von mir und unserer Ehe wolltest. Zu Deinem Leidwesen hast Du nur nicht alles erhalten was Du wolltest. Und als Du das festgestellt hast, wolltest Du mich aus dem Weg schaffen. Du hast gedacht, im Gefängnis könnte ich nicht länger Deinen freien Zugang zum Labor verhindern."

„Du mörderischer Lügner", schrie Vanessa Benning. „Versuchst nun, als Heiliger dazustehen. Du wolltest mich erwürgen. Wolltest maximalen Profit aus Deinen Erfindungen schlagen, die im Grunde gar nicht so schwer zu entwickeln waren, wenn Bernard sie so einfach nachstellen konnte. Er ist derjenige, der das Lob dafür ernten sollte, er war der eigentlich Entscheidende, der sie zur Lösung gebracht hat. Aber nein – jeder schwärmt um Dich herum als wärst Du so unendlich genial."

„Natürlich war seine Arbeit wichtig für Dich. Benning hat die unvollendeten Forschungspapiere für Dich fertiggestellt, die Du ergattern konntest und hat Dir dadurch Methoden zur Verfügung gestellt, mit denen Du mit Deiner Bande von Kriminellen einen Vorteil gegenüber anderen Banden erlangen konntest."

„Du hast keine Ahnung wovon Du sprichst. Bernard ist genial, während Du nicht fertigstellen kannst was Du beginnst. Dein

Labor bekommt nicht einmal die Ergebnisse für das Militär richtig hin. Alles besteht nur aus Stückwerk und fehlerhaften Statistiken."

„Ein guter Weg, um die wirklichen Erfindungen vor neugierigen Staatsfeinden zu verbergen, ist es nicht so, liebe Vanessa? Und abgesehen davon, woher weißt Du überhaupt, dass die neuen Statistiken aus meinem Labor Fehler enthalten? Hat der gute Dr. Stewart seine Fortschritte so intim mit Dir geteilt?"

„Du bist der Kriminelle, lieber Ehemann. Du warst es, der Staatsgeheimnisse an unsere Feinde verkauft hat. Und nun ist Dir die CIA auf die Schliche gekommen. Du wirst den Rest Deines Lebens im Gefängnis verbringen." Vanessa überschrie alle anderen Argumente, um ihren vorherigen Patzer zu vertuschen.

Prof. Lynford schien jedoch nicht im Geringsten beunruhigt durch ihre lautstark geäußerten Anschuldigungen und antwortete ihr ruhig: „Wir werden sehen. Es gibt keinen Grund für die CIA mich einzusperren, wenn Deine Bandenmitglieder dann Forschungsergebnisse von mir benötigen und mich wieder befreien."

„Du Lügner! Du Betrüger! Du Verräter!" Vanessa kreischte, sich bewusst darüber, dass sie bereits zu viel verraten hatte, aber Dr. Stewart hatte sich bislang nicht eingemischt und hatte nicht zu erkennen gegeben, dass er sich ihres Eingeständnisses bewusst war. Die Laborergebnisse waren ‚Streng geheim' gewesen und abgesehen davon, dass Dr. Stewart sie als seine Hauptzeugin wiederholt befragt hatte, hatte er mit ihr keinerlei Informationen geteilt.

– 28 –
Schmerzhafte Erkenntnis

Dr. Stewart schüttelte langsam die schwere Beklemmung von sich ab, die seine Gedanken gefangen hielt und wurde sich seiner Umgebung wieder bewusst. Er hatte all seine Möglichkeiten in seinem Kopf durchgespielt, wie er auf die gegenwärtige Entwicklung reagieren konnte, nun da sich seine Hauptzeugin als mehr als unglaubwürdig herausgestellt hatte. Er konnte es immer noch nicht fassen, dass es die ganze Zeit über Vanessa gewesen war. Sie hatte irgendwie Zugang zu seinen bestgehüteten Informationen erhalten, dem neuen Ergebnisreport aus Prof. Lynfords Labor, und hatte sogar deren Fehler herausgefunden. Nur der kriminelle Kopf hinter all dem konnte überhaupt von dessen Existenz erfahren und Zugang zu dem mit höchster Sicherheitsstufe bewachten Material erlangt haben.

Verärgert über sich selbst, dass er auf die Verführungen dieser Frau so leichtgläubig hereingefallen war, schnauzte er Prof. Lynford an: „Zeigen Sie mir Ihre Beweise, die Sie für Ihre Theorie haben."

Prof. Lynford öffnete den Rucksack und zeigte den Stammbaum vor, den Sophia mit dem Zugang ihres Vaters zu dem Genealogie-Netzwerk aus dem Internet gezogen und ausgedruckt hatte.

„Hier, sehen Sie. Dies sind die Familienverbindungen des früheren Anführers der Verbrecherbande, Arthur Benning. Vor vierzehn Jahren sind zwanzig Personen aus dieser Familie in kurzer Folge verstorben, entweder durch plötzliche und unerwartete Gesundheitsprobleme oder durch Unfälle.

Zufall? – Möglicherweise; bis auf die Tatsache der hohen Anzahl, der nahen Verwandtschaft zum Verbrecherboss und dem kurzen Zeitraum von nur einem Jahr, in dem all die Todesfälle stattfanden. All die Verstorbenen waren Teil des inneren Familienkreises und hatten durch ihre engen Verwandtschaftsverhältnisse zu Arthur Benning ein Anrecht darauf, das ‚Familiengeschäft' zu erben. Nur wenige haben überlebt, darunter die rechte Hand des Verbrecherbosses, Robert, und seine zwei anwesenden Enkel."

„Robert Benning war Invalide, die meiste Zeit seines Lebens kaum fähig sich zu bewegen. Wir haben bereits vor langer Zeit ausgeschlossen, dass er eine signifikante Rolle in der Organisation hätte spielen können." Dr. Stewart winkte die Vorstellung ungeduldig als unbedeutend und weithergeholt ab und wollte dem von Prof. Lynford erhobenen Verdacht keinen Glauben schenken.

Prof. Lynford fuhr unbeirrt fort: „Die einzigen Überlebenden abgesehen von den beiden hier anwesenden Verwandten, waren Edward Mathers und seine Frau und zwei Kinder. Mathers hatte die bei weitem jüngere Schwester von Arthur Benning einige Jahre vor der Familienauslöschung geheiratet. – Meine Theorie ist, dass der Grund hierfür ist, dass seine Schwester gegen den Willen von Arthur Benning geheiratet hat und ihr Ehemann daher nie im inneren Kreis des Familienunternehmens willkommen war. Dies scheint ihnen das Leben gerettet zu haben. – Sehen Sie nun, worauf ich hinaus will, Stewart? – Arthur Benning hat nichts dem Zufall überlassen. Er hat den Weg für seinen Nachfolger geebnet und hat alle, die ihm hätten gefährlich werden können, aus dem Weg geräumt. – Damit bleiben nur zwei Optionen übrig, nun da Robert Benning oder ‚Onkel Bob', wie seine rechte Hand auch genannt wurde, vor ein paar Jahren an Altersschwäche gestorben ist."

Der Spitzname und seine Rolle für den Verbrecherboss war unter den Informationen gewesen, die Sophia von Prof. Benning in seinen letzten Nachrichten erhalten hatte und es ermöglichte nun Prof. Lynford, all die losen Enden über diese Verbrecherfamilie zusammenzusetzen, die sie gemeinsam – er korrigierte sich in Gedanken – die Sophia allein herausgefunden und zusammengetragen hatte.

Er hatte während seiner Ehe keinen Kontakt zu Vanessas Familie gehabt, da sie ihm immer wieder erzählt hatte, dass sie sich nicht nahestanden und sie sie nicht sehen wolle. Sie hatte nicht einmal jemanden aus ihrer Familie zur Hochzeit eingeladen. Bevor Sophia den Familienstammbaum ausgegraben hatte, war er sich nicht einmal über ihre Verbindung zu Prof. Benning oder der kriminellen Bedeutsamkeit ihrer Verwandtschaft im Klaren gewesen. Vanessa hatte ihm wiederholt versichert, dass sie mit dem Professor mit dem gleichen Familiennamen nicht verwandt war. Ihr Beharren darauf ihren Namen zu behalten, wenn er dadurch ständig an seinen Rivalen erinnert wurde, hatte ihn entnervt, aber er hatte ihren Wünschen nachgegeben, Narr der er gewesen war.

Da Stille auf seine Ausführungen herrschte und Prof. Benning ihn nicht unterbrach um ihn zu korrigieren, fuhr er fort: „Onkel Bob war einer der Wenigen in der Familie gewesen, denen erlaubt worden war eines natürlichen Todes zu sterben. – Und das waren nur die Zahlen für die Todesfälle in dieser Familie. Die Hinrichtungen in den anderen kriminellen Familien im gleichen Zeitraum sind bei dieser Zählung nicht einmal berücksichtigt."

„Was willst Du damit sagen?" unterbrach Vanessa vehement.

„Du kannst mich nicht allen Ernstes beschuldigen, ich, eine bloße Frau, oder Bernard, mein forschungsbesessener Cousin, hätten all diese Morde in unserer Familie auf dem Gewissen. All diese Todesfälle wurden als natürlich erklärt und keiner hat damals auch nur Verdacht ausgelöst. Du musst selbst zugeben wie verrückt Deine Anschuldigungen sind. – Deine Unterlagen beweisen gar nichts. Nur, dass unsere Familie in diesem Jahr außerordentlich vom Pech verfolgt war – oder von denen verfolgt worden ist, die auch die anderen Familien dezimiert haben, wenn Du schon irgendjemanden beschuldigen möchtest." Sie versuchte noch immer, auf ihrer Unschuld zu beharren, obwohl alle Anwesenden im Raum sie mit einer Mischung aus Schock und Abscheu anblickten.

„Mit der einzigen Ausnahme, dass die anderen Familien ausgelöscht wurden, während Deine noch immer strategisch bedeutsame Überlebende vorweisen kann", erwiderte Prof. Lynford und legte einen Zeitungsartikel nach dem anderen auf den Tisch zwischen ihm und Dr. Stewart, die Sophia in ihrer Internetrecherche zusammengetragen hatte.

Nicht einmal Dr. Stewart hatte noch den geringsten Zweifel daran, dass das was Prof. Lynford sagte der Wahrheit entsprach, obwohl er seine Gedanken für sich behielt. Er war nun davon überzeugt, dass die Verbrecherorganisation die Nachfolge geregelt hatte, um eine mächtige Position im illegalen Markt zu erhalten und ihre Stärke gegenüber der Konkurrenz auszubauen. Warum diese Schlussfolgerung nie in den FBI-Berichten über diese Ereignisse gezogen worden war, war ihm rätselhaft. Aber trotz all der Fakten hätte er dennoch nie vermutet, dass Vanessa das neue Oberhaupt des ‚Syndikats' war.

Obwohl Prof. Benning eine weitere Möglichkeit war, der

damals die Führung übernommen haben könnte, verdächtigte er doch zu keinem Zeitpunkt ihn. Er hatte ihn das gesamte letzte Jahr über beobachten lassen und der Mann hatte nicht die geringste Chance gehabt ein derart weltumspannendes Konglomerat des Verbrechens zu leiten, wie es das Syndikat nach den bisherigen Ermittlungen der CIA war. – Nein, es war Vanessa Benning, die der Kopf der Bande war und ihnen durch alle Netze geschlüpft war und raffiniert ihre eigenen Interessen geschützt hatte und sich der Aufmerksamkeit entzogen hatte, indem sie sich als Kronzeugin und unschuldiges Opfer ihres kriminellen Gatten präsentiert hatte. Sie hatte der CIA dringend benötigte Informationen und Belege geliefert, um das Interesse aufrecht zu erhalten und sich selbst unersetzlich zu machen. – Er bezweifelte nicht länger, dass sie der eine, geheime Drahtzieher war, der sie alle meisterhaft ausgespielt hatte.

Aber er wusste auch, dass seine Karriere bei der CIA zu Ende sein würde, wenn auch nur ein Wort hiervon ans Licht kam. Dass er sich vom Kopf der Bande hatte manipulieren und an der Nase herumführen lassen, den sie eigentlich hatten fangen wollen, ihr sogar Zeugenschutz garantiert hatte. – Der Skandal würde ausreichen, um ihn lebend zu begraben. Kein Arbeitgeber weltweit würde ihn nach so einem Fehlschlag auch nur in Erwägung ziehen. Das würde das Ende für all seine ambitionierten Pläne bedeuten, wenn sie ihn überhaupt lebend davonkommen ließen, was er schwer bezweifelte. – Er musste das ganze irgendwie zu seinen Gunsten wenden. Aber wie?

In der Zwischenzeit setzte Prof. Lynford seine Ausführungen fort, in völliger Unkenntnis über den Aufruhr, der in Dr. Stewart vor sich ging: „Während Prof. Benning wie auch seine

Eltern früh der Verbrecherorganisation den Rücken zugekehrt haben und er sich auf seine Forschungen und seine Karriere konzentrierte und sich um seine Tochter kümmerte, tat Vanessa, seine Geliebte, nichts dergleichen. Im Gegenteil, sie ließ sogar ihre Tochter Jenny zurück und händigte sie gleich nach der Geburt dem Vater aus. Vanessa stand ‚Onkel Bob‘, dem Assistenten ihres Großvaters Arthur Benning und Chef der nun als ‚Syndikat‘ bezeichneten Verbrecherorganisation, sehr nahe. Die Beiden, ihr Großvater und ihr Onkel, haben sie zur Nachfolgerin ausgebildet. Sie haben die Auslöschung aller die ihr hätten im Weg stehen können veranlasst und alle weiteren Erbberechtigten in nur einem Jahr beseitigt. Darunter auch ihre eigenen und Prof. Bennings Eltern.“

Prof. Benning stöhnte wie unter Schmerzen: „Vanessa, wie konntest Du nur! – Nicht Onkel Severin und ... Mutter! Du hast auch meine Eltern umgebracht? Der Unfall? Das warst alles Du?“ Er hatte zuvor die Anschuldigungen nicht geglaubt, aber nun, da sie so direkt ausgesprochen wurden, konnte er nicht länger seine Augen davor verschließen und die grausame Wahrheit ignorieren.

„Sie wollten Großvaters Pläne zur Neuordnung des Familienunternehmens verhindern. Er hat alles ausgeheckt. Es war sein Wunsch gewesen und seine Planung ...“ Vanessa, die nun sah, dass auch ihr loyalster Verbündeter und Liebhaber nicht länger an ihrer Schuld zweifelte, sondern sie offen angriff, verlor für einen Moment ihre Fassung. Sie schien ihren früheren und kürzlich wieder erneuten Liebhaber um Verständnis zu bitten dafür, was sie ihrer Meinung nach hatte tun müssen, um zu überleben, aber auch um sicherzustellen, dass er einer der wenigen Überlebenden war.

– 29 –
Die Wende

Ein siegesgewisser Schrei von Dr. Stewart unterbrach Vanessa Bennings aufrichtiges Geständnis. Er sprang auf Prof. Lynford zu und riss ihm gewaltsam Sophias Rucksack aus der Hand. Der Professor hatte ihn gehalten, um ein Dokument nach dem anderen zu enthüllen und damit seine Argumentation zu untermauern. Nun war nur noch der Laborbericht darin, den Sophia von Prof. Benning erhalten hatte.

„Sie hatten die ganze Zeit über die geheimen Unterlagen und nun wollen Sie den Verdacht auf ihre frühere Frau schieben, um von Ihrer eigenen Schuld abzulenken. – Vielleicht haben Sie selbst ihr die Informationen zugespielt, um sie verdächtig aussehen zu lassen. Es waren die ganze Zeit Sie hinter all dem und nun wollen Sie die Schuld auf die Frau schieben, die Sie tot sehen wollten", fasste Dr. Stewart die ganzen Enthüllungen knapp zusammen.

Prof. Lynford und Prof. Benning waren zu erstaunt über diese abwegige Interpretation dessen, was hier nur Augenblicke zuvor enthüllt worden war, so dass sie einem Moment brauchten Dr. Stewarts neuer Version der Dinge widersprechen zu können.

Prof. Benning war der Erste, der seine Stimme wiederfand und stotterte, immer noch nicht ganz fähig die neue Wendung der Ereignisse zu verstehen: „Das können Sie nicht ernst meinen, Stewart. Ich selbst habe das Material Sophia gegeben und sie hat es Lynford ausgehändigt."

„So, nun geben Sie es also endlich zu, dass Sie Teil dieser Verschwörung sind. Hatte die ganze Zeit über meine Zweifel an Ihnen, Benning", schoss Dr. Stewart scharf zurück.

Prof. Benning schüttelte verärgert den Kopf über die Sturheit von Dr. Stewart, wobei er um Worte rang und noch immer nicht ganz glauben konnte, dass dieser Mann die Tatsachen so grundlegend falsch auslegen konnte.

„Sie sind ein Dummkopf, Stewart, wenn Sie glauben, dass sie Sie ungeschoren davonkommen lässt", versuchte nun Prof. Lynford Dr. Stewart vom Fehler seiner Handlungsweise zu überzeugen. „Vanessa zu vertrauen bedeutet, sich dem Teufel selbst auszuliefern."

Sophia blinzelte im anderen Raum ungläubig mit den Augen in ihrer Verwunderung. Wie hatten die Dinge so falsch laufen können? Gerade Augenblicke zuvor hatte sie geglaubt, alles würde sich endlich aufklären. Sie hatte angenommen, Dr. Stewart würde zufrieden darüber sein, nach all seinen Versuchen endlich den Kopf des ‚Syndikats' fassen zu können und alles würde in Minuten gelöst sein. Aber nein, er musste wie üblich sein überhebliches Selbst sein und die geballte macht der CIA gegen die einzigen Unschuldigen in diesem ganzen Debakel richten, dachte Sophia aufgebracht. Ihr erschien es fast so, als wäre Dr. Stewart selbst Teil dieses ganzen kriminellen Plans, etwas, das sie früher nie für möglich gehalten hätte.

Sophia überlegte hin und her. Sie musste doch etwas tun können, um die Dinge wieder geradezurücken. Sie konnte Dr. Stewart nicht gewinnen lassen, nicht auf diese Weise, indem er die Kriminellen unterstützte und Drohungen gegen ihren ... – Was war das? – Hatte sie wirklich gerade an Prof. Lynford als ‚ihren' eigenen gedacht? Ganz unmöglich, aber dennoch, sie konnte nicht zulassen, dass Dr. Stewart ihm etwas antat oder Prof. Benning.

Sophia vertraute nicht wirklich auf den Schutz durch die ‚abgestaubte' Waffe, aber sie verließ ihr Versteck unter dem Konferenztisch und zog die Walther-Pistole aus ihrem Hosenbund. Nicht von der Waffe in ihrer eigenen Hand beeindruckt, sah sie sich nach weiteren Möglichkeiten um, mit denen sie Verwirrung stiften und möglichst viel Chaos anrichten konnte, um von sich abzulenken. Damit sie Prof. Lynford und Prof. Benning aus den Klauen dieses inkompetenten Dr. Stewart befreien konnte, musste sie alle ihr nur möglichen Vorteile nutzen.

Ihr Blick fiel bei ihrer Suche auf ein Stövchen auf einem Sideboard, das vermutlich zum Warmhalten einer Teekanne verwendet wurde, mit zwei unbenutzten Kerzen und einem Feuerzeug daneben. Es musste für die Mahlzeit bereitgestellt worden sein, die sie gerade abgeräumt hatte, aber war scheinbar nicht nötig gewesen, da noch ein zweites danebenstand, dessen Kerzen ausgebrannt waren.

Sie platzierte das Stövchen auf dem Konferenztisch, etwa in der Mitte des Zimmers und zündete dann die Kerzen darin an, um anschließend die Patronen aus der Pistole obenauf in die Halterung für eine Kanne zu legen, die zum Glück eine schöne Mulde hatte, so dass die Patronen nicht gleich davonrollen konnten.

Sophia betete darum, dass die Kerzen heiß genug wurden, so dass die Flammen die Patronen zum Explodieren bringen konnten. Aber sie würde den Raum zur Sicherheit rasch verlassen müssen, damit sie nicht selbst in die Schussbahn der wild umherfliegenden Patronen gelangte, wenn sie denn wirklich heiß genug wurden. Um durch die Patronen niemanden versehentlich draußen im Korridor zu verletzen, schloss sie leise die Außentür.

Die Stimmen aus dem benachbarten Raum waren immer noch in eine hitzige Auseinandersetzung verwickelt, obwohl sie sie nicht deutlich verstehen konnte, da alle übereinander schrien. Vanessa Benning war die Einzige, die sich an der Debatte nicht beteiligte, so dass Sophia Schwierigkeiten hatte ihre Position im anderen Raum zu bestimmen.

Als weitere Rückversicherung, deren Wert sie nicht klar abschätzen konnte, schaltete sie das Gerät zur Sprechanlage an Bord des Schiffes ein, so wie sie es den CIA-Agenten hatte tun sehen, und befestigte es an ihrer Schürze.

Dennoch machte sich Sophia Sorgen, da sie ihren Fluchtweg durch die hoffentlich bald explodierenden Patronen abgeschnitten hatte. Mit einem entschlossenen Gesichtsausdruck, der ihre Ängste überdecken sollte, stürmte sie in den angrenzenden Raum, die Pistole dabei fest in der ausgestreckten Hand haltend.

Fast sofort wurde ihr jedoch die Dummheit ihrer Vorgehensweise deutlich.

Sie sah nur drei Männer in ihrem Blickwinkel. Vanessa Benning war außerhalb ihres Sichtfeldes. Sophia wagte nicht sich nach ihr umzusehen, da sie befürchtete, Dr. Stewart, auf den sie ihre Waffe gerichtet hielt, würde die Gelegenheit nutzen und seine eigene Waffe ziehen, die an seiner Seite im Brustholster hing, wenn sie auch nur für eine Sekunde ihre Aufmerksamkeit von ihm abwandte.

„Lassen Sie sie frei, Dr. Stewart. Lassen Sie Prof. Benning und Prof. Lynford gehen", forderte Sophia mit fester Stimme. „Sie wissen genau, dass beide mit den Syndikat-Machenschaften nichts zu tun haben."

Dr. Stewart schien ganz unberührt davon zu sein, dass sie eine Waffe auf ihn gerichtet hielt und wandte sich an sie als hätten sie ein entspanntes Gespräch über einer Tasse Kaffee: „Du gibst also zu, dass Du die wahre Schuldige bist, Sophia, wenn Du das mit so viel Überzeugung über die beiden Professoren sagen kannst?"

„Natürlich nicht. Der Gedanke allein ist völlig abwegig. Bevor ich an Bord dieses Schiffes kam, hatte ich noch nie etwas von einem ‚Syndikat' gehört, von wegen, dass ich selbst einem angehört hätte."

„Stell Dich nicht dumm, Mädchen. Du bist seine Anführerin und hast Deine beiden Professoren dazu verführt Dir zu helfen. Dich so lange auf dem Schiff versteckt zu halten zeigt allein, welch harmlose Unbeteiligte Du bist."

„Unsinn", warfen beide Professoren ein, aber es war Prof. Benning, der fortfuhr: „Sie ist viel zu jung dafür. Sie muss bestenfalls in der fünften Klasse gewesen sein, als der neue Anführer die Leitung übernommen hat. Denken Sie nach, Stewart. Nicht einmal Sie können so etwas Unsinniges glauben."

„Und so gekonnt mit einer Waffe herumzufuchteln soll mich von ihrer Unschuld überzeugen? Weit gefehlt, Benning. Sie steckt mit Ihnen und Lynford im Bunde und dass sie Ihren Forschungsreport an Lynford übergeben hat beweist es nun endgültig."

Dr. Stewart nickte in Sophias Richtung und sie wurde nicht lange im Unklaren darüber gelassen, was er damit meinte.

Vanessa Benning musste durch die Tür vor ihr verborgen gewesen sein und stürzte sich von hinten auf sie, um ihr die Waffe zu entreißen. Diese Frau war eindeutig keine Unbeteiligte, sondern eine erfahrene Kämpferin. Das zeigte sich sofort in ihrem Umgang mit der vorgeblich geladenen Waffe.

Aber obwohl Sophia versuchte an der Waffe festzuhalten,

wurde sie ihr mit einem heimtückischen Griff, der ihr fast die Finger abriss, aus der Hand gewunden und sie konnte einen Schmerzlaut nicht unterdrücken.

Prof. Lynford wollte ihr zu Hilfe kommen, aber Vanessa Benning hatte bereits die Pistole auf ihn gerichtet.

„Geh zurück, Merton, oder es wird mir ein Vergnügen sein Dir ein Loch zu verpassen. Und glaube nicht, dass ich die Skrupel habe, die Du hattest", erklärte sie siegesgewiss, wobei sie von hinten Sophias Arme gepackt hielt und sie damit zurück gegen ihren eigenen Körper presste. Sophia versuchte sich gegen die eiserne Umklammerung zur Wehr zu setzen, wurde aber fest gegen die Frau gedrückt, die sie hasste.

Vanessa fuhr unbeirrt von Sophias Befreiungsversuchen fort: „Halt still oder ich erschieße Deinen Liebhaber, meine Gute. Du hast keine Chance mehr zu gewinnen, oder er stirbt."

„Vanessa, genau das ist es. Töte sie. Wir können keine Zeugen gebrauchen oder wir hängen hier beide drin. Niemand darf je erfahren, was heute hier geschehen ist. Erschieß zuerst sie und dann die anderen. Wir können nicht zulassen, dass sie jemandem erzählen was sie wissen." Dr. Stewart gab die Anweisung als würde er gerade in einem Restaurant Essen bestellen. Selbst für einen solchen Befehl hätte Sophia mehr Emotionen erwartet als er sie zeigte.

Sophia schlug wild mit ihren Beinen aus und verlagerte das Gewicht ihres Oberkörpers auf den Arm von Vanessa, der sie noch immer unnachgiebig an sie presste. Sie sah ungläubigen Schock auf Mertons Gesicht, als Vanessa Benning die Pistole an Sophias Kopf hielt, um Dr. Stewarts Vorschlag nachzukommen. Prof. Lynford machte sich bereit sich auf sie zu werfen, war aber zu weit entfernt, rechtzeitig einen Schuss verhindern zu können. Aber Verzweiflung verzerrte seine

Gesichtszüge als er bemerkte, dass Sophia auch mit der an ihre Schläfe gehaltenen Waffe mit ihrer Gegenwehr nicht nachließ. Sophia stieß in einer heftigen Bewegung ihren Kopf zurück und die Frau hinter ihr stieß einen Schmerzensschrei aus, aber Sophia ließ nicht locker. Sie konnte der Frau keine Pause gönnen um ihr Gleichgewicht wiederzufinden, nur damit sie herausfand, dass die Pistole gar nicht geladen war. Denn dann würde Dr. Stewart sicherlich seine eigene Waffe ziehen. Obwohl er bisher keine Anstalten dazu gemacht hatte und mit seiner eigenen Waffe Vanessa Benning nicht zu Hilfe gekommen war. Seine Pistole hing noch immer gesichert in seinem Schulterhalfter unter seinem linken Arm. Er wollte scheinbar einen eindeutigen Ballistik-Report für eine spätere Untersuchung der Vorfälle, was ausnahmsweise einmal zu Sophias Vorteil war.

Eine Salve an Schüssen war plötzlich aus dem Nachbarraum zu hören. Sophia, die als Einzige wusste was das zu bedeuten hatte, dankte Gott dem Allmächtigen für diese rechtzeitige Rettung. Sie hatte bereits die Hoffnung aufgegeben, dass der Trick mit den Patronen überhaupt noch funktionieren würde. Aber nun waren in kurzer Folge hintereinander vier Patronen explodiert und hatten alle Anwesenden erstarren lassen.

‚Vier, oh je!' Sophia zählte die Schüsse erneut in ihrem Kopf, indem sie den Rhythmus der Laute nochmals wiederholte. Aber es waren eindeutig nur vier Schüsse gewesen. Wo war die fünfte Patrone, die sie auf das Stövchen gelegt hatte?

Dr. Stewart, irritiert von der Attacke so nah an seinem Besprechungsraum, zog nun seine eigene Waffe und öffnete vorsichtig die Tür zum Nachbarraum einen kleinen Spalt. Aber alles blieb ruhig nebenan.

Sich mit mehr Zuversicht umsehend, trat er hinaus und fand

die Einschusslöcher über den ganzen Raum verstreut an ganz ungewöhnlichen Orten, wie an der Zimmerdecke, an der Wand zum Gang und an der geschlossenen Ausgangstür. Aber abgesehen davon war der Raum leer und er fand keinen möglichen Angreifer darin.

„Alles klar", rief er zurück und ging weiter zum Korridor, wobei er seine Pistole wieder ins Halfter zurücksteckte.

– 30 –
Fesselnde Argumente

Prof. Lynford, der zuvor gezögert hatte sich zu nähern, da er befürchtet hatte, dass Sophia sofort erschossen werden würde, kam nun und nutzte die Gelegenheit dieser Ablenkung, um sie zu retten. Er rang mit Vanessa um die Waffe, die sie noch immer an Sophias Kopf hielt, aber er konnte leicht die Zielrichtung ändern und endlich auch die Waffe an sich bringen, ohne dass dabei ein Schuss abgefeuert wurde. Denn Vanessa war durch die sich wehrende und heftig sträubende Sophia zu sehr abgelenkt und nur bedacht darauf ihr eigenes Gleichgewicht halten zu können.

Prof. Benning, der Prof. Lynfords Versuchen zunächst zusah, trat herbei, zog Vanessas Arme nach hinten und hielt sie fest.

Ein knirschendes Geräusch ließ sie alle zugleich zu Boden blicken, wo die Teile eines technischen Gerätes verstreut und zerquetscht lagen. Das war das unrühmliche Ende eines der zusammengewürfelten Rettungsversuche von Sophia.

Hoffentlich hatte die Crew des Schiffes genug von der Diskussion verstehen und sich daraus einen Reim machen können, was das kleine, nun zerstörte Gerät übertragen hatte. Sophia hatte gewisse Zweifel, dass es genug gewesen war um jemanden zu überzeugen, aber Dr. Stewarts Erschießungsbefehl musste in jedem Fall verdächtig wirken, wie auch immer man den Zusammenhang betrachtete.

Froh endlich frei zu sein, wandte sich Sophia zu ihren beiden Professoren um und lächelte sie dankbar an, noch immer viel zu sehr außer Atem von ihrem Kampf mit Vanessa, als dass sie ihren Dank hätte in Worte fassen können. Aber das verhinderte nicht, dass sie erzürnt die zischende und kreischende Frau anstarrte, die noch immer versuchte nach ihr zu fassen.

„Beruhig Dich", schüttelte Prof. Benning Vanessa, aber das brachte sie nur noch mehr in Rage und sie richtete ihren Zorn nun gegen ihn.

„Du Verräter. Kannst Du nicht sehen was sie tun? Sie versuchen Dich gegen mich einzunehmen, Dein eigenes Fleisch und Blut, die Mutter Deines Kindes."

„Vanessa, hör auf damit. Deine Lügen funktionieren bei mir nicht länger. Dein Spiel ist aus."

„Nicht für lange. Stewart ist auf meiner Seite, hast Du das vergessen?"

„Nein. Er wollte mich umbringen. Ist das Deine Art mir zu zeigen, wie viel ich Dir bedeute?" Er hielt sie fest umschlungen, damit sich die heftig wehrende Vanessa nicht aus seinem Griff befreien konnte. „Helft mir sie festzubinden", keuchte Prof. Benning vor Anstrengung.

Sophia und Prof. Lynford, die beiseitegetreten waren und ihrem Ringen mit erstaunter Faszination zugesehen hatten, traten bei seinen Worten sogleich helfend heran.

Sophia wurde jedoch für ihre Bemühung mit einer frei fliegenden Faust von Vanessa belohnt, die Prof. Bennings Griff entkommen war und mit voller Kraft auf ihrem linken Backenknochen landete. Der Schlag ließ sie vor Schmerz zurücktaumeln und sie beobachtete die beiden Professoren aus sicherer Distanz, wie sie Vanessa an einen der Metallrohrstühle im Raum banden. Obwohl sie noch immer ihre heftig schmerzende Backe hielt, musste sie lächeln, als sie sah was Prof. Lynford als Seil verwendete. Seine Krawatte lösend, die er zusammen mit dem eleganten Anzug auf dem Segelboot gehabt haben musste, benutzte er sie, um Vanessas Handgelenke zusammenzubinden und machte dann Zeichen für Prof. Benning, seine eigene Krawatte herzugeben, mit der er dann die Arme fest am Stuhl fixierte. Er nutzte auch noch seinen Ledergürtel, damit seine Fesseln weitere Stabilität erhielten.

Prof. Benning, der genug von Vanessas Gekreische hatte, drohte ihr sie mit seinem Taschentuch zu knebeln, als sie bereits sicher gefesselt war. Das brachte endlich etwas Ruhe in den Raum.

„Sag mir ...", Prof. Benning richtete sich an die nun nicht länger wunderschöne Frau in dem Stuhl, deren ansonsten bezaubernde Gesichtszüge durch Zornesfalten entstellt waren. „War es Dr. Stewarts Idee die Männer auf Jenny anzusetzen?"

„Stewart? Nein. Mit all seinem Gehabe ist er simpel gestrickt. Würde den Sinn nicht sehen die Dinge etwas zu beschleunigen."

„Dann warst es also Du?"

Ihr durchtriebenes Lächeln war die einzige Antwort die Prof. Benning benötigte.

„Hast Du gar keine Gefühle für Deine eigene Tochter?" Er konnte das eiskalte Verhalten dieser Frau nicht verstehen, in die er so lange geglaubt hatte verliebt zu sein. Sein liebes, unschuldiges kleines Mädchen zu bedrohen. Sein Herz stand allein bei dem Gedanken still und er erschauderte, dass er so lange als Deckmantel von dieser hinterlistigen Frau benutzt worden war, von der er geglaubt hatte, dass sie seinen Schutz benötigte.

Aufblickend, sah er die Sorge in Sophias Gesicht und stellte fest, dass sie sich scheinbar darüber bewusst war, was in ihm vor sich ging und seinen Schmerz bemerkte. Sophia war ein liebes und mitfühlendes Mädchen und er hatte sich zumindest darin nicht geirrt, sein Vertrauen auf sie zu setzen. Zumindest der Gedanke tröstete ihn ein wenig, trotz seines schwerwiegenden Irrtums hinsichtlich seiner Cousine Vanessa, der Frau, die er geliebt hatte so lange er zurückdenken konnte.

Prof. Lynford trat zu ihm und klopfte ihm aufmunternd auf die Schulter.

„Danke, Benning. Gut gemacht", sagte er und nahm damit die Spannung aus ihrer früheren Rivalität und entschärfte gleichzeitig die momentane Situation.

Prof. Benning nickte knapp, anerkannte sein Lob und akzeptierte es als das Friedensangebot als das es gemeint war.

„Wo ist Stewart?" Prof. Benning wurde sich plötzlich bewusst darüber, dass der Mann nicht in den Raum zurückgekehrt war, nachdem er den Nebenraum nach der Ursache der Schüsse durchsucht hatte, die so nah bei ihnen abgefeuert worden waren.

„Geflohen wahrscheinlich. Versucht wohl unentdeckt zu entkommen, wäre meine Vermutung", kommentierte Prof. Lynford scharf und versuchte, sich der Tür zum nächsten Zimmer zu nähern, wurde aber von Sophia daran gehindert.

„Nein, lassen Sie mich vorgehen. Die letzte Patrone ist nicht explodiert."

„Welche Patronen?" fragten drei Stimmen fast gleichzeitig.

„Die, die ich auf das Stövchen getan habe."

Die ratlosen Blicke auf den Gesichtern um sie herum ließen Sophia in ihrer unbeholfenen Erklärung innehalten. Ihre Versuche waren zugegebenermaßen nicht sehr hilfreich.

„Oh, lassen Sie mich einfach vorausgehen. Ich werde versuch herauszufinden, was mit der letzten Patrone passiert ist und dann können Sie mir folgen."

„Um mich hier alleine zurückzulassen?" kreischte Vanessa.

„Es ist besser, wenn ich momentan nicht in Deiner Nähe bleibe, Vanessa, oder ich wäre sehr versucht, Dich umzubringen. Mein kleines Mädchen zu bedrohen ..." knurrte Prof. Benning sie wie ein erzürnter Hund an.

Sophia verschwendete keinen Gedanken an die Frau, die sie auf dem Stuhl angebunden zurückließ, sondern betrat vorsichtig den nächsten Raum, wo sie sich unter dem Konferenztisch versteckt gehalten hatte.

Die Kerzen brannten noch im Stövchen, aber es gab kein Anzeichen von der fünften Patrone. Die Löcher in der Wand, der Tür und der Decke bestätigten, dass ein Schuss fehlte.

Herumkriechend, untersuchte sie den Boden, da die Patrone nicht auf dem Tisch zu finden war.

In dem Moment, ihr Hinterteil hoch in der Luft beim Versuch einen guten Blick unter die Stühle zu werfen, kam Prof. Lynford heraus und genoss den Anblick, der sich ihm bot.

„Welch eine Augenweide", bemerkte er heiter.

„Oh, Sie!" schimpfte Sophia und versuchte aus ihrer Position hochzukommen, wobei sie sich in ihrer Hast den Kopf am Stuhl anstieß.

„Suchst Du eventuell nach dem?" Prof. Lynford beugte sich herab und hielt die letzte, noch intakte Patrone zwischen den Fingern. Zudem hatte er die ungeladene Pistole mit dem offenen Magazin in der anderen Hand. „Netter Trick übrigens."

„Danke." Sophia lächelte ihn vor Freude über sein Lob strahlend an und fuhr fort: „Prof. Benning, Sie können jetzt herauskommen. Die fehlende Patrone ist gefunden und alles ist sicher."

Sie setzten ihren Weg an Deck fort, um herauszufinden was mit Dr. Stewart passiert war, wurden aber gleich außerhalb des Besprechungsraums im CIA-Korridor gestoppt.

– 31 –
Zwischenzeitlich an Bord des Schiffes

Als Dr. Stewart den Raum verlassen hatte, um nach der Ursache der unerwarteten Schüsse zu suchen, war er im Konferenzraum an die Tür zum Korridor getreten. Da er keine Geräusche von dort hörte, außer weit entfernte Schreie und rennende Tritte an Deck, hatte er die Tür geöffnet, die normalerweise ohnehin offenstand.

Aber der Anblick, der sich ihm draußen bot, überraschte ihn.

Das gesamte Team der CIA-Agenten, die gesamte bewaffnete Einheit seiner Untergebenen an Bord des Schiffes, war im Korridor versammelt und richtete ihre Waffen auf ihn. Er zuckte für einen Moment zurück, bis sein natürlicher Überlebensinstinkt einsetzte.

„Was geht hier vor sich?" konfrontierte er seine Männer von oben herab, die die Waffen unbeholfen hielten, nicht sicher darüber, wie sie sich gegenüber ihrem Vorgesetzten verhalten sollten.

Dr. Stewart nutzte diese Gelegenheit der Verunsicherung seiner Männer sofort aus und befahl mit Autorität: „Gehen Sie zurück an die Arbeit. Wir müssen noch viel herausfinden, so langsam wie Sie dabei sind Lynfords Erfindungen zu entschlüsseln. Es kann doch nicht so schwierig sein, wenn sie von ‚diesem' Mann kommen. Wer hätte gedacht, dass er Sie alle zusammen so leicht übertrumpfen kann."

„Aber, Sir. – Wir haben gehört ..."

„Was? Was haben Sie gehört? – Sprechen Sie schon, Stanley."

Es war ein anderer Mann, der Dr. Stewarts herausfordernde Worte beantwortete.

„Sir, wir haben gehört, wie Sie die Zeugen bedroht haben. Mrs. Benning beschützt haben, die ...“

„Was?“ unterbrach Dr. Stewart im Versuch sein Erstaunen zu verbergen, dass alle seine Drohungen mit angehört worden waren, fasste sich aber sofort wieder: „Was ist mit Mrs. Benning?“ fragte er, um Zeit zu gewinnen. „Sie können nicht den Unsinn glauben, den sie versuchen uns weißzumachen. Sie ist unsere Hauptzeugin und hat ihre Loyalität immer wieder unter Beweis gestellt. Wollen Sie das etwa leugnen und lieber dem zwielichtigen Lynford Glauben schenken? Denken Sie nur ein einziges Mal nach. Mrs. Benning hat uns den entscheidenden Hinweis zu der russischen Velcov Familie eingebracht, an die Lynford Informationen verkauft hat. Und die erwiesenermaßen zum Syndikat gehörenden Handlanger, die wir gerade befragen? Das haben wir ebenfalls allein ihr zu verdanken. Im Gegensatz dazu versucht Lynford uns auszuspielen und bewusst unsere Ermittlungen fehlzuleiten, um von sich abzulenken, ihm dem eigentlich Schuldigen. Seien Sie nicht dumm, Männer. – Nun lasst mich durch.“

Dr. Stewart schob sich durch die nur zögerlich zur Seite tretenden Agenten. Er fühlte, dass sie von seinen Worten nicht überzeugt waren, aber da er rangmäßig alle Agenten an Bord übertraf, trauten sie sich nicht, seinen Anordnungen offen zu widersprechen. Sie waren sich ihrer Geschlossenheit ihm gegenüber nicht sicher und er würde sicherlich nicht abwarten, bis sie sich ihrer Loyalitäten versichert hatten.

Hinauf an Deck tretend, wartete eine neue Mauer an Opposition auf Dr. Stewart.

Die Marinesoldaten an Bord hatten Position bezogen und versuchten, seinen Weg zu Lynfords Boot zu blockieren. Sie mussten sich ebenfalls über seine Pläne zur Flucht bewusst sein, dachte er. ‚Verdammt, hatte denn das ganze Schiff die vertrauliche Unterhaltung mitbekommen? Wie viel von dem was unten geschehen war hatten sie gehört?‘

Er richtete sich verstimmt zu voller Größe auf und befahl mit Autorität: „Treten Sie zur Seite und lassen Sie das Boot zu Wasser.“

Der Kapitän selbst trat ihm nun in den Weg und versuchte seine Flucht zu verhindern.

„Wir können das nicht tun, Sir“, sagte der Kapitän mit militärisch lautem Befehlston.

Dr. Stewart fühlte, wie ihm nervöser Schweiß den Nacken und Rücken hinunterlief, aber nach außen versuchte er, ruhig und gefasst zu erscheinen, als wäre er völlig unberührt von deren Widerstand.

Da er der befehlshabende Offizier war und der Kapitän und das Schiff seinem Kommando unterstanden, war er erstaunt, dass der Kapitän überhaupt versuchte ihn aufzuhalten.

„Natürlich können Sie. Sie sind von der CIA abkommandiert und haben meine Befehle auszuführen.“

„Von dem was wir gehört haben, arbeiten Sie mit den Kriminellen zusammen. Wir haben die Pflicht Sie aufzuhalten“, versuchte es der Kapitän erneut, obwohl seine Stimme nicht mehr so überzeugt klang.

„Ihre Pflicht ist es, meine Anordnungen zu befolgen. Sie haben keine Vorstellung, was hier wirklich vor sich geht. Nur ich habe die volle Akteneinsicht und weiß was in diesem Fall das Beste für unser Land ist. Und das ist – genau jetzt – herauszufinden, wie der Mechanismus von Lynfords Boot funktioniert, denn das ist irgendwie mit seiner ‚Darkwood‘-Erfindung verknüpft. – Nun gehen Sie mir aus dem Weg und lassen Sie das Boot hinunter, da der Mechanismus nur funktioniert, wenn das Boot im Wasser ist."

Die letzte Feststellung war völlig aus der Luft gegriffen, aber Dr. Stewart vertraute darauf, dass keiner der Marinesoldaten überprüft hatte, ob das Boot hier an Bord dieses viel größeren Schiffes auf ihren Kontrollgeräten sichtbar war. Und da niemand seinem Befehl widersprach, schien sein Plan aufgegangen zu sein.

Er näherte sich dem Boot, um damit auf Wasser-Niveau hinabgelassen zu werden. Er hatte keinerlei Absicht auf Vanessa zu warten, diese hinterhältige Schlange, die ihn so verschlagen hintergangen hatte. Nein, sie konnte für sich selbst sorgen und war zudem eine gute Methode seine Gegner abzulenken, wenn sie diese nicht bereits ausgeschaltet hatte. Das würde ihm genug Zeit verschaffen mit Lynfords Tarn-Boot zu verschwinden.

Aber Dr. Stewart hatte einen weiteren Gegner vergessen, der ihm bei seiner Flucht noch im Weg stand und der sich nicht so leicht von seinen Worten und Anordnungen umstimmen ließ.

Michael war auf dem Boot zurückgeblieben, das nun sicher auf dem Deck des großen Militärschiffes verankert war.

Er hatte beobachtet, wie zuerst Marinesoldaten und dann einige CIA-Agenten das Boot durchsucht hatten und versuchten den Tarnmechanismus zu finden. Aber Michael war von Prof. Lynfords Genialität überzeugt, so dass er sich keine Sorgen darüber gemacht hatte, dass sie etwas finden würden was nicht für sie gedacht war. Wenn er eines während seiner Freundschaft mit Merton herausgefunden hatte, dann war es, dass er ein notorischer Über-Planer war, der alles bis zum letzten Detail durchdachte. Er würde nicht etwas, das nicht gefunden werden sollte, offen herumliegen lassen, nicht einmal dann, wenn er hastig zur Rettung seiner geliebten Sophia herbeieilte.

Er verfolgte den Austausch zwischen Dr. Stewart und dem Kapitän und würde verhindern, dass der korrupte Doktor seinen krummen Plan ausführen konnte. Der Mann, der seinen Freund und das unschuldige Mädchen auf dem Gewissen hatte. Nein, er würde ihn nicht mit dem Boot des Professors entkommen lassen, was eindeutig seine Absicht war, nach dem Tötungsbefehl und den vier Schüssen.

Er nahm Aufstellung neben der Leiter, die die Marinesoldaten am Heck des Bootes angebracht hatte, und erwartete voll Zorn den sich nähernden Dr. Stewart.

Als der Mann die Leiter heraufkam als wäre es sein gutes Recht, schrie Michael zu ihm hinunter: „Machen Sie dass Sie wegkommen. Ich lassen den Mörder meines Freundes und des kleinen Mädels nicht an Bord."

„Sie reden Unsinn, guter Mann. Treten Sie zur Seite. Das Boot ist konfisziert und ist nun Eigentum der CIA."

Aber Michael gab nicht einen Millimeter nach, sondern wartete auf Dr. Stewart, bis er weiter heraufkam.

Als Dr. Stewart versuchte seinen Fuß an Bord zusetzen, gab ihm Michael einen herzhaften rechten Haken und schickte ihn mit Schwung die Leiter wieder hinab, wo er um Luft ringend, aber ansonsten unverletzt, auf Deck landete.

„Mörder?" wendete der Kapitän nun ein.

„Haben Sie nicht die Schüsse gehört?" erwiderte Michael. „Er hat Vanessa befohlen sie zu erschießen und dann die Schüsse. Vier davon. Sie müssen alle tot sein."

„Ergreift ihn", befahl der Kapitän. Die Marinesoldaten, ohne dass sie eine nähere Klarstellung benötigt hätten wen von den beiden Männern er meinte, fassten Dr. Stewart bei den

Armen, entwaffneten ihn und legten ihm Handschellen an.

Dr. Stewart schrie und gab ihnen Anweisungen ihn freizu-lassen, aber keiner der Marinesoldaten oder der Kapitän machten auch nur die geringsten Anstalten seine Befehle zu befolgen. Stattdessen führten sie ihn unter Deck, um ihn sicher wegzusperren.

– 32 –
Vom Deck hinunter

Michael, der erst jetzt so richtig die Tragödie erfasste, von der er annahm, dass sie sich unter Deck ereignet hatte, fühlte eine Welle von Traurigkeit in sich aufsteigen, die ihn zu überwältigen drohte. Zuvor hatte noch der Schock ihn davor bewahrt, die volle Bedeutung der vier Schüsse zu begreifen, aber Dr. Stewart zu sehen wie er fliehen wollte, hatte alle Emotionen in ihm hochbrodeln lassen.

Ein unterdrückter Schluchzer entrang sich Michaels Kehle bei dem Gedanken, dass Merton und das kleine Mädchen tot waren, erschossen und blutend unter Deck. Er machte sich gerade bereit das Boot zu verlassen, um sich nach ihnen umzusehen, als die Tür, durch die Dr. Stewart kurz zuvor an Deck gekommen war, aufgestoßen wurde.

Merton war der Erste, der im Schatten der Tür erschien, seinen Arm schützend um Sophia gelegt. Ein Mann den Michael nicht kannte folgte ihnen und dann kam eine Gruppe von CIA-Agenten, unter ihnen einige, die Michael bereits bei der Durchsuchung des Bootes gesehen hatte. Sie sahen sich alle neugierig um, als würden sie nach etwas suchen. Aber da die Marinesoldaten ihrem Kapitän unter Deck gefolgt waren, wo sie Dr. Stewart gerade wegsperrten, war das Deck bis auf Michael leer.

„Ihr seid beide am Leben!" Michael hüpfte vor Freude die Leiter hinunter und zog Sophia und Merton in einer stürmischen Umarmung an seine breite Brust.

„Nun, ja." Merton erkannte erst jetzt was sein Freund gedacht haben musste, als er die Schüsse hier oben an Deck gehört hatte.

Sophia hatte auf ihrem Weg nach oben ihren Trick mit den Schüssen und dem Audio-Übertragungsgerät bereits den CIA-Agenten erklärt, die ihnen gefolgt waren, um Dr. Stewart zu finden. Die Agenten hatten ebenfalls mit Erstaunen reagiert, als sie sie nach dem Schussbefehl und den Schüssen, die scheinbar das ganze Schiff mit angehört hatte, noch lebend vorgefunden hatten.

Zwei Agenten waren zurückgelassen worden, die Mrs. Benning in einem der Befragungsräume einsperren sollten, bis sie sie später für die weitere Befragung ins Hauptquartier nach Langley überführen würden. Währenddessen waren die anderen Agenten mit ihnen nach oben gekommen, da Prof. Lynford die Befürchtung geäußert hatte, dass Dr. Stewart nun sicherlich mit seinem Boot fliehen wollte.

Aber nachdem das Tarn-Boot noch an Ort und Stelle war und sie kein Anzeichen von Dr. Stewart vorfanden, schwärmten die Agenten aus ihn zu suchen.

„Wo ist Stewart?" fragte Merton seinen Freund.

„Oh, diese Laus. Er ist wo er hingehört. Weggesperrt von den Marinesoldaten."

Die CIA-Agenten, die diese Feststellung mit angehört hatten, stoppen sofort in ihrer Suche und kamen zu den Drei zurück. Einer der Agenten räusperte sich, um die allgemeine Aufmerksamkeit zu erhalten, bevor er sprach: „Stanley ist mein Name. Sagen Sie mir was hier vorgefallen ist, guter Mann."

Sich an Michael wendend, sah er ihn abwartend an und Michael, der viel zu glücklich darüber war, dass seine Freunde noch am Leben waren, als dass er wie üblich wortkarg gewesen wäre, erzählte gerne was hier oben geschehen war. Die meiste

Freude bereitete ihm, den Schlag zu beschreiben, den er Dr. Stewart versetzt hatte.

„Und die Marinesoldaten haben Dr. Stewart danach festgenommen?" wollte Stanley noch genauer wissen.

„Ja, nachdem sie den Tötungsbefehl begriffen hatten, haben sie nicht länger gezögert und haben ihn unter Deck gebracht." Stanley räusperte sich erneut, ein wenig unsicher darüber, wie seine nächsten Worte aufgenommen würden: „Ich bin nun der nächste im Befehlsrang. Bitte kommen Sie mit mir unter Deck. Wir müssen offizielle Berichte mit Ihren Stellungnahmen anfertigen. – Lynford, Sie kommen mit mir. Die anderen gehen mit Whitchurch und Stockton."

Seine Untergebenen hörten aufmerksam zu und nickten zu seinen Worten, wohingegen Sophia dies nicht so ruhig hinnahm.

„Mr. Whitchurch, Mr. Stockton? Waren Sie bei den Männern an der Küste, die auf mich geschossen haben? – Kann ich nicht mit jemand anderem gehen? Ich traue keinen Agenten, die auf unschuldige Unbeteiligte schießen."

„Es ist nur eine Routine-Prozedur. Das Hauptquartier wird Sie sehen wollen. Die werden dann feststellen, inwieweit Sie tatsächlich eine Unbeteiligte und unschuldig sind", erklärte Mr. Stanley.

Sophia rümpfte über seine Feststellung verärgert die Nase, aber Merton zwinkerte ihr zu und gab ihr damit ein Zeichen, dass er selbst ruhig und über die Vorgehensweise nicht beunruhigt war. Daher gab sie nach und sie folgten gemeinsam mit Prof. Benning den beiden Agenten hinunter in den CIA-Sektor des Schiffes.

Dort wurden sie voneinander getrennt und Sophia, mit einem ängstlichen Blick zurück, musste endlich die Hand von

Merton loslassen, die die ihre festgehalten und ihr damit Zuversicht gegeben hatte.

Sie wurde von dem Mann in den ersten Raum geführt, der bei ihr Frühstück bestellt hatte. Der Befragungsraum war nun leer und es gab kein Anzeichen von dem Syndikats-Mitglied, das vor ihr dort befragt worden war.

Der CIA-Agent stellte sich ihr als Whitchurch vor, bevor er sie zurückließ und kurz darauf mit einem Handtuch und einer Schale voller Eiswürfel zurückkam, die normalerweise zum Kühlen von Sektflaschen verwendet wurde.

Ihn besorgt anblickend, erwartete Sophia eine Art von Folter, um Informationen aus ihr herauszupressen, aber er nickte ihr nur zu und erklärte trocken: „Für Ihre Wange."

Gerne machte sie davon Gebrauch und wickelte Eiswürfel ins Handtuch, das sie auf ihren stark pochenden Backenknochen presste, der in kurzer Zeit von der Kälte taub wurde.

Zu ihrer Überraschung verlief das Verhör sehr viel einfacher und angenehmer als sie erwartet oder bei dem Syndikats-Mitglied mit angehört hatte. Ihre Befragung bestand überwiegend darin, dass sie ihre Version der Ereignisse erzählte, die sie hierhergebracht hatten, angestoßen durch gelegentliche Nachfragen von Mr. Whitchurch. Wobei er sich Namen und Zeiten in einem Tablet notierte, obwohl ein Gerät ihre Aussagen gleichzeitig aufnahm und als Audio und Video an das CIA-Hauptquartier übermittelte. Sophia war daher anfangs ein wenig zurückhaltend, vergaß aber bald das Aufnahmegerät, als sie die ganzen Details ihrer Rettung von Prof. Lynford nochmals durchlebte und ihre Flucht von dem nun zerbombten Haus an der Küste schilderte.

Als Sophia ihre Geschichte beendete, erwartete sie, ins Kreuzverhör genommen zu werden und Informationen darüber, wann sie zur weiteren Befragung ans CIA-Hauptquartier überstellt werden würden. Aber nach einer Stunde wurde sie aus dem beengten Befragungsraum entlassen und zurück in den größeren Raum geführt, wo sie sich unter dem Konferenztisch versteckt hatte. Ein opulent gedeckter Frühstückstisch erwartete sie dort, und hungrig wie sie war nahm sie es gerne an. Ein Mann brachte ihr sogar einen neuen Eisbeutel für ihre Wange, die mittlerweile in schillernden Farben leuchtete und ein heftiges blaues Auge ankündigte.

Nur Augenblicke nach ihrer eigenen Freilassung gesellte sich Michael zu ihr. Als mögliche Verdächtige hatte sie angenommen, dass die CIA sie alle getrennt voneinander befragen und nicht miteinander in Kontakt treten lassen würde. Aber sie genossen beide das üppige Frühstück, sich durch ihre gemeinsamen Erfahrungen auf besondere Weise miteinander verbunden fühlend.

Sie sahen erstaunt hoch, als nur wenige Minuten später Prof. Benning und Prof. Lynford hereinkamen und sich unterhielten, als wären sie langjährige Freunde.

„Wie ist es gelaufen?" fragte Sophia als Erste.

„Feiner Kerl, dieser Stanley. – Hat seinen Bericht bereits nach Langley geschickt. Sie brauchen uns nicht zur Befragung vor Ort, obwohl wir uns für weitere Befragungen bereithalten sollen", informierte Prof. Lynford sie und nahm neben Sophia Platz, während sich Prof. Benning ihr gegenüber setzte.

„Wie geht es Dir, meine Liebe?" Prof. Lynford wandte sich ihr zu und sah zum ersten Mal ihr leuchtend blaues Auge, das Ergebnis von Vanessas heftigem Schlag.

Sanft berührte er ihre mitgenommene Wange, bevor er zu dem CIA-Agenten im Gang hinausrief: „Bringen Sie einen

Eisbeutel. Beeilen Sie sich!"

„Nein! Nicht noch mehr Eis. Mein Gesicht ist schon halb erfroren."

„Sie haben Dir bereits Eis gegeben und trotzdem …?"

„Ja, ja. Aber es scheint nicht viel geholfen zu haben. Ich muss wohl oder übel einige Zeit mit einem farbenfrohen Gesicht leben." Sophia versuchte zu lächeln, aber die Grimasse tat ihr weh und sie stoppte daher sofort die Bewegung ihres Gesichts.

Merton, der sie zusammenzucken sah, strich ihr besorgt über die Wange, sorgfältig jeden Punkt vermeidend, der schmerzhaft für sie sein könnte.

„Es ist schon in Ordnung. Es tut nicht mehr so weh wie am Anfang", versuchte sie ihn zu beruhigen.

„Tapferes Mädchen." Merton beugte sich zu ihr herab und gab ihr einen sanften Kuss auf ihre unverletzten Lippen.

Ein lautes Räuspern unterbrach ihren intimen Moment abrupt und ließ sie ihre Umgebung wieder wahrnehmen.

Prof. Benning hatte sie absichtlich unterbrochen, obwohl sein breites Lächeln kein Anzeichen von Verstimmung darüber zeigte, dass sie seinem Rivalen Prof. Lynford nähergekommen war. Sich umsehend, bemerkte Sophia die CIA-Agenten, die in der Tür standen. Ihre Anwesenheit gab ihr den Grund für Prof. Bennings subtile Warnung.

Sie und Merton waren so vertieft ineinander gewesen, dass sie ganz ihre Umgebung vergessen hatten.

„Dachte mir, dass Ihr kein Publikum wollt", erläuterte Prof. Benning in einem leisen Wispern.

„Danke, Benning. Sehr freundlich. Ich hoffe Sie haben nichts dagegen …" erwiderte Prof. Lynford.

„Natürlich nicht", unterbrach ihn der Professor und schnitt damit alle eventuellen Erklärungsversuche von Merton mit einer abwehrenden Handbewegung ab. „Ich habe mir so etwas schon gedacht, damals als ich Sie in Sophias Auto sah und Sie ihr zuhörten, als sie uns ausschimpfte, dass wir nur Zeit vergeudeten. Daher kommt das für mich nicht wirklich überraschend." Er lächelte sie beide wohlgefällig an.

„Oh." Merton war ausnahmsweise sprachlos. Benning war scharfsichtiger als er ihm zugetraut hätte. Sein Rivale hatte seine Gefühle für Sophia viel früher erkannt als er selbst bemerkt hatte, dass seine Gefühle wesentlich tiefer gingen als reine sexuelle Anziehungskraft.

Die CIA-Agenten in der Tür beobachteten den Austausch schweigend, bevor der hereintretende Mr. Stanley sie ansprach: „Es tut mir leid Sie unterbrechen zu müssen, aber wir müssen Sie wieder trennen. Der Generalinspektor möchte mit jedem von Ihnen sprechen. Er und ein Team aus seinem Büro für Nachforschungen wird in Kürze hier sein, um alles Weitere zu übernehmen."

Der fröhliche Ausdruck auf Mertons Gesicht verschwand und Sophia fühlte Besorgnis kalt ihre Wirbelsäule hinaufkriechen. Der immer so selbstgewisse Prof. Lynford schien nun besorgt und das konnte kein gutes Zeichen sein, wenn ihn im Gegensatz dazu die erste Runde der Befragungen so gar nicht beunruhigt hatte. Was konnte diese Wendung der Dinge nur bedeuten, wunderte sich Sophia.

Die Agenten packten ihr Essen mit knappen Bewegungen auf Tabletts für jeden von ihnen und versuchten, sie aus dem Zimmer zu führen.

Sophia konnte nicht anders als sich zu Merton umzudrehen: „Was passiert jetzt?"

„Mach Dir keine Sorgen, Sophia. Alles wird gut. Du hast keinen Grund Dir Sorgen zu machen ..."

Aber der Agent, der Prof. Lynford am Arm festhielt, zog ihn kraftvoll zur Tür hinaus, um ihr Gespräch zu unterbrechen und seine Autorität über ihn zu betonen.

Zumindest wollten sie sie nicht verhungern lassen, dachte Sophia, die Mr. Whitchurch neben sich stehend vorfand, der ihr wohlgefülltes Tablett wie ein Butler für sie hielt. Er führte sie zurück in den Raum, wo er sie bereits zuvor befragt hatte. Aber anstatt die Befragung fortzusetzen, stellte er ihr Tablett auf dem Tisch ab. Er sah sie an und hob dabei bedeutsam eine Augenbraue, bevor er sagte: „Versuchen Sie keine Tricks mit der Tür. Es wäre nicht gut für Sie, wenn wir wieder auf dem ganzen Schiff nach Ihnen suchen müssten." Mit diesen Worten ließ er sie allein und versperrte die Tür hinter sich.

In einer Zelle eingesperrt zu sein und nichts zu tun zu haben, war schon Tortur genug für Sophia, die gewohnt war sich immer zu beschäftigen und sie verlor sogar ihr Interesse an dem schmackhaften Frühstück. Sie knabberte nur lustlos daran herum, wartend und sich darüber wundernd was wohl vor sich ging, während sie hier eingesperrt war.

– 33 –
Intime Inspektion

Da die Kabine, in der Sophia saß, schalldicht war, hatte sie keine Möglichkeit herauszufinden, was um sie herum an Bord des Schiffes passierte während sie warten musste. Daher hörte sie weder, dass ein Militärhubschrauber beladen mit Vanessa Benning und Dr. Stewart, die beide gefesselt und geknebelt waren, vom Schiff abhob, noch dass ein anderer nur wenige Minuten später darauf landete und das Team mit Agenten des Generalinspektors der CIA an Bord brachte. Sie wusste auch nicht, dass es an sich schon eine Ehre war und ein Zeichen für die Wichtigkeit dieses Falles, dass der Generalinspektor überhaupt eine aktive Rolle in der Untersuchung übernahm und sein Hauptquartier verließ.

Prof. Lynford war sich hingegen dieses Umstandes bewusst, als der Generalinspektor zu ihm in seinen Befragungsraum kam, da er bereits in früheren Fällen wiederholt eng mit der CIA zusammengearbeitet hatte. Aber während er sich weitgehend sicher gewesen war, dass Stanley nicht auf der Gehaltsliste des Syndikats und seiner Ex-Frau stand und ihn im Gegensatz zu Dr. Stewart fair behandeln würde, war er sich über die Loyalitäten des Generalinspektors keineswegs im Klaren, besonders wegen dessen Nähe zur Politik, die sein Amt erforderte. Merton hatte den Generalinspektor nie getroffen, aber dass er nun ein persönliches Interesse an dem Fall zeigte, beunruhigte ihn sehr.

Prof. Lynford war der Erste, den der Generalinspektor sehen wollte und er sandte sein Team aus, um die anderen zu überwachen.

Der Generalinspektor kam gleich zum Punkt: „Haben Sie jemals für das Syndikat gearbeitet?"

„Nein, natürlich nicht." Merton wunderte sich über die einfache Frage und beantwortete sie mit Nachdruck. Er wusste, dass selbst seine winzigsten Reaktionen und Bewegungen genauestens von Spezialisten durch den doppelseitigen Spiegel im Raum beobachtet wurden, die jede Nachlässigkeit seinerseits sofort feststellen würden. Diese hochspezialisierten Experten benötigten zum Lesen der Wahrheit keinen Lügendetektor. Ihnen wurde nachgesagt, dass sie eine Lüge bereits erkannten lange bevor sie tatsächlich geäußert wurde.

Er musste vorsichtig sein mit seinen Antworten, um nicht zu viel zu verraten, aber er sah dennoch den Weg zur Freiheit langsam aus seinen Händen gleiten. Zu viel hing von ihm ab und das Bedrückendste war für ihn, dass er unfreiwillig Sophia in das ganze Schlamassel mit hineingezogen hatte. Er musste sie und seinen Freund Michael unbeschadet herausbringen. Sogar Prof. Bennings Schicksal hing nun irgendwie von ihm ab. Sich seiner Last bewusst werdend, seufzte Merton tief Atem holend.

„Ist alles in Ordnung mit Ihnen?" fragte der Generalinspektor, als würde es ihm etwas bedeuten.

Merton benötigte einen Moment, um bestätigend zu nicken. Er hatte gewusst, dass Stanley bei seiner Befragung zu einfach mit ihm umgegangen war. Aber dass er ihn aus dem Befragungsraum und zu Sophia und sogar Benning und Michael gelassen hatte, hatte ihm Hoffnung gegeben. Sie konnten ihn nicht länger festhalten wollen, wenn sie sie zusammenkommen und ihre Versionen austauschen ließen. Aber sofort wieder getrennt zu werden, hatte all seine schlimmsten Befürchtungen wieder hochkommen lassen.

Er durfte den Spezialisten seine Angst nicht zeigen, sonst würden sie es nur als Zeichen für seine Schuld interpretieren. Er musste die an allem völlig unschuldige Sophia retten. Sie verdiente etwas Besseres, als wegen ihm eingesperrt zu werden. Er musste sie hier herausbekommen, selbst wenn es bedeutete, dass er zurück ins Gefängnis musste.

Der Generalinspektor fuhr unbeirrt fort: „Hat Ihre Frau mit der CIA zusammengearbeitet?"

„Ex-Frau", korrigierte Merton ganz automatisch. „Und ja, sie scheint die ganze Zeit die Unterstützung von Dr. Stewart gehabt zu haben."

„Funktioniert Ihre Erfindung ‚Darkwood'?"

„Ja, das tut sie."

„Kann ich damit Zugang erhalten?"

„Ja."

„Kann der Zugang technisch gesteuert werden, um die Informationsströme separat anzusprechen?"

„Nein." Merton war erleichtert, dass er diese äußerst heikle Frage wegen der speziellen Wortwahl zutreffend beantworten konnte.

„Warum haben Sie die Erfindung an die CIA verkauft, wenn Sie sie nur Stunden später allgemein im Internet verfügbar gemacht haben?"

„Um den Kopf des Syndikats aus seinem Versteck zu locken, der mit Sicherheit versuchen würde, nahe an die Transaktion heranzukommen. Und zugleich, um meine Sicherheit gegenüber all den Geheimdiensten und Mafia-Organisationen zu garantieren, die weltweit Interesse an meiner Erfindung gezeigt haben."

„Warum die CIA?"

„Weil das Syndikat dort seine Informanten hatte."

„Woher wissen Sie das?"

„Wie sonst hätte das Syndikat überhaupt an die Information über diese Erfindung gelangen können? Mein Labor ist immer noch sicher und unentdeckt."

„Oh, mein Team wird noch darauf zurückkommen. Ihr Geheimlabor, das Sie vor uns versteckt halten", beschuldigte ihn der Generalinspektor verärgert und verlor ein wenig seiner stoischen Haltung, indem er ein kleines Anzeichen menschlicher Gefühle auf seinem Gesicht erkennen ließ.

„Da gibt es nichts herauszufinden. Ich werde Ihnen nichts darüber sagen, sonst wäre es nicht länger ‚geheim'."

Der Generalinspektor wandte sich zu einem Mitglied seines Teams um, das er mit sich an Bord gebracht hatte. Der Mann hatte während der Befragung bisher nur auf den Bildschirm eines Tablets gestarrt, aber nun schickte er ihn mit einem kurzen Nicken hinaus.

Während des Wartens schwieg der Generalinspektor zunächst, obwohl er Prof. Lynford anstarrte, als hielte er ihn für den schlimmsten Kriminellen.

Merton weigerte sich, dem nachzugeben und auf diese Behandlung zu reagieren. Wenn der Mann dachte, dass dies bei einem ehemaligen Häftling funktionieren würde, musste er noch einmal genau nachdenken. Obwohl Merton nicht für lange Zeit eingesperrt gewesen war, hatte ihn die Erfahrung doch gegenüber böswilligem Anstarren abgehärtet. Die Kriminellen versuchten auf diesem Weg die Schwächen ihrer Mithäftlinge herauszubekommen und würden auch nur das kleinste Anzeichen von Unsicherheit oder selbst ein Blinzeln zu ihrem Vorteil zu nutzen wissen.

Unbeirrt davon, dass ihn der Generalinspektor so eindringlich anstarrte, kam Prof. Lynford nach einer Weile zu dem Entschluss, das Ganze einfach umzudrehen. Warum konnte er nicht selbst ein paar Antworten bekommen? Wer war der Generalinspektor überhaupt, über ihn urteilen zu wollen? Er sollte vielmehr ein besseres Auge auf sein eigenes ‚Schiff‘, die CIA, haben. Immerhin hatten sie die Schuldigen in den eigenen Reihen, die das ganze Desaster erst ausgelöst hatten. Dr. Stewart war mit Sicherheit nur einer der verdorbenen Fische im Teich.

„Sind Sie hier um die Arbeit Ihres Agenten Dr. Stewart fortzusetzen?“

Der Generalinspektor blinzelte vor Überraschung über diese unerwartete Frage des Mannes, den er einzuschüchtern versuchte.

„Mein Agent? – Oh, gut, ja, Stewart. Er ist auf dem Weg nach Langley.“

„Zurück in die Arme seiner Kollegen. Vermutlich, um wieder eine Belobigung für seine Tapferkeit in Ausübung seiner Pflichten zu erhalten, nehme ich an“, spottete Merton.

„Sie befürworten das nicht?“ Der Mann hielt seine Stimme absolut neutral.

Merton konnte daraus nichts über seine Emotionen heraus- lesen, daher versuchte er erneut zu sticheln: „Soll ich es etwa befürworten, dass er mich ins Gefängnis gehen ließ, obwohl er genau wusste, dass ich es nicht getan habe, oder etwa dafür, dass er meine Ex-Frau anwies mich zu erschießen, um seine Spuren zu verwischen? Welches davon ist wohl mehr wert für eine Belobigung, was meinen Sie?“

Der Generalinspektor sah ihn nun mit eindeutiger Neugier an und versuchte nicht länger sein Interesse an der Diskussion zu verbergen.

„Vanessa war eine unserer besten Zeuginnen bei zahlreichen unserer Erfolge in letzter Zeit", gab der Mann zu Mertons Erstaunen bereitwillig zu und hielt sich nicht länger zurück ihm gegenüber etwas, wenn auch nur Unbedeutendes, zu verraten. Aber Merton vertraute dem Mann noch immer nicht.

„Warum sind Sie überhaupt an diesem Fall interessiert? Warum beteiligen Sie das Team für interne Ermittlungen?"

„Woher wissen Sie, welchen Zweck mein Team hier hat?"

„Es war von mir nur geraten, aber Sie haben es gerade bestätigt."

„Ich habe nicht versucht es geheim zu halten."

„Aber Sie sind nicht wirklich an mir interessiert oder meiner Erfindung oder etwas das ich getan habe. Ist es nicht so?"

„Möglicherweise." Der Mann mochte es eindeutig nicht, dass seine Motive so einfach herausgefunden worden waren und weigerte sich nun, mehr preiszugeben. Er blickte stattdessen zu dem Spiegel hinter ihm zurück und gab mit einem Nicken ein Zeichen in den benachbarten Raum.

Nur wenige Augenblicke später kam der Agent von vorher wieder in den Raum und bestätigte, welche Frage auch immer der Generalinspektor ihm zuvor gestellt hatte.

Beide Männer nahmen nun gegenüber von Merton Platz. Zuvor waren sie stehen geblieben, während er auf einen unbequemen Leichtmetallstuhl gestoßen worden war.

Wesentlich entspannter fuhr der Generalinspektor nun mit seiner Befragung fort und ließ ihn überwiegend seine eigene Version der Dinge erzählen, wobei er spezielle Notiz von all seinen Kontakten bei der CIA während seiner gesamten Zusammenarbeit mit den diversen Agenten nahm.

Als sie endlich fertig waren und die Flut an Fragen, die auf ihn niederprasselten, ein Ende fand, konnte Merton seine eigene Frage nicht zurückhalten: „Arbeiten Sie für das Syndikat?"

Der Generalinspektor lachte freudlos: „Sie treffen den Nagel auf den Kopf, Lynford. Kein langes Herumgerede, sondern direkt mitten ins Herz. – Was glauben Sie? Hätten Sie die Frage überhaupt gestellt, wenn Sie noch annehmen würden, dass ich es tue?"

„Nein", gab Merton zu. „Ich wollte nur Ihre Reaktion sehen."

„Ja, ich weiß. Befriedigend, nicht wahr? Während wir hier noch sprechen, werden die ersten Mitglieder des Syndikats bereits festgenommen."

„Aber woher wissen Sie überhaupt, wer sie sind?"

„Sie haben mir ihre Namen genannt."

„Habe ich das? Aber wie können Sie sich da so sicher sein, dass alle für ..." Merton brach irritiert ab.

„Am Anfang haben es nicht alle getan", erläuterte der Generalinspektor geduldig, nun weit entfernt von dem anfangs so distanzierten Mann. „Aber nach einiger Zeit, um die Zeit herum, als Sie Ihre Frau ..."

„Ex-Frau. Ich kann es nicht einmal ausstehen, an sie zu denken, von wegen sie meine Frau zu nennen."

„Verständlich. Aber Ihre Ex-Frau hat irgendwie von Ihrer Erfindung erfahren und wollte sie für ihre eigenen Zwecke nutzen. Sie hat Sie dazu veranlasst, sie zu heiraten und hat alle ihre Handlanger in Position gebracht, um an alle Erfindungen, die Sie entwickeln würden, heranzukommen. Ihr Einfluss in der CIA reichte hoch genug hinauf, dass sie alles was sie wollte erreichen konnte. Das einzige noch fehlende Puzzlestück in meiner Lösung war lediglich der Kopf der ganzen Operation: Waren es in der Tat Sie, wie Ihre Ex-Frau uns glauben machen wollte, oder Vanessa Benning mit einem hochrangigen Helfer, der ihr verschaffte was auch immer sie verlangte."

„Aber ich kann Ihnen den Namen ihres Kontaktmanns innerhalb der CIA nicht nennen. Es kann unmöglich Dr. Stewart gewesen sein. Obwohl sie ihn an der Nase herumgeführt hat, scheint er nicht in ihre Pläne eingeweiht gewesen zu sein. Da muss es noch jemand anderen geben." Merton konnte nicht glauben, dass er tatsächlich Stewart verteidigte, der es gewagt hatte Sophia zu bedrohen und in Gefahr zu bringen.

„Da gibt es tatsächlich noch jemanden. Aber verkaufen Sie sich nicht unter Wert. Sie haben uns seinen Namen bereits genannt und ihn mit Stanley zusammen identifiziert. Obwohl Sie ihn nur als den Geschäftsführer Ihrer Ex-Frau kannten, der Sie gelegentlich zum Dinner besucht hat und nicht mit seinem tatsächlichen Titel, als Direktor der Einsatzleitung der CIA. Ganz nebenbei, ihre F... – Ex-Frau hat keinen Geschäftsführer. Sie vertraut niemandem und keiner weiß vollständig über all ihre Geschäftsinteressen Bescheid. Sie leitet alle ihre Geschäfte selbst und gibt nur unbedingt für die Abwicklung benötigte Informationen heraus. Das war es, was es so schwierig gemacht hat sie näher zu überprüfen."

„Aber Sie haben mich im Gefängnis verrotten lassen, obwohl Sie all das wussten?"

„Wie ich sagte, wir haben es nicht wirklich gewusst. Sie oder Ihre Ex-Frau, sie waren beide gleich wahrscheinlich."

„Und was hat das Urteil zu meinen Gunsten ausfallen lassen?"

„Ihre Veröffentlichung einer nutzlosen Erfindung", informierte ihn der Generalinspektor verschmitzt. „Sie hätten das nicht getan, sondern sie vielmehr geheim halten wollen, um sie eventuell später weiterzuentwickeln oder auch nur, um jemanden allein mit der Möglichkeit eines Durchbruchs zu erpressen."

Merton zuckte über diese Enthüllung überrascht zusammen, aber versuchte sofort das Ausmaß seiner Reaktion zu verbergen.

„Sie wollen nicht für eine fehlgelaufene Erfindung berühmt sein, Lynford?" interpretierte der Mann zum Glück seine Reaktion völlig falsch. „Sie hat sie vor weiterer Strafverfolgung bewahrt."

„Gut. Und was wird nun mit Michael, Sophia und Benning passieren?" Merton versuchte die Aufmerksamkeit von sich abzulenken, viel zu besorgt darüber, doch noch bei seiner Lüge ertappt zu werden.

„Meine Männer beobachten sie im Moment. Wir werden später zu ihnen kommen."

„Aber sie sind unschuldig. Sie hatten mit all dem nichts zu tun."

„Das werden wir sehen."

„Sie müssen sie gehen lassen."

„Muss ich das? Wirklich? Was versprechen Sie mir als Gegenleistung?"

„Dann sind Sie also wie die anderen?" reagierte Merton scharf, zu verärgert, dass er wegen seiner Sorge um Sophia so blindlinks in die ihm gestellte Falle getappt war. Aber er würde alles dafür geben sie in Sicherheit zu wissen.

„Machen Sie sich keine Sorgen, Lynford. Dass Sie in Zukunft wieder für die CIA arbeiten werden, ist das einzige Versprechen, das ich von Ihnen will. Ich bin kein unverhältnismäßiger Mensch. Ich sehe doch, dass Sie um das Mädchen besorgt sind. So wie ich die Dinge sehe, wären Sie ohne Ms. Warren nicht einmal hier an Bord."

Merton nickte zustimmend: „Was werden Sie mit ihr tun?"

fragte er nun offen, da er sah, dass der Generalinspektor seine Gefühle ihr gegenüber bereits kannte.

„Sie bei Gelegenheit mit Ihnen gehen lassen. Immerhin sollte es mittlerweile langsam für Sie beide dort draußen wieder sicher sein."

„Danke, Sir."

„Kein Grund mir zu danken. Dank Ihnen konnten wir die Dinge endlich klären, nachdem unsere Nachforschungen so lange auf Irrwege geleitet worden und im Sande verlaufen sind. Es ist Ihnen zu verdanken, dass wir endlich den Kopf des Syndikats und seine korrupten Handlanger innerhalb der CIA in einer Großaktion fangen konnten."

– 34 –
Flucht oder Freilassung

Sophia saß noch immer ungeduldig in ihrem Verhörraum und war ganz krank vor Sorge um Merton, von dem sie sicher war, dass die CIA ihn wieder zum Sündenbock stempeln würde, nur damit sie selbst gut dastanden.

Von ihrem Stuhl alle paar Minuten hochspringend, ging sie unruhig auf und ab, nur um festzustellen, dass es ziemlich nutzlos war in einem so kleinen Raum umherzugehen, und sich wieder hinzusetzen. Sie war schwer versucht, sich wieder nach einer Fluchtmöglichkeit aus dem kleinen Raum umzusehen. Sie konnte das Warten nicht aushalten, die Ungewissheit, die Sorge über ihren Geliebten.

‚Wie war das? Mein Geliebter? – Nach so kurzer Zeit?' Konnte sie sich wirklich über ihre Gefühle sicher sein? Aber ihr Herz fühlte sich ganz sicher. Ohne den geringsten Zweifel, sie war besorgt um Merton, diesen etwas ruppigen, arroganten Mann, der glaubte sie dadurch zu beschützen indem er sie von sich stieß. Sie stimmte nicht immer mit seinen Methoden überein, aber sein Herz war am rechten Fleck und sie machte sich um ihn und das was nun mit ihm geschah so große Sorgen. – Ja, sie liebte ihn und wollte ihn beschützen und daher war es die reinste Tortur für sie, hier eingesperrt zu sein und von ihm ferngehalten zu werden. Sie musste mit eigenen Augen sehen, dass es ihm gut ging.

Sich der Tür nähernd, um einen genaueren Blick auf die Türangeln werfen zu können, sprang sie überrascht zurück, als die Tür mit einem lauten Knall gegen die Wand aufgestoßen wurde.

„Sind Sie wieder dabei ihre alten Tricks anzuwenden?" Es war Mr. Whitchurch, der von einem ihr unbekannten Agenten begleitet wurde. „War schon neugierig, wie lange es dauern würde", fügte er mit einer ironisch hochgezogenen Augenbraue hinzu.

Aber er schien nicht verärgert darüber zu sein, sondern trat zur Seite, um sie durch die Tür aus dem Verhörraum zu lassen.

Als sie in den Gang hinauskam, sah sie Merton bei einem grauhaarigen Mann stehen, den sie bisher noch nicht gesehen hatte.

Sophia konnte nicht anders, sondern stürmte auf ihn zu und nahm Mertons Hand. „Geht es Dir gut?"

Er lächelte gewinnend auf sie hinunter und stellte sie dem Generalinspektor vor.

„Entschuldigen Sie vielmals, dass ich Sie unterbrochen habe", entschuldigte sich Sophia. „Aber ich habe mir solche Sorgen gemacht. Nach all dem was passiert ist ..." Zögernd brach sie ab.

„Es ist schon in Ordnung. Ich verstehe das. Sie haben für Ihren Professor viel durchgemacht", versicherte ihr der Mann mit einem fast bewundernden Blick. „Sie haben keinen Grund mehr, noch länger beunruhigt zu sein."

Mr. Whitchurch und der andere Mann bei ihm schlossen nun zu ihnen auf und nahmen im Gang neben ihnen Aufstellung. Sophia fühlte sich durch diese zur Schau gestellte Machtdemonstration eingeschüchtert, da die Männer mindestens einen Kopf größer als sie waren und die Statur von Bodybuildern hatten. Sophia trat näher an Prof. Lynford heran und umfasste seine Hand noch fester, als hätte sie ein Recht dazu sich an ihm festzuhalten.

„Sie beide können das Schiff verlassen sobald wir die Küste

erreichen", versicherte ihnen der Generalinspektor und lächelte dabei gutmütig. „Wir haben keinen Grund mehr Sie zurückzuhalten, nicht einmal nach Ihren kleinen Eskapaden, junge Dame." Seine Mundwinkel zuckten verdächtig vor unterdrückten Emotionen, die Sophia für Belustigung hielt, so dass sie sich sicher war, dass der Mann nicht allzu erzürnt über sie war.

„Was wird mit Prof. Benning und Michael passieren?" wollte Merton wissen.

„Ihren Freund Michael haben wir bereits mit Ihrem Boot gehen lassen. Ich hielt es für eine zu große Versuchung für das Syndikat, zu riskieren das Boot noch länger hier zu lassen, wenn wir uns noch nicht sicher sein können bereits das ganze Ausmaß des Syndikats gefasst zu haben. Unerkannte Mitglieder an Bord könnten versucht sein, das Boot und seine Technologie in ihre Gewalt zu bringen. Ihr Mann überführt es daher in Ihren Heimathafen. Wir haben sichergestellt, dass ihm niemand folgen kann. Und da der Zielhafen unbekannt ist, sollte Ihr Boot momentan sicher sein."

„Danke, Sir", antwortete Merton dem Mann höflich.

„So weit es Prof. Benning angeht, wird er noch einige Zeit bei uns bleiben. Er wird mit mir nach Langley kommen, um seine Stellungnahme gegen Stewart abzugeben. – Falls wir noch Fragen an Sie beide haben sollten, wissen wir wo wir Sie erreichen können. Und Lynford, wegen der Technologie Ihres Bootes werde ich mich selbst persönlich mit Ihnen in Verbindung setzen, sobald dieser Fall hier vollständig abgeschlossen worden ist."

„Dann sind wir also frei und können nach Hause gehen?" wollte Sophia nochmals klargestellt haben. Denn nach all den bisherigen Verwicklungen konnte sie noch nicht ganz daran glauben, dass nun wirklich alles beendet war.

„Ja, ein Auto wird auf Sie im Hafen warten. Sie sind frei zu gehen wohin Sie wollen."

Sophia lächelte zu Prof. Lynford hoch, der sich zu ihr umgewandt hatte und sie an seine Seite zog. Von einem seiner Arme umschlungen, fühlte sie sich sicher und langsam durchdrang sie das Gefühl, dass nun wirklich alle Gefahr vorbei war. Die Furcht und Sorgen fielen langsam von ihr ab und ihre angespannten Muskeln lösten sich und sie sank erleichtert gegen Merton.

Sein beruhigender Griff machte ihr deutlich, dass er sich ihrer Gefühle bewusst war und er gab ihr Kraft und Halt mit seiner Umarmung und der von ihm ausgehenden Ruhe.

Sich zu ihr herunterbeugend, flüsterte ihr ins Ohr: „Es ist vorbei. Ich werde Dich nach Hause bringen, meine Liebe."

„Aber musst Du nicht selbst nach Hause gehen? Das Erste was ich tun muss, ist meine Eltern anzurufen, um ihnen zu sagen, dass es mir gut geht", flüsterte Sophia zurück, aber sie war sich der umstehenden CIA-Männer bewusst, die versuchten ihre Unterhaltung mit anzuhören.

„Du kommst zuerst, Sophia. Nichts sonst ist wichtig. Abgesehen davon wartet niemand auf mich, als Du." Er begleitete seine Worte mit einem sanften Kuss auf ihre Schläfe auf ihrer unverletzten Gesichtshälfte.

Heftige Röte fuhr ihr in die Wangen wegen seiner zur Schau gestellten Zärtlichkeit und wegen dem Lächeln auf dem Gesicht des Generalinspektors, das ihr deutlich zeigte, dass er wusste was zwischen ihr und Merton vor sich ging.

„Ihr könnt eine Kabine haben, bis wir die Küste erreichen", bot er heiter an.

Beschämt wandte Sophia ihr Gesicht ab. Aber Merton, der ihr

Unbehagen wahrnahm, beeilte sich sogleich sie zu schützen: „Nein, es ist in Ordnung. Nur etwas zu Essen käme sehr gelegen", lenkte er erfolgreich die Aufmerksamkeit von ihr ab indem er darauf verwies, dass er vorher keine Gelegenheit erhalten hatte sein Frühstück auch tatsächlich einzunehmen.

– 35 –
Fahrt nach Hause

Bei einem langen und leckeren Brunch als Ersatz für ein sehr verspätetes Frühstück, konnten Merton und Sophia sich endlich ein wenig von ihren erschöpfenden Befragungen entspannen.

Der Generalinspektor hatte sie allein gelassen und war mit seinen Agenten gegangen, die Festnahmen an Land zu beaufsichtigen und zu koordinieren. Er hatte nun das CIA-Hauptquartier an Bord des Schiffes übernommen, um nicht Zeit durch seine Rückkehr ins Hauptquartier nach Langley zu verlieren.

Als sie das Schiff verließen, sahen sie kein Zeichen von Prof. Benning und ihre Fragen nach ihm wurden nur damit beantwortet, dass er momentan beschäftigt sei. Unfähig momentan mehr für ihn zu tun, verließen Sophia und Merton das Schiff, wie die Agenten, die sie begleiteten, ihnen vorgaben.

Wie versprochen wurden Sophia und Merton zur Küste geflogen sobald sie Land erreichten, obwohl die Gegend weitgehend unbewohnt war. Aber als der Helikopter auf einer verlassenen Küstenstraße landete, wartete ein Mann auf sie und reichte ihnen die Schlüssel zu einem bereitstehenden Mietauto.

Sophias Wohnung konnte in etwa drei Stunden von dem Ort aus erreicht werden, an dem sie an Land gesetzt wurden, während Mertons Haus eine viel längere Fahrt nötig machen würde und sie beide waren müde.

Dennoch wunderte sich Sophia, warum Merton so versessen darauf war mit ihr zu kommen. Und da er wie gewohnt in sich gekehrt und schweigsam war, musste sie einfach fragen: „Warum fahren Sie mich heim?"

„Um ein Auge auf Dich zu haben. Du hast das nötig."

„Äh, was?" Sophia war von seiner lässigen Äußerung vor den Kopf gestoßen und in ihrer Selbsteinschätzung gekränkt. Sie widersprach daher störrisch: „Ich kann selbst auf mich aufpassen."

„Ja, das habe ich gesehen. Kopflos in einen Hinterhalt zu laufen, ein Chaos mit der arrangierten CIA-Unterstützung anzurichten und dann auch noch zu versuchen, Prof. Benning mit einer ungeladenen Pistole zu befreien."

„Es war nicht Prof. ... – Verdammt. Ich habe es für Dich getan, Du Dummkopf. Und wenn Du mich nicht so grob von Dir gestoßen hättest, wäre ich erst gar nicht auf dem CIA-Schiff gewesen und Du hättest gar nicht zurückkommen müssen um mich zu retten."

„Du sagst es als wäre es alles meine Schuld gewesen, dass ich Dich in Gefahr gebracht habe?"

Sophia dachte einige Zeit nach, nicht gewillt ihm ihre Gefühle zu verraten, wenn er sie dafür kritisierte, dass sie herbeigeeilt war ihm zu helfen. Was hätte sie denn sonst machen sollen? Zusehen, wie er verhaftet und für den Rest seines Lebens eingesperrt wurde, ohne ihm zu helfen? Sie konnte nicht einmal den Gedanken daran ertragen, viel weniger hätte sie so etwas tun können.

„Nein, es war nicht Deine Schuld, aber irgendwie war es das doch."

Aber Sophia weigerte sich ihre kryptischen Worte näher zu erläutern, als Merton versuchte sie zum Fortfahren zu bewegen.

Jeder ganz in seine eigenen Gedanken vertieft, fuhren sie für eine Weile schweigend.

Merton hatte seine Bemerkung mehr neckend denn als Kritik an Sophia gemeint. Denn er war mehr als dankbar für jede einzelne ihrer Einmischungen. Lediglich seine Sorge um ihre Sicherheit hatte ihn die Worte harscher als beabsichtigt aussprechen lassen. Er liebte das Mädchen. Wie konnte er auch nur den geringsten Fehler an seinem Engel finden, der so selbstlos zu seiner Rettung herbeigeeilt war, als sie ihn in Gefahr glaubte? Wie sollte er den Gedanken ertragen, dass sie sich so sorglos für ihn in Gefahr begab?

Seine Gedanken waren damit beschäftigt, den besten Weg zu finden wie er sie überzeugen konnte, dass sie füreinander bestimmt waren. Und das obwohl sie sich erst so kurze Zeit kannten. Aber ihre Erklärung, mit der sie herausgeplatzt war, dass sie das alles nur für ihn getan hatte? Das musste doch etwas bedeuten. Sie musste also seine Gefühle erwidern. Warum sonst sollte sie all das auf sich genommen haben und hatte ihn nicht einfach seinen Feinden überlassen?

Er zerbrach sich den Kopf darüber, wie er ihr Gespräch am besten wieder aufnehmen und sie wissen lassen konnte, dass er nicht verärgert mit ihr war, ganz im Gegenteil.

Aber er machte sich umsonst Sorgen, da Sophias Neugier ihm zu Hilfe kam.

Ihre Gedanken waren in eine ganz ähnliche Richtung gegangen wie Mertons, aber anstatt zu versuchen ihn zu verführen, hatte sie sich über die Tiefe ihrer Gefühle für ihn nach nur so kurzer Zeit gewundert.

Konnte sie dem Mann vertrauen, als den sie ihn in den letzten Tagen kennengelernt hatte? Immerhin, hatte er nicht in ihrem Apartment behauptet, dass seine Erfindung funktionierte, wenn es sich nun herausgestellt hatte, dass sie das nicht wirklich tat?

Merton war in all den Befragungen fest bei der Behauptung geblieben, dass eine Lösung zur Steuerung der Zugriffe nicht möglich war, allen Gerüchten zum Trotz. Die CIA hatte alle verfügbaren Unterlagen, die hierzu möglich waren.

Dennoch konnte Sophia nicht aufhören sich darüber zu wundern, ob nicht doch ein Zugriff möglich sein könnte, wusste aber nicht, wie sie das Thema am besten anschneiden sollte, ohne Merton damit noch weiter zu quälen, nachdem die CIA ihn hierzu bereits so unnachgiebig befragt hatte.

Sie begann ganz vorsichtig und vergaß dabei ganz auf den Grund für ihr langes Schweigen: „Von den Unterlagen, die ich über die Erfindung gesehen habe, hatte ich irgendwie den Eindruck, dass eine Zugriffssteuerung möglich sein könnte. Bist Du sicher, dass es hier keinerlei Möglichkeit gibt?"

„Es lässt Dir also auch keine Ruhe." Merton warf ihr vom Fahrersitz einen lächelnden Blick zu, froh darüber, dass sie wieder mit ihm sprach.

„Ich habe so viel darüber gehört, dass ich den Eindruck gewonnen habe, dass es funktioniert. Ich dachte sogar, Du hättest mir gesagt, dass es möglich ist."

„Das ist es", war alles, was er dazu sagte, ohne seine Bemerkung näher zu begründen.

Sophia explodierte fast vor Neugier.

„Aber wenn es funktioniert, und ich nehme an Du meinst mehr als nur den Zugriff auf die unsortierte Informationsflut über die ‚Darkwood'-Wellenlänge, dann wie ...? Warum? Du hast alle glauben lassen, dass es nicht möglich ist. Die ganze Welt sucht nun nach einer Lösung. Wenn es möglich ist, ist es nur eine Frage der Zeit, bis es jemand herausfindet." Sophias Worte überstürzten sich in ihrer Hast.

„Sie werden es sicherlich versuchen, und dann werden sie es aufgeben und als unlösbaren Fall zur Seite legen. Jeder wird zufrieden sein, dass nichts damit zu gewinnen ist. Das ist es, was erreicht werden musste."

„Du meinst, das alles war von Anfang an Dein Plan?"

„Vielleicht nicht die Details, aber das grobe Ganze, nun, ja. Es musste getan werden, es musste öffentlich gemacht werden, ‚public domain', damit der Kampf um die Vorherrschaft über die Informationen endlich gestoppt werden konnte."

„Wie konntest Du so etwas überhaupt planen? Und wie kannst Du so sicher sein, dass niemand die Lösung herausfinden wird, wenn es tatsächlich eine gibt?"

„Es gibt eine. Und die Schönheit daran ist, dass die Lösung die unwahrscheinlichste ist, die Du Dir vorstellen kannst. Kein Forscher, der etwas auf sich hält, würde sie auch nur in Erwägung ziehen. – Auf gewisse Weise beschützt sich die Lösung selbst."

„Aber wie bist Du dann auf sie gestoßen, wenn die Lösung so unwahrscheinlich ist?"

„Rein durch Zufall, muss ich zugeben. Mein leitender Forscher in meinem geheimen Labor, Dr. Ranston, hat sehr jung geheiratet, direkt nach dem Schulabschluss. Seine Frau war diejenige ..."

„Aber ist Dein geheimes Labor nicht zu geheim, als dass die Frau eines Deiner Forscher davon wissen dürfte?" unterbrach ihn Sophia.

„Nein, nicht so geheim. Was würde der arme Mann seiner Frau erzählen wohin er jeden Tag geht? Abgesehen davon ist sie eine der Wenigen mit Genehmigung, die auf das Gelände dürfen."

„Werde ich es auch einmal sehen dürfen?"

„Natürlich wirst Du das. Ich rechne fest mit Deiner Unterstützung. Aber nun, was ich sagen wollte ist: Während seine Interessen sich der Forschung zuwandten, gingen die seiner Frau in Richtung Astrologie und Esoterik. Ihre letzten Beschäftigungsfelder waren Gedankenübertragung und Energieheilung. Eines Tages kommt sie also ins Labor, ihr Mann ganz stolz, dass unsere Eindringungsversuche alle erfolgreich fehlgeschlagen sind und wir die Recherche bald abschließen können. Freudig erzählt er ihr davon, während er zu Mittag isst was sie ihm mitgebracht hat. Seine Frau spielt währenddessen mit den auf seinem Tisch herumliegenden Kopfhörern herum und lauscht einem ganz aufmerksam. Als ihr Mann zu seinem Tisch zurückkommt, fragt er sie, wie sie es aushalten kann, so einem Wirrwarr zuzuhören. Sie sieht ihn nur sonderbar an und erwidert, dass wenn er die besten Anleitungen aller Zeiten für die Heilkunst, die sie gerade entdeckt hatte, für Wirrwarr hielt, wäre das sein eigenes Problem. Als er dann die Kopfhörer wieder übernahm, war erneut nur völliges Durcheinander an Tönen und Lauten zu hören. Während wenn seine Frau sie in die Hand nahm, hörte sie die besten Anleitungen und Informationen."

„Was ging also vor sich? Benötigte das Gerät ein Medium? Ist es das?"

„Nun, ja und nein. Nicht ein Medium an sich. Es ist nicht nur die Person allein, sondern auch die dahinterstehende Absicht. – Dr. Ranston verwarf den Erfolg seiner Frau und setzte sich arrogant über die Möglichkeit hinweg, dass sie wirklich Zugriff auf etwas Sinnvolles hatte erlangen können. Seine Frau, die ganz verärgert darüber war, ging ein paar Tage später wieder ins Labor und versuchte es erneut. Sie wollte etwas Enthüllendes über die Forschung ihres Mannes herausfinden, um ihn damit konfrontieren zu können, aber zu ihrer Verwunderung konnte sie an dem Tag nichts Verwendbares hören. – Wir haben es dann immer und immer wieder versucht und herausgefunden, dass sie nur Zugriff erhalten konnte, wenn ihre Absichten gut waren und ihr Kopf frei von anderen widerstreitenden Gefühlen."

„Das ist absolut erstaunlich. – Ein Wunder. Aber könnte nicht einer der Forscher zufällig auch ein Medium sein?"

„Das allein wäre vielleicht noch ein Risiko, aber was es ziemlich unwahrscheinlich macht, dass es für irgendjemand anderen funktioniert, ist der Grund warum sie Zugang wollen. Welcher Forscher möchte allein den Zugang, um anderen Menschen zu helfen? Denn der geringste Versuch, seinen eigenen Vorteil zu erreichen, macht den Zugriff unerreichbar. Kennst Du einen Forscher, der nicht zumindest seine eigene Reputation verbessern möchte? – Du siehst, die Wahrscheinlichkeit, dass es jemand entdecken wird, ist gleich minus null."

Sophia musste über diesen unwissenschaftlichen Ausdruck von Merton lachen, besonders, da er sonst so großen Wert auf korrekte Forschungsabläufe legte.

Sophia fühlte Erleichterung in sich aufsteigen, dass die Lösung sicher war und musste Mertons Einschätzung zustimmen. Es war mehr als unwahrscheinlich, dass ein Forscher die Methode des Direktzugriffs auf Informationen und der Steuerung des ‚Darkwood'-Gerätes finden würde. Und selbst wenn einer es finden würde, konnte er es nicht für etwas Schlechtes verwenden.

„Momentan sind alle Geheimdienste und Mafia-Organisationen weltweit damit beschäftigt, das Gerät zum Funktionieren zu bringen. Das zumindest sollte die Verbrechen für einige Zeit zurückgehen lassen. – Mit der zusätzlichen Barriere der guten Absichten wird es wohl nie jemand herausfinden. Du bist ein Genie, Merton!"

„Nichts dergleichen. Nur jemand mit sehr viel Glück, dass ich Dich gefunden habe."

Sophia beugte sich zu ihm hinüber und gab ihm einen Kuss auf die Wange für diese so liebe Bemerkung, obwohl sie ihren Kommentar nicht zurückhalten konnte: „Wenn ich mich recht erinnere, habe ich Dich gefunden."

„Wofür ich auf ewig dankbar bin."

„Bist Du das?" Sophia machte sich Sorgen. Immerhin kannte sie Prof. Lynford nur unter extremem Stress. Und würde er sie, eine bloße Studentin, überhaupt seiner Aufmerksamkeit für würdig befinden? Wie würden sie unter normalen Umständen überhaupt miteinander auskommen? Sie platzte unvermittelt mit ihren besorgten Gedanken heraus: „Werden wir uns noch sehen, nun da alles vorbei ist? Ohne den ganzen Druck und die Gefahr um uns herum?"

Merton sah sie liebevoll an, obwohl sie nicht zu hoffen wagte, dass sie seine Gefühle richtig interpretiert hatte.

„Ja, meine Liebe. Das werden wir. Wenn all die Umstände uns nicht mehr länger voneinander fernhalten, können wir unsere Zuneigung füreinander erkunden."

Obwohl diese Worte im Vergleich zu seinen in ihm lodernden Gefühlen nur ein schwacher Abglanz waren und sich für ihn flach und harmlos anfühlten.

Er beabsichtigte, sie um ihre Hand zu fragen und, so nervös er über ihre Reaktion war, war er sich doch sicher, dass Sophia in gewisser Weise seine Gefühle erwiderte und ihn akzeptieren würde. Zumindest hoffte er das sehr.

Er würde den Antrag damit besiegeln, dass er ihr die Liebe offen zeigen würde, die er ihr geben konnte. Merton zerbrach sich den Kopf darüber, wie er Sophia am besten überzeugen konnte. Immerhin kannten sie sich erst wenige Tage, aber für ihn gab es keinen Zweifel, dass Sophia die Richtige für ihn war.

Er plante alle Details bereits in seinem Kopf, die Worte, die er sagen würde, wenn sie in ihrem Apartment ankamen. Er würde sie hochheben und über die Schwelle tragen und dann küssen, bis ihr alle Sinne schwanden. Wie konnte sie ihn dann noch ablehnen?

Ein siegesgewisses Lächeln breitete sich auf seinem Gesicht aus, als er bildlich an seinen Antrag dachte, das Sophia jedoch sofort bemerkte.

„Zufrieden mit Dir selbst, nicht wahr?"

„Nein", gab er sofort zurück. „Nein, nicht mit mir, meine Liebe. Mit Dir, nur mit Dir."

Sophia gab ihm erneut einen süßen Kuss auf die Wange und er konnte es nicht abwarten, bis die Fahrt zu Ende war und er endlich ihre Küsse voll erwidern konnte. Für den Moment musste er sich auf das Fahren konzentrieren, um sie sicher zu ihrem Apartment zu bringen.

– 36 –
Unerwartetes Treffen

Merton plante seinen Antrag in minutiösen Details während der gesamten Fahrt zu Sophias Apartment, wobei er seine Planung immer wieder umwarf und neu arrangierte. In seinen Gedanken ging er alle Möglichkeiten durch, und diejenige, von der er annahm, dass sie am gewogensten aufgenommen werden würde war, das Apartment zu betreten, sie mit einem Kuss um ihren Verstand zu bringen, zu Boden zu sinken und um ihre Hand anzuhalten.

Er wusste, dass er sie wollte. Versagen war daher keine Option für ihn. Sophia hatte mit Leichtigkeit sein Herz für sich gewonnen und war die wichtigste Person in seinem Leben.

Als sie ihr Apartment erreichten, schloss er mit dem Schlüssel, den ihnen der CIA-Agent, der bei dem Mietauto auf sie gewartet hatte, zu ihrer Überraschung zusammen mit ihrer Handtasche übergeben hatte, die Tür auf. Er hob sie schwungvoll in seine Arme und trug die erstaunte Sophia über die Türschwelle. Im Inneren ließ er ihre Beine zu Boden gleiten, lehnte sie zurück an die geschlossene Tür und küsste sie stürmisch. Seine Hände erkundeten ihren Körper und bald fand er sie ihr Erstaunen überwinden und bereitwillig seinen feurigen Kuss erwidern.

Ein lautes Räuspern hinter ihnen unterbrach jedoch abrupt seine weiteren Pläne für seinen Antrag.

Sich umdrehend, wurden Sophia und er sich der versammelten Anwesenden in ihrem Apartment bewusst. Ein älteres Paar, von dem er annahm, dass es sich um Sophias Eltern handelte, saß auf dem Sofa, während ein junger Mann neben ihnen stand und Merton böse anstarrte, aber er wurde am Arm von dem sitzenden älteren Mann zurückgehalten.

„Gut, Dich wohlauf und am Leben zu sehen, Sophia", grüßte sie der ältere Mann, der ihr blaues Auge im dunklen Schatten des Flures noch nicht bemerkt hatte.

„Papa, Mama, Marcus! Ihr seid den ganzen Weg hergekommen?" Sophia eilte zu ihnen und umarmte sie alle, bevor sie zu Merton zurückblickte, der unter der Tür zum Hauptraum stehengeblieben war.

„Wer ist der Mann, Liebes?" begann ihre Mutter.

„Ist er derjenige, der Dir das angetan hat?" fiel ihr Sophias Vater ins Wort, die Aggression gegenüber dem Mann an der Tür war in seiner Haltung klar erkennbar.

Ihre Mutter holte erstaunt Atem, als sie erst jetzt das leuchtende blaue Auge von Sophia bemerkte und griff nach ihr, um sie schützend in ihre Arme zu ziehen.

Aber Sophia trat zurück und streckte ihre Hand nach Merton aus, in einer Bitte zu ihr zu kommen.

„Nein, natürlich nicht. Es ist eine lange Geschichte, wie ich an das blaue Auge gekommen bin. – Das ist ..." begann Sophia die Vorstellung, aber Merton unterbrach sie.

„Ich bin ihr Verlobter", sagte er und trat nun ganz in den Raum und streckte seine Hand ihrem Vater zum Gruß hin, der sie jedoch nicht annahm, sondern ihn abwägend von oben bis unten ansah.

Sophia nahm Mertons Arm und flüsterte ihm ins Ohr: „Ich möchte irgendwann einen offiziellen Antrag, nicht nur die Feststellung."

Merton lächelte sie breit an, froh darüber, dass sie seiner übereilten Behauptung nicht sofort widersprochen hatte, aber ihr Vater unterbrach ihren intimen Austausch.

„Nun, jemand der meine Tochter auf ein Abenteuer weglocken kann, bei dem sie sogar vergisst, Ihrer Familie Bescheid zu sagen oder irgendjemand wissen zu lassen wo sie ist, muss sicherlich der Richtige sein. Willkommen in der Familie, Junge."

Merton blickte irritiert auf. Es war schon lange her, dass ihn jemand ,Junge' genannt hatte. Aber er hatte nicht lange zum Nachdenken, da Sophias Vater ihn nun bei der Hand nahm und in eine herzhafte Umarmung zog, gefolgt von einem kurzen Drücken von ihrer Mutter und einem viel raueren Schlag auf seinen Rücken von seinem zukünftigen Schwager Marcus.

Die Frage ihres Vaters, ab wann er gewusst hatte, dass Sophia die Richtige für ihn war, war für ihn nicht schwer zu beantworten.

„Sophia, Du bist mir gefolgt, hast mir vertraut, als alle Welt versucht hat mich zum Sündenbock zu stempeln, selbst noch als ich versucht habe, Dich von mir zu stoßen, wegen der Gefahr, in der wir steckten. Aber Du hast unwiderruflich an mich geglaubt und erwartet, dass ich das Richtige tue. Das hat mein Herz für Dich geöffnet und es gehört nun nicht länger mir. Du bist die Richtige für mich und ich hoffe ich kann es für Dich sein."

Sophia stürmte an seine Seite und gab ihm vor den Augen ihrer Eltern einen herzhaften Kuss. „Ja", flüsterte sie ihm zu. „Das war der schönste Antrag, den ich mir vorstellen kann. Ja, ich liebe Dich auch."

Obwohl sie müde und erschöpft waren, mussten sie ihre Geschichte von ihren Abenteuern in aller Ausführlichkeit erzählen. Aber bevor sie richtig begannen, bestand Sophias Mutter darauf, den Hausmeister von nebenan, Mr. Arnestone, dazu zu holen.

Als ihre Eltern am Abend zuvor angekommen waren, hatte er Licht in ihrer Wohnung gesehen und war herübergekommen, um nach ihr zu sehen, ob alles in Ordnung war. Er hatte ihren Eltern und ihrem Bruder erzählt, dass sie mit dem Mann, den sie aus seinem Gebäude gerettet hatte, weggefahren war und sie ihm eine Nachricht in der Hauspost dagelassen hatte. Die gleiche Nachricht, die sie an ihre Eltern geschickt hatte, musste noch in der Post sein oder ungelesen zu Hause im Briefkasten.

Mr. Arnestone war von ihrer vagen Nachricht besorgt gewesen und als er nun heraufkam war er froh, sie und den ‚geretteten Mann', wie er den Professor nannte, wohlauf und gesund wieder zu Hause zu sehen.

Die Halunken, die den Professor entführt hatten, waren zum Glück ohne Spuren zu hinterlassen am gleichen Tag verschwunden, als sie mit dem Professor aufgebrochen war. Obwohl ihn das beunruhigt hatte, ob sie ihnen auf den Fersen waren.

Aber die Erzählung von Merton und Sophia klärte die Vorgänge nun auf und Mr. Arnestone war erleichtert darüber, dass er nicht die Polizei hatte verständigen müsse, damit nach ihr gesucht wurde, wie sie ihn in ihrem Schreiben gebeten hatte, sollte sie nicht nach drei Tagen wieder auftauchen. Er sollte die Obrigkeit, nicht aber die beiden Polizisten Charlie und Leonard, die ihren Notruf wegen Prof. Lynford beantwortet hatten, verständigen.

Er blieb für eine Weile, musste dann aber noch vor dem Ende der Geschichte wegen eines Notrufs zurück in sein Gebäude an seinen Posten gehen.

Als Sophias Mutter bemerkte, dass sie ihr Gähnen während

ihrer Erzählungen kaum noch zurückhalten konnte, hatte sie endlich Mitleid mit den beiden Abenteurern und bereitete ihnen eine Mahlzeit, die sie von zu Hause mitgebracht hatte, bevor sie sie zu Bett schickte. Allerdings wurden sie sich erst jetzt bewusst, dass Sophias Apartment gar nicht dafür ausgestattet war, alle zu beherbergen. Aber Mertons Vorschlag, sie hier zurückzulassen und mit Sophia in ein Hotel zu gehen, traf bei ihrem Vater sofort auf heftigen Widerstand.

„Du glaubst, dass wir sie Dir schon ganz allein anvertrauen, bloß weil Du ihren Verstand so verwirrt hast, dass sie Dir überall hin folgt? Nein, zuerst wird geheiratet, dann kannst Du an andere Dinge denken. Alles zu seiner Zeit, guter Mann."

„Ich versichere Ihnen, meine Absichten sind ehrenhaft."

„Pah. Diese jungen Männer. Denken wir sind von Vorgestern. Wir waren selbst einmal jung."

„Papa! Wir sind viel zu müde, um ..." wollte Sophia einlenken, wurde aber sofort von ihrem Bruder unterbrochen, der zwischen sie und Merton trat und eine drohende Stellung einnahm.

„Oh, komm schon, Marcus. Du kannst ihm nicht wirklich weh tun wollen. Ich liebe Merton. Bedeutet Dir das denn gar nichts?" Sophia trat um ihren Bruder herum und nahm Merton beim Arm.

„Du brauchst mich nicht zu verteidigen, Sophia. Ich kann für Dich kämpfen, wenn ich muss."

„Ich möchte nicht, dass Ihr beide miteinander streitet. Ihr seid beide um mich besorgt. Da gibt es gar keinen Grund für einen Kampf. – Mama, Papa, Ihr könnt beide auf der Couch schlafen. Marcus, ich habe noch eine Reserve-Matratze auf dem Dachboden, und Merton und ich werden das Bett teilen. Auf diese Weise könnt ihr auf uns aufpassen, dass hier nichts Ungehöriges passiert." Sophia, kurz angebunden wegen ihrem Mangel an Schlaf, legte die Regeln fest und konnte sich nicht helfen als leise hinzuzufügen: „Kindergarten", bevor ein Gähnen ihre weitere Tirade unterbrach.

Merton umarmte sie von hinten und flüsterte ihr ins Ohr: „Ist Deine Familie immer so schwierig?"

„Nein, nicht wirklich. Ich dachte immer sie wären äußerst umgänglich und verständnisvoll. Aber, Du musst wissen, sie haben noch nie gesehen, dass ich jemanden nach Hause mitbringe, so dass sie es von mir nicht gewohnt sind ... – Du weißt schon."

„... Dich zu teilen. Ich verstehe. Ich möchte Dich auch nicht teilen müssen. Was hältst Du davon, wenn wir morgen zum Standesamt gehen und einen Heiratsantrag stellen? Dann kannst Du mit mir nach Hause kommen und ich habe Dich ganz für mich?"

Die Freude, die dieser Vorschlag auf ihre Gesichtszüge zauberte, war unverkennbar.

„Und den ganzen Trubel einer großen Hochzeit vermeiden. Was für ein Traum. Ja!"

„Wirklich? Wir können immer noch später eine große Hochzeit haben. Ich wollte Dir das nicht vorenthalten."

„Nein, nein! Ich möchte keine. Ich kann mich noch gut an die Vorbereitungen für die Hochzeit meiner älteren Schwester erinnern. Nein, das möchte ich wirklich nicht. Der Standes- beamte ist in Ordnung und eine kleine kirchliche Hochzeit später. Aber nichts Großes. Was meinst Du?"

„Hört sich für mich gut an. Dein Wunsch ist mein Befehl."

„Was flüstert Ihr beide da?" unterbrach sie ihre Mutter, die gerade aus dem Bad zurückkam.

„Wir planen die Hochzeit", Sophia strahle sie mit einem großen, erleichterten Grinsen an.

„Und?" hakte ihre Mutter nach, nicht zufrieden mit der Information, die sie erhalten hatte und ihr jüngstes Kind nur zu gut kennend.

„Morgen beantragen wir beim Standesamt den Heiratstermin."

„Du weißt, Pater Francis erwartet, dass er Deine Heiratszeremonie abhält", erinnerte sie ihre Mutter. Pater Francis war ihr Schulpriester gewesen und hatte bereits ihre beiden älteren Geschwister verheiratet. Er war ein aufgeklärter und freidenkender Mann, den Sophia mit seiner Arbeit sehr bewunderte. Wie könnte sie diese emotionale Erpressung durch ihre Mutter ablehnen?

„Ja, wir können die kirchliche Zeremonie später haben. Aber wir wollen es jetzt so schnell wie möglich hinter uns bringen."

„Was? Wie unromantisch von Dir, Sophia. Du stimmst dem wirklich zu, Merton?" Es war das erste Mal, dass ihre Mutter oder irgendjemand aus ihrer Familie ihn beim Vornamen ansprach und sonderbarerweise fühlte er sich erst jetzt so richtig in den Schoß der Warren-Familie aufgenommen, obwohl Sophias Vater und Bruder ihn immer noch verstimmt und ein wenig abwägend aus der Ecke anstarrten.

„Oh, komm schon, Mama. Du hast gesehen was Elly getan hat. Ich kann es nicht ertragen, so viel Chaos rund um meine Hochzeit zu sehen."

„Ich sehe schon. Ihr geht und heiratet erst einmal standesamtlich, aber lasst mich die Zeremonie mit Pater Francis arrangieren. Du brauchst gar nichts zu machen, nur die Anprobe für Dein Kleid. Und das geht auf mich. Das einzige was Du tun musst, ist einen Entwurf auszusuchen und am richtigen Tag und zur richtigen Zeit zu erscheinen. – Ihr beide, verständlicherweise." Ihre Mutter lächelte verschmitzt.

„Danke, Mrs. Warren ..."

„Grießbrei." Sophia musste bei dem Wort lächeln, als ihre Mutter ihr gewähltes Fluch-Wort ausstieß. „Kein Mrs. oder so. Du bist jetzt Teil der Familie. Ich bin Elena, wie meine älteste Tochter, obwohl wir sie alle Elly nennen. Und der Mann, der dort noch immer in der Ecke grummelt, weil Du ihm sein kleines Mädchen wegnimmst, ist Paul, mein Ehemann. Kein Mr. und Mrs. irgendetwas. Und kein Grummeln mehr, Paul. Merton ist ein guter Mann. Wenn Sophia ihn ausgewählt halt, ist er für uns gut genug. Wer sonst wäre willens, mit uns im selben Raum eine ganze Nacht zu verbringen. Paul, wirklich, denk doch mal nach. Morgen wirst Du ihm helfen, alle Unterlagen für die Beantragung des Hochzeitstermins zusammenzustellen."

Ein Lächeln erschien langsam auf Pauls Gesicht, das endlich die herrschende Spannung durchbrach, die wieder aufgeflammt war, als er um die Sicherheit seiner Tochter fürchtete. Mertons zukünftiger Schwiegervater schien ihn nicht länger jeden Augenblick erwürgen zu wollen, sondern kam herüber und klopfte ihm auf den Rücken, so dass es sowohl ihn als auch Sophia, die er noch immer im Arm hielt, durchbeutelte.

„Danke, Papa. Es bedeutet mir wirklich viel, dass Ihr miteinander auskommt." Sophia sorgte sich in ihrer üblichen fürsorglichen Art um sie beide, ihn und ihre Familienmitglieder und er liebte sie dafür nur umso mehr. Er hielt sie umso fester und wollte sie gar nicht mehr loslassen. Aber irgendwann musste er sich doch für die Nacht vorbereiten.

Zum Glück hatte dieses Mal die CIA ihm seine Kleidung und

Dokumente aus dem Segelboot ausgehändigt. Denn er glaubte nicht, dass er noch länger warten konnte, bis er Sophia mit sich nach Hause nehmen konnte. Sie gehörte an seine Seite und er wollte immer an der ihren sein.

– 37 –
Das geheime Labor

Merton hätte es eigentlich wissen können. Aber Sophia überraschte ihn immer wieder.

Sie würden noch eine ausgiebigere Hochzeitsreise im Anschluss an ihre kirchliche Trauung unternehmen. Aber nach der standesamtlichen Zeremonie, zwei Tage nach ihrer Rückkehr nach Hause, war Sophias Wunsch für eine erste Hochzeitsreise, sein ‚geheimes Labor' zu sehen.

Die Hochzeitsnacht hatten sie in ihrem Apartment verbracht – Sophias Wunsch, nicht seiner. Und dieses Mal aber ohne ihre Eltern und ihren Bruder, die ihnen während der Hochzeit zugejubelt hatten, aber die anschließende Nacht im Hotel verbrachten, um am nächsten Tag nach Hause zu fahren.

Merton hatte Sophia in der Hochzeitsnacht besonders verwöhnen wollen und eigentlich beabsichtigt, die Luxussuite im besten Hotel der Stadt zu buchen. Aber Sophia, unsicher in ihrer sexuellen Anziehungskraft, hatte ihn gebeten an einem Ort zu bleiben, wo sie sich für ihr erstes Mal sicher und zu Hause fühlte. Und da es auch der Ort war, an dem er sie zum ersten Mal zu Gesicht bekommen hatte, wie käme er dazu ihr hier zu widersprechen. Als kleine Entschädigung hatte er ausgiebiges Catering mit Champagner bestellt, um sie auf andere Weise zu verwöhnen.

Am nächsten Tag, am späten Nachmittag, aus gewissen Gründen, machten sie sich auf den Weg zu ihm nach Hause, wo das Labor in nächster Nähe auf dem Grund seines Anwesens war, ein Ort, den seine Ex-Frau nie betreten hatte. Merton schüttelte auf der Fahrt dorthin in stiller

Verwunderung seinen Kopf. Er konnte sein Glück immer noch nicht ganz fassen. Als er im Gefängnis gewesen war, hatte alles so finster und hoffnungslos für ihn ausgesehen. Seine erste Ehe war zu Ende gewesen und hatte sich im Nachhinein als komplette Farce von Beginn an herausgestellt. Zu dieser Zeit hätte er es nie für möglich gehalten, dass sich sein Leben so vollständig zum Besseren wenden konnte. Sein Herz hüpfte vor Freude darüber, Sophia an seiner Seite zu wissen und sie sein nennen zu können, so wie er ganz ihr gehörte.

Als Erstes sein ‚geheimes Labor' sehen zu wollen. Das war wirklich durch und durch sein Mädchen.

Ihre Eltern hatten ihm nach der Zeremonie endlich gestattet, ihre Tochter mit sich zu nehmen. Sie waren auf dem Weg nach Hause und ihre Mutter würde sich mit Freunden und Familie in die Vorbereitungen für Sophias Hochzeit werfen. Merton würde nur Michael und seine Forscher aus dem ‚geheimen Labor' als Gäste mitbringen. Seine wenigen nahen Verwandten hatten ihm während der Zeit im Gefängnis den Rücken gekehrt, ein Onkel war sogar so weit gegangen, dass er der Presse ein Interview gegeben hatte, in dem er behauptete, er hätte von seinem Neffen nichts anderes erwartet. Das brachte ihn in keiner Weise dazu, ein Mitglied seiner eigenen Familie einladen zu wollen. Aber er war froh darüber, dass, obwohl sie sich nur wenige Tage kannten, ihre Familie ihn so bereitwillig aufgenommen hatte. Und dass ihr Bruder und ihre Eltern Sophia beschützen wollten, traf nur seine eigene Besorgnis um ihr Wohlergehen. Merton wollte das Beste für sie und wollte sie glücklich machen, wie sie es für ihn tat und er plante, für den Rest seines Lebens sein Bestes zu geben.

– 38 –
Nachwort

Ich weiß Ihr wollt nun sicher wissen, was aus Michael geworden ist. Er half Merton und Sophia so sehr, obwohl er ihr damals in der Dusche einen großen Schrecken eingejagt hatte.

Aber mit seiner warmen und hilfsbereiten Art hatte er bald einen sicheren Platz in Sophias Zuneigung gewonnen und sie wollte nur das Beste für diesen sanften und freundlichen Mann, der für so lange so sehr missverstanden worden war.

Am Ende musste sie dafür gar nicht viel tun. Kurz nach ihrer kirchlichen Trauung, die organisiert von ihrer Mutter reibungslos ablief, und ihrer Hochzeitsreise nach Venedig, bat Sophia Merton, eine Köchin und Putzfrau in ihrem neuen gemeinsamen Zuhause einzustellen, da sie beide die meiste Zeit im Forschungslabor zubrachten, das an sein Haus angeschlossen war. Dies war der nötige Schlüssel, um Michaels Tür zum Glück zu öffnen.

Ein Blick auf die neue Angestellte, Anna Brooks, und Michaels Herz war vergeben. Es war Liebe auf den ersten Blick für beide und obwohl Sophia den plötzlichen Gefühlen gegenüber immer ein wenig skeptisch war, waren Michael und Anna, ihre neue Haushalts-Fee, vom ersten Tag an unzertrennlich und heirateten nur drei Monate später. Und um nichts zurückzuhalten, ihr erstes Kind, der kleine Mike, kam sieben Monate nach ihrer Hochzeit zur Welt.

Michael unternahm nie Schritte, die Wahrheit über seinen Bruder und seine Frau wegen dem Tod seines Vaters bekannt zu machen. Die CIA hatte auf wundersame Weise seine

Vorstrafe verschwinden lassen, was, wie Sophia glaubte, Teil der Vereinbarung war, die Merton mit dem Generalinspektor getroffen hatte.

Aber Michael, obwohl immer noch zornig auf seinen Bruder und seine ehemalige Verlobte wegen ihrer Hinterlist, hatte innerlich Frieden mit ihnen geschlossen, da sie nun zwei eigene Kinder hatten, ein siebenjähriges Mädchen und einen neunjährigen Jungen. Er wollte seine Nichte und seinen Neffen nicht ihrer geliebten Eltern berauben. Obwohl er aus der Entfernung immer ein wachsames Auge auf sie behielt, um sicherzugehen, dass sie glücklich und gut versorgt waren.

In Mertons Labor gab es immer Arbeit für einen erfahrenen Techniker und Michael, ohne den Druck eine erfolgreiche Reparaturwerkstatt für Autos führen zu müssen, erfand neue Maschinen und Abläufe, die ihm ein nettes Nebeneinkommen durch Patentrechte und Verkäufe sicherten.

Er und Anna bauten auf dem Grund von Mertons weitläufigem Anwesen ihr eigenes Haus und lebten weiter nahe bei ihnen. Ihre Kinder wuchsen zusammen auf und Anna übernahm die Tagesbetreuung für alle Kinder und passte sogar noch auf ein paar der Kinder von Labormitarbeitern auf.

Merton stellte eine neue Haushälterin ein, um die ganze Arbeitslast zu bewältigen, so dass Anna ihre eigene kleine Vorschule auf dem Anwesen aufbauen und die dafür nötigen erzieherischen Examen abschließen konnte. Michael war sehr stolz auf seine Anna.

Sophia selbst hatte zwei Kinder mit Merton, einen Jungen, der ihre Haare hatte, aber Mertons Augen, und ein Mädchen, das ihre großen, neugierig blickenden Augen hatte, aber ansonsten das genaue Abbild von Merton war, nur in eine liebliche

Mädchenform gepackt.

Und Merton? Der hatte das Beste von allen Welten auf einmal. Er hatte eine Familie, die er liebte, eine Frau, die ihn zugleich unterstützte und herausforderte und für seine Arbeit das vollste Verständnis aufbrachte.

So war für ihn, nach einer schrecklichen ersten Ehe, das Leben mit Sophia ein wahrgewordener Traum für sie beide.

Sophia liebte es, mit Merton in seinem Labor zu arbeiten. Dort gelang es ihr auch endlich, ihre Doktorarbeit abzuschließen und mit Prof. Benning als Zweitkorrektor und häufigen Besucher des Labors, war es ihr zudem gelungen, zwei der herausragendsten Professoren zusammenzubringen, um gemeinsam an Maßstäbe setzenden Forschungen zu arbeiten, zu denen sie mit ihren eigenen, unkonventionellen Ideen beitrug.

Obwohl es einige Zeit dauerte, bis Prof. Benning sein Erstaunen überwinden konnte, als Prof. Lynford ihm, nachdem er ihm zuvor äußerste Verschwiegenheit auferlegt hatte, die wahren Zusammenhänge des ‚Darkwood'-Projekts erläuterte.

Prof. Benning hatte angenommen, dass Prof. Lynford gegenüber der CIA absichtlich gelogen hatte, um die Welt vor den Folgen einer vollständigen Enthüllung zu bewahren. Aber feststellen zu müssen, dass Lynford nicht gelogen hatte und trotzdem ... – Das war so unglaublich, so unfassbar für ihn, dass er zwei Monate ohne jegliche Rückmeldung dem Labor fernblieb.

Merton hatte angefangen zu befürchten, dass Benning mit den Informationen zur CIA gelaufen war, um die wahren Zusammenhänge zu verraten und irgendwie an einer Lösung oder einer Umgehung des wohlmeinenden Interesses arbeitete. Aber dann tauchte Benning mit einem neuen Forschungsprojekt wieder auf und hatte angeboten, ihre Forschungen zu bündeln, als wäre nie etwas vorgefallen.

Von da an arbeiteten sie regelmäßig zusammen an den verschiedensten Projekten, unter ihnen auch Auftragsarbeiten für die CIA.

Prof. Benning erwähnte Vanessa nie gegenüber Sophia oder Prof. Lynford, obwohl er mit ihr in Kontakt blieb.

Nach ihrer Befragung waren Dr. Stewart und Vanessa Benning für eine ziemliche Weile verschwunden, bis Mrs. Benning wieder auftauchte. Von Dr. Stewart wurde nie mehr etwas gehört, so dass es hier keine Möglichkeit gibt herauszufinden, was aus ihm nach den ausgiebigen Verhören mit den verschiedensten Abteilungen der CIA geworden ist.

Vanessa Benning wurde öffentlich der Prozess gemacht und über das Gerichtsverfahren wurde in den Medien ausgiebig berichtet. Ihr Fall wurde als der große Sensationserfolg der vereinten Bemühungen der Polizei und der Geheimdienste der Nation gegen das organisierte Verbrechen dargestellt. Es gab nie auch nur eine Erwähnung von Prof. Benning oder Prof. Lynford und Sophia in Verbindung mit ihrer Festnahme. Vanessa Bennings Urteil war eine lebenslange Gefängnisstrafe in einem Hochsicherheitsgefängnis.

Prof. Benning hatte sie während ihres Prozesses wiederholt im Gefängnis besucht und versucht, ihr den Fehler ihrer Handlungsweise vor Augen zu führen. Aber da ihr vorrangiges Ziel immer gewesen war, ihn, ihre große und unsterbliche Liebe, am Leben und in Sicherheit zu wissen, während der gesamte Rest der Familie ausgelöscht wurde, und ihn und ihre Tochter im fortwährenden Kampf um die Vorherrschaft zu schützen, konnte er sein harsches Urteil über sie nicht lange aufrecht halten, sondern musste im Gegenteil ihre Zielstrebigkeit bewundern, der sie alles andere in ihrem Leben untergeordnet hatte.

Zu Vanessa Bennings Überraschung, blieben ihr Geliebter und ihre Tochter während des ganzen Prozesses an ihrer Seite und waren regelmäßige Besucher bei ihr im Gefängnis, wo sie zum ersten Mal ihre Tochter kennenlernte, zu der sie Distanz gehalten hatte, um sie nicht zum Spielball und Ziel für rivalisierende Banden und Verbrecherorganisationen werden zu lassen, die sie als Druckmittel gegen Vanessa und das Syndikat hätten verwenden können.

Patrick, oder besser Patty, Michaels Freund aus dem Gefängnis und Eigentümer des zerbombten Hauses an der Küste, musste nie mehr zurück ins Gefängnis. Er bekam als Wiedergutmachung für den Luftangriff genau dort ein neues Haus gebaut. Die unterirdischen Höhlen waren weitgehend intakt geblieben. Das neue Haus verwendete Patty als kleines Hotel, das ihm ermöglichte, seine Familie zu finanzieren und von weiteren kriminellen Aktivitäten Abstand zu nehmen.

Michael, seine Frau Anna, Sophia und Merton, und manchmal sogar Prof. Benning und seine Tochter Jenny, verbrachten dort ihren Sommerurlaub und die Kinder lernten an der Küste segeln, wo ihre Eltern für das gekämpft hatten woran sie glaubten.

Ende

Über den Autor

Chris T. Delarmy

liest und schreibt gerne und ist ein passionierter Beobachter der Menschen. Aus der Leidenschaft zu lesen und um zu kompensieren, dass nicht die ganze Welt in nur einem einzigen Leben gesehen und besucht werden kann, entstand das Interesse zu schreiben und eigene Welten zu erschaffen. Das führte zu diesem spannenden Roman.

Bitte hinterlassen Sie Kommentare und lassen Sie andere Leser wissen, wie Ihnen das Buch gefallen hat.

Besten Dank!